U0137594

张福财　黄明强

著

坦洋风云

海峡出版发行集团｜海峡文艺出版社

图书在版编目(CIP)数据

坦洋风云/张福财,黄明强著. — 福州:海峡文艺出版社,2022.8
ISBN 978-7-5550-2964-9

Ⅰ.①坦… Ⅱ.①张…②黄… Ⅲ.①长篇小说—中国—当代 Ⅳ.①I247.5

中国版本图书馆 CIP 数据核字(2022)第 092611 号

坦洋风云

张福财 黄明强 著

出 版 人 林 滨
责 任 编 辑 余明建
出版发行 海峡文艺出版社
经 销 福建新华发行(集团)有限责任公司
社 址 福州市东水路 76 号 14 层
发 行 部 0591—87536797
印 刷 福州凯达印务有限公司
地 址 福州市金山红江路 2 号浦上工业园 B 区 47 号楼
开 本 787 毫米×1092 毫米 1/16
字 数 268 千字
印 张 19.25
版 次 2022 年 8 月第 1 版
印 次 2022 年 8 月第 1 次印刷
书 号 ISBN 978-7-5550-2964-9
定 价 39.00 元

目录

一

光绪二十三年冬，闽东遭遇了百年罕见的酷寒天气。

阵阵寒雨夹杂着米粒大的雪花儿，一阵紧接一阵地下了起来，连绵的白云山很快地白了头，漫山的茶株上也相继地挂起了一串串的冰溜子。

才上午，往日熙熙攘攘的坦洋街上，几乎就看不到闲逛的行人。

"这鬼天气，女啦哇煞，都快冻死人啰……"

人们差不多都躲在屋里，纷纷烧起了碳盆子。大伙儿围着碳盆暖炉，有的甚至已经就着小菜喝上了当地盛产的红米酒，谈论近些日子发生的事。

严寒于别地方的人而言，兴许是灾难，弄不好会家破人亡。但对于坦洋人来说，反倒不难对付。因为他们兜里或多或少都有些钱。才刚入冬，商贩们便像未卜先知似的，早早地从北方贩来了新制的御寒衣物，甚至还能见到往年不常见的皮质马褂子、貂皮帽和软皮长靴。方圆百十里，谁不知晓坦洋溪畔那条长街的繁华程度堪比福宁府的福宁街和福州府的上下杭？

"唉，只怕这场寒冻下来，田里的茶株都给打残了。"

"你呀，就别瞎担心了！古二爷不是说吗，茶根贱，扛冻不成问题。古语讲霜雪降病虫遭殃，没了病虫祸害，想过去对茶株反而有好处……"

"可咱坦洋从未这么冷过，我这心里啊，总是七上八下，不踏实。"

"的确！差不多也可以了，希望老天爷能睁眼瞧瞧，可不敢太狠了……"

"还盼着老天爷睁眼哪……瞧那古氏大房太太，啧啧啧，那女人长得实在是……可惜啊，年轻轻就守了寡，老太爷真有眼的话，忍心么？"

"你呀，总是张嘴闭嘴离不开女人。不过呢，话糙理不糙，常言道靠天靠地不如靠自己，也只有靠自己，才最让人安心哪……"

"还是的嘛！"

老天爷到底狠不狠，寒冻天气究竟将持续多久，这些都不是茶农茶商茶贩子们能凭自己意愿去左右的。他们所谈论的，无非都是些嘴上蛮说耳朵蛮听的琐闻趣事，真实算计谁都暗暗地兜藏起来。严格说来，这些人的先祖几乎都不是本地人。古人习惯依水而居，这是执念，更是人类趋利的自然体现，因为水能养粮，粮能养人。而搬迁至山村坦洋落户，却是因为这里有茶。因为茶，他们才活得下去，活得富足，活出开枝散叶……这些人看似无聊地喝着酒，叹着气，说着笑，实际上各自的心儿早都飞去了位于下街的迎宾会馆。

无脚的消息往往飞得比苍鹰还快。

早在两个月前，各茶行外地分号乃至广州十三行的掌柜们便都纷纷差人往家里送信。坦白讲，几乎所有商人的鼻子都比狗鼻子灵敏，早早地都闻到了一股子不同寻常的味道。这不，方氏族长方宗凌几日前就命下人把迎宾会馆里外收拾一新，一早更是全家总动员，大门敞开，开始披红挂彩起来……

果然，诚如消息所说，洋行买办（当地人称"牙仔"）先行团要来了。

这还只是先行团啊！接下来，还有经理团，一茬紧接一茬，人们貌似已见到一堆堆数不清的金条子了。

"你们说，这事奇不奇怪？不说别的地方，就拿坦洋来说，谁家生意做最大？首推古家，其次是郭家、林家、王家，怎么算，方家似乎都排不上号，可这次出面接待的体面活儿，偏偏就落在方家头上……"

"方家祖上高中过武举人，正六品，差不多和知府大人是平级……我还听说他家先祖和知县大人的父亲乃是故交！这官官相不相护，咱且不论，常言道一朝入仕荫三代，方家到了奕生、奕轩这一辈，不刚好三代吗？再者说，接待牙仔先行团，如何接待，以怎样的规格接待，这一无准数，二无先例，好比大姑娘上轿头一遭，谁都没经验。这事办好了自然体面，家门荣耀，但若办不好的话，嘿嘿，依我看，到时候挨板子可是少不了的。"

"细想过去，确是这么一回事……还是老兄您见多识广！"

"哪里哪里，我不过是瞎猜，瞎猜……"

这番闲谈瞎猜也好，胡诌也罢，总之对于方宗凌来说，由方家出面接待买办先行团，既可看作是府尊大人对方家的信任，同时也是身为坦洋茶人团结对外应尽的一份责任。当然，压力多少是有的。好在方家祖上有遗训，不管什么时候，做什么事，不求尽善尽美，但求尽力而为，问心无愧。

"爹……"方奕轩疾步匆匆地从外面回来，手里拿着一份清单，一进门便见父亲坐在正堂厅喝茶，顾不上弹落肩上的水渍，气喘吁吁说："请柬差不多都送出去了，现在只剩古氏一家了。"方宗凌目光灼灼地瞪着儿子："古氏为何不先送，是路途遥远，还是他家没人了？"方奕轩愣了愣，无言以对。

忘了具体从什么时候开始，方奕轩和古安河各自行事泾渭分明，私下里几乎没有往来，更别说坐一块喝茶谈天。自从大儿子方奕生来信说，他准备在外头发展，不回坦洋了，方宗凌便开始刻意地将方奕轩当作下任宗族的族长去培养。什么叫族长？首先在为人处事上，就必须有大格局，绝不能拘泥于旁枝末节斤斤计较。见儿子暗脸站一旁，方宗凌放下茶碗，接着说："洋行经理团来咱坦洋考察，虽说前无先例，但他们绝不是突来兴致过来游山玩水。他们来意味着订单来，且不说此次单量多少，算算近年往欧洲走茶的成交额，就知道将是怎样的规模，能是眼下坦洋一家两家茶行吃得下的？"

"是，爹。我……"

"既然商议经理团的行程安排，你说，能把古氏排除在外？"

"是，爹……我，我立马送去。"

"尽管他家老爷子已经作古，大房长孙幼不主事，可不管怎么说，古记的牌子还在，方古两家既是同乡，又同为茶人，于公于私都得一视同仁，这可不单单是做给旁人看，更是咱方家处事的格局与态度……都说了多少遍，做事不可对人，更不可凭借自己喜好，为何总不听？"

"知道了，爹！"方奕轩打小最怕的，就是听父亲训诫唠叨。

望着儿子逃一般离去的身影，方宗凌不禁摇头暗叹：玉不琢不成器，就奕轩这性子，还得继续磨啊！想着，往茶碗里添水，却发现热壶里没水了，于是起身，提壶，准备打水。大概听见外头的动静，刘怀淑抱着女儿起鸢从西厢屋里走出来，近前福礼地问："爹，是不是奕轩又惹您生气了？"

"别管他！"瞧见小孙女，方宗凌眉眼间立马现出慈祥的笑意，"亲家公大约中午会过来，爹过会儿要去会馆迎客，估计没空作陪。"刘怀淑暗自欣喜，她也有些日子没见父亲了。依父亲的性格，除非万不得已，几乎不参与迎来送往之事。公爹把父亲请来，说明此次接待确实重要。正想着，又听方宗凌吩咐："天冷，记得温壶酒给你父亲暖暖身子，就拿老姚送的那瓶徽州口子酒，口子酒清冽，合他口味。"刘怀淑当即答应说："儿媳知道了，您去忙您的，家里有我。"似是想到什么，方宗凌放下水壶，就要出去，走几步又回头，看着儿媳正色地说："过完年鸢儿满四岁了，你抽空帮帮奕轩，我看先从来往账目管起来。他做事总稀里糊涂，真不知整日都忙什么。"

许是要求过于严苛，奕轩无论做什么，公爹都不满意。实际上，刘怀淑早已经在偷偷地帮丈夫了。听公爹这么一说，她快快地应了声是。

说起来，令人想不通的事实在太多了——

比如，家大势大的方宗凌居然会同仅以教书为生的穷酸秀才刘成章结成儿女亲家。据说，五年前进出方家的媒婆都快把他家门槛踩烂了，然而不论官家小姐或富家千金，方奕轩愣是一个没相上，反而一眼挑中刘成章的小女儿刘怀淑。又比如，一身武艺传承的方宗凌在行事方面尽管因年纪增长而变得有所内敛，可即便面对府尊大人或商贾大富，他的态度依然我行我素不乏霸气。偏偏在对待亲家公刘成章时，礼遇有加，且表现得谨小慎微，甚至能视为某种别样的低声下气。有人胡乱地猜起来，难道方宗凌有什么见不得光的把柄被刘成章死死地拿捏在手里？当然有人立马驳斥说，自方宗凌曾祖起，几代人心胸坦荡行事磊落，方家人更是以乐善好施为立世之本，于九都的十里八乡所做的行侠仗义之事可谓多不胜数，哪来什么见不得光的狗屁把柄？

再比如，就刘怀淑本人而言，虽说其容貌也算端庄秀丽，肌肤似雪，但还远达不到所谓的妩媚动人、倾国倾城的程度，可偏偏自她嫁入方家，深得丈夫疼爱，公爹呵护，甚至得到了大部分方家人的认可。刘怀淑和古氏大房太太姚玉茹差不多同时嫁入坦洋。有人拿二人做了一番比较。众人一致认定，不论样貌或家世，姚玉茹几乎都胜出刘怀淑数筹。然而，同是红颜不同命，在五年多的时间里，先是古氏老族长仙逝，紧着大房少爷遇害，连古氏自家人都私下议论纷纷，说瞧那姚氏唇薄、眼媚、目光犀利，分明就是"扫把星"。再瞧人家方刘氏，一双明媚大眼时常眯弯成半月状，回眸含笑，精致合度的眉眼间好似藏不住春晖似的瞬间灿烂起来，两腮显着浅浅的酒窝，酒窝虽浅，却能让自家男人深醉其中——大概真诚的笑容容易感动人吧，所以她幸福……

人们差不多都这么认为。

刘怀淑嫁进方家能得这般宠爱与优待，论及缘由，很大程度得益于她父亲在她临嫁前的那番语重心长的谈话。她和方奕轩的定亲过程，差不多和别家女子一样也是经过合乎规矩的媒妁之言、父母之命。不过，她倒是很早就和方奕轩认识。那时候的方奕轩看上去就是个愣头青，平常对她父亲毕恭毕敬，执弟子礼，可一旦讨论起问题来，寸步不让甚至会争得面红耳赤大拍桌子。记得她还曾偷偷地跟母亲打趣说，方家少爷竟连半点世故人情都不懂，完全像个大傻子。母亲含笑骂她，别这么说人家，二少爷有颗赤子之心……后来，她居然和这样一位拥有赤子之心的方家少爷订婚！天哪，那种心情无法形容，简直叫不敢相信又诚惶诚恐。她当然不会反对这样的婚姻，婚前认识怎么说都好过蒙着红盖头去嫁人。于是，女儿家的心事只能找好姐妹姚玉茹说一说。谁知反被姚玉茹揶揄说，美得你吧，小麻雀终于跃上枝头要变凤凰了……

方家乃福宁府九都地界声名赫赫的世家豪门。能够嫁入像方家这样的世家豪门，是许多待字闺中的未婚女子的美好愿想。然而，于刘怀淑而言，却是一种道不出解不开的无形压力，总之各种害怕，怕婚后与妯娌小姑处不来，怕精心侍奉公爹不满意，怕族人因她娘家势弱而轻视，怕时过经年方奕轩对她相看两相厌……在临近婚期的那段日子里，她明显地消瘦了下去。

女儿身上的种种异常表现，自然都被刘成章一一地看在眼里。那晚，他将女儿单独喊进书房，开门见山就说："记住，只要保持本心，一切都将迎刃而解。"她毫无头绪，愣愣问什么是本心，怎样做才算保持本心？刘成章慢条斯理地解释说："世人大多以为，十数载寒窗苦读只为博取功名登堂入仕，人人皆有其所求且为之奋斗之目标，但凡不违背天理、人伦、国法之事，皆可视为正道，无可厚非。你爹我读了大半辈子书，也仅仅只明白了一个道理，不忘初心，方可成就本我。何为初心？你是否还记得刚开始读书之时，读书仅仅只为了识字，只为书写，只为理解，只为将书中道理记在心里，少不经事，根本不会考虑读书为何目的，特别纯粹，换句话说，这就是赤子之心。爹把你嫁给方奕轩，所看中的，并非方家显赫的地位与财富，恰恰就是看中奕轩那纯粹的品格。古语讲，人之贪欲，万恶之源。贪欲易生私心，私心易生嫌隙，最终或将致使父母不慈，兄弟不友，子女不孝，夫妻不和……这点爹倒不担心，你本性善良，从小不贪不占不争不抢，嫁入方家后只需保持本色即可。一个人若能时刻待人以诚，与人为善，时刻抱有容人之量，就算她做错了事，所做之事出现纰漏，旁人亦不忍责怨她，人心毕竟都是肉长的。朱子诗中曾言，等闲识得东风面，万紫千红总是春。儿啊，爹愿你从此春暖花开，一生幸福！"

父亲那番话等于给刘怀淑吃了颗定心丸。在刘怀淑眼中，父亲确实是整个九都学问最高的那个人，难怪娘一辈子都对父亲言听计从，即使生活清苦，也从未有过任何怨言……想到娘，刘怀淑那张灿烂的脸便逐渐地暗了下去，差不多快一年了，自己居然一次都没回娘家看望过母亲，真是不孝！今年腊月的天这么冷，不知家里炭火可备足够，娘膝盖痛的老毛病是否再犯？

暗暗自责一番，刘怀淑喊秋红过来。

秋红是刘怀淑嫁入方家后才雇来的佣人。刘怀淑并无陪嫁丫鬟，她不比玉茹是大户人家的千金。在方家，不论直系或旁系，皆不得购买丫鬟。方氏祖上陈文规定，不论佃农或长工，方家人皆应尊其习俗，重其人格，不可肆意作践欺辱，彼此只是雇佣关系，而且来去自由。

秋红本姓钟，是个山哈女，是一个畲族小姑娘。秋红刚来方家时才满十三岁，见少奶奶事事亲为，不轻易使唤她，还以为是她做得不好可能被辞退，吓得她整宿整宿地睡不着觉，毕竟家里还得靠她那点可怜的佣资过日子。后来心事谈开了，她才逐渐地融入这个大家庭，跟刘怀淑相处得亲密融洽，丝毫不像主仆的样子，看上去反倒像是亲姐妹。

"少奶奶，您找我？"秋红手拿一件新袄子走进来。瞅见红色缎面的小棉袄，密密匝匝的针脚，华丽贴合的包边，小巧精致的挽扣，刘怀淑惊讶得都忘了喊秋红过来做什么。刘怀淑上得堂厅下得厨房，唯独见女红就头疼。在父亲的影响下，她自幼只知读书习字，父母又没强求她学女红，因而长大后只要拿起针线，不是扎到手，就是缝得歪歪扭扭惨不忍睹。平日若是缝个扣子什么的马马虎虎还遮掩得过去，但若论及量体裁剪做衣裳，她想都不敢想。起骏和起鸢两兄妹的衣服鞋帽基本都由上街吴嫂一手包办。刘怀淑抢过新袄子，端详抚摸着说："真漂亮，是给鸢儿做的吗？"

"是的呀！"秋红笑着说，"前些日子，玉茹小姐让我给她儿子做几套衣裳，做完我就想，要不也给少爷小姐缝几件？近日忙，只缝好这件袄子，缎面还是您上次做被子剩下的，可惜袖子料不够。怎么样，做工还凑合？"刘怀淑嗔笑说："难怪缎面瞅着熟悉……你这手艺还叫凑合？我看吴嫂的手艺也不过如此嘛。"说着话，两人把趴床上和哥哥玩闹的起鸾抓过来一试，别说，非常合身，看上去透着满满的喜气。小脸粉扑扑的，大眼扑闪扑闪，加上头顶初长的稚发扎成了左右两个小髻，分明就是年画里的玉娃儿，一副可人疼的乖巧模样。刘怀淑抱起女儿，左瞅瞅右看看，忍不住啪嗒地亲一口。

方起骏见状，一旁嚷嚷说："娘，我也要新衣服，我也要……"刘怀淑忍不住笑骂："你的衣服还少啊？"方起骏说："哼……爹娘，还有祖父，你们都偏心，只对妹妹好，根本不管骏儿的死活。"听这话，刘怀淑厉声问："谁教你说这些？"方起骏怯怯地回答："学堂里……大家都这么说。"刘怀淑和秋红对视一眼，再问："我们对你怎样，你心里没数吗？方起骏，过完年你就七岁了，你说，妹妹还小，当哥哥的应该怎样做？"方起骏很快地低下头，小声说："当哥哥的……当然要保护妹妹！"刘怀淑大声说："方起骏，你可记住了，身为方家男儿，身上必须要有方家男人的担当，做人看事情，不可总计较得失，还要时刻懂得守护弱小，这些道理难道先生没有教过你？"

"娘……"这些道理先生当然都教过，先生还让孩子们逐字逐句地背诵下来。许是因为年纪小，方起骏似懂非懂，只伸手挠了挠自己的脑瓜子。

"告诉娘，现在记住了没有？"刘怀淑冷声再问。"记住了！"方起骏挺起小胸膛，弱弱地应了声。"好了，写课业去。"刘怀淑说。"哦……"方起骏知道，这时候再撒娇也不会起任何作用了。

等方起骏回自己房间后，秋红想了想，问刘怀淑："不知学堂里哪个熊娃子乱嚼舌根，竟敢和起骏少爷这样乱说话，要不……我去警告警告？"怀淑蹙眉想了想，摇头说："孩童间说什么都当不得真，往后多关注骏儿就是，倒不用放在心上。"秋红这才想起来："少奶奶，刚才您喊我？"刘怀淑不禁失笑："瞧我，自从怀了鸢儿，我这记性变得越来越差了……"

交待好温酒事宜。刘怀淑忍不住问："你刚才说，玉茹让你帮忙，给定邦做衣裳？那她……"上街吴嫂的工钱虽说贵了些，不过人家的裁缝手艺可是远近出了名的，坦洋人差不多都穿吴嫂缝制的衣物。就算怀淑和玉茹之间交情深厚，然而没有通过主家，仅凭下人之间的泛泛交情，就让秋红替古氏大房长孙做衣裳……这事怎么说都让人费解。思来想去，大概只剩下一种可能了，使唤秋红不花钱，从而也说明了，玉茹此时正缺钱……

果然，秋红说："听翠儿的意思，玉茹小姐确实是遇到困难了，翠儿说她家小姐还悄悄当了嫁妆。"听这话，怀淑吃惊不小："奇怪，怎么没听玉茹提起过？"秋红接着说："据说这一年多来，到大房手上的月钱越来越少，看来她们是被古安河逼到墙角了，翠儿说，古安河在上个月的族议上还建议暂由族老代管大房的田产地契。"怀淑不由生气，冷笑地说："凭什么？古氏二房欺人太甚！"秋红说："大概怕玉茹小姐裹家产改嫁吧！"怀淑说："就算玉茹改嫁，房屋、田产还有茶行那些硬物件能被带走？大房积攒的金银细软，早被古安江挥霍一空，我看古安河就是不安好心，早盯上大房的家业。"秋红思着说："可不是嘛？少奶奶，我想不明白，情况这样糟糕，玉茹小姐怎不向姚老爷开口？不说别的，单凭姚老爷名下那些条船，都能让古家二爷老老实实地闭上嘴。"怀淑思索片刻，叹声说："玉茹性子一向如此……这样，待会儿我自己温酒，你挑些竹炭过去，顺便问翠儿，看她们还需要什么，不过这事别让玉茹知道。"秋红嗯了声是，转身办去。

方奕轩怀揣请柬来到古家大院之时，雨势貌似大了一些。

阵阵的寒风儿夹带着冰冷的潮湿，仿佛直接穿透厚实的棉衣棉裤，如针儿一般扎进人的肌肤，然后深深地扎到骨子里头去。方奕轩站在院门口，顾不上打个冷哆嗦，举手正准备敲门，忽又犹豫地停住了。其实奕轩一早出门，首先就奔古家而来，只不过那时院门紧闭，敲门又无人应答。奕轩做事向来懒得多费口舌解释，这才被父亲误会，被父亲一番唠叨训责。

古家大院呈坐北朝南走向，一排三座，一字排开，外头以院墙圈起来。东头的宅子属大房，西头归二房所有。古氏大房二房非嫡兄弟，而是堂亲。老爷子共育两男一女，当年押茶走海，途中遭遇风灾，船毁人亡，兄弟罹难。老大仅生下古安江一人，老二倒是留下两子即古安河与古安海两兄弟，不过兄弟俩皆为姨太太生出，即人们常说的庶出。老爷子健在时，就住在中间的那座老屋子里。老爷子身故后，中间的老屋便成了一座黑洞洞的空营，屋门时刻用铜锁锁起来，就像是横亘于大房与二房之间的一道不可逾越的鸿沟……

古记茶行的牌子为老爷子多年经营所创。大概基于此，人们现今只要一谈及古记，便只能想到古安河，毕竟他是二房长子。虽说宗族的主事人自古传嫡不传庶，然而就古氏直系而言，如今就只剩下他和安海了。名正言顺的古安江三年前遭土匪杀害，大房长孙古定邦尚不足七岁，于成年前绝无不可能成为宗族的主事人。关键古姚氏风华正茂，能否守节尚未可知。于是许多人差不多都认定，若得古氏族老一致同意，古安河便是新一任的古氏族长。毕竟诺大的古氏缺族长已近三年之久，这对古记茶行的生意来说，绝非好事。

方奕轩此前犯了犹豫，就在于不知该将请柬送到谁手上。

到底是东大院，还是西大院？

可惜，天实在太冷了，方奕轩仅纠结片刻，便转道西院小门，持门环笃笃地敲了几下。里头有人应声。不多久，门打开，是管家康梁开的门。

"唷，方二爷，您这是……"康梁对谁都是一副笑嘻嘻的恭敬模样。

"烦将请帖转交你家二爷。"站门口，方奕轩掏出请柬递过去。

"这事还劳您亲力亲为，方家人做事真是没的说！您进来稍坐，待我煮壶茶给您暖暖身子，瞧这天，实在冷得不像话。"康梁双手接帖说。

"不用了，我还有事。"说完，方奕轩转身就要走。

"别啊！您瞧，这会儿雨又大起来，我知道您忙，不过也不耽误这一时半会儿不是？再说，我也有事要找您，这会儿算是赶巧了。"康梁说。

就在这时，雨确实开始啪啪啪下得欢起来。此刻若是冒雨离去，非淋个落汤鸡不可。方奕轩只好道了声谢，移步门房。门房内，炭火烧得正旺，烘得整间屋子温暖如春。"康管家很会过日子嘛！"方奕轩边落座，边打趣道。他和古安河一向不对付，但对古氏旁的人，心里倒没有多少成见，毕竟乡里乡亲，彼此间抬头不见低头见。再说，古氏与方氏两家并无实质性的怨怼。只不过好事者一说起坦洋，便先数落古家与方家。一家有钱，一家有势，仿佛只有这两家斗个你死我活，斗个鲜血淋漓，那些磕瓜子喝茶看戏的人心里头才舒坦。久而久之，连方奕轩自己都闹不明白因何会与古安河针尖对麦芒。

康梁一边烧水涤杯，一边赔着笑说："咱就是个跑腿的，吃什么穿什么住哪儿，都没身份讲究。"方奕轩故意说："哄谁呢？别人不清楚，我还能不知道，你康大管家在古记茶行是占着股份的，也算古记的东家之一。"康梁飞快地往门外瞧了几眼，压低声音说："您哪，可千万不敢这么说，我不过投点小本挣点儿小钱而已……严格说来，算东家体恤我们这些做下人的。"

说话间，康梁将沏好的茶倒进茶碗，递给方奕轩。

方奕轩接过去尝一口，仔细地品了品，由衷称赞说："嗯，这茶不错，像是新口味，叫什么名字？"康梁态度诚恳地问："依您看，这款茶叫玉兰香如何？"方奕轩盯着康梁看，心里惊讶不已："难道，这茶是你做的？"

康梁点了点头，笑着说："闲来无事，前些日子自个儿瞎琢磨，分不清好赖，不知是否合您口味？"方奕轩又喝几口，仍旧说："嗯，真不错，茶汤口味独特……万万没想到，你康大管家居然是个大师傅！"康梁拱了拱手，谦虚地说："我这点假把式哪敢跟大师傅比，难登大雅之堂。不过，若说这款新茶的制作火候，还真与平常的茶叶不一样。"

"噢？"方奕轩放下茶碗，这才问："你刚才说，有事找我？"

康梁嗯了声，走过去掩上房门，低声说："若您真觉得这款茶不错，值得推广，你我私下合作一把，如何？"方奕轩没说行不行，只笑着问："你可硬生生地把我给弄糊涂了，古记根深叶茂，实在想不出你因何舍近求远？"康梁苦涩地笑了笑，说："就生意规模而言，古记兴许略胜方记一筹，但若论及推广新品茶，有谁说话能比你家老爷子分量重？"

确实如此。几乎每隔两三年，九都的十里八乡都会在真武桥头举行一次斗茶大赛，最后选出头等茶、二等茶和三等茶，并分别予以定名。而每回这样的斗茶赛基本都由方氏出面组织。比赛结果若存在争议，方氏一锤定音。

康梁见方奕轩陷入沉吟，脸上显出动心神色，继续说："而且，我也听人说了，三都澳很快就要开放商埠，假设这款新茶能够顺利推广的话，红利可想而知，就算推广不开，对您来说也不会损失什么。"

"你预备占几成股份？"方奕轩略思片刻，认真问。

"两成……"康梁伸出两个手指头，很快又自己缩回一指，"一成也行，其实我呢，不求大富大贵，只想挣点贴补家用，我家小子也该成家了。"

"此事若成，肯定不会只挣点小钱那么简单。"方奕轩思着说，"康大管家，真不怕你家大少爷到时不高兴？"

"此事若成，以后我鞍前马后跟您混了。"康梁嘿嘿笑着。

"开个玩笑……先这样吧！这事得找我爹商量，最后是他拿主意。"

方奕轩听外头的雨声歇了，将碗中茶饮尽，起身说："合作细节你最好预先都想好了，亲兄弟明算账，到时需要订立契约，交府衙备案。"

"是是，那是当然，那是当然。"康梁躬身说。

包上一小袋样茶，让方奕轩带走品尝。目送方奕轩离开，康梁快步来到西院的大厅门口，朝里头正在招待一位故人之子的古安河悄悄地打了个手势，意思大概是说：爷，那事成了……

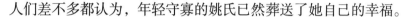

人们差不多都认为，年轻守寡的姚氏已然葬送了她自己的幸福。

如何理解这句话呢？在姚氏余下的生命时光里，如若为儿子而活，最终活成贞节牌坊。她若选择为自己而活，则须改嫁。而她一旦改嫁，古氏大房的一切都将与她无关。她前脚一走，留下儿子定邦单丁弱势，更无法与虎视眈眈的古安河相抗争了，遭鲸吞蚕食那是迟早的事。假设姚氏携儿改嫁，最后可能连古定邦也将失去大房财产的继承权……到那时，古安河只需让自家孩子中的一个过继到已故的古安江名下，就可名正言顺将整个直系的家产收入囊中。

因此，不论姚氏放不放手，古安河似乎都是最后的赢家。

说这人哪，绝对不能太闲了，更不能兜里有钱地闲着，人一旦不为生计发愁地闲下来，许多无厘头的想法和毫无根据的流言容易就满天飞……

比如，人们习惯称古安河为"二爷"。实际上，古安河的年岁比古安江还要大几岁，只因他出身二房，于是"二爷"便成了古安河很想抹去却一直抹不去的一个烙印。再比如，风姿绰约的姚玉茹总惹人无限遐思……

"你们猜猜，姚氏究竟会作何选择？"

"俗话说，女人心，海底针，谁能猜得准呢？不过，你们可别忘了，别看姚氏现今势屡力弱，她娘家可一点也不简单，古安河虎视眈眈，却一直不敢付诸行动，心里头大概对姚老大还是有几分忌惮的。"

"这么分析，也有几分道理！"

"可她因何数次典当金银首饰？按说，月钱够她娘俩开销的呀。"

"老太太至今还拖着病身子，大房除了古记，本就没有其他收入，单靠那点可怜的月钱，呵呵，够吃够喝已经算不错了。"

"是啊，上有老下有小，说起来，古姚氏委实不容易……"

外头的风言风语，姚玉茹或多或少都有所耳闻。然而，她的心思并不在这些上面……什么是幸福？玉茹隐约地总结出一个结论，那就是把握在自己手里的才叫幸福，否则一切都将如过眼云烟。比如当初，是否嫁古家，姚朝荣曾认真地问过女儿意见。那时玉茹和古安江仅见过一次面。古安江仪表堂堂，而且古家与方家皆为坦洋数一数二的大宗族，以为他和方奕轩一样，是知书达理的忠厚良人，没多想就答应下来。谁能料到一样茶，饮百样人……

至于古安江遇害的真相，玉茹也曾暗自生疑过，但她没想深入追究，有道是人殁万事休，就算揪出幕后主使又如何？假设男人自己不沉迷柳巷花楼，又怎么可能会身遭大难呢？说到底，一切都是咎由自取！

"小姐，听说老爷下午也来坦洋了！"

哦？玉茹停住手中的笔，抬头看着走进屋里的翠儿。不过眼神不是质疑询问的那种眼神，清澈中透着迷茫，仿佛心儿仍陷在某种思考中没拔出来。

过许久，玉茹缓缓点头："茶商大事，不可能缺了我爹！"

翠儿是姚玉茹的陪嫁丫鬟，这年满十八。翠儿打小陪着小姐长大，主仆二人的感情比亲姐妹还要亲。坐下后，翠儿抬手哈几口热气，重新拾起针线，想了想继续说："小姐，我想现在就去请老爷过来，有些事……"玉茹继续伏案书写，头不抬地说："不用！""小姐……"翠儿急了，"您就算不为自己考虑，也得为小少爷早做打算吧，现在二爷只扣咱一些月钱，接下来，天知道他还会干出什么丧尽天良的事！"

"怎么，还怕他把咱一家赶出去啊？"玉茹扑哧笑了，"你啊，做事总毛毛糙糙，爹既然来坦洋，能不顺道过来？还有，知道二爷为何不敢明目张胆和咱撕破脸吗？"翠儿愣着问："为什么？"玉茹舒服地伸个懒腰，说："因为他怕我爹。福宁谁不清楚我爹的性子？若论不讲理，有谁比得过爹？有人甚至这样说，姚朝荣若是要起狠，天王老子也得靠边站。所以呢，二爷再怎么咄咄逼人，也不得不顾忌几分，不用太担心！"翠儿仍然有点拿不准："可……小姐，老爷也得了解情况才行啊！"玉茹长叹地说："要知道，我已是嫁出去的女儿，嫁出去的女儿泼出去的水，往后日子是好是坏，都和娘家无关了，再说爹也不可能天天来坦洋替咱撑腰啊……放心吧，我心里有数。"

"小姐心里有数就好……"翠儿撇着嘴儿点点头。

"老太太睡了？"玉茹重新拿起笔，思着问。

"嗯，喝完药就睡了。"翠儿逐又忧心忡忡地说，"小姐，老太太现今这个情况，怕是熬不了多久了，咱……"玉茹说："不管怎样，咱只要尽了自己的本分，谁爱说三道四谁说去，无所谓。"说着，从桌案的抽屉里取出一个小包裹，递给翠儿，"记得把这几件首饰也当了。"翠儿为难地说："还，还当啊？小姐，再当的话，您的首饰就没剩多少了。"玉茹笑了笑："大概也是最后一次了。"看着愣怔的翠儿，玉茹接着说："金银首饰再值钱，不过就是一堆死物件，以后想要了，赎回来就是。"翠儿支吾地问："小姐，您还没告诉我，咱究竟要做什么事呢？"玉茹说："总之是大事，很快你就知道了。"翠儿不解地点头："好，好吧，小姐。"

在翠儿看来，小姐虽为女子，心气却比一般男人大得多，关键还在于，小姐并非足不出户见识浅薄的弱娇娘，她见过大世面，岂是心胸狭窄诡诈恶毒的古安河所能比拟的？不过，翠儿这种自我安慰的高昂情绪并没维持多久，便又倏地消沉了下去，可惜啊，小姐偏偏嫁给了糟心的姑爷。俗话说，男怕入错行女怕嫁错郎，小姐一生的幸福完全就断送在英年早殁的姑爷身上。小少爷倒是不错，从小听话懂事，聪慧伶俐，长大后铁定是一个能撑能扛的男子汉，可惜他现如今年纪尚幼，不知能否顺利地熬过这漫长的岁月，唉……

既然小姐发了话，翠儿只好收起幽怨与叹息，将包裹小心地收起来，直接出门，准备去汪家当铺。汪家当铺位于坦洋溪畔的上街。每回过去，翠儿几乎都是小心翼翼的，遭遇劫道倒不存在，毕竟就几步路的路程，关键怕被人知晓了失了小姐的脸面，因为路上遇见的几乎都是能喊出名字的人。

"翠……"突然，身后有人大声喊。翠儿惊地驻足，转身，见是自己的相好冬仔，嗔骂那人："你不知道人吓人要人命么？"

"嘿嘿……"冬仔驾着马车，"吁"的一声停在翠儿跟前，跳下车，笑着问，"瞧你这火烧屁股的，准备去哪儿呢？"

"要你管！"翠儿给了冬仔一记白眼，问："三两天不见人，哪儿鬼混去了？"冬仔急咧咧地说："天理良心，我是好青仔，做的都是正事！"翠儿冷哼说："鬼才知道！"冬仔凑近翠儿，小声问："翠，咱俩的事，和你家小姐提了没？"翠儿这才记起来："呀，还没呢！"冬仔苦涩一笑："就知道会这样。"翠儿支支吾吾说："现今二爷逼得紧，小姐难着呢，我怎好再拿这事去烦她。"冬仔略思几秒，点头说："二爷确实有些过分！没事儿，刚才逗你玩呢，你我还都年轻，我等得起。"翠儿故意问："若是没结果呢？"冬仔决然地说："那我也等！"这话令翠儿有些感动："这还差不多！"

这时，车厢内忽地传来一阵男人的叹哼声。

翠儿本能地闪到冬仔身后，低声问："车里有人？"冬仔笑着说："一个老醉鬼！原本送他回家，不料车走半道，突然要回转，说是有要事忘了和二爷交待。"隔着车帘仔细地听了听，车内人大概又翻身睡着了，这才说："那我先回了，暝晡找你去。"翠儿脸色顿红，嗔着说："晚上没空。"

"真的假的？"冬仔玩味地问。

"我家老爷来坦洋了。"翠儿认真地说。

"呃……"冬仔泄气地撇嘴。翠儿说的是事实，刚才送客人的时候，确实瞧见江面上驶来的姚家船。目送翠儿离开，冬仔重新跃上马车。马儿掉头，马车缓缓地朝古家西大院方向驶了回去。

古家西院的天井边上，古安河双手背后，站着望天。古安河每每保持这副模样，康梁就知道，东家心里必定在想事。这时候，可别去打搅，否则非被训得狗血淋头不可。所以，康梁只安静地站一旁，不敢吭一声。

"康梁，你说，我今天这么做是否值当？"默半天，古安河突然开口。

"啊？哦！"康梁很快地缓回神，略作思索地说："从情理上讲，贾道仁的父亲贾里曌确实于咱古氏有大恩，我曾听老爷子亲口说过，贾里曌当年几经周折，可以说费尽心力帮古氏迁了祖坟，扭转了风水劣势，使得古家逐步发达发展至今。若按老爷子生前遗愿，遇其后人应当重谢。这点贾道仁倒无欺诈之嫌，关键他手中持有老爷子的印书。我仔细查验过了，印书确实是老爷子亲笔所留。爷，您不妨试想一下，假设咱不答允增银之事，以贾道仁那张能说会道的嘴，指不定会凭空编造出怎样不利于您的故事来呢。"

"钱是小事，关键堵心！"古安河阴鸷地皱起眉头。

"谁说不是？不过，爷——"康梁近前一步低声说，"既是遵循老爷子的遗愿行事，银子自然不能全由您来出，族里大户多着呢。再说，一饮一啄花钱报恩，哪说都是理。而且，贾道仁得了您的好处，能不宣扬您知恩图报为人仗义？这对您所谋之事也算助力……所以，无能用值不值当来考量。"

"哈哈哈……"古安河听后，心情大为舒畅。他觊觎族长之位多年，任何可襄助之事无论大小皆不容落下，有聊胜于无，反正自己又不亏。古安河旋即让康梁煮茶，自己回房更衣。康梁才拾碳烧水，就看见冬仔和一下人搀着醉醺醺的贾道仁回来了。康梁有些纳闷，问冬仔："他这是……"贾道仁挣开搀扶打着酒嗝问二爷可在。康梁说在，紧步上前扶贾道仁一旁落座，示意冬仔二人退下。这时古安河听声音从里间出来，问康梁："怎么回事？"

康梁尚未开口，贾道仁口喷酒气地竖起大拇指说："二，二爷，您为人实在大气，银子我愧受了……那我也不藏着兜着了，我爹生前有交待……若能落成那件事，对你古氏来说将是登顶辉煌的大机遇。"古安河换上笑脸，安坐一旁："古某愿闻其详！"贾道仁颤悠悠地竖起食指说："一，一块地，方家祖坟前的一块地。"古安河没听明白，诧异地和康梁对视一眼。

"无论如何，你都要设法，设法将那地块弄到手，然后将你古氏宗祠迁移过去。"贾道仁坐了片刻，些微地缓过酒劲，继续说："我爹说了，那是一块不可多得的风水宝地。风水之术，不外乎观其形势，定其方位。此地块后有靠山，前台入宽，出窄，左右有青龙白虎伴护，于此地块上修建宗祠明堂，藏风聚气，可纳福进财，且此地比邻坦洋溪，长溪蜿蜒曲折，外接远洋，内水长流不息，外洋有容乃大，得此地，可保子孙后代福禄绵延。"

"这……"听完这番话，古安河完全愣住，只是辨不清真假。

"二爷，"贾道仁接过康梁递来的茶水，徐徐饮尽，搁下碗接着说，"先前我对你隐而不言，是因为我爹生前有交待，倘若我来古氏拜访，你们冷眼相待敷衍了事，我便将秘辛永远地烂在肚子里，此后不再提……但，"贾道仁朝古安河拱了拱手，"二爷你慷慨，二话不说便赠银三百两，如此我若再秘而不授，那就不是受之有愧，而是受之有亏了，望二爷谅解。"

"呵呵……先生言重了！投之以桃，报之以李，区区几百两白银，哪够报答你父亲对我古家之大恩，不足一提！"古安河微笑地说。

古安河看似诚心诚意、心甘情愿，心里头实则肉疼得紧。

三百两白花花的银子，对谁来说都不是一笔小数目，何况古安河本就不是阔绰大方之人。在贾道仁酒足饭饱临别之际，古安河原想抛个百八十两银子打发了事，谁知从内兜掏出庄票时，竟黏连地带出三张来，这时候自然不好当着贾道仁的面再塞回去，才有了赠银三百两之说。贾道仁当时醉眼蒙眬，只随意地塞进兜里，大概车行半道才掏出来细瞧……不承想，竟是峰回路转，谁能猜到贾道仁还有一个所谓的大秘辛作后手，算不算歪打正着？

喝过一阵茶。

古安河真诚地请教贾道仁："欲取方家那块地，最简而有效的法子，当然是出钱购买，然而方氏不比别家，他家不缺钱。因此，掏钱购地这条路貌似行不通啊！先生，您见多识广，能否给古某一些建议？退一步讲，假设方家不撒手，是否还有别的处置办法？比如，另选一处风水宝地？"

古安河当然不会轻易被贾道仁三言两语所说服，但骑马找驴，既然涉及宗祠迁移，就是宗族大事，此事若由他出面操持的话，不就是……

贾道仁盯着古安河，面色凝重地说："二爷，你让我说什么好呢？所谓天机不可泄露，道破天机，本就是犯了忌的，而犯忌……"古安河见状，眼色示意康梁。康梁忙摸出一张五十两的庄票，放到贾道仁面前的桌面上。

贾道仁哈哈一笑说："二爷果然敞亮！实话说吧，此前我曾从各个方位相看过坦洋地界，确如我爹所说，唯有方家那块地的风水势最妙，至于退而求其次另寻别处，也不是不可以，只不过……倘若方家得高人指点，于此地挖池蓄水，形成潜龙在渊之势，估计不出数年，呵呵，你古家对方家就只有望其项背的份了。"言至此，特意压低声音，"关键你们古氏顺风顺水很多年，有道是盛极则易衰，为避免此消彼长，唯有……"

"这么说，我们别无选择了？"古安河大为骇然，"可是……难啊！"

"欲成大事，都不容易……不过老话说得好，世上若有一千种困难，就有一千零一种解决法子，关键在于运筹谋划。"贾道仁面色严肃地说，"方家地毗邻汪家、刘家还有陈家的茶田，二爷你先从这三家入手，既不显突兀，也合乎情理，就算方家人再见精识广，也猜不出这背后暗藏的真实意涵……至于购地理由嘛，倒需要仔细斟酌，简而言之，在商言商不言其他。"

"高！贾先生，高人哪！"至此，古安河心悦诚服。

再次唤来冬仔，恭送贾道仁。

古安河坐着越想，心里头越是乱絮横生，问康梁："人常说术士之言多荒诞，可信亦可不信，你怎么看？"康梁微笑说："贾家算得上风水世家，贾里睽当年还被总督大人奉为座上宾。不过这个贾道仁，看上去反倒像个肚子里打着小算盘的市侩奸商，您若不赠银，他还不见兔子不撒鹰呢。"古安河也摇头失笑："确是如此！好在他父亲盛名在外，倒可以好好地利用一把。"康梁表示赞同："假若宗祠真能顺利搬迁，族老对您大概就不会多存异议了。"古安河说："此事待后再议吧……经理团莅临在即，当务之急是先绝了方记雇请大师傅的念头。"康梁眼珠子一转，低声说："爷，您既然能拿到半山师傅的样品茶，何不直接托那人请半山师傅出山呢？"古安河叹声说："我何尝没有这种打算，可惜，那人没答应。"想了想，遂问起古安海。康梁说："哦，按您吩咐，三少爷一早就去会馆了。"古安河思着点了点头。

过了午时，约摸未时一刻。

坦洋迎宾会馆门口的气氛陡然热烈了起来，盼望许久的各国洋行买办先行团一行人终于到了……方宗凌领着众茶商，整齐地站在门口准备迎接。

古安海后退半个身位，站在方宗凌身旁，神色泰然。

方宗凌与古安海交谈不多，仅寒暄寥寥数语，但已从心底里对这位刚从海外留洋归国的古家三少爷产生了浓厚的好感。方宗凌数次回头，寻不见儿子方奕轩的身影，不禁暗怒，然而心里有气却无处发，只好憋着。方宗凌当然想象不到，方奕轩将岳父送到会馆后，转身就回家陪妻儿闺女去了。

此次陪同先行团前来的，除了新成立的茶商公会的部分同仁，还有道台及县府的部分官员。而领队却是一位高鼻梁金头发的洋人。据介绍，此人名叫约翰·布特，乃英国布特家族的人，闽海关税务司总长的亲侄子。

"泱泱大清，海关税务司官员居然由洋人担任？难道……朝廷真就这么任由洋人把持国税钱粮？"方宗凌讶然不已，瞪大双眼望着跟他介绍情况的那位官员。"方先生啊，"那人苦叹着低声说，"下官虽说在县府供职，若论官身品阶，实际上还不如您呢，也就比寻常百姓多一份俸禄而已。您说，咱管得了朝廷大事么？"转而又说，"但无论如何，咱得把那位爷伺候好了，据可靠消息说，布特先生很可能就任即将成立的海关税务司长官。"

听完这番话，方宗凌已不知该怎么形容自己内心的感受，满腔的热情与期盼仿若被一桶冰冷的水硬生生地浇灭了，脸色显得特别难看。

古安海见状来到方宗凌跟前："叔，您身子不舒服？"方宗凌很快地回了神，微笑地说："无甚大碍，许是累着了，歇歇就好。"古安海也笑："那您先一旁坐坐……迎来送往，不累人是假的。"说着替方宗凌倒来一碗热茶。

这时候，道台的官员致辞完毕，请布特先生讲几句。

约翰·布特操着一口夹生的汉语，说的无非是些劝勉的话，即在未来的日子里如何与诸君一道，共同努力，扩大茶叶贸易量等等……细究起来，倒不显得多专横跋扈，这让方宗凌稍稍地安了心，说来也是，在商言商就好！

过后，迎宴开席。

方宗凌身为坦洋茶商代表，自然于主桌陪客。一同作陪的还有古记代表古安海，以及郭家、林家、王家等各族长事人。一时间，会馆里推杯换盏，宾主尽欢。先行团来到坦洋，说是商谈经理团的行程安排，实际上所有一切早都提前安排好了。副领队是一位身着西装后脑勺拖着小辫子的旗人。他将一纸经理名单及相关日程的计划书丢到方宗凌手上，冷冷地吩咐说："方先生只需按章办事即可。"这人的态度明显要比洋人来得傲慢。不过，方宗凌才不会与这种人一般见识，只微微地点了下头，算允诺下来。尽管面挂笑容，方宗凌仍觉心口堵得慌，于是更坚定了将方记完全放手于方奕轩的念头。

方宗凌原本没打算这么早放手。可他预想得到，一旦海关设立，诸如此类虚以委蛇之事将多不胜数，以他耿直的性子，实在无法应承同流。并且从今日方奕轩逃避应酬的情形来看，早日让他接触这种人际交往对方记将来的生意还是有好处的。方奕轩打小不愿习武，如今身子骨已定型，习武自然是不可能的事了。因此，方宗凌决定将宗族武学传承放在孙儿方起骏身上……

这么一想，方宗凌心里顿觉舒坦多了。

宴席将散之时，方宗凌自我感觉喝多了，起身向客人告了声罪，准备先行回家。方宗凌握着古安海的手，说："贤侄替叔再陪诸位大人喝几杯……若得空，记得到叔家里坐坐。"古安海爽快地答应："好的，叔，我送您……"说完起身，引着方宗凌送至会馆门口。有人悄声问旁边人："谁啊？"听说是古家三少爷，大为讶然，"不是说他们两家不和么？"古安海回来时，自然听到一些窃窃私语，但他全当没听见，泰然的态度不禁让人高看一眼。

此刻，夜幕降临，华灯初上，周遭很快陷入了朦胧的清暗之中。

道两旁相隔丈余的脚灯纷纷地亮了，玻璃灯罩里透出泛黄的光芒，硬是照出喜庆热闹的氛围来。几家花楼门前竞相张灯结彩，从别处借来捧场的花姐们打扮得花枝招展。许是担心遮掩了婀娜的身姿，她们大多不着厚衣，因而各自咬紧牙关半倚半靠地等候在灯火通明的门廊里，想着不多时，就将迎来远道而来的出手阔绰的恩客们，再冷再冻似乎都将是值得的。

外头，早是雪停雨歇。

不过寒风儿依然一阵紧接着一阵，刮得天气更加冷冻逼人。

姚玉茹一家在东厢厅刚准备坐下吃晚饭，姚朝荣就过来了。

姚玉茹起身迎了上去，审看了父亲一番，戏谑地说："倒是稀奇了，居然没喝多？"姚朝荣过去摸了摸外孙的小脑袋，径自一旁落座："跟一帮装模作样的家伙喝酒实在提不起劲。"见女儿喊翠儿烧水煮茶，摆手说，"都别忙活了，先吃饭，吃完，爹有话跟你说……"

桌上摆着四碟素而单调的菜肴，一碗稀而见底的蛋花汤，又见小外孙只低头扒着碗里的饭，姚朝荣不禁皱起了眉头，忽觉有些心疼，女儿一家过的竟是这种惨淡的日子？对于二房种种"逼迫"大房的事，姚朝荣当然有所耳闻，然而女儿不开口，他实在不好出面干涉古氏的家务事。

既然如此……好吧，反倒没那么多顾虑了。

饭后，翠儿煮好茶，带定邦回房。

姚玉茹陪父亲坐下。

"您是想和我说琬娘的事吧？只要合心意，娶回家是好事，我没有不同意的道理……我娘都走了十多年，您身边没个知冷知热的人，我也不放心。"

"这事……"姚朝荣尴尬地笑两声，"你也知道啊？"

"您的事坦洋的人都知道。"姚玉茹替父亲添了茶水，微笑地说，"我也听人说了，说琬娘医生是个好女人。当然，是您娶人家，是否合适只有您自己最清楚，总之一句话，只要爹您称心，女儿衷心祝福。"

"囡啊，"姚朝荣感慨地唤了声女儿的乳名，"爹是一把年纪的人了，娶不娶其实不那么要紧，倒是你，究竟怎么考虑？"

"我？考虑什么？"

"也怪爹，当年没打听清楚，就把你嫁到进古家……可以说，把你一生都耽误了。"姚朝荣喝下一口茶，接着说，"而今，你守节已满三年，于情于理都交待得过去，所以，可以重新考虑自己的终身大事了。"

"您是说……让女儿改嫁？"姚玉茹一时间愣住。

"什么叫我说？"姚朝荣瞪住女儿，"若是别的男人，你为他抱贞守节立志不嫁爹不会有二话，可是古安江……哼，那小子不值得你那样做。"见女儿沉默，姚朝荣耐心地劝，"更别说，古安河一直有着司马昭之心。囡啊，爹实在不愿见你在古家继续受委屈！"

"爹……"姚玉茹凄清地笑了笑，眼圈红了，"说实话，我嫁到古家这几年确实过得不如意，但这，或许就是我的命……我也逐渐想明白一个道理，自怨自艾无法改变什么，只会给人添些谈资笑料罢了。不过爹，您放心，你女儿从小就不是软柿子，是圆是扁，还由不得二房说了算。"

"唉！"姚朝荣长叹一声，"就知道会这样。可眼下，整个古记几乎都被古安河把在手里，接下来，你们娘俩的日子怕更不好过。行吧，你实在不愿再嫁，爹也不强求……要不你和定邦干脆搬回赛岐住去，爹手下那么多号人都能养着，还怕缺你娘俩一口饭吃？"

玉茹想了想，深吸一口气说："爹，女儿没想改嫁，一是定邦还小，二是女儿已经决定好了，准备……重启大房茶坊！"

"你……准备制茶？"姚朝荣盯了女儿一阵，忽地笑了，"好吧，先说说理由，囡啊，只要你能说服你爹我，爹定会全力支持！"

姚朝荣本想说，区区一个破败的制茶作坊能值多少钱？就算重启，能具备多大的盈利能力？再说女子相较于男人行商，本就要难上百倍千倍。不过，姚朝荣没想去打击女儿，倒准备先听听女儿怎么打算。

"爹，您先看这些。"姚玉茹回房取来一本线装的记事本，递给父亲。

本子上密密麻麻记着详尽的运营细则。其中包括，可实际把控的商行分号的落地分析，相应的雇员成本及日常运作成本预算，如何在茶叶贸易中以小博大以弱做强的策略，当下贸易环境的优劣势分析，甚至还写明了新商号经营的新思路……很快通览一遍，姚朝荣慢慢地合上本子，面色变得异常凝重。姚朝荣对茶叶生意不内行，但多年来一直在替各大茶行走船运茶，自然清楚其中可观的利润。原以为女儿做下决定只是一时意气，谁承想她竟考虑得如此周全……姚朝荣如陌生人一般地望着女儿，从女儿的目光中他看到了自信和决然，心中百感交集，既心疼又自豪地问："你觉着怎样？"

姚玉茹说："凭女儿一己之力，想要达成目的，自是不大可能，因此我才决定改换思路。所谓商人逐利，只要利益分配得当，便可以联合所有愿意联合的小作坊、小茶行、小铺口，形成一股合力，而这股合力，将是咱家茶行的最大倚仗，到时候，便可与古记、方记乃至各大茶行相竞争。眼下，远洋贸易逐步扩大，从表面看，是茶商的机遇，实则也充满了更大风险，我想，茶商们差不多都看清其中道道，换句话讲，反而有利于咱家茶坊重启。"

姚朝荣凝思片刻，点头说："思路不错，也很成熟，和爹的一船一独立主事差不多，不把鸡蛋放在同一个篮子里，既可保证收益，又很大程度降低了运营风险，很好……不过，你得先解决好两件事：一，找到那些愿意联合的小茶商，并说服他们；二，当务之急须请到能镇得住场面的大师傅。"

姚玉茹笑着说："这两件事，可就得仰仗爹您支持了。"

对于女儿的请求，姚朝荣自然不遗余力无二话。不论在清溪两岸，坦洋一带，还是在赛岐几条街，姚朝荣的面子都是好使的，至于制茶大师傅……姚朝荣沉思着，眉头不禁锁了起来，心中倒是有个人，只不过那家伙——

石半山。

对，就是那位人称"制茶怪才"的石半山。有人说他是江西人，也有人说他是浙江人，具体哪里人氏不清楚，不过众所周知，石半山是从武夷内山出来的大师傅。对于制茶师傅而言，称谓前头能冠以一个大字的，首先他需有拿得出手且被广泛认可的口碑茶。比如石半山，他研制的"半山红"曾是达官贵人乃至道台大人日常饮用的精茶之一……甚至有人这样评价石半山，茶行生意做得再大，仅值"半山"之价，若得"半山师傅"，如此合二为一，方可撑起茶行的整片江山。这个评价足以说明石半山制茶技艺之精湛独到。然而，人们对石半山的人品却是毁誉参半，有人说他为人大度肝胆义气，有人说他性格古怪不易相处，更多的人却说石半山生性好色。谈到好女色，男人大多如此，但远不及石半山那样肆无忌惮。据说十年前，石半山迷恋上一位富家姨娘，并以斗茶的方式将那女人赢过去，却因此折了一条腿，然后便在福宁的地面上销声匿迹，没人清楚他最后是生是死，还是和那女人搬去了别处……

"我估计，石半山十有八九还活着，并且没有离开福宁府。"姚朝荣跟女儿介绍了石半山的情况后又说，"我和他倒是有过一面之交，感觉这人不像世人说得那样不堪。"姚玉茹说:"这世上本就没有完人,再者,有真本事的人哪个性情不古怪?有道是木秀于林风摧之,这种人更易遭人妒忌……爹,只要您帮女儿找到他,女儿有信心请他来为茶坊坐镇。"

姚朝荣思虑再三,最终还是点了头。姚家船遍布大大小小各条水道,想在福宁府乃至省城福州寻找一个人的行踪,还真不是一件难事。只是有句话姚朝荣并未当着女儿的面说,毕竟石半山"秽名在外",一旦入驻女儿的茶坊,相信用不了多久,流言蜚语就将满天飞。到那时,古氏族人大概又会有各种别样的甚至不善的看法,不过转而再想,只要女儿乐意,管别人脸色难看!

就在姚朝荣父女俩谈石半山的时候,在方家正厅喝茶的刘成章刚好也提到了这个人。刘成章笑着对方宗凌父子介绍说:"差不多也是这个时节,那晚约摸二更时分,我从外头赴宴回来,恰巧碰见晕倒路旁的石半山,那时我与他素不相识,只想着救人一命胜造七级浮屠,就将他扶上马车,就近送至社口西头的仁心堂,后来才得知,因送得及时,救了他一命。"方宗凌问:"那您可知道石半山现今人住哪儿?"刘成章摇头说:"他伤势痊愈后,我倒和他见过两回面。头一回,他登门道谢,第二回在仁心堂,哦,就是在前年仲夏,我陪怀淑她娘去仁心堂瞧病,他恰巧过来取药,我俩站着聊了几句,没作细谈,那以后我便没再见过他了。"方宗凌思着说:"这么说,石半山应该还待在咱福宁地界,而且就住在社口附近。"刘成章说:"差不离是这样。"

将岳父送至客房休息后,方奕轩径直回了西厢自己的卧室。

此时,刘怀淑半躺床上就着烛火看书。见丈夫回房,脸色难看,刘怀淑披衣下床,迎上去问:"怎么了?"方奕轩自己倒上一碗茶一气喝完,坐下后悻悻地说:"不知道爹是酒喝多了,还是脑子犯迷糊了,竟让我接手方记!"听这话,刘怀淑不禁莞尔,嗔着道:"小点声,让爹听见,又要责你。"见丈夫沉默,刘怀淑说:"大哥已经言明不回来了,再说,茶行日常事务不都是你在处理么？爹让你接手方记，我倒觉着，没什么不妥。"
方奕轩这才说："你是知道我的，我志不在此，关键我本就不是做生意的料。"
刘怀淑问："我爹怎么说？"方奕轩轻叹一声："岳父说话，向来云里雾里，只说，读万卷书不如行万里路。"刘怀淑扑哧笑了："这么说，我爹也是赞成的呀。"方奕轩苦着脸看着妻子："淑，你说，我到底该怎么做好呢？"刘怀淑思着说："爹既然决定放手于你，自有他的计较。"方奕轩说："真不明白，宗族里那么多做生意的好手，随便找个人都比我强，可……"刘怀淑忽地打断丈夫："往后可别再说这类话了，直系向来都是方记的主心骨，这和能力大小无关，再说，你我成亲有些年了，总不能一直靠爹养活吧。"方奕轩叹声说："好吧，那我就先试试看。"刘怀淑嗔笑说："行了行了，别一副心不甘情不愿的样子，若不是女子抛头露面不方便，我倒想替你挑起这副担子。"方奕轩眼前一亮，拉住妻子的手，深情地说："那以后，你可得帮我。"刘怀淑含笑地点头："你我夫妻一体，不帮你帮谁？好啦，时候不早了，早点歇吧……"

不多久，夫妻二人相拥而睡。

天寒地冻，没什么比暖被窝更让人迷恋与向往……

不过这晚，姚玉茹却失眠了。

倒不是因为寒夜孤枕，而是于漆暗中，她的脑子里翻来覆去都在情不自禁地想着一个人：石半山！

他是不是真像世人相传的那样呢……

第二天用过早餐，刘成章便直接辞别回社口了。

方宗凌清楚亲家翁的秉性，没做挽留。

送别刘成章，方宗凌只得又去迎宾会馆。毕竟买办先行团一行人还将在福宁逗留几日，无论如何，他都得一路陪着。说起来，对于先行团和开春后经理团的到来，方宗凌和刘成章的心情几乎是一样的，先前的满腔热情很快便消逝得无影无踪。所谓扩大贸易规模，增加茶叶订单量，无非还是替官家实则在替洋人做嫁衣裳罢了。刘成章见多识广，对时势分析得可谓入木三分。临别时他对方宗凌说："既然选择从商，就只能守心搏利，商人逐利本就天经地义无可厚非，切不可过多掺杂了别的情绪，否则，无异于作茧自缚。"方宗凌有些无奈："可是我啊……心口总堵着一口气消不下去。"刘成章说："眼下朝廷昏庸，国力积弱，加上马关新约签订，国土早已成沦丧之势……宗凌兄，纵使你身怀百般武艺又如何，能挽救大厦于将倾？"方宗凌说："昨听人说北京有人准备推新政？"刘成章抬头看了看天，长叹地说："这事我也听说了……只不过，公孙鞅如何，王介甫又如何？任何新政推行，必然以牺牲一方利益为代价，且不论能否成功，朝廷乱政反倒是洋人得利……宗凌兄，说到底你我只是布衣百姓，左右不了天下大事。昨日听那几位大人的意思，朝廷还是非常看重咱福宁的茶叶买卖，既如此，专心做好茶叶即可，船到桥头自然直，别的不用顾虑太多。"方宗凌点头，旋即问："您觉得奕轩真能胜任茶行掌事？"刘成章回方宗凌一眼，笑说："你呀，心中明明有主意，还来问我意见？我当然希望奕轩能够独当一面。奕轩为人率直，做事不迂腐，只要肯用心，上手是迟早的事……我对他有信心！"听这话，方宗凌才真正地定了心。

最起码，骤然做出的决定已然得到了亲家翁的认可。

先行团只在坦洋村逗留半日，一行人便浩浩荡荡去了穆阳等地。然而与来时不同的是，随行队伍的人数明显少了许多。刘成章已离开，船帮姚老大亦不在其列……方宗凌见状没说什么，只在心里暗叹了一阵。

晌午时分，方奕轩从茶行本部出来，没回家，直接揣着康梁给的样品茶去了自家茶坊。原本昨晚就想跟父亲提有关合作的事，却被接手方记的消息骤然打了岔。方奕轩心想，既然自己是茶行掌事人了，那么这事自己似乎就可以作主了？想是这么想，方奕轩清楚自己于经营方面仍属末学后进，须先听听自家茶坊三位师傅的看法。毕竟岳父此前就曾语重心长地交待过，做生意和做学问一个道理：待人不问出身达者为师，处事若遇不决不耻下问。

方记茶坊毗邻方家大院，建于方家大院后面的山脚下。站在茶坊二楼，透过窗户望去，几乎能将半个坦洋村尽收眼中。方奕轩到的时候，三位师傅正在吃午饭。其中一位是方奕轩的族叔，另外两位是从附近乡村雇请来的，一位姓刘，一位姓郭。听说少东家带来未上市的样品茶，三人顾不上吃饭，一并围到茶桌旁。"这……"三位师傅中方氏族叔年龄最长，茶坊制茶工序尽在他一人掌握。只见方氏族叔捏起一小撮茶叶，放在掌心仔细端详，越看脸上越显出讶异的神情，"侄，这茶哪来的？从外形看，铁定出自大师傅之手。"郭刘两位师傅也点头表示了相同的看法。方奕轩吟吟轻笑，只说："先尝尝看。"于是动手烧水煮茶。很快茶好，方氏族叔尝一口，连声称赞："好汤水！"转而问方奕轩，"究竟是哪位大师傅？若他肯来方记，可以不计代价，有这样的茶品打头阵，何愁茶路不通达。"方氏族叔虽为制茶师傅，但他身为方家人，是茶行的股东之一，任何利于茶行的行为自然都举双手赞成。然而于郭、刘两位师傅而言，则有一股浓浓的危机感，假设此人来方记，意味着他俩或将失去在方记的上工机会，毕竟到目前为止，他二人尚不具备独当一面的本事，虽说去别家茶行照样能够混口饭吃，可哪有在方记做事来得舒坦？

方奕轩很快地扫了郭刘两位师傅一眼，笑着对族叔说："我若不说这款茶的研制者是谁，你们铁定猜不到。"方氏族叔瞪眼追问："谁？"

"康梁。"方奕轩说。

"不可能！"郭刘两位师傅异口同声。说完，两人又觉得不该多嘴，尴尬地笑了。方氏族叔皱眉地想了想，也说："确实不大可能，虽说康梁打小在古氏长大，环境使人成长，可是细较起来，他还是老郭的弟子呢。"

方奕轩望向郭师傅。郭师傅讪讪地说："弟子算不上……我年轻时在古记做茶，见康梁手脚麻利讨人喜欢，随即教了他几手，你们是知道的呀，我自己也仅掌握几道工序而已，即使倾囊相授，也不可能使其成长如斯啊。"刘师傅凝思地说："成茶外形完美，火候入微，汤水绵柔，要我说，没有几十年的技艺沉淀是决计做不出来的，康梁又有几斤几两！"方氏族叔看着方奕轩，不解地问："好吧，就算是康梁做的，样茶怎么到了你手上？"

到这时，方奕轩已隐约地意识到了合作背后的不寻常。虽说制茶技艺为各家茶行的不传之秘，然而制茶过程无非就那几道工序，即茶青初制之萎凋、揉捻、发酵、干燥，毛茶精制之复火、筛分、挑剔、风选，最后匀堆。而真正提高成茶品质，能被世人推崇为"口碑茶、品牌茶"的，除了毛茶初制阶段的好品质外，便是精制阶段那四道工序的掌握了，那才是大师傅们一脉相传保其饭碗的"杀手锏"。其中最难的，要数复火工序，甚至有人穷其一生，都无法真正把握其要领。依毛茶含水量判定，需要经过数次复火让茶叶得以持续或终止其发酵过程，而该过程的火候把握，最终将影响茶叶汤水的口感。因此，同一批茶青经过不同制茶师傅之手，能制出不同口味的成品茶来。

至此，方奕轩自然不会再对三位师傅道出实情，茶叶红利是吸引人，可他更在乎自己乃至整个方家的面子，别到时候闹出了大笑话：瞧，方家二少爷被古氏二房小管家耍得团团转……

热烈的心情平复下来后，方奕轩解释说："康梁说茶是他自己几经尝试做出来的，我也不大相信，才拿过来让你们瞧瞧。"方氏族叔说："那家伙一肚子坏水，制茶是项精细活，哪能说尝试就尝试得出来。"郭刘两位师傅嗯嗯点头称是。然后几个人继续品茶。三道茶过后，刘师傅忽然说："怎么觉着这汤水气里透着一股子熟悉呢，"继续喝几口，似恍然又似不确定，"像是半山师傅的手法。"据传言，石半山制茶，即使东家再催促，他依然会慢条斯理不紧不慢地严格按制茶的节奏走，因而制成的茶汤绵柔，回味无穷，差不多到了三道茶才能真正品出其独特的口味来。方奕轩没再说什么，只应付几句，便揣着样品茶回家去了。这事须与妻子较议，然后还得让父亲拿主意。

经过一天的走东街串西巷，康梁不辱使命，成功拿回了两份地契，一份是汪家的田契，一份是刘家的田契。两家人听说古氏二房请了洋人准备在那儿试验新茶种，又给出了比市价更优厚的价格，没多想就答应下来，毕竟那几块地本就不是什么好地。至于陈家，康梁回来后，跟古安河汇报："陈家人倒是没拒绝，只说这事得等他们族长拿定，陈家族长也正陪着先行团。我估计此事可成。"见到地契，古安河当然心情激动，才过了一日而已，买地的事居然进行得如此顺利，几乎不费吹灰之力，犹如天爷相助。

古安河给康梁倒了茶，笑着说："现在，就剩下方家那块地了。你说新茶的事，方奕轩会上钩么？"康梁说："方宗凌老奸巨猾不好说，可那方奕轩脑筋直，做事不大会转弯，应该是会的。不过话说回来，咱又不是真找他们合作，只不过使个由头拖上一些时日罢了，就算被识破，又不能拿咱怎样。主要人家岳父是石半山的救命恩人，假设方记得悉消息也出手，可以说里头就没咱什么事了。"古安河沉思片刻，吩咐说："所以，这事得抓紧了。"康梁笑着说："月前我就让人在仁心堂门口守着，应该很快有消息。"

康梁办事，古安河一向都是放心的。

古安河主仆二人提防方记，刻意给方记使绊子，当然是为了制茶大师傅的争夺，毕竟知名的大师傅为茶坊的灵魂所在，甚至可以说是一家茶行生意能否通达的决定性因素，哪怕大师傅不用做活，表面坐镇也成。

古安河不傻。从福宁茶商公会成立，开始协助官府协调各都各村产茶制茶的物资调配，到后来府衙主动公开逐年递增的贸易总量，再到从福州、宁波、杭州、广州十三行等地几家实控茶行分号回馈的远洋讯息，如今衙内又传出福宁海关成立在即……种种迹象都表明，茶叶的好时代就要来了。

"请来半山师傅，等于替古记茶坊请到定海神针，如此我在茶行的掌事地位就变得稳如磐石了。而谋得方家那块地，实则就为了堵住族老那几张碎嘴子而已，大事可成矣！至于大房嘛，呵，已不足为虑了。"

康梁退去后，古安河继续饮茶，一边哼着小曲，一边美美地想着。

古家老爷子临终前，将古氏茶坊一分为二，于是古氏便有了大房茶坊和二房茶坊。古氏两家茶坊各凭本事给古记茶行供货，老爷子本意是让堂兄弟间结成良性的商业竞争关系。老爷子白手起家，能在强手如林的茶叶生意中取得一席之地最后脱颖而出，心思自然是通明的。唯有竞争，才能保持活力。然而事与愿违，他刚闭眼不久，嫡孙古安江就遇害了。很快，大房茶坊的茶师傅们各自卷席散去，整座坊舍便完全地闲置下来，几近荒废了。

推开坊舍大门，忽听喵的一声，一只黑色野猫猛地窜了出来，把姚玉茹和翠儿吓了一大跳。晾茶厅前，杂草丛生，屋里七杂八乱地堆放着一些制茶的家伙什，是否齐全尚未可知，上下都布满了厚厚的灰尘和零落的蛛网……

翠儿皱眉地说："小姐，就咱俩收拾啊？"玉茹说："难不成，你还能喊来帮手？"翠儿说："不是……您瞧，顶都漏水了，我可不敢爬高！"抬头望去，晾厅瓦顶果然破了几个洞，可见天光。玉茹已经开始收拾，说："过几日请师傅修瓦顶，咱先把手头能做的活做了。"小姐都亲自动手了，翠儿自然不敢有二话。直至傍晚，终于把坊舍收拾干净，翠儿已累得腰肌酸软。见玉茹站厅前发呆，翠儿走过去问："小姐，老爷真能请到半山师傅？"玉茹瞥一眼翠儿，说："这事往后别再嚷嚷了，石半山行踪不定，不然早被人请去，接下来就看谁的动作快了，我相信爹的能力。"翠儿重重地点头："嗯……就怕二房半路截胡。"听这话，玉茹陷入沉默，这正是她所忧心的事啊。

回去后，玉茹精心准备了五果六斋和茶酒等祭品，想着明日一早，去妈祖庙祈拜，祈求妈祖娘娘玉成自己的心愿。晚饭时分，玉茹一家人正吃饭，忽听敲门。翠儿过去开门，见来人惊喜地说："小姐，成哥来了……"

成哥本名洪大成，听说是北方人，小时候流浪到赛岐，被姚朝荣收留，如今是姚朝荣麾下的一员猛将，人狠话不多，人称"姚氏船帮二把手"。

洪大成抱拳向玉茹行礼，说："老大有信给您。"说着，掏出怀中的信件递给翠儿。玉茹笑着说："你一路辛苦了！翠，快请成哥进来吃盏茶。"洪大成却说："不了，我今晚得赶回赛岐去。"玉茹有些不解，问："什么事这么着急？"洪大成没说什么事，只说："我已在上街租了房，往后住这儿，小姐若有事，让翠过去喊一声即可。"

玉茹明白父亲这么安排的意义，茶坊重启，必然阻力重重，甚至可能面临各种危机，让洪大成住过来，一切为了她的安全考虑。

目送洪大成离开，玉茹的眼眶忽的湿润了。这时，她心里莫名地生出一丝怀疑，自己执意重启大房茶坊，不知是不是一个正确的抉择？

夜风瑟瑟，寒巷孤影独立。

"按说就算给方记挖坑使绊子，也不至于使这么个小伎俩。"这晚夫妻俩躺在被窝里，继续白天的话题，刘怀淑撑起身子看着丈夫，"或者说，他们认为你人善好欺负。"方奕轩说："假设合作了，有货卖货，供不上货也不能拿方记怎样。"刘怀淑思着点头："也是……合作嘛，本就是能合则合不能合则散。"略思一阵，刘怀淑又说："或者，他们想以此阻止咱做些什么，转移咱的注意力？"方奕轩说："难不成……他们已经掌握石半山的行踪，怕咱也去请半山师傅？"刘怀淑说："有这个可能！爹不是说了吗？经理团必然带来大订单，我也认为来年的订单量要比往年多出许多，假设石半山真成了古记的大师傅，那么茶商公会在分配份额上面必然将向古记倾斜。"听这话，方奕轩倒吸了几口冷气，妻子所分析的种种似乎都在点子上，难怪族叔说，康梁一肚子坏水，可见上梁不正下梁歪啊。见丈夫沉思不语，刘怀淑微笑说："我不过瞎分析，或许不是这样的呢。总之，方记应以不变应万变，古氏二房那几位茶师傅可比不上咱家族叔和郭刘两位师傅。"方奕轩说："别说……倘若真能请来半山师傅，那么咱方记在众茶行面前可不抖擞起来？我在爹面前也能挺直腰杆。"刘怀淑略思片刻，点头说："行，年前回门，先问问我爹，若得石半山的消息，请他无论如何帮忙说合。"方奕轩抬头，定定地看着妻子，忽而动情地将妻子搂进被窝，感叹说："得妻怀淑，奕轩此生幸也……"

夜已深，玉茹依然一个人独坐。

"石半山，人称半山师傅，年纪三十有余，浙江温州人士。年少时随叔父在武夷内山生活，自幼习茶道，极具天赋。弱冠时爱上当地一位富家小姐，提亲不允，私奔未果遭驱逐出山，后孤身辗转于苍南福宁等地……"

这是父亲托洪大成送来的消息，说是从一位知情人口中打听到的。

玉茹能够想象得出来，为了获取这些消息，父亲必然花了大代价。毕竟半山师傅的名气太大了，可以说已是许多茶行明争暗抢的对象。然而这么些年来，这个人仿佛陡然消失一样，茶业界只留下他的一些传说，许多人想寻他竟连人家的门都找不到……不过，传说果然只是传说，别看某些事传得有鼻子有眼，大多却是毫无事实根据的杜撰加演绎。比如，人们说石半山好色，因迷恋某家姨娘遭人毒打致残，实则不是。据知情人描述，石半山喜欢的那个女人原是某花楼的花姐。他确实为了争取这位花姐与人斗茶，赢了后还替这位花姐赎身还良……至于因何招人毒打？原因不详。

细究起来，石半山的人品并无多少可诟病的地方。甚至在对待自己的感情上，他喜欢花姐，且喜欢得毫无顾忌，喜欢得坦坦荡荡，这样一种态度令玉茹都心生佩服。她认为，越是这样的人，人品反而越是靠得住。

父亲于信中建议，与其直接找石半山，不如先设法找到那位花姐。据说那位花姐是本地人氏，怎样隐世不出，其居所不过方圆百八十里。可惜到目前为止，只知该花姐的牌名叫仙儿，却不知其本来姓甚名谁家住哪里……不过，父亲还说了，找人的事他来办。马上就到了各茶行年会的日子，姚朝荣嘱咐女儿仔细甄别哪些分号的掌柜值得拉拢，然后分别找他们谈话。

谈话，即许利承诺，所谓重赏之下才有勇夫。个中分寸如何把握，姚朝荣没有细说，无非就是砸钱嘛，姚氏不惧砸钱。且不论大小茶行，掌事人皆需形成自己的掌事风格，只能自己去摸索出一条道来，自己去悟。

桌面的白纸上，玉茹思虑再三，浓墨写下三个人的名字：

马伯亮，陈有民，冯戍。

三人分别是古记在广州、杭州和福州三地的分号掌柜。除了马伯亮，玉茹和陈有民、冯戍素未谋面，但为了大局考虑，又不得不将这二人勾选其中。

纯粹为做茶而做茶，想在被古安河把控的古记茶行中立足，发展，几乎是不可能的事，所以谋划之初，玉茹便有了组建新茶行的打算。

至于新茶行的名字，该取什么好呢？

这晚，玉茹解衣睡下之时，已近拂晓时分。

众所周知，黎明前夕是天色最黑的时候。

玉茹却心想，黑的背面往往就是光明……

除了古记和方记，郭氏、林氏和王氏等茶行也早派人四处打探半山师傅的消息，只是"执念"没有古安河和玉茹那么深罢了。临近年末，各家茶行年会召开在即，各地分号掌柜纷纷被召回坦洋。辛苦一整年，东家除了听取各分号的经营情况外，须对来年有所期许和展望，届时还将举办盛大家宴，犒劳那些在外辛苦打拼的人们。而这时候，某些茶行的大师傅结算一年的佣金后，或准备回家含饴弄孙从此告老退休，或择机另谋高就，所以每年的年会表面看是一片欢天喜地祥和安乐的景象，背地里实则暗流涌动竞争愈加激烈。当然，对于那些自家便有人是大师傅的，则完全是闲坐吃茶看乐子了。

数日的时间一晃而过。

送走先行团，这日下午方宗凌一身疲惫地回了坦洋。

船靠岸，与众人分别后，方宗凌顺道拐去清风桥对面的茶行本部。走进位于茶行后院的议事厅，一眼便瞧见儿子夫妻俩正头碰头地在核对各地汇总过来的账目，老怀宽慰，这才是方家子弟该有的样子嘛！

方宗凌不反对儿子读书，甚至打从心底里敬重读书人，但无论如何不能读成书呆子。人一生除了读书，还有柴米油盐酱醋茶，样样都缺不得。

听见动静，方奕轩夫妇及几位账房先生抬头，见族长来了，恭敬地起身行礼。方宗凌自己一旁落座，按手地说："你们继续，我就过来歇歇脚。"刘怀淑转身给公爹倒茶。方奕轩说："我们刚好也忙完了。"方宗凌问："今年总体如何？"方奕轩说："较上年有所增长。"方宗凌说："嗯，稳中求进就对了，你祖父以前经常说，方家不求大富大贵，但必须求稳，稳才是持家过日子的根本所在。"方奕轩点头称是。方宗凌接着说："台岛被朝廷割让给了日本国，据说日本国已经完全掌控了全岛……接下来，你们可要记住，方记不做日本国的茶叶生意，哪怕茶价贵比黄金。"方奕轩说是。

账房先生们告退后，方奕轩近前问父亲："爹，古安河似乎正派人打探石半山的消息，咱要不要也让人去寻一寻？"方宗凌凝思片刻，说："凡事不可强求。这几日，我在路上也听人提及这事，经过这么一顿折腾，就算石半山答应，代价恐怕也不会小……当然，非是咱方记请不起，是没那个必要。"

方奕轩和刘怀淑对看一眼，齐声应是。

回到家，方宗凌喝了一阵茶，就将里屋的方起骏喊出来，开始手把手地教他扎马步。见儿子眼睛里流露出憋屈幽怨的眼神，怀淑有些忍俊不禁，不过心里纵不落忍也不好说什么。男孩子嘛，就得从小多吃苦多受累，否则长大后如何成才，又如何挑大梁？令怀淑感到欣喜的事还有一件，公爹拐道茶行，虽未说过什么话，但在茶行做事的方家人都看出来了，族长是赞成儿媳妇参与茶行事务的。回房更衣，秋红跟进来，怀淑问："银子收下了？"

这日中午，怀淑正要陪丈夫出门，遇见翠儿又去了汪家当铺方向，想想就回身取几块龙洋，让秋红送过去……当然，只敢以秋红的名义。

见少奶奶问起这事，秋红说："没呢。"说着，从怀里掏出龙洋，搁回桌面上。怀淑不解："被玉茹瞧见了，她不允？"秋红摇头："我也才听说，玉茹小姐让翠当嫁妆，不是缺钱花销，是她为重启茶坊筹钱呢……翠儿说，这事目前八字没一撇，不好让更多人知道，所以每次只敢当一点，那样才不会引人注意坏了大事。"听这话，刘怀淑仿佛什么都明白了。

细想一阵，怀淑微微地笑了，嘱咐说："行，翠这么说，咱就替她们好好保守秘密，等她们茶坊开张那一天，咱再包个大大的红包贺去。"

秋红先去准备晚饭。怀淑坐着越想，胸腔里似乎越腾着一团火。这团火当然不是怒火，而是激动，为玉茹的大胆打算激动不已。怀淑甚至在心里偷偷地想，好吧，你掌管大房茶坊，我助奕轩操持方记，咱俩比一比……

而此时，玉茹却丝毫没有与怀淑比能力的念头。不得不承认，她确实有点嫉妒怀淑，然而只是嫉妒而已。论学识，玉茹自知比不过，夫家和丈夫她亦比不过，但论做事，玉茹从来就没把怀淑放在眼里。

再者说，她准备重启茶坊，并非为了所谓的茶道传承，或为了大房的那点家业，摆在面前的，不过数间收拾干净的破坊舍，几件老旧且已经残缺的制茶家伙什，甚至连拓展的茶路在哪里尚未可知，又如何比？

许多年后，人们评价姚氏，说她那时候胸有成竹，胜券在握……

其实玉茹自己最清楚，她是被逼的。若不放手一搏，等待儿子定邦的注定是悲惨的下场。毕竟儿子身上深刻地烙着古氏嫡系的印记，二房不可能由之任之安顺地成长。当然，二房也有可能突发善心，愿意施舍她娘俩一口饭吃。只可惜，这种可能性太小了，小到可以忽略不计。不然，定邦他爹也不可能遭人算计命丧黄泉……或者有人会问，既然日子过不下去，为何不走？

玉茹有想过改嫁，然而女人离开男人就不活了吗？当然不！很快，她自己就打消了这个念头。再则，她对古安江没有多少感情，并不意味着她不会为他的儿子全身心地付出。看着儿子清澈且无辜的眼神，玉茹扪心自问，舍弃一切一走了之，自己甘心吗？答案依然是否定的。

又几日过去，父亲那边再无消息传来。等待的时间似乎要比往常过得更为缓慢且煎熬。玉茹心里自然也明白，此事急不得……然而，焦虑的情绪依然止不住地流露到面上来，再逐渐地漫到屋子里，使得未烧炭取暖的屋子更显寒意袭人。定邦冻得身子瑟瑟发抖，却不敢喊冷，生怕因此惹娘生气。

整座东大院显得安静，且空旷，除了后院房里老太太偶尔传出零星几阵的咳嗽声外，便只听见定邦在断断续续背诵《茶经》稚嫩的声音：

"凡采茶，在二月，三月，四月之间……茶之笋者，竽烂石沃土，长四五寸，若薇蕨始抽，凌露采焉。茶，茶之芽者，发于丛薄之上，有三枝、四枝、五枝者，选其中……其中枝颖拔者采焉。其日，有雨不采，晴有云不采；晴采之、蒸之、捣之、焙之、穿之、封之、茶之干矣……"

陆羽的《茶经》倒不是学堂里先生要求的内容，而是玉茹自己给儿子加的课业。除了《茶经》，玉茹还亲自教儿子学西语。茶米走远洋，语言不通是硬伤。当年，父亲将她送去广州教会的学校读书，就想着等她长大后，嫁进茶商世家，一技在身不至于被夫家看轻。没承想，她嫁到古家后，丈夫的心思根本不在茶叶生意上，再熟练的西语也毫无用武之地。她当然不希望儿子继续他爹坐吃等死的老路。关键还在于，儿子没有坐吃的资格，唯有努力。

较早懂事的古定邦确实够努力，也够刻苦。很快，他就将《茶经》第八章背熟了，见娘坐着静静地发呆，怯生生地喊了声："娘……"玉茹猛地醒回了神，问儿子："都背好了？"定邦嗯地点头，然后说："娘，我饿了。"玉茹这才想起来，翠儿没在家呢，于是说："你先去洗把脸，娘马上做饭。"定邦没有照做，而是脱了鞋子爬到床上去，和衣钻进被窝，迎着娘疑问的眼神，哆嗦地解释："屋里实在太冷了，先让我暖和暖和……"玉茹看着儿子，脸上挤出一丝笑，眼圈泛红地说："行，待会儿饭好，娘喊你。"

此时天已黑透，翠儿依然在路口的角落里焦急地等消息。

冬仔这几日特别忙。身为二房唯一的马车夫，二爷或管家出行，他都得牵马一路小心地伺候着。坦洋对外仅一条弯曲折绕坎坷不平的泥土路，若想舒舒服服地出门，最好的选择自然是坐船。然而，古氏没有买船。不是买不起，而是内江水道有诸多需要恪守的规矩，嫌麻烦。

一连数日，管家都让冬仔送他去社口。管家不好坐船，主要担心走漏了消息。毕竟走船的多是姚氏船帮的人，换而言之，水面到处都是姚朝荣的亲信耳目。路倒不远，只是较难走，雨后泥泞的路面冻成了硬疙瘩，颠簸。

管家屁股上长有痔疮隐疾，这么几趟来回，几近要了他的老命。冬仔见状不忍心，就在车厢里垫上一层厚厚的棉絮。管家舒坦了，连夸冬仔不错，脑筋活，会办事……冬仔清楚自己的斤两，再会办事也只是跑腿的下人。

冬仔反倒希望，管家能给他来点实际的，比如涨些月钱。

昨晚，翠终于肯放他进屋。最后，他死乞白赖地留下来。虽说背着玉茹小姐，胆战又心惊，但翠温热的软身子一入怀，他就迫不及待地癫狂起来，不管不顾起来……那一刻，冬仔觉得自己幸福极了，就算许他少爷都不干。

不知过去多少时辰，雨歇云收。平静下来的冬仔心想，睡过女人就是真正的男人了，男人就该担起男人的责任，比如攒钱，给翠儿一个家。当然，首先须取得玉茹小姐的许可，毕竟翠是玉茹小姐的人。翠儿说，小姐人很好，肯定会答应，还可能给她一笔嫁妆。冬仔说，嫁妆就算了，他有手有脚有力气，反正饿不着翠。这点翠儿相信，冬仔嘴上花花，心地善良，为人可靠，不然她也不可能半推半就将身子交出去。冬仔又说，只要小姐答应，他冬仔是懂知恩图报的道理，今后用得着他的地方，说声即可。翠儿那才说，帮忙暗中留意二爷和管家的去向，不管去哪儿做什么事，都一一地记下来。

听翠这么一提，冬仔想起来了，明早他又将送二爷和管家去社口，但他确实不清楚他们准备去拜访谁，看上去挺慎重的样子，傍晚回来管家去礼铺置了礼物。翠儿说，反正你暗中记着就行，别的不用管……

所以，这天一路下来，七拐八绕，但路怎么走，冬仔基本都不动声色地记在心里。最终按管家指的方向，寻到地方。然后，管家和二爷进去，冬仔在篱墙外的车上候着。大约在那座单层的老屋里呆了半个时辰，管家和二爷就出来了。出来的时候，二爷脸色特别难看，显然见面很不愉快。

送管家和二爷回西院，隐约瞧见翠儿。

停好马车，卸下鞍套，冬仔顾不上给马儿喂草料，拍掉身上的灰尘，直接就往外跑。果然，翠还在路旁的阴暗角落呆着。

冬夜多冷啊，只见翠儿口哈白气，身子止不住地发抖。

冬仔几步上前一把就将翠搂进怀里，忍不住又要亲。

翠儿挣扎着连声说别，让人瞧见多不好……

四

不知从什么时候开始，洋人将盛产红茶的福宁府称作"小武夷"。

武夷九曲，奇峰异景。多少先贤前人曾驻留武夷，或游览，或隐居，或著述，或授徒，依山伴水好不快哉。没去细算，不知多少年没回武夷内山了，这大概是石半山颇为遗憾的一件事。此前十年间，他和凤仙一直住在温州。温州是石半山的出生地。然而，族人大多外迁，家中早没亲人了，幸得祖上留下几间茅草屋，几亩薄地，又凭借一手制茶技艺，他和凤仙倒也过了几年舒心快活的日子……此次搬回福宁，算起来也才短短两个月而已。

"山，都怨我，拖累了你……"每每谈及石半山的前程命运，凤仙心中总是充满各种愧疚，为她自己，也为她父亲。当年，林父嫌弃石半山，不允石家求亲，还将他驱逐出山，致使石半山的叔叔最后郁郁而终……

这是罪业，果然报应到了她的身上——凤仙凄清地笑了笑：

"现在好了……等我闭了眼，你再找个好女人，好好地过日子……"

看着床榻上形容消瘦脸色苍白的林凤仙，石半山心如刀割。他只能柔声安慰林凤仙，能和她相好，是他几辈子苦修得来的福气。

有道是人不轻狂枉少年。少时不知天高地厚，图的就是那种肆意舒坦的自得其乐，没什么可后悔的，更谈不上拖累。至于将来的事，石半山暂时不作任何考虑。所谓人算不如天算，虽说他不怎么信命，但大半辈子的经历，已让他明白了一个道理，珍惜眼前的，明日的事，明日再说。

"怪我没能给你留下一儿半女……"得病以后，凤仙一再纠结这件事。

"想什么呢？"石半山只能继续安慰，"山哥有你足够了。"

话虽如此，于内心讲石半山当然是有期盼的。回想起那些年在武夷内山生活的日子，脚丫子泡在清澈的溪水中，对着天上的白云无限遐思……那时候凤仙最大的心愿就是和她心爱的山哥长长久久下去。山哥做茶，她种茶。彼此还时常掰着手指头纠结地打算着，到底生几个孩子好呢？反正要生个女娃。女儿长大后，铁定馋死前山后山那些个愣头愣脑的后生仔……

可谁能料到，世事无常——

林父不允。林父不允亲也就算了，还把事做绝，将石半山赶出山。将石半山赶出山也就算了，石半山叔父却因此遭到排挤，最后郁郁而终。诸如这些暂且一一放下，林父实在不该应人邀赌，最终将大半家业都扔在了赌档里。从那后，武夷林家的家道一落千丈，不得不举家迁回了武曲。林父原本将凤仙许给同为茶商的世家子弟，却也因此被退婚。林父从此一蹶不振，任由几管大烟成了压垮林家的最后一根稻草，终以三尺草绳了结了自己的性命。

由于欠下巨额债务，凤仙被债主抓去抵给了花楼，最后成了该花楼的头牌仙儿。当时凤仙知道石半山四处寻她，打探她的消息。可她没脸见他。一切都是命数与缘分吧，半世纠缠，不得善终，凤仙每每都这样想。

"你妻子时日无多了。"

这是仁心堂郝先生几经确认后作出的诊断结果。

郝先生的医术自然是不容置疑的。

仁心堂能在福宁地界屹立数十年，可以说全靠郝先生一个人撑起来的。事实也证明了，凤仙吃了郝先生开的药，病情略见起色。不过，郝先生对石半山坦言地说："老朽所开的方子，大概只能拖些时日，诊治得早，兴许还有一线希望，可惜……太迟了，你还是尽早给她准备后事吧。"

郝先生的建议，石半山不得不听。他早过了那种天老大地老二老子天下第一的年纪，再者说，生老病死人之常情，谁都无法凭自己意愿去更改。于是他开始背着林凤仙，在林氏的族山上寻到一处好穴，请人用上好的石料修坟。墓室有二，男左女右。墓碑上刻着"夫石半山、妻林氏凤仙"的字样。

由于请人动了土木，半山师傅回福宁府的消息就这样传了出去。

然而，郝先生不说，没人知道石半山回来后住在哪儿。

武曲林家的大宅院早因抵债换了新主人。关键也没人知道，当年那位妖媚动人的花姐"仙儿"就是原先的林家大小姐。而实际上，石半山和凤仙一从温州回来，就一直住在林氏发迹前的那座老祖屋里。

林氏祖屋座落于清溪东畔。

溪水潺潺。

夜深人静时，人躺床上似乎都可以听到溪水奔流的声音。

石半山听不见。凤仙却说她真的听到了，水流的声音特别清晰，感觉特别温馨，就好像那晚在武夷内山。那是个中秋夜，月色如水。她和他脱光衣服双双跳进溪水中，像两条滑溜的鱼。记得溪水很凉，凉得她双手抱胸，身子止不住地颤抖。他小心翼翼地将她搂进怀中，然后跟着一起颤抖……

"那时候你真傻！"谈起陈年旧事，凤仙吃吃地笑了，"如果那晚你直接要了我，我就注定是你的女人，可你愣要去我家提亲……"

担心病情会传染，凤仙执意让石半山睡床那头。于是石半山趁机将凤仙的脚丫放进自己怀里。她的脚丫跟当年的溪水一样凉，怎也暖不过来。

石半山实在不好接凤仙的话，沉默片刻，苦笑说："那时我一心想用八抬大轿把你娶回家。"凤仙幽幽一叹说："可谁想到，后来一百两银子就把我卖了，我的身子不再干净，已经脏了……"石半山急忙说："其实在我心里，你还是当年的凤仙，还是那么纯洁，善良……"

凤仙眼望屋顶，没再说话。

她仿佛陷入某种回忆之中，又像突然意识到，确实不该提那些令人堵心的往事。近些日子，凤仙总会时不时地谈起以前种种，有甜蜜，有开心，也有不堪回首的，有时甚至同一件事会提许多遍，但刚说过的事立马又忘。

石半山很担心，越是这样，越说明凤仙的身体状况不容乐观。

就在两天前的后半夜，凤仙突然一度濒亡，骤然没了呼吸，怎么唤都不见回应。石半山甚至以为，凤仙就这么去了。好在过片刻又回过魂来。昨日一早他急忙雇车将凤仙送去仁心堂。经过郝先生一番针灸，换了药方子，才使她的气色有所好转……却不想，因此将古安河主仆二人带了过来。

酬劳足够优厚，却已经激不起石半山的半点兴趣。

他此刻整颗心全在凤仙身上，才不会答应什么狗屁的"再度出山"。

他反倒以身立愿地祈盼着，假若有人拿出灵丹妙药救回凤仙的命，就算将他浑身上下百十来斤肉割了卖都成……

石半山二话没说就直接拒绝，让古安河非常恼火。

要知道，他给出的价码可比一般的茶师傅高出好几倍……好吧，就算条件不够，还可以讨价还价嘛！凭什么手指门口让他滚，太他娘的气人了！

古安河活了三十来岁，头一回遭遇这种羞辱。从武曲回坦洋，个把时辰的路程，古安河气得脸色发青，一路上都没开口说过话。

回自家东厢厅，康梁命下人烧水煮茶，劝古安河说："爷，说实话，咱下午不该掉头离开，都说半山师傅性情乖张，能爽快答应才叫怪事呢。"古安河忿然地说："都让咱滚了，还留下来做什么？难道没了他这个张屠户，我还得吃带毛猪？"康梁赔笑说："眼下，人家妻子病重，心情焦虑情有可原，或许咱这时候去，时机不对……"古安河直接打断说："算了，明日起，你从别处再想办法，福宁找不到好师傅，就去武夷山，我还真不信了，天底下就他石半山能做好茶。"见东家都这么说了，康梁只能悻悻地住嘴。

喝上一阵茶，消去几分怒气，古安河问康梁："你接着说吧，接下来，咱要怎么做？"康梁说："当年刘备三顾茅庐，诸葛亮才答应出山。爷，恐怕咱也得多走几趟。"古安河凝思点头，随即又问："那么依你看，咱何时再去合适？"康梁略思几秒，说："我看隔个两三天再去吧。下午在他家，彼此语气都冲，应该缓缓。"古安河皱起眉头："也只能这么办了。"

这晚，古安河睡得无比纠结，难以安稳。

姚玉茹也没闲着。从冬仔口中得知消息后，让翠连夜去找洪大成，请大成明日一早就去武曲打听消息。据她估计，二爷今天拜访的那个人，十有八九就是石半山。最后冬仔陪翠儿过去，给大成指明了那家的路线。

次日上午，古安河在去拜访陈族长之前，先到几位族老家里转了转。他准备先给族老们吹吹风。贾道仁所述虽说无从考证，理性地讲，甚至可称为无稽之谈，但又不得不慎重对待，总利大于弊，无非多花些银子罢了。

恰巧，几位族老一早就聚在一起喝早茶。

谈及几十年前迁坟的过程，有位族老本身就是亲历者。他说："当年老族长开始也是将信将疑，大伙举手表态，最后才把那事定下来……那时整个坦洋茶商基本都以方记马首是瞻，咱古氏财疏势弱，根本登不上台面。"另一位族老也说："是啊，经过这么多年发展，咱古氏与方氏比已不遑多让，甚至隐隐压过方氏一头，这当中，除了各家子弟争气外，祖坟风水，当然也是相当关键的因素。"其他族老纷纷点头表示赞同。

听了这话，古安河欣喜不已，于是就把买地的事说了。

一位本就与古安河亲近的族老微笑地说："行啊，这事大胆去办……至于新宗祠何时建，何时迁，到时候我们几位老头子再仔细商议，当然，到时得请贾先生过来相看。"一位族老却有不同看法："宗祠不同祖坟，宗祠只是咱古氏祭祀先人的地方，倘若因此与方氏产生嫌隙，会不会得不偿失？"那位族老摆手说："欲成事，必取舍，方家人又不是洪水猛兽，怕什么？即使有嫌隙又如何？花钱买地，本就和茶米买卖一个道理，讲的也是你情我愿，只要地契到手，是耕是种或是起屋，跟方家就没什么关系了。"说完转向古安河，"不过这事确实不好太张扬，成与不成都不可说。

方宗凌做事脑子冷静，那块地是否愿卖，我看还是个未知数。"古安河恭敬地行礼称是。

轻而易举得到族老的支持，倒让古安河始料未及。告退之时，他全然换去了昨日的那副沮丧模样，整了整衣襟，意气风发地去了陈家。

此时，陈族长刚好闲着没事，正在拨弄孙儿刚从欧洲捎来的留声机。恼人的是，任他怎么拍打，匣子上面的大喇叭就是不发出声音。

见管家引古安河走进来，陈族长招手说："过来帮我瞧瞧，这新奇玩意儿究竟怎么弄？"古安河说："旁边应该有个把手，找到把手摇一摇，匣子有了电，自然就发出声音了。"陈族长转了转匣子，大笑说："呀，还真有，还是安河老弟见多识广。"古安河说："音匣子可是洋物件。前段日子，我刚好在道台大人那里长了见识。"陈族长摇头说："这东西怕是不便宜！唉，真是不当家不知柴米贵，小孩子丝毫不知节俭。"古安河微微一笑，说："你那孙儿做生意可是一把好手，还缺这点钱？"嗯，这话听得舒服。

两人哈哈大笑，分宾主落座。

喝过一盏茶，陈族长开门见山问："听管家说，你准备买山前我家的那块地？"古安河拱了拱手，说："是。当然，置换也成。"陈族长再问："那块地倒是一直闲着没用，不知你准备用来……"古安河说："月前在福州，经人引见结识一位洋人茶师傅，他答应古某来坦洋试种新茶种。您是知道的，洋人懒，不喜欢爬山，古某只好想办法就近腾地了。"陈族长说："早听说洋人在南洋种茶，不知这外来的和尚能不能念好本地经？"古安河摇头："是何结果尚未可知，但总得试一试才甘心啊。"陈族长点头大笑："是这道理！难怪你们古记生意通达！"

闲聊一阵，一手钱一手契，就这样，陈家那块地也到手了。

从陈家出来，古安河原想乘热打铁直接过去拜访方宗凌。可转念一想，越是这个时候，越是不可着急，得寻个好时机争取一把拿下……于是转身，正要回去，却见古安海从方家出来。古安河有些纳闷，这小子怎么回事？

遇见兄长，古安海紧步上前打了招呼。

古安河问兄弟："去见方奕轩了？"古安海说："听说宗凌叔突然身子不爽，特地过来探望一下。"古安河点着头，说："应该的！接待先行团，人多事杂，确实能把人累趴下，不过也说明一个道理，人到了一定年岁，自幼习武又如何，终归还是老了嘛……现在情况如何？"古安海说："经过调养，气色已经好多了。"兄弟俩并肩走了一阵路，古安河突然说："你回来也有个把月了吧，找时间去安家走一趟，人家可一直等着准信呢。"

社口安家是古安海未来的岳父家。四年前，两家就互换了聘书，后来安海突然跑去英国留学，就把婚事给耽搁了。安家因此意见特别大。

见兄弟面露难色，古安河看出其心中已有别的想法，严肃地说："你未婚妻的叔叔在总督衙门任职，古语讲，富不如贵。仔细想想，近年来方记的生意一直不如咱古记，可为何府衙有事只找方氏，而不找咱们？"

兄长这番话，把古安海想好的托辞直接就给堵了回去。

古安海悻悻地回了声是。

古安河见状也缓和了语气，语重心长地说："祖父生前定下亲事，你若不遵照行事，是为不孝！再说像咱这种家门，联姻是宿命，且就你我兄弟的身份而言，若遭族人诟病，于今后发展是为大不利啊……"

古安海暗着脸又回了声是。其实他很想说，他至始至终喜欢的人都是方家的方奕贞。这天古安海突然到访，自然与正陪父亲说话的方奕贞草草地见过一面。几年没见，方奕贞如今更出落得楚楚动人，关键她尚未婚配……明明佳人就在眼前，却无法表明心迹，古安海非常郁闷。

这日午后，洪大成骑马走来回，很快带回了关于石半山的确切消息。

至于二房先找到石半山……姚玉茹丝毫不意外，不过据冬仔所述，古安河的请求很显然遭到石半山的拒绝。仔细一想，玉茹心中不由一阵轻松。"你刚才说，他妻子病重？"玉茹望向洪大成。"是。"洪大成说，"这是仁心堂郝先生亲口说的。郝先生还说，那女人大概只剩一两个月的日子了，她得的是恶咳病，本就是难治之症。"玉茹不置可否。洪大成问："小姐，咱接下来怎么做？"凝思一阵，玉茹吩咐翠儿："去备年礼，今晚我就回赛岐见我爹。"洪大成有些纳闷："不找石半山了？"玉茹思着说："到现在基本可以看清石半山的为人了，所以我想先找一个人，有了她的帮助，必将事半功倍。"洪大成不多话，说："那行，我让人备船……"

毕竟娘家有船，什么时候回去都不算晚。由于老太太需要人照料，玉茹只能留下翠儿，亲自挑上年礼，带上定邦，和洪大成一起乘船回赛岐。翠儿是个微不足道的小人物，去留无人关注，只是便宜了刚食髓知味的冬仔。

天色才擦黑，就见冬仔闪身进入东院北厢的一间屋子……

翠和冬仔眉来眼去，自然早都被玉茹瞧在眼里。她对此不反对，也不会主动允诺什么，一切顺其自然便好……至少，冬仔这人还不错。如今玉茹一门心思都在茶坊的重启上，实在无暇顾及旁的太多事情。

不过，姚氏的一举一动，时刻有人盯着。她们前脚刚上船，立马有人就将消息告诉康梁。康梁当然找古安河商量。康梁进门的时候，古安河正对自家婆娘大发雷霆。见管家和男人要谈事，二房太太借机退回了后院。

"什么事让您发这么大火？"康梁关心地问了句。古安河鲸吞似的喝下一碗茶，说："明日一早，你去福州，把那兔崽子给我拎回来。"康梁大致听明白过来，在省城念书的大少爷又惹事了。"他娘的！才多大岁数，就学人逛花楼喝花酒，长大了还得了！"古安河说出事情原委。康梁安慰说："大少爷这也算见了世面，长了见识。"古安河忿忿地骂起来："长个屁见识！看女人的身子也叫长见识，见世面？"康梁讪讪地点头："好吧，明天我让人告诉冯掌柜，让他务必时刻盯住大少爷。不过依我看，大少爷本性纯良，大概因为年轻不懂事，才被别有用心的人教唆了。爷，福州乃省府之地，英杰辈出，大少爷在那儿生活求学，于将来是有大好处的，不好让他回来的。"

在古安河身上，康梁可算号准了脉搏。比如在茶行生意上，他基本不会公然忤逆古安河的决定。倘若决策出现偏差，不符合康梁的"利益"，他一般会从别处加以引导，让古安河自个儿回到"正确的道路"上来。不过，但凡涉及大少爷古定贵，康梁都会与理据争，这种做法看似大逆不道，实则不仅没让主仆二人心生嫌隙，反倒让古安河觉着康梁是自家人，时刻为他着想。

康梁确实是个无比精明的家伙。

所以，康梁比其他宗族的管家混得要好太多，不仅破天荒地拥有了主家茶行的股份，甚至许多决策都出自他的手，古安河反倒成了有着古氏身份的传声筒而已。姚氏夤夜回门送年礼，康梁从中闻出了一丝危险的气息。

"我觉得当务之急，还是石半山的事，看来不能再等了，不尽早落实就怕夜长梦多。"康梁说出心中的担忧。古安河却不以为然，说："这女人自入门以后，做事常离经叛道，夤夜回门？呵，旁的人还以为她夤夜奔丧呢！也就是姚朝荣的女儿，若是别家人，看她不被娘家兄弟打断腿！尾牙未至，迫不及待送年礼，难道姚老大会缺那一口孝敬？"康梁说："关键就在于，她父亲就是姚老大。刚才咱的人瞧清楚了，和她一道回赛岐的男人叫洪大成，是姚朝荣的义子，姚氏船帮的二当家。爷，假若大房真与姚氏搅和在一起，则完全有了和咱抗衡的实力……"听着话，古安河犹豫起来："姚老大应该不敢直接插手古氏的家务事。"康梁冷冷地说："利字当头没什么敢不敢的，当然，明面上不会，可背地里呢？"古安河呲了口凉气："我还是不信，一个妇道人家能闹腾出多大的浪花来。"康梁说："不管怎样，事先提防不会错。"最后两人商议，决定不再等了，次日一早就去武曲再见石半山，带上十二分的诚意。一次不成两次，两次不成则三次，大有"三顾茅庐"的决心和打算。

载着玉茹等人的船停靠在赛岐码头时，天色刚放亮。

三人到街上找了一处早餐铺子，草草吃了些东西垫了肚子，然后直奔姚家大院。是张婶开的门。许久未见小姐，张婶拉住玉茹的手，眼含热泪说了一通想念的话，说完望向古定邦："这是小少爷吗？呀，都长这么高了，差点都认不出来了。"玉茹让定邦喊婶婆。这时候，许是听见动静，姚朝荣从楼上快步下来，身后跟着一位打扮入时的年轻女人，年纪约摸三十出头。

琬娘怎也料想不到，头一回留宿姚家，就和玉茹小姐直面碰上，脸上昨夜的余韵未消，便又添上了一丝慌乱的苍白。

姚朝荣牵住琬娘的手，几步走到女儿跟前，介绍说："她就是琬娘。"玉茹福了身礼，唤了声姨娘，紧着让定邦也过来行礼。琬娘有些手足无措，脸一下腾红了。姚朝荣哈哈大笑："行了，一家人就别尽整虚的了。"遂问女儿吃早饭了吗，玉茹说吃过了。姚朝荣随之指一旁的年礼问："这什么意思？"玉茹微笑地说："当然是拿来孝敬您和姨娘的。"姚朝荣无趣地瞪了下眼："有事说事。"玉茹深深地看了琬娘一眼，对父亲说："跟您借个人使使。"琬娘讶异地指向自己："我？"姚玉茹点头，说："是。"

谈起病情，琬娘好像立马换了个人，看上去特显沉着，冷静。听完洪大成的介绍，琬娘凝思片刻，说："恶咳是中医的说法，几年前，西洋医生将这种病定名为肺部结核病，按咱这儿的医疗条件，得了这病，基本无治。"姚玉茹思忖着说："治不治另说，能否阻止病情恶化？"琬娘笑了笑："若能阻止病情恶化的话，就有治愈的可能，以我的能力办不到……不过，适当减轻病人痛苦倒是可以。"姚玉茹听后松了一口气，说："那就成了。"

五

远处白雪皑皑，午后的阳光很好，轻风徐徐。

这是英格兰海边的一处庄园，海鸥飞掠，围墙上可见鸟屎斑斑。

庄园主楼二层的平台上，两位衣着随意的年轻人正半躺在一张铺着绒布毯子的躺椅上。身旁那张铺着白布的桌面上，摆着糕点和果盘。果盘旁边，是两只洁白的矮脚瓷杯。瓷杯里盛着红茶，杯面上方腾着袅袅热气。其中一位年轻人坐起身，拿起瓷杯，美美地喝上一口茶，夸张地赞叹说："噢上帝，我就喜欢这种原始且不加修饰的味道。"另一位年轻人听后，不屑地说："如果被贵族们听见，又会说你这个乡巴佬不懂茶。"这位倔强地说："他们懂个屁！我不反对往茶里加糖，加牛奶，可添加后的红茶，像化了浓妆的女人，远看还可以，走近之后，却能让你恶心得不敢亲吻她的脸颊。"那位撇嘴说："你这叫妒忌，是，绝对是……噗哧……活见鬼，我居然被你骗来这儿吹冷风。"说着裹紧了身上的毯子。这位脸上露出得逞的诡笑："所以，亲爱的威尔逊，无论如何你得想办法帮我约见霍华德先生。如果没去中国走一趟，将是我这一生最大的遗憾。"这位说话时双目放光，仿佛陷入某个美好的回忆，"哎，你知道吗？那是我仅有一次喝过的世界上最好的红茶，当温热的茶水从喉咙间慢慢滑下去后，你能感受到那种上帝和大自然混合的美妙滋味……"那位年轻人听了这话，翻了翻白眼，心里想，上帝的味道？噢，汤姆斯这是疯了吧？听说中国位于遥远的东方，坐船也得两三个月的时间呢。

十多年前，这位叫汤姆斯的年轻人在一位中国朋友阿春那里喝到一款上好的红茶，叫"半山红"。那以后，汤姆斯动了做茶的心思，开始与红茶结下了不解之缘。从贩茶做起，然后制茶，如今他的"诺顿红茶"已经遍布英格兰全境乃至欧洲的各个角落。即便如此，他依然对"半山红"念念不忘，很想借这次经理团考察的机会，亲自到中国拜访那位叫"半山师傅"的制茶师。他甚至美好地设想着，假设半山师傅能为他制茶，以"诺顿红茶"的营销之道，世界各国的人很快就将喝到一款廉价且又美味的红茶了。

然而，就在这天下午，这位"半山师傅"正深刻地感受着一种无可奈何的焦灼与无力。凤仙的生命之光日渐微弱，如狂风中的烛火，一不小心便会完全熄灭。凤仙此前还算坚强，基本能忍受住身体内传来的刺痛，扛得住每日的高烧，但到了现在，已完全处于一种失控的状态，简直叫痛不欲生。她哭着喊着央求石半山，与其这么痛苦，不如让她早点解脱算了。

可是，石半山怎可能答应这样"无理"的请求呢？

上午家里又接连迎来几拨客人，先是三家茶行的三位掌事，然后还是古安河和他的管家。但都被石半山赶了出去。那些人不肯走，最后石半山不得不挥起劈柴的大柴刀。不过对于下午来的两个女人，他却说不出任何狠话，因为其中一位女人一见面就说："我们特地过来探望凤仙姐。"石半山问："你是哪位？"那女人说："和凤仙姐一样，也是苦命的人。"

然后，两个女人顺利地进入凤仙的屋里。石半山自然也跟进去。年龄稍长的女人很快套起白大褂，从随身的箱子里取出听诊器，由此石半山像是一下看到希望，颤声问："您是医生？"女人笑着说："是，我叫琬娘。"

玉茹就这样"间接"地和石半山第一次直面接触。

要问直观的感觉？简而言之，男人的眸子里透出遮掩不住的真切痛楚，可见他对屋里的女人用情颇深，眼神作不得虚假。发际略显凌乱，但脸上胡子刮得非常干净，手上的肤色与脸色有点不搭，脸色透着郁黑，十指却异常白皙修长，且指甲修剪齐整，可以看得出来，这是个对细节有讲究的男人。

在琬娘替林凤仙听诊之时，石半山示意姚玉茹，跟他到外头说话。玉茹点头答应。两人来到院子里，石半山低声问："没记错的话，你和我妻子应该非亲非故，你这么做，也是想请我过去制茶的？"玉茹看着石半山，直言不讳地回答："是。"石半山冷冷一笑，说："商人逐利，果然无所不用其极！"玉茹并不否认："不知您是否听过一句话，物尽其用，人尽其才。"石半山皱起眉头："和我有何关系？"玉茹说："人和物皆有其使用价值，用好了，可实现两利双赢，一旦失去价值，则如虫臂鼠肝……咱们今天不谈这些，您也不用着急做决定，我们今天来的目的，只为了给你妻子瞧病。"

默片刻，石半山问："琬娘医生真能治好凤仙的病？"玉茹说："琬娘留过洋，医术非常好。无论如何，咱都得听她的。不过……医生也是人，不是神仙。"石半山长叹一口气，说："道理我明白，我现在只希望，凤仙她最后能走得安详一些，走得没有痛苦一些……"

面对石半山的这点要求，琬娘自然是能替他达成的。回去的船上，琬娘对玉茹说："林凤仙的病情确实非常严重，不但已经出现咯血症状，且并发了胸膜炎症，痛是必然的……郝先生的诊断结果没有错，基本只剩等日子了。"玉茹问："可咱离开的时候，她看上去已经好很多？"琬娘叹声说："那是因为我给她注射了吗啡，吗啡是一种短时镇痛的西洋奇药。"

傍晚回到赛岐。玉茹直接跟琬娘去了她的诊所。

琬娘在坐诊的间隙，教会了玉茹如何进行臀肌注射。为了多筹措一些西洋药，姚朝荣不得不拉下面子，连着拜访数位洋人才凑够了一定量的吗啡。

为了明早赶去武曲帮林凤仙缓解病情，玉茹只能连夜回坦洋。

离开之时，姚朝荣拉着女儿的手说："囡啊，如果觉得事难做，干脆就不做了，别逞能，可记住了，啊？"面对父亲的关心，玉茹不感动是假的，但她嘴上答应，内心里却更腾起那股坚定的劲头。

这晚躺床上，林凤仙和石半山说话："下午你找姚小姐谈的话，我或多或少听到了一些，你究竟作何打算？"石半山说："没，没打算，无论如何得先把你的病治好。"凤仙说："我的病怎样，我自己非常清楚，你不用再安慰我了。山，你可知道，姚小姐是个什么人？"石半山笑着说："不用猜，必然是茶商家的女人。"凤仙却无比羡慕地说："不，姚小姐是准备自己做茶商的女人。她敢想敢做，非常了不起。还记得当年福宁街短枪走火事件么？当事人就是她。那年她才七岁，跟父亲到福宁街的茶楼与人谈事情。不承想，她父亲的火枪突然走火。那日，提督大人刚好巡视福宁府，听到枪声，立马派兵围住了茶楼。她父亲等人慌了，她小小年纪反倒无比镇定，拿过父亲手里的枪装作她在把玩。官兵到的时候，她问提督大人，大清的火枪为何这么次？该响的时候不响，不该响的时候乱响。许是见她娇小可爱，提督大人笑着摸了下她的脑袋，便撤兵离去。她父亲因此消去了一场灾祸……古语常讲，三岁看大七岁看老，她从小心智沉着机敏，我觉得，成事是必然的。"

福宁街的走火事件，石半山自然听人说过。原来她就是船帮老大姚朝荣的女儿。当年，石半山一听说凤仙被人抓去福宁街，就疯地跟过去，走街串巷找了两三年，却没想到，凤仙就待在茶楼对面的那间花楼里。

"所以，"凤仙继续说，"你可以考虑替姚小姐做茶，她和别的茶商不一样。"石半山含笑问："怎么不一样？"凤仙说："直觉……"

大概因为身子舒爽了，又怕自己时日无多，这晚凤仙说了许多话，先是谈姚玉茹的事，紧着又回忆起过往。石半山实在熬不住，正准备合眼，凤仙又神采奕奕地问起来："山，能不能答应姚小姐？"石半山笑了："之前怎么没发现，你对别人的事这么上心。"凤仙嗔着说："又没让你上天入地，就说行不行吧。"石半山只好哄着："行行行，天不早了，你得歇着了。"

次日上午，玉茹应约而至。洪大成陪她过来。

石半山朝二人打了招呼，引玉茹进屋子。洪大成说他就在外头等着。再次见到姚小姐，凤仙显得特别高兴。打完针，凤仙让石半山出去，她想和姚小姐说说话。石半山并未马上离开，欲言又止，担心咳病传染讨人嫌。

玉茹微笑地说："琬娘事先交待过我了，保持距离，没多大事。"凤仙这才意识过来，立马对玉茹说了抱歉："我不该只顾自己高兴，忘了忌讳。"玉茹说："人吃五谷杂粮，哪有不生病的道理。没事，你倒别怪我直言直语无心伤人就好。"听这话，凤仙有些动容："心底无私，推己及人……姚小姐，你是好人。"玉茹看一眼石半山，说："我做事只凭本心。"又说，"姐你往后喊我玉茹就好了，姚小姐姚小姐的，都把我叫生分了。"

不得不承认，姚玉茹的到来，即使不用药，单是说说体己的话，都能让凤仙开心大半天。石半山却丝毫高兴不起来。昨天琬娘将他唤到一旁，说一旦西洋药失去效用，则意味着凤仙的命数走到了尽头……

没办法，现实就是这么残酷。可再残酷，也只能去面对。所以在面对凤仙时，石半山只能尽量把悲观的情绪压下去，装出一副开心的样子来。

接连好几天，玉茹都在上午来武曲。

几日交谈，玉茹差不多将自己的想法和现实情况都告诉石半山，愣是没提请他做茶的事。石半山也基本了解了姚玉茹重启茶坊的来龙去脉。

这日迎玉茹进屋，没见洪大成跟着，石半山有些惊讶："你是单个人过来的？"玉茹说："大成有事，走不开，怕耽误凤仙姐，只能自己来了。"石半山说："听说清溪上游闹土匪，你胆子不小。"玉茹嫣然一笑："清溪上游确实出了点事，不过这片还算太平，再说，我爹压得住。"听了这话，石半山讪讪地笑了，不由暗恼，怎就忘了人家父亲曾是水面一霸。

由于用了吗啡，凤仙身上的病痛得到了极大的缓解，甚至好几日都不见发烧，然而精神却愈发地萎靡了下来，不唤醒基本处于昏睡的状态。这可不是什么好事啊！尽管早有心理准备，石半山仍免不了一阵紧一阵地揪心。"为今之计，只能尽人事安天命了。"玉茹安慰他说。石半山默默地点头，将玉茹引进屋子后，就要转身出去，忽听玉茹喊他等一下："从今天开始，换你给凤仙姐施打了。"听这话，石半山一下愣住："我，行吗？"玉茹说："不会比做茶更复杂。"接着，她把用药多少剂量，针深几许，过后如何煮水消杀等一一地都告诉石半山，并解释说："后天就是尾牙祭了，外地商号的掌柜们差不多都回坦洋了，有些事必须提前做准备，茶路能不能通达，关键还在于人。"石半山表示赞同："是这道理，韩信无兵也力所不逮。"旋即主动说，"你若是真看中我这点手艺，好吧，我答应了，你现在只管联络值得联络的掌柜们。不过人心难测，那可比请我要难请得多。"玉茹几乎不敢相信自己的耳朵，一把抓住石半山的胳膊："真的？"石半山含笑点头："了解我的人都知道，石某的承诺还算值钱。"玉茹说："放心，我定会给你合理的酬劳。"顺着石半山的目光，玉茹触电般地松开手，有些尴尬："我，我实在太高兴了。"

玉茹当然高兴，此前做了再多的准备，都如空中楼阁一般悬而又悬，有了石半山相助，才算真正地夯实了基础。不过石半山也说了，眼下一切先以凤仙为重，不可能丢下她不管……这是自然的。玉茹没有任何反对的理由，假若石半山是个无情无义之人，她还看不上眼呢。

从林氏祖屋出来，玉茹驻足回望，内心里好一阵百味杂陈。凤仙此前说她心底无私，推己及人，可哪有啊？她明明就是奔着石半山来的，替凤仙缓解病情不过随手为之而已，并非真正地急之所急悯之所痛。所以在凤仙真诚且纯粹的目光面前，玉茹自觉惭愧，几近不忍直视。与石半山告别后，玉茹没有乘船回坦洋，而是走过清溪，顺着山路去杨梅墩见马伯亮。

马伯亮是两日前先行回福宁的。

一下船，马伯亮就直奔杨梅墩老家。他一家老小原本住在坦洋，几个孩子被安排在古氏族学读书。父亲年纪大了，身子骨一直不好，便萌生了落叶归根的念头。实在不忍拒绝老人的要求，马伯亮妻子只得请人将老家的宅子翻修了一番，让老人住回去。这一年多来，马伯亮妻子几乎隔天就回去一趟。虽说请人照料公爹，她依然放心不下。妻子贤惠淑德，给马伯亮省去不少事，才让他更无后顾之忧地在广州打理古记名下的"臻兴茶行"。

通过近十年的苦心经营，如今古记的"臻兴茶行"在广州十三行那边也算闯出了一片天地，包括洋人，见到马伯亮都亲切地唤他"波士马"，汉语即马老板。老板二字用潮州话讲就是大掌柜的意思。此前有人建议马伯亮，以他的经营能力和商脉人际，已完全具备自立门户的条件。自立门户，简而言之即脱离古记自己创业。马伯亮曾数次动过心思，不过最后都果断地打消了念头。

马伯亮是个心怀感恩的人。若没有古老爷子，他现在至多也只能混到福宁街红香楼的一名掌厨。掌厨与掌柜仅一字之差，但身份地位及收入却是天壤之别，更别说他当初只是一名小跑堂，能不能得掌厨大师傅另眼相看并尽心传授厨艺还不好说。古老爷子临终前，曾单独见过几位分号的掌柜，其中就有马伯亮。老爷子对马伯亮再三叮嘱，说大房长孙不思长进，希望能念在提携之恩上尽力相助。假设马伯亮另有打算，也请务必先帮大房找到能接手的可靠人选后再说……正因念着那份恩，商路迢迢，马伯亮在广州一干就是十年。

"今年年会怕是不太平。"昨晚夫妻夜话，马伯亮妻子说："二爷那边人强马壮，大房身后站着姚家帮，自然不甘示弱。"马伯亮说："古氏纷争无非为争夺族长之位，但谁都明白，二爷没有资格争，老爷子生前差不多已将家事和生意都区分开来了。古语讲，厚德方能载物，二爷又何德何能？他如今所拥有的，已是最大尽数。"马伯亮妻子听后沉默了，她一个妇道人家没和古二爷打过交道，不清楚二爷的为人，但是康管家……沉默片刻，马伯亮忽地自拍额头笑了："你我夫妻，怎突然操心这些事呢？"说着，将妻子揽进怀里，柔声地说："这些年我一直在外替古记做事，你在家辛苦了。"女人心里发酸，嘴上却说："你在外也不容易……其实，我就想问你，如果大房和二房同时要你替他们做事，你预备答应谁？"听这话，马伯亮皱了眉头，不过立马又舒展开来，微笑说："只要在古记，就没有违背老爷子的嘱托……"

选择替谁做事，马伯亮还没来得及仔细考虑。在回来的路上，对讯息一向敏感的他自然早听人说了，船帮姚老大正四处收拢小茶商、小铺口乃至那些小作坊，至于因何那么做，联系大房的处境，不难猜出这是大房的布局。换成别的人，或许会笑大房太太女人头发长见识短，就算把那些小茶商小铺口成功地整合在一起，又能顶什么事？哪家茶行做大做强，靠的不是整个宗族深厚的底蕴和雄厚的财力？马伯亮却不这么认为，这些年在广州，他见过太多的兴衰成败。若不是后来各商行团结起来，拧成一股绳，恐怕早都被各洋行公司蚕食得连骨头都不剩。而那些联合起来的商号，也并非来自于同个宗族，而是来自不同的地方，甚至不同的行业，鱼有鱼路，虾有虾道，同心协力汇聚起来的能量是异常惊人的。所以在马伯亮看来，大房太太姚氏能做出那样看似出格不合常理的实则大胆的决策，本身就非常不简单。

一早起来，妻子回坦洋接孩子。马伯亮逛了村东头的小菜市，割上几斤上等五花，挑了两条活鱼，又买了些刚上市的嫩笋尖，准备回去给妻儿老父烧顿好的。平时家里不缺吃，马伯亮准备亲自掌勺，只想着能些微补偿一年在外无以陪伴的那点遗憾。拎着菜食回家，发现院门外有个女人在叩门。

"请问你是……"马伯亮紧步上前。女人听声音回了下头，居然是大房太太姚氏。"呀，是您哪！"马伯亮本能地弓了下腰，准备行礼，发现手上尽是东西，抱歉地笑了笑："门没锁，快请进。"进了院子，马伯亮将菜食放到下厢厨房，洗了把手，然后请姚玉茹进堂屋入座。

"我父亲在家，只是年纪大了，耳朵背……您刚才等很久了吧。"马伯亮一边起火烧水，一边解释道。说话的时候，心里已对姚玉茹的到来有了几分猜测，他刚好也想趁机了解有关整合小茶商的初衷及目的。

"还好……"玉茹微微一笑，眼扫一圈屋里的陈设，里里外外都收拾得干净整洁，"早听说你妻子贤淑，难怪你能安心在外做事。"马伯亮说："拓展欧州茶路，即使背井离乡，总得有人去做。"玉茹说："曾听我父亲一位朋友说过，也有人自江西道往北，过晋西，走沙俄，往东欧陆销茶。"马伯亮笑着说："也叫北路茶市。北路茶市我不熟，古茶道倒自古就有，基本都被滇茶湘茶所垄断，咱福宁茶现今多靠走海运出。"

说话间，茶已好，马伯亮请姚氏喝茶。

玉茹默默地喝完一盏茶，问马伯亮："你对洋茶品类可有了解？"马伯亮点头说："洋茶以欧茶为代表。欧茶历史不长，不过近年也冒出了许多茶叶品牌，如诺顿，约克，哈罗德等，还有一些不知名的小牌子。究其根本，茶树多从云南、武夷包括咱福宁移植过去。那些红茶品牌有个共同特点，便宜，而且不是一般的便宜，便宜得让人不敢想象。"玉茹说："其实不难理解，欧陆大兴工业化，以机器代替人工，效率提高，成本却降低，若论品质，应该和福宁茶没法比吧？"马伯亮笑了："确实如此，我曾在洋人那里喝过欧茶，茶叶碾成粉末状，茶汤苦涩，若汤水里不添加牛奶、蔗糖，根本无法入口，洋人喝茶的习惯和咱们完全不一样。"玉茹说："欧洲人称那种茶为奶茶，牛奶本就是他们日常主要饮品，在欧陆宫廷，包括贵族阶层，都有喝下午茶的习惯，仪式特别隆重，非盛装出席不可……"闲谈至此，马伯亮已对姚氏另眼相看，且不论别的，单是这番见识，就不是一般女子所能企及的。

马伯亮又朝玉茹请了声茶。玉茹端起茶碗，就思着又放下，看着马伯亮认真地问："马大哥，那我就直接说了，假设给你一家全新的茶行，你……是否有兴趣？"听这话，马伯亮忽觉胸腔里一阵心跳加速，心底里好似有个声音在对他说："快答应她，这是个绝佳的机会，跟着这位见识不凡的女人做事，必能成就一番大事业……"尽管如此，马伯亮仍旧肃然回复：

"我想，您应该了解过我的过去，古家老爷子对我有知遇之恩，给我这碗茶叶饭吃，才使我马家日渐富足，马某不懂什么大道理，但也懂得做人不能忘本……所以，要我脱离古记另谋高枝，恕难答应。"玉茹看着马伯亮，不恼反笑，说："外间评价你马掌柜，做事不拘一格，做人却恪守底线，还真是如此。放心，没让你脱离古记。我身为大房太太，所谋的自然也是大房之事，老爷子弥留之际与先夫交待过，说在茶叶生意方面，须听你马掌柜的意见。相信之前，老爷子已经和你达成某个共识吧。"马伯亮暗松一口气，朝天拱了下手，说："那是老爷子看得起我小马……好，您接着说，具体要我怎么做？"玉茹不假思索，对马伯亮郑重地说："我想请马大哥，任我古氏大房新茶行的大掌事。"

听了这话，一向以沉稳著称的马伯亮腾地站了起来。

大掌事，换而言之就是茶行的大掌柜。用现代的话说，等同于总经理。放眼整个茶叶行业，任何一家茶行的大掌事几乎都由该宗族有能力有担当的可靠子弟来担任。毕竟大掌事的决策与管理，将对茶行生意起到决定性的作用。简而言之，一家茶行包括各地分号的生死存亡都拿捏在大掌事手中。而茶行真正的大东家类似于现代股份公司的董事长，平时基本不管事，加上那时候消息闭塞不通，等他们得知情况明白过来时，一切都已经迟了……所以，掌事的经营权力相当大，说是"一人之下万人之上"也不为过，难怪马伯亮讶然。

接着，姚玉茹又向马伯亮透露一个大消息：石半山将坐镇大房茶坊……

直到姚玉茹辞别离开后许久，马伯亮依然未能从某种震撼中回过神来：太了不起了，实在很了不起……马伯亮无法用合适的言辞来形容他对姚氏的钦佩之情。终于明白，姚氏因何委托她父亲收拢小茶商小铺口。这样的茶商铺口与拥有宗族背景的茶行相比，获利仅够养家糊口，如常见的沙子一般卑微。可这些沙子再细小，若以某种方式紧密地联合起来，则可以成就一座高塔，这大概就是"积沙成塔"的别样诠释。原来，茶行还可以这么玩的？

哈哈哈……马伯亮连喝下几口茶，舒爽地大笑出声。这时候，妻子刚好领着孩子们回来，见状有些纳闷："什么事让你高兴成这样？"马伯亮诡秘地笑着说："相信么？用不了多久，你家男人又将更上一层楼。"妻子故意不给丈夫好脸色："才不稀罕，我只盼一家人和和美美。"马伯亮感慨地说："一切如你所愿！你记不记得当年，古家老爷子请我去古记的情景？"

从杨梅墩出来，玉茹的心情当然是愉悦的。

来之前，虽说她有信心说服马伯亮，可马伯亮若是爽快地答应，反而会因此缺了一些什么。对，是坚持，是一份可以彼此信任的坚持。当年精明的老爷子选择信任小马，她姚玉茹又有何理由不这么做呢？所以，当马伯亮问她，还需要哪些人手时，玉茹说，既然马大哥已是新茶行的大掌事，当然一切都听马大哥的。马伯亮建议，杭州的陈有民是可争取的掌柜之一，虽说陈有民做事中规中矩，不太懂变通，但其为人忠厚可靠，是守成的不二人选。谈及福州上杭分号的冯戍，马伯亮只微微一笑，说了句，冯戍是二爷的人。

至于还需要谁，包括需要筹备什么，都听马大哥的。

当这句话说出口后，玉茹顿觉一身轻松。近一年多来，压在她心头的事实在是太杂太过繁重了。此时站在山顶高处，放眼望去，山下连片的茶田层次格外分明，茶株下的冰霜早不见了踪迹，风儿吹过，茶叶尖碧绿点点，仿佛已然瞧见了春天。人们都说，为了秋获硕果，春时须播种希望……

玉茹眯起传神的秀目，嘴角挑起一丝浅浅的笑，所谓希望在她看来其实和幸福一个道理，把握住的才作数。因为马伯亮是个值得信任的人。这是老爷子临终前交代古安江的话。那日玉茹也在场。然而再想到信任二字，玉茹慢慢地停住脚步，忍不住抬眼，又朝武曲方向望了过去。

姚玉茹几进几出武曲林氏祖屋的消息，事后自然有人告诉古安河。这日下午，古安河又同康梁过去拜访石半山。人是见到了，话也说尽了，可石半山仍旧还是那句话："抱歉，恕难从命。"回到家，古安河破口怒骂："该死的死瘸子，老子再不去自讨没趣了。梁子，明天咱就去政和，请郑老关。"康梁说："郑老关，价码可不低啊。"古安河气愤难平，说："总比一次又一次受气强吧，郑老关声名不俗，他做的关云红，我看不比半山红差。"康梁只好说："行，爷，待会儿我就安排。"停顿一下，"姚氏那边……"古安河默默地饮尽碗中茶，说："看来，这只母鸡是真准备打鸣了……可知道她爹那头什么情况？"康梁说："据说已经定好，正月初八召开招商会。"

招商会？古安河盯着康梁，一时无法理解。

"哦，大概是把那些小茶商召集起来认购股份子。"康梁补充说。这么说就好理解多了，古安河冷哼说："姚老大只会这一招，当年他把江面、海面的大帆船和小舢舨弄在一起，搞起姚氏船帮，最后还不是一盘散沙？"康梁思着说："可是……爷，不说别的，至少人家如今财势两得，所以不得不防。"古安河有些不耐烦："防防防……你就直接说吧，怎么防？"康梁说："您找石半山，姚氏也去找石半山，很显然，姚氏背后有人指点。而且从姚氏在林氏祖屋停留的时间看，石半山对姚氏的态度明显要比咱们好。"古安河说："你是觉得，石半山有可能答应姚氏？"康梁点头说："或许，姚氏给石半山许诺的条件要比咱给的更诱人。"呲！古安河和康梁眼神交换，好似顿即明白了其中的某个道道，毕竟姚氏寡居，又年轻貌美……康梁紧着又说："就算石半山答应姚氏的雇请，到时只需……我不信姚氏能承受得了这个压力，就算她破罐子破摔，族老们顾及古氏的脸面，难道不会出面干涉？"

古安河仔细一琢磨，觉着有道理，便赞同地点了点头。

玉茹正踌躇满志，却突然发现老太太不行了。

族人闻讯纷纷赶到东院探视。毕竟老太太的辈分摆在那儿。辈分与年岁关系不大，一位年岁最小的族老还得喊她一声小嫂子。尽管如此，人们私下仍议论纷纷："唉，这时候早不早迟不迟，白事一办起来，年祭怎么办？还怎么拜菩萨？"似乎没人真正关心老太太的死活。人们大多杵在院子里，也有人站院门外往里探头。直系子媳能动的倒是都来了，有年长者不禁感叹："老嫂子一生不受丈夫待见，末时能得这么多后辈相送，倒也死得其所……"

大意是说，时间点掐得刚刚好。

玉茹不清楚公婆此前的关系如何，她和婆婆之间也没有多少感情。刚嫁来之时，除了平日请安，彼此几乎没有更近一步的交心。后院的那间屋子被婆婆布置成了佛堂，里头整日香雾缭绕，看上去黑洞洞地吓人。有一回定邦楞头愣脑地闯进去，被惊得大哭。不过，玉茹对婆婆始终礼敬有加，毕竟婆婆没像别家那样，对儿媳妇横竖挑不是，树立婆婆的威严。当然，玉茹也能理解某些族人暗生抱怨，快过年了，谁家没有一堆事？可别因此耽搁了。

洪大成驾车去仁心堂请郝先生的时候，玉茹让翠请来马伯亮，交代一些可假他之手代办的事，至于别的，只能暂时搁置了。望着灰蒙蒙的天空，玉茹长长地吁出一口气，似要把胸中的闷气叹个干净，不想反而更得郁闷……

什么叫人算不如天算？恐怕这就是。

与院子里窃窃私语稍显纷杂的情形比，北房偏厅里的气氛沉闷且安静。古安河和古安海自然早就候在这里，毕竟是彼此关系最近的兄弟。

古安河暗着脸坐一旁，没说话。古安海倒是近前低声问姚玉茹："需要我做什么，嫂子，您只管吩咐。"且不论古安海此举是否真心，都是一份难得的关怀，玉茹回他一个感激的清笑。然后，大家静候郝先生的诊断结果。

不多久，布帘子掀开，郝先生和他的小徒弟退了出来。没等询问，郝先生主动说："一息尚存，估计撑不过半个时辰，赶紧去准备吧。"

很快，玉茹替老太太行沐礼，更寿衣，收拾清爽后让几位族弟将老太太从后房抬至正堂厅。族老已经提前安排好了，厅一侧架着一副硬木床。将老太太脚朝里安顿完毕，玉茹这才走到床前，俯身轻唤了几声娘。

过片刻，只见老太太长长地哼出一口气，缓缓地睁开双眼。只见她面朝一旁，似寻找又似看见地叫唤："江儿，江儿，你过来……"

这时候，整座院子鸦雀无声，老太太的声音不大，却都清晰地传到大伙的耳朵里，连站在角落的古安河都不禁打个哆嗦。"怎，怎么回事？"众人面面相觑。姚玉茹继续唤娘，轻声说："娘，安江不在了，您有事可交待我。"老太太大眼瞪着玉茹，嘴唇动了动："乱讲，刚才江儿……刚才江儿还和娘说话来的，怎会不在呢，你……你是谁啊？"玉茹说："我是安江家里的。"老太太死死地盯住玉茹的脸，好半天才说："哦，哦，我想起来了……你是我儿媳妇。"玉茹说："是的，娘。"老太太想抬头，却无力抬起，转而问："我孙定邦人在哪里？"长孙定邦自然是在的，由翠儿带着，就站在过道里。

见玉茹招手，翠儿轻轻推一下定邦，让他走上前去。

定邦显然有些害怕，但还是慢慢地走过去。

老太太看见定邦，脸上破天荒地挤出一丝柔腻慈祥的微笑："乖，祖母的心肝宝贝儿……"定邦依偎在玉茹身边，不解地看着祖母。老太太说："可怜的孩子，祖母一走，就留下你一人孤苦零丁了。"听这话，玉茹默默地攥紧了拳头，老太太说这话几个意思？于是打断说："娘，您放心，定邦还有我这个亲娘呢。"老太太饱含深意地瞥了玉茹一眼，慢吞吞说："哪敢指望啊，江儿不在了，我也要闭眼了，往后这家里，有谁管得了你这个外姓人？"玉茹眼圈一红，忿然地说："娘，您说这话可就不凭良心了，这些年您卧病在床，我是缺了您吃，还是缺了您穿？该请郎中该煎药，我样样不缺您的，您儿子遇人暗害，我也是事后才知道，您不会还在怪我没守好你儿子吧？"

这时，一位族老朝玉茹使劲地使眼色，跟一位痴痴傻傻且生命将尽的老太太有什么可争的？实际上，玉茹说这些并非为了争，而是表明态度，老太太可以糊涂，她不能……见此，玉茹抹了把眼泪，后退一步听话地住嘴。

老太太仿佛意犹未尽，继续说："那好！姚氏，你今儿敢不敢当着古氏众人的面立誓，此后会守得我孙定邦富贵花开，一门吉祥？"玉茹瞪大眼看着老太太，这哪里是痴傻的老太太，哪里生命将尽，分明是老妖怪，原来盘子搁这儿接着呢，好在自己并无改嫁的念头，就说："有何不敢？"

老太太笑了，扭头找人："修远老兄弟可在？"只见那位叫修远的族老几步上前，唤了声老嫂子。老太太看着他说："稍后，让姚氏执香立誓……至于大房往后的生计，就拜托各位老兄弟照看了。"修远族老说："应该的，不论旁系或直系，打断骨头都还连着筋呢，老嫂子，您就请放心吧。"老太太继而又说："该是大房的，就只能是大房的。只要姚氏待在咱古家，那她就是大房的女主人，大房就是她当家……女人当家不容易，希望老兄弟能看在我家死老头子的面上，帮衬着点。"修远族老望一眼玉茹，点头称是。

老太太继续说："如果有一天，定邦若觉着他可以撑起独门一户，到时茶行该怎么分割，你们老兄弟可得一碗水端平了，可别顾一头弃一头，毕竟古记那块老牌子，也是我家老头子以命换来的。"

分家这种事修远族老可不敢乱答应，毕竟他只是旁而又旁的旁系，份量是远远不够的……在得到其他族老的点头后，他才又应了声是。

大概觉得该交代的事都交代好了，老太太将双手齐整地叠放在自己腹部上方，然后闭上眼。当然，老太太呼吸依旧平稳，像睡着了一般。

这时，众人你看我，我看你，谁也没有发出声音。整座院子透着一股可笑却又莫名的诡异气氛。玉茹内心里更是百味杂陈，说不出具体滋味，自她嫁进古家，还是头一次见识到了老太太的手段，寥寥数语，就把该堵的嘴都一一地堵上了。从某种意义上讲，老太太言语之间看似严厉逼迫，实则无不在维护大房的利益，维护自家儿媳妇。然而，执香立誓？这件事对玉茹来说，似乎就有一种浓重的羞辱意味了，改不改嫁是一回事，立不立誓又是一回事……

玉茹内心里正在纠结，修远族老已点好了一炷香，递给她，并朝老太太方向努了努嘴，意思是说，老太太还等着呢。玉茹只能照办，执香，跪于堂厅当中，立誓此后必定尽心抚养儿子定邦长大成人，成家立业。

至始至终，玉茹愣是不提改不改嫁的事。

起身后发现，老太太眼皮子略动，但没有睁眼，也没再说什么，仿若立誓的事就这么揭过了。不过在族人看来，姚氏如此郑重地对天盟誓守节，顿时于望向她的那片目光中，明显能感受到几分难得的敬意。古安河却阴着脸冷哼一声，声音特别轻微，那声音大概只有他自己的耳朵听得见。

见老太太暂时无碍，除了长者和几位后生留守外，其他族人各自忙去。

原以为只是一场虚惊，谁料确如郝先生所说，老太太仅一息尚存。大约再熬了两个时辰，老太太突然拉住玉茹的手，使出浑身的力气说："姚氏，你若违背誓言，我……我就算下了阿鼻地狱，也不会放过你……"

老太太最后这句话已经不是叮嘱了，而是警告，也是威胁，多少显得阴险恶毒。玉茹气得脸色发青，但还没来得及开口，只见老太太双脚一蹬，两眼一闭就直接撒手人寰了。几位长者见状全围了上去。确认无误后，修远族老站内院天井边的檐下对外大喊三声："大房曹氏，登天了……"

老太太死了，死得不算仓促，至少给了两个时辰的准备时间，于是丧事有条不紊地进行着。当然忙的都是旁的人，有人着手布置灵堂，有人去给老太太的娘家报丧，有人为老太太装殓……二房姨老太闻讯也赶过来，一把扯掉玉茹头上的发簪，使其半边发散落下来，那才是服丧儿媳正确的姿态。

玉茹神情悲戚，面色苍白，任由翠替她换上丧服，又木然地看着翠给定邦换丧服……不明就里的人，差不多都以为姚氏悲痛至此。殊不知，玉茹内心里依然火冒三丈，恨不得过去将老太太直接唤醒，问她到底为什么！嫁过来差不多五年了，自己做的哪点对不住她，对不住古氏的列祖列宗？

翠儿忙完手上的事，近前劝说："小姐，节哀顺变，别太伤心了……"此时玉茹就在东厢房内，身边并无旁的人，冷哼地说："伤心个屁！临死前还不忘给我扎眼针，亏我先前那样尽心侍奉。"翠儿愣了愣，说："也许她真担心小姐带走小少爷呢，那样大房的香火可就断了。"玉茹冷笑说："大房香火断不断，关我屁事！"这种话，翠儿就算再大胆也不敢接。

这时，外间有人喊玉翠，翠儿应了声就出去了。

送出最后一批年茶，刘怀淑正准备和方奕轩回娘家送年礼，顺带请父亲来坦洋参加方记茶行的年宴，突然听说古氏大房老太太身故的消息，换上一身素服，带上秋红就过来了。一番祭拜后，玉茹请刘怀淑到东厢偏厅说话。刘怀淑拉着玉茹的手，关心地问："需要我做什么？"玉茹默然地摇头。刘怀淑接着又说："现在，几乎整个坦洋的人都知道你准备重启大房茶坊的事，茶叶生意我不懂，可你我是闺中好姐妹，真有难处的话，记得说一声，多多少少我还能帮上一点忙。"玉茹看着刘怀淑，感激地说了谢谢。接着，两人又说了些体己的私房话，抹了一阵无声的泪，刘怀淑就起身辞去了。

族老定议，老太太停灵七日后出殡。

于是古记的年会只能延期，最后定在腊月二十四，小年夜的那一天。玉茹闻讯暗松了一口气，如此一来，筹备之事算是妥了。

停灵期间，玉茹几乎都守在灵堂里。

这日下午，听说马伯亮有事找过来。玉茹让翠儿先请马掌事到东厢偏厅稍坐，她默默烧完手上的纸，才起身离开。对待族人包括族老长辈的态度，玉茹一向不冷不热，虽说该有的礼节都不缺，就是亲近不起来。

"难怪老嫂子对她要求苛刻。"修远族老在玉茹离去后叹声说，"可若细较起来，姚氏为人处事，还真挑不出什么大毛病。"一位族老也叹说："论及命道，大房婆媳出奇地相似，说到底，都是可怜的女人哪。"

那位与古安河亲近的族老叫古裕祥。

依古氏宗族排行，古裕祥属裕字辈长辈，年纪不算最老，辈分却最大。古安河见古裕祥每每都得尊称他九叔公。大概同是旁系身份的缘故，古裕祥对古安河一向关爱有加。这时，只听古裕祥面无表情地接上一句："所以说嘛，娶媳妇不可一味只看娘家家世，还须仔细观其面相。"

面相之说，可谓诛心之语，众族老旋即默默喝茶不说话了。

马伯亮来找姚玉茹，除了汇报交办事情的进展外，还带来一个关于石半山的消息，林凤仙于今日凌晨病故……"你说什么，谁死了？"玉茹乍听几乎不敢相信自己的耳朵。"石半山的妻子林凤仙，曾经满园红花楼的头牌。"马伯亮叹了声说，"此前我对石半山多有误会，但从他真心对待妻子的事看，绝对算得上是性情中人，对待这种人，很难用银子去招揽，唯以心收之，方能为你所用，且一旦用起来，死心塌地地好用。"

回想起此前与凤仙短短数日交往，再想到凤仙那纯粹得几乎不掺杂任何杂质的目光，玉茹一时哀从中来，无声的悲泪如断线珍珠般滚滚而下。

好不容易，才稍稍缓和了情绪，玉茹问："陈有民可答应下来？"马伯亮点头说是："可他也提了条件，必须让他留在杭州，一则年纪大了，二则也因为一家老小在杭州待惯了，挪地方恐生不便。"玉茹说："这倒是符合他不变通的性格。"马伯亮却说："但我没答应，依目下远洋形势和新茶行的实际情况看，我觉得新茶行的重心应该放在福宁、省城福州和广州十三行。日本国接手台湾岛后，东洋茶商相继进驻台岛布局，此后东洋茶市怕会大幅度缩水，故而杭州设不设分号，至少于当下而言不是特别重要。"玉茹思着点头说："这么考虑是对的，我大体明白你的意思了，总之，对陈有民能争取则争取，实在不行，也只能放弃了。"马伯亮应了声是，接着说："您让我逐一拜访那些小茶行的当家人，大家对联合经营基本没有异议，但有个疑问，联合后用什么牌子？"玉茹说："你怎么考虑？"马伯亮说："我觉得涉及茶行根本，不能让步。我跟他们列举了东印度公司的例子，牌子叫东印度公司，而股份并不属于当地人，背后实际上是英国的各世家财团在经营……只是，这些人的茶生意几乎不出福宁，一时间无法理解。"玉茹说："不要紧，只能再花时间慢慢去说服了，只要见到了真金白银，往后你说什么他们就会信什么。"马伯亮点头称是。犹豫片刻，他支吾着问："有些事，不知当问不当问？"玉茹说："只要与茶行有关，往后有事说事，不必担心适不适当。"马伯亮这才说："您既然想好了开业一家新茶行，那么，又如何处理与老古记的关系呢？我当然知道，这家新茶行仍属于古记的茶行，然而经营权责一旦不清，对往后的生意开展必然不利。比如古二爷和其他古氏族人若都掺和到新茶行中来，我该听谁的？您大概不知道，古记现状非常不妙。首先，账目不清，其次鱼龙混杂人浮于事，若不是家底厚实，这样的茶行早就垮掉了。"玉茹大吃一惊："账目不清？你是说，有人从中贪墨？"马伯亮点头说："受雇之人自然不敢，可古氏族人伸手，谁敢吱声呢？久而久之，则成了一个睁眼不见的可笑局面。"

对于如何处理与老古记的关系，玉茹此前还真没去仔细考虑过。所谓百密一疏，她不好马上回复马伯亮。依当前的形势看，想完全撇清，几乎不存在任何可能。首先族老们必定不答应。再则，此前的盟誓之言犹在耳边，一旦自立门户，却继续倚仗大房的家底与渠道，难免会让人怀疑该茶行已悄然姓姚。且新茶行一旦完全独立于老古记之外，白手起家从头开始，又谈何容易？

玉茹再有雄心，也不敢任性妄为。

马伯亮离开后，玉茹仍旧一个人静坐沉思，该死的老太太临终前倒是说了一番公道话："定邦觉着他可以撑起独门一户，到时茶行该怎么分割，你们老兄弟可得一碗水端平了，可别顾一头弃一头……"这番话仿若给玉茹打开了一个新思路：对，分家！就以大房嫡孙古定邦的名义……

就在姚玉茹思考该如何向族老开口分家的时候，武曲林氏祖屋的堂厅已布置得庄严肃穆，一副上好棺木摆在当中，三炷清香于棺前袅袅点燃。林凤仙装殓好了，俯身望去，像安静地睡着了一般。石半山手拿酒壶，一边喝着，一边自言自语地说："嗯，姓贾的确有几把刷子，喊来的人也靠谱……"

石半山其实没打算丧事大办。自家宗亲早分散各地，一时间不可能派人一一通知，再说路途遥远即便通知了也未必会来。原先的林家在附近倒是有几门亲戚，不过许多年没来往了，彼此关系早生疏得不成样子。当年那些亲戚若有心帮一把，凤仙也不至于沦落风尘，这种亲戚还能叫亲戚么？加上凤仙一生喜静，没必要被世俗纷杂所惊扰。若不是这日晌午，贾道仁不知从哪儿得知消息主动找过来，石半山也不可能付银子请他帮忙操办。

石半山原以为，凤仙病逝他将悲恸欲绝，然而却没有，反倒有种释然超脱的轻松之感。他不由地一度怀疑，难道自己就是个铁石心肠的人？情感已冷漠至此，甚至没掉过一滴伤心的眼泪……从昨晚到这会儿，粒米未进，仅喝下几口白酒，居然状态极佳，不疲不乏。夜幕降临，屋里黑了，石半山沿着棺椁点上一大圈白蜡烛。凤仙打小怕黑，一到晚上非把屋里弄亮堂了不可。

次日下午，风仙落葬。当晚，石半山待在山上没回家。直到第三天一早红日东升后，他才起身说："风仙啊，你先在这儿好好歇着，用不了多久，我就会过来陪你……放心，这次我不会再食言了。"然后，有人见他下山。再然后有人看见石半山背着包袱，从林氏祖屋出来，头不回地一路西去……

石半山再次失踪的消息，直到古记年会召开，玉茹才听洪大成说起。

此之前，她一边忙着老太太的丧事，一边私下里恳请修远族老，请他出面支持"分家"。古修远自然极力反对。他说："老太太尸骨未寒，你就闹着要分家，先不说此举不孝，这么做于理也不合，如今远洋的茶生意可以说到了非常关键的时期，拆分古记削弱实力，合适么？"玉茹冷静地说："您说的，我当然都懂……可是，所谓开枝散叶，说到底就是让子孙后辈各凭本事，各自去发展，子孙后辈发展了，才是对先祖最大的孝道！老爷子在世之时，就将古氏茶坊一拆为二，那样做的目的为了什么，您应该比谁都清楚。我曾听老爷子提起过，当年多数人反对，您始终站在老爷子那一边，说明您的眼光比多数族人看得要远，看得要通透。如今，我不过重走前人走过的路，并无违背老爷子生前的掌事原则，若从大局考虑，也是为了壮大古记有所作为罢了。"

古修远沉吟片刻，摇头失笑说："你呀，说句心里话，若是安江提出这种要求，我没有理由不支持，可是你……"听这话，玉茹面色严肃起来："难道真因为我是个外姓人？"古修远抚须不语。玉茹继续说："自嫁进古家，我就只记得自身是古氏的一分子……您若不相信，难道还不信天爷么？我可是对天爷盟了誓的。"古修远轻叹一声，说："好吧，我会找机会帮你在族议上提一提，不过说实话，希望不大！"见古修远终于松口，玉茹暗暗有些激动，先道了声谢，然后说："依规矩女人不好上桌，所以只能劳烦您替我们说话，至于结果如何……我们都认了。"古修远仔细地盯了姚氏几眼，显然不信她会如此顺从，少顷犹豫后，认真地问："你不会还有后手吧？"

玉茹低头想了一会儿，慢慢从自己的袖口中抽出一沓纸，放到古修远面前的桌面上。古修远拿起来一看，原来是茶行近一年向欧洲走茶的部分账目。不过才翻看了不一会儿，他的脸色便煞白了："这，这这……"玉茹说："这就是我为何要做新茶行的原因所在。"这份誊抄的账目不过是马伯亮经手的一部分而已，可单是这部分涉及的数额便已是惊人的数目，且上面赫然记着古修远长孙古定衡的名字。玉茹抽出一份标着记号即古定衡的汇总账目，三下两下就撕碎丢于脚下，然后继续说："有道是水至清则无鱼，若不是我大房现今人单势弱，我断然不会拿出这种东西，多少显得我为人不地道。换句话说，此盖子一旦被掀开，古氏还能像之前那样团结一心一致对外么？我认为，肯定是不会的了。人都是自私的人，但凡不涉及自身，谁都能安然若素泰然处之，若是自身利益遭了侵犯，您说，会不会一下急眼了呢？"

古修远闭眼，长叹出一口气，说："你……厉害啊！直接说吧，要我怎么做？还有，预备要哪几家茶行？"玉茹说："账目上涉及的人，我不好直接找他们，只能劳烦您去说一声了。至于茶行嘛，我只要广州、福州和赛岐这三处分号。"古修远不敢置信："只要三处？"玉茹点头说："是。"

姚氏突然抛出"贪墨"的账目，好比晴天骤然打个震天霹雳，震得古修远许久都未能使自己的心情平复下来。相比之下，"分家"真就不算什么要紧的事了。姚氏告辞后，古修远顾不上喊孙儿定衡质问钱最后花哪儿，直接出门找其他家长商议去了。不得不承认，大房的这个儿媳不简单啊！

"分家嘛，说到底确实无关大局……"

"涉事"族老和族里的几位长辈很快达成了共识。这当中，玉茹提供的账目自然"功不可没"。"不过，"一位长辈思忖着说，"大房即将开业的新茶行，绝不能脱离古记而存在。老族长生前曾不止一次交代，坦洋古记有且仅有一块牌子，若因此一分为二，有朝一日你我到了九泉之下，又有何面目见他老人家呢？"话音未落，众人便都窃窃私语起来。这位长辈接着说："别忘了大房长孙年幼，对姚氏若无约束，新茶行最终归属，则就悬了。"

这位长辈的子侄涉及钱数最少，因此说话底气略足一些。

"嗯……"古修远思考片刻也说，"要不这样，分家之前，将咱几位所商定的意见一一落到纸面上，请姚氏做字画押？"众人纷纷表示赞同。那位长辈说："倘若只有约束，怕也不成啊……姚氏已然拿出诚意，咱也不是不明事理之人，新茶行就归姚氏自主经营自负盈亏，但须留出一定比例的份额，且这些份额只能增，不能减，这样可适当起到监督作用。而这部分参股份额，各家子弟自行决定愿否参加，"说着，望向古修远，"恐怕还得请你出面找姚氏谈谈了，她若同意，哥几个再商量，如何将这事上族议。"

古修远将商议的内容一五一十都告诉姚玉茹。

玉茹听后，含笑点头说："行啊！其实我也只要自主经营权而已，大房的新茶行，本就是咱古记的茶行嘛。"古修远不解："那你究竟图什么？"玉茹嫣然一笑，语速缓慢地回了两个字："自在。"古修远愣了愣，摇头说："还是搞不懂……可我知道，族人不会为所谓的自在二字买单。"玉茹朝古修远请了声茶，反问他："如果说，我的新茶行有半山师傅坐镇呢？"

听说大房请到了半山师傅，古修远和原先一起商议的几位长辈再也淡定不下来。"此事……当真？"有人表示怀疑。"若真是这样的话，那么预留份额不能定两成，对，应该定四成才合适。"有人起了些许贪念。古修远摇头失笑地说："晚啦……姚氏对咱所提之要求，几乎不加讨价地一一答应，若再骤然改口，出尔反尔，往后可没脸在族人面前行走了。"这话说得重，但确是这么一个理，于行商之人而言，允诺的诚信等同于身家性命。

"行吧！"一位长辈最后说，"能请到半山师傅，说明姚氏确有几分真本事。我认为，当务之急是让古记防患于未然，古记能有今天，完全靠先祖几代人勤苦打拼得来的，可不敢因为后辈各自私心毁于一旦啊！"古修远表示赞同，说："如今各家不缺吃和穿，私心膨胀，无异于自掘坟墓，我看这事必须上族议，你们觉得呢？"众人各怀心思，但无不点头说是。

因事就急。下午老太太落葬完毕，当晚就准备在宗祠举行全族大议。

毕竟明日就是小年夜了，小年夜是古记年会的日子。相比于其他茶行，古记这年的年会最晚举行。外地掌柜归家的心情早已无比急切，可是年会因故延期，谁也不好说什么。族议之前，按惯例族老将召集各家长辈先行说事。

先行说事的地点自然放在辈分最高的裕祥族老家中的北房正厅。

原以为一整年的茶生意顺风顺水，应该无事可商，谁想会出现那么些狗屁倒灶的龌龊事……"糊涂，糊涂啊！"古裕祥手敲桌面，桌上放着他刚看过的贪墨账目，震得纸页乱颤，"谁来说说，究竟是怎么回事，啊？这事若是传出去，咱古氏往后还要脸吗？"涉事的族老低头不语，而不在账目之列的老人则一脸懵然。古裕祥看着古修远，直接点名："修远，你来说。"古修远暗叹一口气，站起身，如实说了来龙去脉，然后朝古裕祥躬身说："也怨我，近些年对家小疏于管教，才……"古裕祥冷声打断他："不怨你怨谁？古氏祖训可是一条一款都在宗祠墙上挂着，是不是都熟视无睹了，啊？"

古裕祥膝下共有三男一女，小女儿外嫁，仁儿子行正坐端，几个孙子都不在茶行做事，自然不可能参与到所谓的贪墨谋利之中，因此说话语气硬，脸色难看。见古修远还尴尬地弓腰站着，挥了下手，让他坐下。

这时，旁边一位族老说："亡羊补牢为时不晚，咱们既敢自揭伤疤，换而言之即有决心断绝后患。"听这话古裕祥的面色终于缓和了下来，问他："那你说说看，该怎么做？"那位族老说："首先，必须重新立规矩，往后发现谁贪墨，直接送官究办，并于宗族除名。对于非古氏子弟，同谋者，除送官究办和永不录用外，还需通告其他茶行一并封杀。"古裕祥说："嗯，非猛药难以除顽疾，我看可以！"那位族老捋了捋胡须，继续说："其次，过往账目的缺口必须补上，依照名单来，谁家占多少拿多少还补，至于一时还不上的，可酌情分期还清。"这位族老的建议合情合理，再则那些子弟涉嫌贪墨的长辈自觉理亏，只纷纷点头应承下来。古裕祥望向古修远："可有要补充的？"古修远沉吟片刻，说："定衡拿走多少钱我定会如数还上，可这……还只是广州十三行一处一年的糊涂账，其他分号的情况又如何呢？那么接下去，是否需要逐一查账？如果彻查的话，该溯到哪一年，查到哪一步？"

较真起来，的确桩桩件件都是肉里刺，所有人都低头沉默了。大部分人心里都在埋怨姚氏"多管闲事"，也有人骂她"用心恶毒"……

过了好长一阵，古裕祥眼扫众人，忽然问："安河呢？"有人说："应该在宗祠准备今晚的族议事宜吧。"古裕祥有些气忿，说："让人喊他过来，执掌茶行不到两年，就出了这么多狗屁事儿。"

古安河两年前开始执掌古记茶行，但只是以代理人的身份。身为旁系子弟能够成为茶行的大掌事，族人对此无不羡慕。然而在古安河看来，所谓名不正则言不顺，言不顺则事不成，怎可能就此满足呢？人往往都这样，当他站到一定的高度后，目标很快就开始转向更高的那一层，比如族长。

在南方的大部分地区，族长与直接利益关联性不大，但族长代表着全族的威望，是全族的脸面所在，更是一种尤为体面的认可与尊重。纵然嫡庶有别又如何，古安河一直盼想着能凭自己的运筹与谋划，改变那个气人的所谓的传承规矩。于是从五年前开始，他几乎拿出了自家的大部分积蓄，甚至当作毫不知情地任由族兄族弟们胡来乱来，为的就是逐步地收拢人心。

古安河明白，经营宗族和经营商行是一个道理，谁得人心，谁就将是最后的赢家。当然，吃力不讨好的事做多了，谁都会感觉心累……好在最后累有所值！这不，九叔公终于放手让他操持族议了，这意味着什么？意味着在不久的将来，他就将以族长的身份坐在族议的那头把交椅上。

一切准备就绪。

康梁看见有个单薄的小身影溜进祠堂，直接坐在最前排的椅子上，转头对古安河低声说："爷，您瞧……"古安河当然也瞧见了小侄子古定邦，几步走上前，沉声问："你来做什么？"古定邦听声音跳下椅子，躬身行礼："大伯好！"古安河说："外面天都黑透了，你不在家吃饭，乱跑做什么？"古定邦稳稳当当地回话："娘让我过来听族议。"古安河板着脸说："胡闹！小小年纪听什么族议，还不快回去？"古定邦抿着小嘴，丝毫不怵，与古安河四目对望，倔强地站着。古安河正要继续训话，忽听有人喊，说九叔公找他，便恶狠狠地瞪了小侄子一眼，转身赶去古裕祥家。

大伯前脚一走，古定邦立马重新爬上椅子，端正地坐着。

宗祠四面透风。康梁冻得都忍不住打几个冷哆嗦。反观小定邦穿得并不厚实，却安然稳坐，康梁不由小声嘀咕：别说，小屁孩有点意思……

草草看了一遍账目，古安河便完全傻眼了，心里开始大骂马伯亮，天杀的就是个喂不熟的白眼狼，吃干抹净了竟把锅给砸了。而今，这破锅看来只能自己背了！"看完了？"见古安河站着发愣，古裕祥冷声地问。古安河回了声是，然后说："我是真没想到，会出这么大纰漏。"古裕祥说："我看你小子心思就没放在经营上。也罢，事情已经出了，眼下想辙补救才要紧。"古安河恭敬地回话："一切听九叔公安排。"古裕祥叹了声："既如此，"转向古修远，"过会儿你去给大房回话，就说我们几位允了，但有三条底线不可逾越：第一，不论新茶行是圆是方，对外仍归属于坦洋古记，这是祖训，祖训不可违。第二，新茶行与原古记茶行可以竞争，但不可争抢老客户，绝不能让外人看咱古氏的笑话。最后一条，须牢记那日于堂前的盟誓，若有朝改变主意要改嫁，古氏有权无条件收回她的茶行……先这样吧，若无异议，让她明日年会后到祠堂做字，行分家礼吧。"话听到这，古安河差不多听明白过来，原来大篓子是姚氏与马伯亮合谋捅破的……不是？姚氏，想分家？

姚玉茹自懂事起就跟父亲走船，自然明白"大船扛风浪、小船好调头"的道理。近几年古记发展迅速，俨然发展成了一艘"大船"。若想把这艘大船捅破捅翻，谈何容易！抛出一小部分"贪墨"账目，只不过给这艘大船戳了个小钉眼。就这么个小钉眼，完全可以让族里的那些长辈心慌。那些长辈无不是经历丰富的老茶商，千里长堤溃于蚁穴的风险不可能不懂，如此一来，便可以较为容易地且较为被动地接受自己的提议。果然，用过晚饭才坐下来，古修远就来了。对于裕祥族老的三条所谓的底线，玉茹不假思索就答应下来，然后向古修远敬了茶，笑着说："做字当然好啊！白纸黑字有凭有据，省得到时候出了事磨嘴皮子。"然后，让翠儿进房取来预先拟好的"分家协议"，递给古修远。古修远接过去一看，讶然不已，"协议"上所罗列的条款竟然和刚才在古裕祥家协商的相差无几。由于族议召开在即，古修远没坐多久就走了。玉茹送至大门口，目送他离开，隐约听见远去的身影发出几声感慨的长叹。

翠儿近前小声问："小姐，分家的事成了？"玉茹心里想着事，缓缓地点头说："嗯，应该是成了。"翠儿又问："那往后，能不能……让冬仔也来咱家茶行做事？"玉茹转头看着翠儿，故意说："是你想嫁人了吧？"翠儿脸颊发烫，急忙说："没，才没呢……"玉茹笑着说："傻丫头，嫁人是好事。至于冬仔，只要二房肯放人，新茶行可缺大把人手呢。"

回到屋里，两人正谈着定邦能否在祠堂端坐一两个时辰的事，洪大成突然找过来。洪大成脸色有些难看。他说，他娘的石半山又不知去向了。

漫无边际的海面上，一艘新式的蒸汽货轮正以不可思议的速度行进着。

刚刚在二层餐厅为戴克船长举办完一场盛大的生日派对。许是因为天气转晴的缘故，随船的各公司的经理们热情高涨，许多人都喝嗨了，七倒八歪地就地睡着。霍华德喝得不多，大概是少数保持头脑清醒的人之一。

过完圣诞节，天气说变就变，上午还狂风暴雨，下午已是风和日丽。

登上三层甲板，侍卫们很快摆好桌子上了果盘，并煮好了咖啡。霍华德倚着栏杆，有一口没一口地喝着咖啡，眼望远处。极远处，是印度洋，然后穿过忙碌的呼该海峡，差不多就到了中国海域。算上这一次，霍华德已是第三次来中国了。他原是一名帝国军人，曾随军舰进过广州港。可现在由于一些客观原因，他被退了伍，且成了连自己都讨厌的商人。只要一想到要同中国商人谈生意，整个人立马就不好起来。从登船的那刻起，他几乎滴酒不沾。

没多久，一位年轻人也登上舷梯，人未至，笑声先到："你好啊，尊敬的霍华德阁下，如果一直都是这种好天气的话，预计多久到中国？"这位年轻人就是汤姆斯·诺顿。虽说彼此仅见过数面，甚至还谈不上是朋友，不过霍华德对这位出身平民能力却异常出众的年轻人很有好感。许是常年服务于帝国军队的缘故，霍华德对血统观念相对淡薄，反而从骨子里佩服铁腕的强者。汤姆斯能在谈笑间获得巨额财富，自然算强者之一。对于财富的态度，霍华德一向崇尚简单粗暴，比如直接掠夺或侵占，在他看来，那才是军人的血性。当然，不影响他对汤姆斯的欣赏。"航程再顺利，也需要两个月左右的时间。"霍华德呵呵笑着，"反正是赶不上中国的春节了。"汤姆斯对东方古国隆重的节日早抱有浓厚的兴趣，他和阿春可是好朋友。"舞龙舞狮，还有游神？"汤姆斯很是好奇。霍华德有些诧异："你对中国民俗很了解嘛！"这时，侍卫也给汤姆斯上了咖啡。汤姆斯搅着银勺却没喝，思着再问："霍华德阁下，到现在我依然无法理解此行的目的，就拿美利坚口味刁钻的消费者来说，他们对我们诺顿红茶也是赞不绝口的。"听这话霍华德一下哑了，实际上连他自己也没能完全弄明白，若是说恩菲尔德弹匣式步枪或德造毛瑟，他闭着眼都能说出几种武器的优劣性来，而对于茶叶，他还真是个门外汉。可临行前兄长再三交待，此次到中国，务必拿到上品茶叶，以作为献给女皇的生日礼物。"如果皇室喜欢你们诺顿，或许我这次就不是坐货轮，而是乘军舰去中国了。"霍华德最后模棱两可地解释。"哦……也许吧。"汤姆斯沉重地搁下手中的银勺。

年后，正月初七。

坦洋严寒未止，天气晴好才三日，一早又淅淅沥沥地下起雨来。

春雨连绵。细雨洒落青瓦砖檐，发出沙沙的声音。雨丝汇聚，沿瓦檐口断断续续如珠帘垂落。玉茹用过早餐，站檐下一动不动地发呆。直到一个藏青色身影出现在院门口，她才抬眼望去，以为是洪大成，却是马伯亮。

"招商会差不多都准备就绪，我们几位都觉得地点定在福宁街的红香楼比较合适。"马伯亮一搁下雨伞，便开始汇报茶行的事务。茶行才开张，马伯亮几乎忙得片刻不停，好在一切顺利。遗憾的是，石半山未能如约地出现在开业现场，令那些慕名参加庆典的小茶行的东家多少有些失望。

人们开始还以为，这年的古记年会注定不寻常，实际上并没有。差不多和往年一样，由裕祥族老带领众掌柜于古氏宗祠焚香祭祖，然后还由他照例说了些勉励及感谢的话，最后于古家大院举行了盛大的年宴。

年宴酒席上，裕祥族老当众宣布，古记于广州十三行的"臻兴"、福州的"臻和"以及赛岐街的"臻泰"三家分号划归于古氏大房经营。大房茶坊择日重启，且由原古记三处分号组成的新茶行"臻泰兴"将于明年正月初六吉时开业。各地分号掌柜对东家的决定不敢有二话，只是在大房姚氏宣布了新茶行的大掌事人选后，才纷纷议论起来，并对马伯亮投去了异样的目光。

玉茹想象得到，马伯亮替她顶住了多大的压力，当中也包括不得不承受古安河等人咬牙切齿的目光。年宴过后，即行分家礼。见古安河一脸忿恨欲言又止，古裕祥只好将他单独喊到家里，恨恨地训斥："你是猪脑子吗？你不是一直想当家作主吗？只有大房独立门户了，二房才有机会！"

话虽如此，古安河仍觉得自己筹划许久，付出许多，最后却是一双铁拳打在棉花堆里，浑身感觉不对劲，可事已至此，他又能怎样？

古安河万没想到，马伯亮竟能从分号掌柜摇身一变变成了大掌事！

玉茹将马伯亮请进堂厅，喊翠儿上茶，并说："往后，不必事无巨细一一汇报，我相信马掌事的能力，更相信马大哥的为人。"马伯亮手捧热茶，动容地应了声是。玉茹请了声茶，关心地说："这几日，你一直忙前忙后，可得注意劳逸结合。"马伯亮说："万事开头难，事情确实多，好在东家实行新的茶行规制，大伙士气都很高。"听这话，玉茹当然高兴，说："几位掌柜及账房为人怎样，我都不甚了解，须仰仗马大哥你多费心了。"马伯亮说："请来的这些人，人品都靠得住，且各有长处。比如邹长贤，他祖籍江苏淮安，自幼于松江长大，来古记前，曾在松江仓供过职，尤其擅长账目预决算，曾博得松江府'金算第一人'的美称。可惜这种人才到了二爷手上，竟被放在心胸狭隘的冯掌柜手下，横竖不得志。咱臻泰兴有此人把握来往账目，万无一失。"玉茹说："臻泰兴也算搭建起了一个新舞台，但凡人才，不会遭埋没。"上次紧急整理"贪墨"账目，玉茹已经见识到邹长贤的不凡。马伯亮说:"关键还在于新规制给人以盼头。"玉茹说:"今后随着茶行逐步壮大,人员也将随之不断增多。马大哥,你肩上担子可不轻!"马伯亮说:"东家信任马某,马某自当竭尽全力。"喝过一盏茶,马伯亮再问:"半山师傅可有消息?"玉茹脸色一变,摇头长叹。马伯亮说:"也许有事耽搁了,凭我直觉,石半山不是言而无信的那种人。"对于石半山,马伯亮倒是信心满满。

玉茹心里却依然空落落地毫无主张。日子一天天过去,原先对石半山所谓的"把握"差不多已消逝殆尽。她甚至开始莫名地心慌,开始后悔,千算万算终究算漏了一筹,实在不该将全部希望都寄予石半山一人身上。假设石半山从此隐身匿迹,该如何取信于马伯亮招揽来的那些人呢?又该如何给古氏长辈一个交代?又该如何面对即将参与认股的那些小茶行的当家人呢?

半山师傅,于臻泰兴而言,就是挺立的脊梁骨啊!

马伯亮离开后,玉茹揉着胀痛的双额,正准备回房,翠儿突然急匆匆地走进来,交给玉茹一个鼓囊囊的纸袋子,说是老爷给的。玉茹有些纳闷:"这里头装的是什么?"翠儿摇头说:"不晓得,成哥没说。"

"大成人呢?"玉茹开始拆解纸封。翠儿说:"他给我这包东西后,骑马就往西头去了。"西去?玉茹猛地顿住手中的动作,难道洪大成打听到了石半山的消息?一瞬间,几近冷却的心忽又热切起来。

从分家到"臻泰兴"开业,古安河对大房的关注较之前无以复加,只恨不能立马逮个致命的由头,一把将大房死死地踩在脚下。"你啊,还是把心思放在正途上吧,大房再不济,也是古氏的大房……兄弟间允许有争端,但绝不能有生死大仇,这是祖训!不论谁,违背祖训只有被宗族除名的下场。"若不是古裕祥数次警训,古安河差点又忍不住让康梁去联络岩毛猴。

岩毛猴是白云山附近神出鬼没的土匪头子,做事从来认钱不认理,才不管什么祖训不祖训。不过,回想起大房老太太临终前那阴恻恻的话语,古安河立马又怂了，虽说安江非自己所害，却和自己脱不了干系。若不是他将柳红儿遭纠缠的事宣扬出去，岩毛猴大概也不会出手教训古安江。

石半山"失踪"的消息，很快被康梁打听到了。

"这么说，姚氏如今是在打肿脸充胖子？"听完康梁的禀报，古安河紧锁的眉头忽地舒展开来，"那么，咱必须做些什么……娘的，去年底被她和那姓马的胡搅一通，完全乱了计划。"康梁诡诡一笑，说："您就安心等着瞧好戏吧，姚氏收了赛岐分号，却将刘掌柜踢出局，有些事刘掌柜出面可比咱出手更合适。"古安河说："我刚和九叔公商量了一下，大房收了福州茶行，二房可以再设一家古记分号，毕竟福州乃我古氏发家之地，精耕细作多年，完全放弃等于前功尽弃。"康梁说："明白了……您的意思是，告诉刘掌柜，有多大劲就使多大劲，许他以后跟冯掌柜去福州？"古安河含笑点头："对的，想要马儿跑得快，必须舍得喂好料。福州分号，将是我古氏二房的开山商号，到时由他和冯成全权负责。"康梁应了声是，屁颠屁颠地安排去了。

古安河略坐片刻，决定先和几位族老长辈通通气，他也非常想看看那些自愿认购"臻泰兴"股份的族人的脸上将露出怎样精彩的神情。

到了这时，古安河已完全拿稳整个老古记的掌控权，几近达成所愿，照理不该再心存芥蒂，应该将心思放回到与其他茶行的竞争上。然而他认为，臻泰兴就是从老古记身上剜下的一块肉，就算再小的一块，也使老古记变得不再完整，这怎么行！所以，能得机会揣臻泰兴一脚，何乐而不为呢？他甚至做了更大的决定和谋划，有朝一日，必须将臻泰兴吞并掉，那样他才能成为名副其实的古记掌事人，财富在握，族长之位还能跑得了？

女儿分家立户，姚朝荣自然要送来"起灶贺礼"。照俗例，他该采买些如锅碗瓢盆等新物件，然后让人挑着来贺。可眼下，女儿缺的不是物件，而是后续的经营资金。于是他让洪大成送来银票五千元，并在信里告诉女儿，缺钱的时候记得说一声，开弓没有回头箭，做生意首先在气势上不能输。

读完信，玉茹热泪盈眶，对正在收拾的翠儿说："今晚回赛岐。"翠儿深深地愣住了，不解问："咱明早不是要去福宁街吗？"玉茹说："我知道，我想今晚回去陪陪爹。"翠儿有些为难，但还是说："好吧，我先去码头看看是否有船。"翠儿正准备出门，忽见一众族人朝这边走过来。

"玉翠，快喊姚氏出来，给我们一个合理的解释。"众人七嘴八舌，嚷嚷杂杂，一下将东院大门围得水泄不通。"怎么回事？"闹这么大动静玉茹自然无法继续安坐。"姚氏，你必须给我们一个交代，半山师傅是不是不给大房茶坊做茶了？"领头的一位族人首先发问。"谁说的？"玉茹冷声问，心里已经猜出是谁在搅浑水。那位族人轻蔑地说："别管谁说的……姚氏，若无半山师傅，臻泰兴只是分文不值的三个字，亏我们掏了真金白银认购股份，这不是骗人是什么？"在这位族人的带动下，其他人跟着质问。玉茹说："大家先静一静，既然这样，那我就实话实说，半山师傅确实不知所踪，至于会不会给我们做茶，的确未可知。"说着，让翠儿请马掌事过来，紧着又说："这件事我们也是始料未及，如果大家认为臻泰兴不值认购，那么请稍候片刻，等马掌事过来，如数将股资退还诸位，如何？"见姚氏都这么说了，族人的声音逐渐地小了下去。等待的时候，有人粗略地算了算，臻泰兴为古氏族人预留的股份占总股本的两成，折成现银的话，约计八千元左右。众所周知，茶行的总股本多是虚数，一旦抽走八千元现银，对臻泰兴而言，无异于釜底抽薪。

天色阴沉。

看上去，众人的脸色精彩纷呈，有不忍落井下石的，也有幸灾乐祸的，更有盲木跟风的，一幅鲜灵活现的众生图。玉茹于袖口中捏紧双拳，暗道一声万幸，若无父亲送来的五千元银票，又将如何应对这样的突发事件呢。当然也有所担心，假设尽数退股，五千元现银可远远不够。

不多久，马伯亮与邹长贤就跟翠儿过来。

马伯亮快步走到玉茹跟前，急切地问："真准备退股？"马伯亮的声音不低，所有人都听得真真切切。玉茹缓缓地扫了众人一眼，见无人反对，深吸一口气说："准确来说不是退，而是转，请邹先生将所有要退的股份尽数转到我个人名下，这部分股资我来出。"马伯亮有些吃惊："现银够吗？"玉茹没回答，继续问众人："这一刻大家还是臻泰兴的股东，可有不同意见？"

无人应答。沉默，即已作出选择。

于是玉茹吩咐翠儿，回房取银票。

很快，翠儿搬来横桌，邹长贤将算盘摆开，翻开账簿，逐一点名。整座东院除了噼里啪啦算盘落子及喊到某某某的点名声，并无其他动静。好在股本多是整数，确认无误后于账簿上签字落手印，随即银票换回股权协议书。眼看翠儿手里的银票就要见底，终于有人开口，怯声问："我，我不想退股，可以吗？"玉茹抬头望去，含笑点头："当然可以。"有人跟着说："我，我也不想退了。"玉茹说："不想退的，请让一边，退与不退全凭自愿。"粗略地数了数，不退股的只有七八个人。就在这时，一个男人的身影突然出现在玉茹身旁，用低沉的声音问："退股的钱，够不够？"听声音玉茹转头一看，讶异得不知所措："你，你……"只见男人做了个噤声动作，从随身包袱中掏出数张银票，塞到玉茹手中："喏，先把正事办了，待后再说。"

玉茹嗯嗯点头，手指颤抖地将银票转交给一旁的翠儿。

邹长贤再次发挥了他的特长，不到半个时辰，毫厘无差地完成了繁琐的退股事务。等族人散去后，玉茹才跟马伯亮和邹长贤介绍了石半山。马伯亮朝石半山恭敬地揖礼，微笑地说："今后，马某就仰仗您混口饭吃了。"石半山拱手回礼，说："客气了！既然一起共事，就是自家兄弟。"遂问玉茹，"说到吃，我这会儿可是真饿了，能否先弄点东西给我垫垫肚子？"玉茹随即吩咐翠儿去准备。由于茶行里还有事，马伯亮和邹长贤只陪石半山坐了片刻，就先行告退。玉茹这才说了抱歉："那日听闻凤仙姐仙逝，刚好我家里……"石半山叹声说："事情都已经过去了。说起来，没有你和沈医生，凤仙最后也不会走得那样安详。"玉茹说："没想这么快，节哀顺便！"石半山眼里露出难以掩饰的一抹悲伤，却含笑说："一切都是最好的安排……"

吃过东西，玉茹亲自带石半山去自家茶舍。

破漏的瓦顶已经请人修葺好了，相应的制茶物件也都收拾干净，整齐地摆放一旁。石半山很快地转了一圈，神情有些凝重："茶舍够大，可布局不甚合理，看来得改造一番。"玉茹说："行，你觉着怎么合适就怎么来，不用考虑钱的事。"谈到钱，玉茹又说："上午借你的那些银子，怕得过些日子再还你了。"石半山摆摆手说："银子不着急，如今我是一人吃饱全家不饿。"站着左右瞅了瞅，手指门口右手边的小货仓，"那间屋子收拾收拾，往后我就住那儿吧。"玉茹连声说："不行不行，那间屋子连个像样的窗户都没有，房间又小，哪里能住人！"石半山说："没有窗户可以现凿嘛。再说，广厦千间夜占七尺，放下一张床即可，我没那么多讲究。"又说，"不过，到时候雇佣的工人可得另寻住处。"玉茹点头说是，工人住茶坊……确实不像话！

说话间，石半山已经动手，将制茶工具进行分类整理，能用的摆一旁，不能用的堆到院子里，并从兜里掏出纸和笔，开始写写画画，完全忘了一旁还站着姚玉茹。此时，天色悄然放晴，一缕似有还无的阳光透过天井的瓦檐间斜漏了进来，刚好映在石半山沁着细汗的脸上，使他整个人仿若瞬间泛出了一圈又一圈淡金色的光芒……玉茹站在对面的檐下，安静地看着男人走路略带拐瘸的忙碌身影，内心里突然不自禁地涌起了一股久违的潮动……

人常说，商人心儿活下手快，所谓一步先则步步先。

初六刚过，许多外地茶商便纷纷来福宁准备参加茶会，为的就是抢先一步订购春季新茶，有的甚至准备提前预定一年的进货量。刚过完年，稍显清静的坦洋村再次地热闹起来，街上人头攒动，熙熙攘攘。

谁知突然传出一个消息，今春茶会取消。

"取消……怎么回事？"一众外地茶商面面相觑，不知所以。

最后，还是郭记掌事人先给出解释，洋行经理团莅临在即，考虑到出洋茶米供货量可能存在不足，茶商公会经合议决定，取消茶会交易。"他娘的！我就知道，洋人是祖宗，官老爷个个甘当孝子贤孙。"性急之人听完直接破口大骂。有人却说："我不信，所有茶行只为洋人服务？"问郭记掌事。郭记掌事支支吾吾，说他得听东家的……一时间流言四起，纷纷扰扰。

方宗凌自幼习武，虽年近六旬，身子却少有不爽。此次生病，竟是病来如山倒，病去如抽丝。这日好不容易早起，感觉不错，打了趟热身拳，喝下儿媳妇敬的早茶，正准备坐下吃早饭，听见外头吵嚷，便让奕轩去看看到底出了什么事。方奕轩很快回来，说了个来龙去脉。方宗凌听后，将筷子"啪"地拍在桌面上，冷哼地说："这个欧长顺，简直胡闹。"

欧长顺是茶商公会的会长。此人原是道台衙门的一名笔吏，告老还乡后因其"德高望重"，在知县的举荐下，被推选为协调茶米生产与远洋贸易的公会会长。别看公会会长乃民选产生的虚职，在茶市中却一直有着"一言九鼎"的威望。所谓没有规矩不成方圆，一般经过茶商公会合议出来的结论，即福宁茶市的规矩。"你怎么看？"方宗凌问儿子。方奕轩思着说："照理说，买卖凭自愿，茶米卖给谁，都是各家茶行自己的事，公会不该武断地作出决策，而且洋人所需单量多少，如今经理团未至，仍是未知数。"方宗凌显然不满意儿子的答复，转而望向儿媳妇："你呢？"刘怀淑不假思索就说："渠道和诚信的建立，往往需要多年经营才见成效，而要毁去，一件小事即可。爹，我认为方记不能寒了老主顾的心。"方宗凌皱眉凝思，没说话。方奕轩却说："公会本意，大概在于确保远洋茶叶交易的供货量，孰轻孰重，实际上各家茶行心里都有一杆秤，假设咱家……到时洋行那边怎么办？整个福宁府每年产茶量可计可算，就怕到时巧妇难为无米之炊。"

方宗凌没好气地说："天塌了，还有高个子顶着。怀淑所言不差，方记茶叶经销各地，除各家子弟努力外，与外地茶商合力推广也是分不开的，就按怀淑所说，你们尽快拿出办法来。"

说完，方宗凌早饭也不吃了，直接起身回房。

父亲离开后，方奕轩朝妻子竖起了大拇指。刘怀淑嗔丈夫一眼："我怎么觉得，你故意惹爹不高兴？"方奕轩得意地笑说："不这样，怎烘托我家贤妻有此不凡见识！这么一来，往后方记的大事小情，爹铁定只找你商量。"刘怀淑嗔怪地说："你这叫偷懒！"方奕轩不否认，嘿嘿赔着笑。刘怀淑却扶额苦思起来："唉，眼下难就难在，如何做好两头兼顾呢……"

第二天，方记公然违背茶商公会的"指示精神"，私自与原先合作的老主顾签订了供货协议。几乎同时间，那些规模较小的产茶户也紧随其后。有人戏谑地说，欧长顺再有铁手腕，果然还是掰不过强势的方氏族长。总的来说，这场"茶会暂停"的风波终于有所平息。

"我就说嘛，方宗凌遇事头脑冷静，处置果断，不得不说，方记这次干得漂亮！"古裕祥听说原由后，对古安河说："咱古记可不能也落下不讲诚信的坏名声。去，挑一些关系不错的老主顾，也按老规矩走。"古安河却小心翼翼地问："那……又该如何应对洋行的需求？"古裕祥清冷地说："供需之间欲求平衡，需未雨绸缪提前布局，这些操作细节，还要人手把手地教？"古安河略思片刻，一拍额头："明白了……我马上派人订购茶青。"见古裕祥没有反对，古安河便揖礼告辞。这时，古裕祥骤然想起一件事，喊他：

"你去年底说过，方家那块地……"

回到家，古安河只好找康梁过来商量。

康梁说："这时候再去谋地，似乎有些多余。"古安河也很无奈："谁说不是？可我已经放出话了，没想到那些老头子还记着。"康梁仔细地想了想，笑着说："咱九十九拜都跪了，也不差最后一作揖！说不定，贾道仁还真有些道行呢，反正对您来说，此事若成利大于弊。"

古安河凝思片刻，缓缓地点头。

康梁又说："这些日子，我发现三少爷和方家小姐频频见面。爷，三少爷的婚姻大事您怕得拿个主意了，总拖着也不是办法。"一提起这事，古安河就来气。初一出门访友，恰巧与安家姻兄碰上面，由于古安海对婚娶之事一直拖着不决，情理皆亏，连累古安河被安家姻兄当众训斥了一顿。泥菩萨尚有三分火气，何况古安河本就不是甘愿吃亏之人，当然心生怨气。

默默地饮下一盏茶，古安河忽地有了主意，对康梁说："安家这门亲事安海始终没点头。若不是老爷子……要不干脆横刀一断，找安家悔亲，你觉得如何？"悔亲？康梁并不赞成："爷，如果咱是去安家娶亲，自然堂堂正正风风光光，悔亲的话，免不了灰头土脸。要不这样，这事我来办，最好让安家找咱主动退婚。"古安河说："开什么玩笑？莫说安家家世丝毫不比咱家弱，单凭一个理字，人家都比咱站得稳。"康梁诡诡一笑，说："山人自有妙计，您就放心吧。三少爷显然喜欢方家小姐，他解除婚约后，则可堂而皇之向方家求亲。"古安河说："你觉得方宗凌会答允？"康梁说："不允？咱可以添上一把火，让方宗凌不允都不成。到时，咱把姿态放低一些，态度诚恳一些，还不能连人带地一并娶进门？"古安河仔细地想了想，哈哈大笑说："妙啊！我怎就没想到呢？好，安家的事你去办，记住，别弄出人命！"

康梁应了声是，领命而去。

康梁走后，古安河也跟着出门，去了古记茶行本部。

很快，古记和方记一样，也开始与合作过的老客户续订货约。

与此同时，古安河将负责茶青收购的宗族子弟喊来议事，责令每人负责一个村落，准备紧急收购大量茶青。有人提出疑问，今年如何定价？古安河非常坚定地说："视情形而定，假若有人抢在咱前头，可适当提高价格。总而言之，不超两成皆可。"提高往年收购价的两成，可是惊人的高价。族弟们不理解，但因为古安河是茶行的大掌事——大掌事发话，只能照办。

这日一早，在去福宁街的船上，马伯亮和玉茹谈及"茶会风波"。

玉茹说："方记应急抢先，怕难考虑周全，古安河紧随其后，想必已备好了后手。"马伯亮没搭话，似是突然想到什么。正闭眼小憩的石半山忽地起身接上话："可以想象，接下去茶青收购又将是一场争夺硬战……不过对臻泰兴来说，目下打开名声更重要，我们总以为洋人不懂茶，为何这些年远洋贸易会越做越大？"玉茹没接话，定定地看着石半山。石半山接着说："茶叶虽不比大烟，却照样让人上瘾，且比上瘾影响更深刻的是习惯，好比穿衣吃饭，一旦养成习惯，则有了一众配给的产业。此番洋人未至，便已造出声势，说明洋人很可能要给福宁茶人重新立规矩。"听这话，马伯亮看玉茹一眼，问："何以见得？"石半山说："我不过凭空猜测，洋人和咱做生意也好，对咱攻城略地也罢，无非都是在争利。看着吧，福宁海关一旦设立，往后必将是大鱼吃小鱼，小鱼没得吃的可悲局面。兴许，洋人正巴不得福宁茶商彼此斗狠，斗得越狠，他们越能得到更多的惠利。"

"那……咱应该怎么做呢？"玉茹愣着问。石半山无声笑笑，先是吟诵郑板桥的一首诗："咬定青山不放松，立根原在破岩中，千磨万击还坚劲，任尔东西南北风。"然后才说，"放心吧，一切有我。论及茶道，说到底其实就是制茶传承，要想把臻泰兴做大做长久，必须恪守本心，继往开来，而不是一味地迎合。这一点，倒是不得不佩服方记的掌事人。"

说完，重新躺下，拿油布伞当枕头，继续小睡。

船儿渐行渐远，晨鸟低鸣，溪水潺潺。

玉茹和马伯亮同时陷入了沉思。

石半山说的话即使再惊世骇俗，马伯亮都不会有丝毫的惊讶。他觉得石半山说得很有道理，那么接下来，必须及时修正臻泰兴的经营策略了。

而对于玉茹来说，石半山那句"放心吧，一切有我"，仿若一记重击直叩她的心扉。记得刚成婚时，她也曾过问过茶坊之事。古安江却笑她，女人家又懂什么呢。身为丈夫的他大概怎也料想不到，她这个女人家最后能成功逼得古安河分家，且撑起一家新茶行，甚至请到声名远播的半山师傅——至于未来的路，是坎坷是坦途，至少身旁还有几位出色的男人陪着，有何惧哉。

想着，玉茹发觉自己鼻尖一阵发酸，眼泪似要马上下来，最后被她硬忍了回去。当下这一幕，不正是自己所期盼的吗？抬眼间，只见几缕阳光从溪畔的树梢间投射了下来，于水中映出了一道道斑驳潮动的清影。

不知骤然想到什么，她飞快地低头，脸颊隐隐晕红。

八

福宁街红香楼的"认股会"进行得非常顺利。

气人的还在于，数日游说丝毫不起作用，单份股资不降反升，臻泰兴最后以出让不到两成半股份的代价，就统合了一众有合作意愿的小茶商。三日后的这天傍晚，刘掌柜只好来见古安河，一把鼻涕一把泪地诉苦，没想到石半山会替姚氏站台撑场子，他确实是有力无处使啊！

"你，"古安河气得脸色发青，恨不得一脚将刘掌柜踢出门去，"既如此，为何不早来告诉我？"刘掌柜嗫嚅着说："姚氏给那些当家人三天考虑作决断，于是我就想……"古安河手指哆嗦地指着刘掌柜："那你……算了，你回去吧。"刘掌柜怯声问："管家不是说，让我……"古安河冷喝道："事没办成，还想什么呢！"刘掌柜愣怔一下，立马反应过来："二爷，您可不能说话不算话！"古安河站起来，指着门口大吼一声："滚——"

刘掌柜滚得很利索，留下古安河，越想越觉着胸口堵得疼啊。

到了这时，玉茹心头那块悬着的石头可算真正地落地，臻泰兴的运营框架可算真正地搭建完成——马伯亮统揽全局，为茶行当仁不让的大掌事。福宁街事一毕，玉茹就让翠儿采买来几匹新布，带上一些果礼，亲自到杨梅墩拜访马伯亮的妻子。马妻没读过几年书，却是个贤良淑德的好女人，家中老小被她照顾得无比周全。玉茹恭维且感谢的话一出，马妻立马表了态，她定会让丈夫安心为茶行做事。继而，玉茹又同马妻说了些私房话，彼此距离一下拉近，最后都亲切地以姑嫂相称起来。第二天，玉茹又将赛岐分号掌柜侯通的妻子、福州分号掌柜苏诚的妻子以及尚未去广州就职的十三行分号掌柜吴九良的妻子都请到家里来，请女人们吃了一餐饭。玉茹所做为何，身为掌柜的女人自然心知肚明。但由于东家态度真诚且以礼相待，几个女人无不心怀感动。

吴九良这年的年纪已过五旬，性格和陈有民差不多，处事素来一板一眼不懂变通，总遭排挤，此前被派到古记宁海分号任掌柜，原打算年会一过即向东家提出辞呈。在老太太停灵期间，马伯亮闻讯找到他……与广州比，浙江宁海就是一座名不见经传的海滨小城，且绿茶茶商环伺，茶行生意可谓于夹缝中求生存，当然不容易。面对骤然抛出的橄榄枝，吴九良起先犹豫不决。

马伯亮说："在所有分号掌柜当中，您是最年长的前辈，照理，您也到了该回家含饴弄孙颐养天年的时候，不过马某就问一句，您甘心吗？"吴九良早年留过洋，因性格沉稳被古家老爷子看重。那时茶米多从福州港出，吴九良被委派为福州分号的掌柜，此后一直苦心运营，才使古记打开茶市，使其影响力盖过方记茶行。所谓没有功劳亦有苦劳。吴九良自然不甘心草草收场，回去与妻子陈氏商议后，答应去广州十三行替臻泰兴继续"发挥余热"。

马伯亮告诉姚玉茹，十三行虽说鱼龙混杂竞争无常，但多年的经营磨合已逐渐形成一套相对固定的市场规则。在那里，华人也好洋人也罢，基本都遵照规则办事。吴九良熟悉西语，目前来看是最佳的掌柜人选。当然，如何保证人身安全不得不考虑，而且吴九良身体不太好。玉茹一番考虑后说："那就让陈氏跟去广州照顾吴掌柜，并给陈氏发放薪资。"马伯亮有些犹豫："家属带薪随行，貌似不合规矩吧。"玉茹笑了："我一个妇道人家成立茶行，做茶生意，在别人眼里就合规矩么？马大哥，钱是赚不完的。在我看来，人才是茶行的根本，众人拾柴火焰高，只要合心，就没有干不成的事。"

于内心讲，马伯亮非常赞成东家的做法，什么叫解决后顾之忧？这才真正是。果然，在吴九良家里，听说姚玉茹的周全安排后，吴九良朝坦洋方向拱了拱手，感叹地说："没想到东家身为女子，心怀大仁义……"

至此，茶行骨干人员基本就位。

茶坊大刀阔斧的改造工程年后随即也拉开了，洪大成帮忙找来了几位经验老道的工匠。石半山腿脚不便，只在一旁监督指挥，从安炉设灶，修茶具，再到试火，刷墙通风……不到半个月的时间，即已全部完工。

在工匠师傅的建议下，石半山原定的住处改到茶坊西头的一处小杂院。院子小，仅放得下一张茶桌，好在里外分开，卧室厨房一应尽有，可谓麻雀虽小五脏俱全。玉茹亲自过去看了看，说："嗯，这才像样嘛！"

石半山只是笑笑，没说什么，住哪里不是住，横竖都是孤家寡人。

正月十八日吉时，三串爆竹热烈燃放，宣告大房茶坊重启。

坦洋茶行遍地，新茶坊开张倒是一件稀奇事。

到了正月下旬，春日虽然乍暖还寒，万物总算开始复苏。

这日，刘怀淑突然来找玉茹。她终归是碰到无法解决的难题了，但由于一手抱着女儿起鸢，身边跟着方起骏，携儿带女看上去就像闲时串门。"不明就里的人，万难猜出你就是臻泰兴的大东家，清闲得让人羡慕。"寒暄过后，刘怀淑一边看着两个男孩子护着女儿在院子里蹒跚学步，一边打趣道。玉茹无声地笑了笑，说："只因你放不开。"刘怀淑不解："怎讲？"玉茹将手中的针线活交给翠儿，然后说："好比这针线活儿，咱又不靠这门手艺吃饭，何必勤学苦练非学成不可呢？"两个人在出嫁之前，都曾学过女红，只可惜都没学到家，彼时还相互安慰说，或许将来嫁入世家豪门，成了少奶奶富太太，就用不着自己动手了。以物喻事，刘怀淑听得明白："这就是臻泰兴的新思路？"玉茹点头说："只是这一套不适合你们方记……还以为，方族长专横霸道，照理是不可能这么早放权的，更不可能让儿媳妇主持大局，可结果就是这么出人意料。"刘怀淑笑着说："外人敬畏我公爹，其实他是个很好的人，只是外人不了解罢了。"玉茹忍不住又笑了："很好的人？瞧瞧，不论娘家或夫家都把你呵护得太周全了，你真是好命得让人嫉妒！"谈及个人命运，刘怀淑只回以淡淡一笑，不好多说什么，生怕不小心刺到玉茹的痛处。

玉茹自然早从秋红口中探听出真实消息，方记从表面上看，由二少爷方奕轩掌事，茶行的大事小情实际上都由二少奶奶拿主意，于是直接说："眼下古安河已和多数茶农签订了茶青预购协议，生生拦截了大部分茶叶资源，你们方氏茶山是不少，可产量远无法满足现有单量，换句话说，古安河一番折腾几乎动到你们方记的产茶根本，这就是你今天来的目的吧？"

刘怀淑说："是……希望你帮我想想法子。"玉茹说："法子有，就看你舍不舍得让利了。"让利？刘怀淑说："不妨明说，怎么个让利法。"玉茹粗略思索地说："你我两家联合。"刘怀淑笑了："你不会是想，让方记也成为臻泰兴的股东吧？"玉茹摇着头，说："我刚才都说了，那一套不适合你们方记，就算方宗凌赞成，方氏族人八成也不会同意。我所说的联合，是你我各让一步，渠道共享，利益分成。"

刘怀淑没有马上答应联合，尽管联合之策或可解开眼前困局，但毕竟涉及诸多方面，须与公爹商议后再答复。刘怀淑倒不是不能主张，而是出于对公爹的尊重。玉茹表示理解。谈及制茶师傅，刘怀淑说："知道么？我爹曾救过石半山一命。"玉茹说："听说过。"刘怀淑笑着说："照理，我比你更具优势请到半山师傅，没曾想被你抢先一步。"玉茹也笑，只说："缘分吧。"刘怀淑想了想，问了句："如今制茶师傅的佣资日渐高涨，你怎么看？"

玉茹这才想起来，原先答应石半山的报酬尚未落实，加上借人家三千银元也尚未归还，自己似乎还一副心安理得的样子。为何会这样呢？照理不该出现这样的低级纰漏，难道……难道真在心里把他当作自家人了？

这么一想，玉茹发觉自己的脸颊再次暗烫起来。大约坐了半个多时辰，聊了些无关痛痒的话，刘怀淑就带着两个孩子回去了。

旋而，玉茹去了自家茶坊。

年后，考虑到冬仔和翠儿已经你情我意，彼此也到了能成亲的年岁，玉茹亲自出面，找古安河商量。对冬仔那么一位微不足道的下人，古安河倒也没有故意刁难。很快，玉茹替冬仔付清赎身银，让他恢复了自由身。

紧着，玉茹给冬仔和翠儿主持了拜堂礼。冬仔本姓张，大名冬至，老家霞浦，自幼父母早逝，家中也没有其他亲人了。玉茹便将二人安排在前院的倒座屋住下。成亲当晚，夫妻俩向玉茹小姐敬了长辈茶，并磕了三个响头。

那以后，冬仔不再替二房赶车，转而跟在石半山身边做事。

这几日，石半山只让冬仔干一件事，让他暗中潜到九都各村包括大房自家的茶山上采摘茶青，山前山后又分东西南北各茶田分别采摘半斤左右，用提前作好标记的袋子装好，然后悄悄地带回来。玉茹走进茶坊时，石半山正在查看每一袋茶青，并让冬仔用不同的篾簟摊晾萎凋。

"你们这是？"玉茹有些不明白，自家茶山不是还没开采吗，这么些茶青哪里来的？冬仔恭敬地喊了声小姐，一副欲言又止的样子。石半山见状忍俊不禁，指着冬仔说："诺，我让他偷的。"偷？玉茹更糊涂了。冬仔不知该如何作答，只尴尬地挠了挠头。石半山让冬仔忙别的去，请玉茹坐下，做了一番解释。"相茶……"从字面上不难理解，即通过分析茶青状况，初步评估成茶的数量及初制时须知的事项。听后，玉茹忧心地问："结果如何？"

石半山说："果不出所料，品质大幅下降，且普遍如此。"石半山给玉茹倒上一碗茶，继续说："去冬极寒，今春回暖又慢，雨天多，总之这季春茶精品量非常少。"这种情况对臻泰兴打开局面可不是什么好消息。玉茹默默地喝着茶，眉头紧锁。石半山见状却呵呵地笑起来："自古做茶靠天吃饭，不必抱以悲观态度，既是普遍如此，说明谁都无法置身事外。

二爷今年大包大揽收购茶青，若是往年我尚不敢乱下断言，现今这种情况，老古记能保一季春茶持平不亏已是难得，更别说赚了。因此，对咱们来说反倒是机会。"

听这话，玉茹迷茫的双眼很快又亮起来，说："石大哥，实不相瞒，为了臻泰兴，我几乎投入了全部家当，说不担心是假的。"石半山看玉茹一眼，忍不住打趣说："怎么，这就给我施加压力了？"玉茹急忙说："不不不，石大哥，您是清楚的，我一个妇道人家只有一腔热情，对外，须仰仗马掌事带领众兄弟拓展茶路，对内特别是茶坊里的事，只能……也只能依靠您了。"

依靠二字，玉茹说得情真意切，几近是恳求的口吻。

不知怎的，石半山听了，心头没来由得一颤。

明媚的阳光里，玉茹一身单薄春装玲珑毕现，不施粉黛的双颊显着健康的绯红，秀目炯炯有神，柔中透着坚毅，轻盈的体态更是呈现出一副别样的楚楚动人……这是石半山第一次近距离且长时间地盯看眼前的女人，此前彼此止乎于礼，眼神飘忽而过，竟没发现，她原来长得这么好看！

大概感受到异样的目光，玉茹转头，恰巧与石半山眼神碰撞。时间仿佛于这一刻停止，直到那点刚冒出来的火光先在石半山的眼里熄灭，玉茹才跟着清醒过来。清醒后的她有些恼怒，也有些失落，但见石半山双目紧闭，不禁在心里暗骂了一句：胆小鬼。然后，原本腾着红晕的脸刷的就全红了。

平静的日子没过几天，坦洋村又沸沸扬扬地"闹"了起来。

总共三件事。第一件事，安家未出阁的女儿在外头养了男人，不巧被古氏的管家发现。于是康管家带上几个人，将这对"狗男女"堵在福宁街西巷的一处民房里，捉奸在床，不容置喙。最后，身为长兄的古安河自然非常遗憾且非常气愤地替弟弟出头，找安家理论。很快理论出结果，无条件退婚。安家没脸辩解，也只能打落牙齿和血吞了。第二件事，郑老关答应加盟老占记。古安河丝毫不被骤然爆出的"家丑"影响了情绪，高调宴请，同时请来了福宁府头号戏班子铿铿锵锵大唱了三日。论制茶，郑老关的声名和技艺都不比石半山弱多少。这是准备硬碰硬地唱对垒了吗？人们私下议论纷纷。

最后一件事，古安海和方奕贞在后山的小竹林私会被人瞧见。

后山那片小竹林地处偏僻，路非常难走，再则冬去春来，蛇虫蠢动，按说不可能将私会的地点约在那里。可方奕贞偏偏接到古安海的一封无比诚挚且热烈的"求见信"。初生的情愫如雨后的藤蔓一般弯绕纠缠地猛长，方奕贞没作多想，当即化了个精致的妆容，悄然去应约。古安海自然也去了。青年男女甫一见面，便直接拥抱在一起，根本没去互问来由。这时，三位乡民非常凑巧地出现在竹林里……有道是三人成虎。于是，古家三少爷和方家宝贝闺女相好的消息很快就传遍了整个坦洋。不过人们都说，这是好事！

方宗凌却不这么认为，既无媒妁之言，又无父母之命，未出阁的女子偷偷与男人私会，且不论女德，首先有辱家风。尽管他打从心底里喜欢古家那个三小子，但出了这般"丑事"，方宗凌一张老脸照样暗得像黑炭。他管不了别人家的孩子，只能责令自己女儿跪在院子当中，深刻反省。从小到大，方宗凌从未打骂过方奕贞，因为女儿乖巧，更因疼她不舍得。这一次，方宗凌高高地扬起手，最后依然无力地放下，化作一阵长长的叹息。方奕贞羞愧难当，不敢抬头，更不敢开口辩解，只无声地垂泪。刘怀淑见状不忍心，想过去扶小姑起来，方宗凌却说："不用管她，今天得让她跪明白了，什么叫廉耻！"

从中午到太阳落山，方奕贞直跪得双膝麻木，身子摇摇欲坠。

方宗凌面无表情地坐在堂厅里喝茶，貌似无比狠心的样子，心里实则早把古家臭小子骂得体无完肤，既然有胆量点火，竟无勇气来承当？刘怀淑使了个眼色，让丈夫赶紧再向爹求情，别把奕贞跪坏了。方奕轩刚走到父亲跟前，正准备开口，突然从院门外冲进来一个人，扑通一声跪在方奕贞身旁，气喘吁吁地说："叔，您别怪奕贞了，这事怨侄鬼迷心窍。"方宗凌放下茶碗，起身走到檐下，见来人是古安海，心儿顿时定了，但还是冷声地说："怨你，就能还奕贞清白，就能当无事发生？"古安海连忙说："不不……叔，其实侄早就喜欢奕贞，请叔成全。"古安海说话的时候，方奕贞也抬头，用央求的目光望着父亲。方宗凌这才说："都起来吧……明天，让你兄长过来坐坐。"

第二天一早，古安河带上媒婆，直接来方家提亲。亲事很快谈妥，但由于爆出了"竹林事件"，必须先办定亲宴，好堵住悠悠众口。婚娶的日子初步定在五月初八前后，到那时，各茶行刚好忙完了春茶生意。继而，双方开始商谈聘礼及陪嫁等事宜。古安河首先表态，安海行事鲁莽，有失体态，因而聘礼不能省，至于陪嫁，方家看着给，多少都是诚意。古安河把话说得漂亮，方家出面的人不好多说什么，就说聘礼按俗例来，该多少是多少，但陪嫁得男方先开口，有商有量方显喜庆。于是古家人就开口说了，两家都不缺钱，安海名下有两家茶行，方奕贞嫁过来后一辈子不愁吃和穿，没有陪嫁也是行的。方家人不同意，方家嫁女没嫁妆，还不让人看笑话？最后古家人说，要不，就把方氏祖坟前的那块地陪嫁给古氏？方家人不解，那是一块毛荒地，庄稼种不活，种茶面积又显小了。古家人说，古家买断了周边的地块，准备请洋人在那儿实验新茶种。双方热热闹闹，和和气气，半日工夫就把婚事定了下来。

这天，马伯亮来见姚玉茹，主要汇报茶青开采事宜。谈完正事，玉茹忍不住好奇，问马伯亮，听没听说二房悔亲的事。马伯亮当然听说了，他和安家少爷可是多年相熟的朋友。外间传闻安家女儿行为不检点，不过据他判断，就算真如此，康管家也绝无可能那么凑巧就发现了，还把人堵在屋里，再从事后那男人骤然失踪的情形看，当中必有蹊跷。说起来，姚玉茹并非真的关心内中真相如何，询问马伯亮，只为了印证心中的几分猜疑罢了。

坦洋茶青开采，一般会在二月初二前后开始，还得举行开茶祭。每年的开茶祭都在村头的真武桥举行。而今年这天气，嫩芽儿大多被冻死，茶枝尽剩老芽了，不抓紧抢一波，损失可就更惨重了。

由于一时还不上银子，玉茹便与石半山商议，干脆持资入股，将那些欠银折成臻泰兴一成半的股份，佣资另算。石半山想都没想就说，可以。玉茹找一众股东协商，最后取整，让石半山持股两成。既然是大股东，再则玉茹对制茶真不懂，所以石半山说，视情形应该提前开采。玉茹没有意见，只需拿定大方向，具体事务包括人员分派等都由马伯亮去落实。当然，提前开采茶青的只是古氏大房的那一片茶山。乡民们大概还都沉浸在古家三少爷几经波折的婚事当中，所以大房茶坊的不寻常举动倒没引起多大关注。若非如此，人们大概又会奇怪地问，半山师傅难道不清楚春季天寒更应延后采青么。

过两日，马伯亮又急匆匆来见姚玉茹。

这次是大事。果不出所料，欧洲茶市发生了很大的变动。马伯亮从好友陈春的来信中得知，欧洲几大茶叶贸易公司突然握手言和，经过谈判，已经成立了欧茶联合公会。与福宁茶商公会所不同的是，欧茶联合公会由欧洲几大帝国皇室背后操控，换句话说，茶叶贸易只是掩人耳目的外衣，实则与当年的东印度公司一样，充当几大帝国对外殖民和经济侵略的打手。关键是，欧茶联合公会甫一成立，就颁布了所谓的行业标准，规定了欧洲茶市的市场准则、竞争机制以及品质标准和价格标准等……听完马伯亮的介绍，玉茹冷笑说："欧洲有句谚语，懦夫才会恃强凌弱。欧茶公会所规定的价格标准，无非是统一口径向供货茶商压价罢了。"马伯亮苦笑说："福宁茶对外贸易额逐年增加，利润空间却越来越小，各茶行都憋着一肚子委屈呢！据陈春说，此次经理团的领队叫维克多·霍华德，来自英伦的霍华德家族，一个军人出身的豪门子弟亲临大清洽谈生意……您说，能会为了那点茶叶利润？"玉茹叹声说："如此看来，洋人准备给福宁茶人重新立规矩的传闻，并非空穴来风。"

？

九

薄雾散去，空中一弯晓月随之淡去了光芒，很快消失在东方现出的那一抹银红色之中。天色渐亮，鸡犬交鸣很快打破了坦洋村的沉寂。

尽管昨夜便已获悉消息，方宗凌仍和往常一样，卯时起床，洗漱过后，将孙儿起骏从被窝里揪出来，让他先站半个时辰马桩，然后练拳。方宗凌自己也不例外，畅快淋漓地打一趟方家拳。方家拳自方氏先祖流传下来，每代子弟身体若无重疾皆须研习。到了方奕轩这一代，长子方奕生自幼习武，方奕轩却死活不肯练……所以，方宗凌只好将武学传承放在孙儿方起骏身上。

刘怀淑和往常一样，与秋红一起准备好早餐，然后给公爹敬早茶。

方宗凌慢慢喝完一盏茶，见刘怀淑站一旁欲言又止的样子，就说："我仔细思考过姚氏的建议，觉得可以合作。"刘怀淑说："好的，待会儿我就给玉茹回话。"方宗凌放下茶碗，思着说："奕轩去武夷山请温良明，大概一两天就会回来，具体怎么合作你俩商量即可，你协助奕轩，爹放心。"

那日在方奕贞的订婚宴上，刘成章听说石半山在替古记大房做茶后，主动过去见石半山。刘成章当然不会做出"挖人墙角"的事，只替女儿女婿另求贤能。石半山那才说，他的师哥温良明的制茶技艺丝毫不比他差。次日一早，方奕轩便揣着石半山写的推荐信，在几位伙计的陪同下去了武夷内山。

得到公爹的肯定，刘怀淑自然是开心的，但还是谦逊地说："这是儿媳的本分。"紧着问，"爹，经理团三日前就到赛岐港了，而县衙迟迟不让咱出面接洽，当中不会出现什么变故吧？"方宗凌沉默片刻，说："公会已经派人通知了，此次经理团将由茶商公会全程接待，包括今年的茶叶订购，也由公会全权代理。"听这话，刘怀淑讶然不已："这，这不合规矩吧！"规矩？方宗凌自嘲地冷叹："为了迎接经理团，我特意将开茶祭延后半个月，乡民对此已有不少意见，如此一来，怕更怨声载道了……大清孱弱，洋人如狼似虎，溜须献媚者自古有之，只是眼下更甚罢了，说来也正常。"言语间，透着浓浓的无力感。刘怀淑却说："此举有失公允，恐难服众。"方宗凌皱眉不语。

方宗凌万没想到，都是古安河暗里运作的结果。

这日一早，古安河备上厚礼，与康梁一道登门拜访欧长顺。欧长顺家住盐田堡，家底还算殷实。高大的门楼上，豁然悬挂着"欧府"的匾额。康梁见状不禁失笑，小小声说："呵，这个欧长顺，官瘾不小。"古安河听见了，低声说："这话到此为止哈！"康梁点头住嘴。欧长顺一生为吏，吏不算官，充其量只算编籍在册的公务人员罢了，但欧长顺官威十足，这是众所周知的事。平日在家，下人见他必行礼口称老爷。古安河提前递了拜帖，欧长顺自然等在家里。"欧老爷，您这次力排众议挺我古记，这份恩情晚辈铭记于心呢。"寒暄过后，古安河恭敬地说。欧长顺优雅地做了个请茶动作，说："公会职责，就在替福宁茶人谋福利嘛。"古安河说："所以说，有您领导茶商公会，出洋茶叶贸易必定更上一层楼啊。"几句官吹，吹得欧长顺身心舒畅，旋而盯着古安河问："不知道台陈谆棠大人与你古氏是否有亲？"古安河说："哦，先祖母娘家姓陈。"欧长顺笑了："明白了！当年陈大人体恤下官，鄙人此番也算投桃报李了。"古安河抱拳说："一码归一码，您是我古记的贵人哪。"

说话间，康梁不动声色地将几张银票放到欧长顺身旁的桌面上。

欧长顺瞥了一眼银票，淡淡地说："坊间传闻，洋人此番来福宁，是给福宁茶人重新立规矩，此话不假。然而，鄙人没让洋人进坦洋，可知为何？"古安河思考片刻，讶然地说："晚辈明白了，好吃好喝将洋人经理伺候好了，那么茶生意怎么做，仍由咱们说了算。"欧长顺恨声说："可惜啊，外人大多不理解，甚至有人说鄙人大权独揽，一个小小的茶商公会有什么权可揽！"古安河心中冷笑，难道不是？嘴上却说："有道是做事难做人更难，欧老爷您时刻为茶人着想，公道自在人心。"欧长顺说："鄙人知道你们为何而来，但订单最后如何分配，得由府尊大人核准，这个鄙人说了不作数。不过，茶品为上的规矩大抵不会改，你们可得有所准备。"古安河赔笑说："您放心，现在我古记茶坊由郑老关全程把关。"欧长顺点头："那么……这事妥了。"

茶品为上，乃茶叶贸易之根本所在。任何商品买卖，都得讲求"一分钱一分货"原则，这叫物有所值，是三岁孩童都明白的粗浅道理。

"所以，欧长顺还做不到一手遮天。"玉茹对刘怀淑说，"曾听我爹说过此人，能力是不错，可就是贪。不难想象，古安河铁定送了厚礼，否则他不可能不管不顾力挺臻昌行。"臻昌行本就是古安河名下的茶行，现如今更是以古记茶行本部自居。草草用过早饭，刘怀淑便过来见玉茹。对于两家茶行如何合作，大方向和大框架早前差不多都谈妥了，最后只差方宗凌一声应允。刘怀淑说："不过听我公爹的意思，似乎不想去争。"玉茹笑着说："倒是把我弄糊涂了，强势的方氏族长竟也有服软的时候。"刘怀淑说："这次我公爹生了一场大病，外人以为他染了风寒，实则不然，他早年与人比武受伤，加上年纪也大了。"玉茹问："你们夫妇持何意见？"刘怀淑忿然地说："我们当然不服，做生意可以有竞争，但任何竞争都得摆到明面上，暗里操作，首先坏了行商规矩。"玉茹笑了："我也是这么想的，我看这样吧，"凑近刘怀淑耳边低语一阵，然后说，"办妥这些后，我会登门拜访你公爹，这事非得请他出面不可。"刘怀淑有些犹豫："这样做……行吗？"玉茹说："行不行，都得做了才知道。"刘怀淑又思片刻，点头说："那好吧。"

实际上，欧长顺做不到不让洋人经理进坦洋，他让人鞍前马后无微不至地伺候，目的只为了拖延一些时日。而在这些时日里，他想看看方宗凌究竟是何态度。在欧长顺看来，方宗凌无视公会约定，擅自进行"茶会交易"，就是不给他欧会长面子，换句话说，等于刮了茶商公会一记耳光。当然，这只是欧长顺一个人的看法。副会长李应廉与几位同仁私下里说："府尊大人让他出任会长一职，外行指挥内行人，不出乱子才怪！"除了欧长顺，茶商公会里的其他人几乎都是经验老道的老茶人，有的本身还是自家茶行的大掌事。不过谁都清楚一点，欧长顺的小女儿嫁给总督衙门的一位官员当三姨太，父凭女贵，因此欧长顺就算行为再荒诞，包括府尊大人，也没人敢说他的不是。

"可也不能任由他这样胡闹下去，茶米关系到千家万户的生计，毁一季容易，救活一季难。再则说，至今未见洋行订单，别到时空闹腾一场。"一位理事说出心中的担忧。李应廉皱眉点头说："确是如此，虽说公会可以协调茶米生产与外销，可仅仅只有建议权和协调权而已，茶商公会并非盐茶道衙门，行不上官令，各茶行听则罢了，不听的话你又能怎样。现如今，只能看坦洋方记是何态度了。"这位理事说："假设方宗凌肯站出来说话，哥几个可得在后面帮他一把哟。"众人没说行不行，彼此只相视苦笑。

两日后，方奕轩回坦洋。他请来了石半山的师兄温良明，随之而来的还有温良明的妻女。第二天，方宗凌决定不等洋行经理团了，择吉时，立即举行开茶祭。然而这年春季开茶反应冷淡，祭祀环节倒是一样没少，可围观民众包括随香跪拜的人明显比往年少了许多。此之前，人们见古氏大房开始大面积采摘茶青，才如梦方醒地纷纷跟上。这时候，茶山上到处都是忙碌的采茶人。

于桥亭廊庑，三献大礼，燃烛焚香，敬酒敬馔，顶礼膜拜……

这年的开茶祭由方氏的方奕轩"主祭"，各宗族的主事人颇有意见，但见方宗凌带头鞠躬、叩首，于是纷纷随之跪下磕头。茶商公会派了一位理事参加观礼。方奕轩念了一篇茶祭文，祈求风调雨顺，茶米丰收。理事也念了一篇劝勉及祝福的祝词，然后祭礼草草告毕。自始至终，古安河面挂微笑，一副春风得意的样子，与方宗凌面色肃然形成了鲜明的对比。

差不多用了五天的时间，玉茹让洪大成紧急联络上参股臻泰兴和已经达成配给合作的所有茶商。同时，刘怀淑这边以方宗凌的名义，和丈夫一道逐一登门拜访了福宁当地排得上名号的几大茶行的大掌事……两个女人此举的目的就在于，必须团结起来，倒逼洋行更改福宁茶采购的定价协议。如果真按霍华德先生提交给福宁县衙的商业书执行，那么，茶米的出货价将降至原来价格的五成左右，几近拦腰折价，茶贱必伤农。而且，玉茹通过父亲姚朝荣以及马伯亮个人的消息渠道，基本确定了三件事。

第一，领队维克多·霍华德所在的霍华德家族派他来大清，主要为采购一批精品红茶，准备献给维多利亚女皇以庆祝其八十岁寿辰。石半山说，此订单必须争取拿下。一旦拿下，往后臻泰兴的欧洲茶路必将畅通无阻，至少可趁机扬名于西欧各国皇室。

马伯亮持相同意见。

第二，三都澳开埠在即，各国洋行多将目光放在占地开业上，茶米如何定价倒在其次。而且，在这样的关键时期，洋行背后虽有所在帝国撑腰，却也不敢肆意地与福宁县府乃至省府道台、总督衙门之间把关系闹僵。

最后，茶税乃闽浙两省的主要课税之一，谁都不敢在茶米上乱来！

谋定而后动。因此从一开始，玉茹就没把欧长顺放在眼里。几日前，玉茹特地回了一趟赛岐娘家。姚朝荣对她这样说："既然要闹，那么就干脆闹大一些，最好能闹到让洋行主动找你们谈判。一旦让洋人坐上谈判桌，不管结果如何，你们都算赢了。"道理玉茹自然懂。可懂归懂，真的要和洋人包括官府直面唱对垒，平生还是头一次，心中难免七上八下。听说怀淑那边差不多谈妥了，这日上午，玉茹换上正装，手提伴礼，袅袅娉娉进方家见方族长。

玉茹执晚辈礼，方宗凌却亲自煮茶，是为尊客。

通过儿媳刘怀淑，方宗凌自然清楚姚氏所为何来。

于内心讲，他非常佩服姚氏的手腕，但还是故意叹说："乱世当前，道理多是行不通的。"玉茹微笑地说："行不行得通是一回事，敢不敢讲又是一回事。"方宗凌说："说实话，以卵击石，方记输不起。"玉茹说："叔，恕玉茹无礼，依我看，行商和习武一个道理，有句话讲，狭路相逢勇者胜，明知拼不过，也得有拔剑一搏的勇气，如果连这点勇气都没有，更遑论输赢呢。"听这话方宗凌笑了："好，好呀，古氏真是娶了位好儿媳啊！可惜，古家某些长辈一直让你这颗明珠蒙尘呢。"玉茹说："方叔谬赞！"方宗凌说："行，冲你喊的这声叔，这事叔会出面去说，但……叔有一个条件。"玉茹说："您请讲。"方宗凌说："叔希望，不论什么时候臻泰兴都能与我方记精诚合作，守望相助。"玉茹非常讶异，没想会是这么个所谓的条件，当下就答应："这是自然的，不说合作共赢，私下我和怀淑也一直都是好姐妹。"

方宗凌当然不会被姚玉茹三言两语所说服。即便姚玉茹不来，方宗凌也准备去拜见某些人的。不得不承认，姚玉茹虽为女子，行事胆量够大，临机处置能力也够强。既如此，何不顺手行个人情，结个善缘呢？

送走姚氏，方奕轩夫妇走了进来。

"爹，据温先生估计，今年茶米减产的程度相当严重，按品质论，差不多将降到往年的六成左右。"方奕轩说。方宗凌听后暗吃一惊，虽说早有心理准备，却没曾想会严重到这个地步，真是屋漏偏逢连夜雨。凝思片刻，方宗凌转而问："温先生到来，郭刘几位师傅可有意见？"方奕轩说："咱请温先生过来，又没克扣几位师傅的工钱，他们能有什么意见！"刘怀淑说："几位师傅心里必然不舒服，好在温先生为人谦和，咱只要不厚此薄彼，他们也就没什么闲话可说。"方宗凌点头："对的，用人重在用心。臻泰兴调来的茶米品质怎样？"刘怀淑递过去一本账簿，说："情况差不多，因此我们过来问您，供货方面是否适当减量？"方宗凌随手翻了翻账簿，说："减量可以，但不可降质，保证品质是咱方记的口碑，是饭碗，可不敢为了一丁点利润，就把吃饭的饭碗给砸了。"夫妇俩应了声是。方宗凌将账簿还给刘怀淑，接着说："下午我去一趟福州，今后茶行事务你俩商量即可，不用事事都问我。"夫妇俩又应了声是。刘怀淑问："爹，您这次去福州，是为应对洋行定价的事吧？"方宗凌长叹一声，点了点头："要想解决麻烦，总得有人站出来。"

当日下午，方宗凌就动身前往福州。

傍晚时分，一个道听途说的所谓内幕消息骤然在坦洋街上传开了：

"听说往后，咱手上的茶米该卖什么价，都由茶商公会说了算。"

"怎么可能？茶商公会可没那么大权力。"

"可你知道么，茶商公会背后站着洋行呢。"

"茶商公会与洋行勾结？这么说，还真是……"

"而且我还听说，所定的价格低到离谱，不足往年价格的一半呢。"

"这天杀的！那样的话，老子不卖了行不行？"

甚至有人指名道姓说，古安河给欧长顺送了银子，已勾结联手……

几大茶行倒是没见什么动静。规模较小的茶农茶贩一听消息，宛如一碗冷水倒进热腾腾的油锅里，立马就炸开了。茶叶减产，就算再怨天尤人也无济于事，茶叶从来都是靠天吃饭，老天爷不赏赐，谁都没法子。不过，依往年的市场行情看，减产不等于降价，只要保证品质，价格反而会蹭蹭地上去。明眼人一瞧，便瞧出个中道道，勾结往往意味着牟利分赃……干他娘的！

"怎么回事？消息从哪里传出来的？"古安河问康梁。

康梁也不清楚。古安河气急败坏："不清楚就去打听，他娘的，大概又是姚氏坏我好事。"康梁说:"爷,眼下当务之急,是妥善处理那些茶青。"听这话,古安河一下又泄了气:"是啊,那么多茶青啊……若是远洋茶米还按原来的交易规则来,损失可就惨重了。"对此,康梁也没辙。

主仆二人顾不上吃晚饭,直接就去了古记茶坊,准备问郑老关意见。

就算天塌下来,郑老关也是不会着急的。

那种"皇上不急急死太监"的蠢事他才不会干呢。

郑老关很清楚,身为制茶大师傅,须遵守茶叶行业相关的从业道德,那便是拿人钱财,替人做好茶。而关键是,茶青就是那么些品质差次的茶青,他又能怎样?好吧,假设硬要从矮个子里挑出高个,也不是不行,而是必须有所取舍,譬如无法保证出茶量。古安河和康梁走进茶坊的时候,郑老关正一边美滋滋地呷着小酒,一边眯着眼,逗一旁的小丫鬟。这个小丫鬟原是二房老太太房里的,头一回见面,就被郑老关相中,古安河只好让她过来伺候这位大师傅的饮食起居。"小宛啊,可别嫌弃老关我年纪大,只要你跟了我,我保证,你一辈子都吃香喝辣的。"郑老关说着话,目光早已钻到丫鬟那刚鼓囊起来的小胸脯中去。小丫鬟俏生生地立一旁,红脸低头,去不是留也不是。

见郑老关这般猥琐丑样,古安河气不打一处来,又没法说什么,直气得肝疼。"哟,是二爷您来了,快请坐……小宛,搬张椅子给康管家。"其实不用使唤,小丫鬟都清楚自己该干什么,很快搬来椅子,很快地躲开了。

小丫鬟的身影倏地消失,一下把郑老关的魂儿勾走了。

"老关,老关……"康梁连唤几声,才使郑老关定回了神。他先看一眼康梁,又看着古安河说:"二爷,我知道你们过来做什么。明人不用说暗话,一早我就和康管家说清楚了,我老关做茶几十年,茶青好赖一眼便可分清楚,其实很简单,二选一,要么保质,要么保量……您若是硬要我做无米之炊,那么抱歉,您只能另请高明了。"古安河暗脸坐着,没说话。康梁只好开口:"老关师傅,不知可不可以……折中处理?"郑老关冷声反问:"那么请你康管家教教我，怎么个折中法？"且不论人品，单凭一身不俗的制茶技艺，早养足了郑老关的一身傲气，他说话才不会顾及什么古二爷古三爷的面子。

在茶坊待了近个把时辰，三人终于谈妥了这一季春茶的研制方案。

康梁还将茶坊原本的几位师傅都喊来，让他们此后听郑老关指挥。由于定价消息已经泄露出去，古安河只能紧急备上两套不同的应对方案。如果远洋茶米按原先的交易规则来，必然进行赛茶，最后以赛茶定订单份额，所以郑老关可从诸多茶青中挑出良品，以制作精品茶，是为第二方案。这套方案的核心在于放弃，若真实施，想挽回损失，只有一条路，即优劣掺杂。不过，古安河仍然认为傲慢的洋人不可能让步，因此这套方案是为备选。

假设此次交易按欧茶联合公会新定的议价标准走，那么简单，茶叶品质笼统处理即可，往年怎么做，今年就怎么来。古安河最后定调说："不知诸位有没听过和中堂的故事？当年贡茶经由他的手献给乾隆爷，可他献上去的并非当季的上等明前龙井，而是往年的陈茶，知道为什么吗？和中堂说了，只要皇上没喝过好茶，则无法辨出好赖，喝茶的嘴容易养刁，他那么做，也是为了减轻当地官员的负担……你们说，和中堂的说法精不精辟？同理，假设远洋茶米皆由我臻昌行和古记提供，没有对比，又何来品质之分呢？"

至此，古安河自认为已将茶青危机处理得平稳妥当。

回到家，又想起消息泄露之事，古安河将准备回去的康梁喊住，说："尽管欧茶联合公会成立，包括颁布相应行业规则不是什么秘密，可我找欧长顺联合出手，真正清楚内幕的人没几个，消息怎就泄露出去了呢？梁子，你说到底是谁跟咱过不去？姚氏，或者是……总之无论如何，你须尽快揪出这背后捅刀子的人，不然的话，就怕还有下一次。"

古安河当然不会怀疑康梁，康梁是自己人嘛！

康梁思几秒，却说："这事我会查，不过我觉得这事倒不急……就算真有人拿送礼之事说事，礼尚往来又不算什么大错。我现在反而担心，方宗凌会挑头反对茶商公会的决定，那样的事他又不是没干过。"古安河说："行，你派人密切关注方宗凌的动向。"康梁应声是，接着说："方记刘氏的父亲刘成章在咱福宁府一直拥有很高的名望……这消息泄露之事，说不好，刘成章也参与在其中。"对此，古安河实在无法作出判断，擎起茶碗，慢慢地喝几口，忽地冷笑说："真他娘的奇了怪，这年头尽见母鸡出头，宫里有个老佛爷，咱坦洋也不例外，古家出了个古姚氏，方家出了个方刘氏……"

消息当然是姚玉茹让人放出去的，为的就是得到那句话："老子不卖了行不行？"对，终将由方宗凌振臂一呼，茶商们以拒卖诉求市场公平。听起来有点欺行霸市的意味，但非常时期行非常之事，也只算作无奈之举了。

不过做这事，玉茹没找马伯亮商量，对石半山倒是坦言相告。

石半山听后好长一阵沉默，然后说："这么做，的确能让茶米交易回到公平的规矩上来，于理讲，不论策略、胆识都没错，不过……"他认真地看着玉茹，"可知道，我这条右腿是怎么断的？"石半山目光灼灼，玉茹突然发觉内心莫名地有些心慌，像做错事被人发现的小姑娘。她暗自深呼吸，目光并未挪开石半山的脸。突然发现，男人的眼里闪过一丝悲凉，几分责怨。

石半山转而笑说："我们经常说，这人勇气可嘉。而实际上，把勇气放到真正的势力面前，往往弱小得可笑，因为还有一句话叫作一力降十会。"他凄清地笑了笑，"我和你说这些，并非训你的不是，从决定来大房茶坊做茶的那天起，你我便荣辱与共，共同进退了，但我还是希望你能明白一点，任何生意都有道与术的区别。术，可获短期之利，而道才是长久之计。我们做茶，因何称之为茶道？不论红茶、绿茶或云南大叶，都不是一朝一夕发展起来的，你不妨好好想想……"不知为什么，石半山这天洋洋洒洒说了许多话。

石半山所说的大多点到即止，不过都被玉茹一一地听到心里去，归纳起来大概就是八个字：阳谋行商，不遗后患。从谈话中，玉茹也终于知道石半山断腿的来龙去脉。当年仙儿声名远播，尽管已赎身还良，仍被一位省城的官家子弟纠缠不休。石半山只好托人说理去。而说理的结果，却是以赛茶的方式来决定凤仙的命运。石半山无权无势，只能屈辱应对。结果胜出了，反被对方打断右腿弃于路旁，奄奄一息……获悉这一内情对玉茹触动很大。

此后几天，"洋行议价"风波愈演愈烈，甚至惊动了省府的盐茶道、税务司、布政司等衙门。知县大人不好直接与洋人交涉，只好找来欧长顺和李应廉等人谈话。一开始，欧长顺还强词辩解，知县大人说："糊涂！你可知，若按武学辈分论，提督大人和方宗凌还是同门师兄弟呢。"欧长顺这才意识到，自己踢到铁板了，于是讪讪说："那，那就按老规矩办，可洋人那边……"知县大人见识过霍华德等人的强势，正头疼不知该如何善了。最后，知县大人摇头苦笑说："一般来说，穷乡僻壤出刁民，坦洋地处僻壤不假，穷乡？呵，随便喊一家茶行出来，人家都能用银子把你砸回老家卖红薯去。"

经过半个多月的不停尝试，石半山终于根据这年的茶青品质，研制出一款全新口味的新茶。这日上午，他让冬仔将玉茹、马伯亮、邹长贤等人，包括茶行的一些伙计请到茶坊里来，一起品评，以作改进。古修远恰巧路过，见状跟了进去。玉茹请他上座。这款新茶刚停火不久，未经沉淀，不过茶汤丝毫喝不出青涩之味，虽说比石半山当年研制的"半山红"逊色几分，仍不失为一款上上之品。这是古修远喝过三道茶后，率先作出的较为中肯的评价。

石半山先道谢，然后真诚地请教："那么依您老看，这款茶可有改进的地方？"古修远哈哈大笑，说："半山师傅出手，谁敢出其右？好了，你们继续喝，我还有事，就先行一步了。"玉茹随即起身，送古修远到茶坊门口。古修远轻叹地说："石半山果然不负盛名！陈记、林记，包括二房今年的新茶我都品尝过了，无论外形或汤水，都不如他这款。"玉茹说："但愿能以此打开市场。"古修远微微一笑："我觉得十拿九稳……可惜，我家定衡没眼光，当初让他入股臻泰兴，还不干呢。"玉茹笑着说："如果您还有心投入，份额我给您留着。"古修远有些讶异："当真？"玉茹说："大道理我不懂，但也熟知商行万里财分天下，何况是您老呢。"古修远又叹："行，这事我回去再和臭小子说说，不管怎样，谢啦！"玉茹说："您老客气！"走几步，古修远定住脚步回了下头，看着玉茹，认真地说："安河……不如你！"

玉茹嫣然一笑，没说话。

给修远族老留出一定比例的入股份额，玉茹倒没考虑太多，只是骤然间做的一个决定。那晚经石半山一番点拨，她很快想明白一个道理，假若从此阳谋行商，就得借。借机，借势，借人心，乃至借人情。就拿主动向古修远释出善意来说，说不定将来某一天还能换来难以想象的回报。

石半山决定，将这款新茶定名为"大房茶"。马伯亮当然没意见，只不解地问了句："为何不沿用半山红？"要知道，如果继续使用"半山红"品名的话，推广起来必将事半功倍。马伯亮从自己的角度出发，所考虑的自然都是生意的成本与利润。然而，石半山只淡淡地瞥了玉茹一眼，没作答。玉茹起先也纳闷，不过立马反应过来，那晚石半山说了，当年被打之后，他便在心里发下重誓，此生不再替人做茶……想着，玉茹的眼眶隐隐地湿润了。

石半山重情，石半山更重义！

方宗凌只在福州停留三天。不过知情的人都知道他此行为何，因为盐茶道随后就派人来福宁，协调此次的茶米交易。官府给出的理由是，若硬要按欧茶公会的议价标准走也无不可，时茶值时价，茶品等级实在无法保证。

霍华德不懂茶，当场表示了抗议。然而抗议无果。问汤姆斯·诺顿。汤姆斯只是无奈地耸了耸肩，说的确如此，茶叶本来就有价格行情，而价格波动除了受市场的供需因素影响外，茶叶品质本身也起到了很关键的作用。比如他的诺顿红茶，能够做到低价销售，因为不讲究。不得不说，汤姆斯·诺顿是个合格的商人。然而强势的维克多·霍华德仍旧不让步。在他眼里，中国人都是弱者，弱者没有讨价还价的资格。于是，由官府出面的协调随即陷入僵局。那位协调的官员还算硬气，走之前丢下一句话："我大清有句老语讲，捆绑不成夫妻，买卖全凭自愿，我们可不敢保证，福宁茶商愿意好茶贱卖。"

事实上，霍华德内心也是发虚的，但骄傲的他只能硬撑着。而且，他也很着急，恨不得立马购好兄长需要的上等红茶，然后回欧洲。别看霍华德人在中国，消息渠道却从未中断过。据可靠消息，帝国已有攻入中国京城的计划，中国虽穷，紫禁城里却遍地是黄金……该死的，他必须参与。

相比之下，汤姆斯心无旁骛。此次跟来中国，主要为了寻访那位神秘的半山师傅。在他好友阿春的眼里，半山师傅是一位神一般的大人物。知茶敬茶做茶，对于拜访石半山，汤姆斯抱着十二分的诚意，丝毫不敢怠慢。

翻译很快打听到消息，石半山目前人在坦洋，就在臻泰兴茶行的茶坊里做事。于是这日一大早，汤姆斯便催促翻译出发了。翻译不解："诺顿先生，此去坦洋就你我二人？您一点不担心您的人身安全？"汤姆斯反问："为什么要担心？我认识不少坦洋人，他们都很友善。"翻译说："不不，我说的是山里经常闹土匪，而且几年前这里刚刚发生过教案。"汤姆斯笑了："记住，我是商人，商人明白吗？不是传教士……而且，我学过厉害的拳术。"

期间坐了船，又走了不短的山路，七拐八绕，上上下下，等到坦洋村的时候，太阳差不多准备落西。人站高处，望着连绵起伏层次分明的茶田，入目尽是郁郁葱葱的绿色，呼吸几口清新空气，汤姆斯赞叹地说："我的上帝，真是太美了，我终于知道为什么这里出好茶了。"抬头看一眼天空，"看来今晚是回不去了，我们预备住哪儿？"翻译笑着说："村里有迎宾会馆。"汤姆斯竖起大拇指，说："太棒了，还有配套服务，嗯，我喜欢这里……"

开茶祭过后，整个坦洋村都进入到忙碌的采茶与制茶之中。很快，人们谈论最多的，已从"洋行议价"慢慢变成"谁家研制出新口味"或"这季茶产量减了多少"等话题。而此时，三都澳已正式对外开放为商埠，各国洋行纷纷在那里圈地，建设领事馆，设立代表处，各国公司开始测量并修建杂货码头、油码头和相应的油库。一时间，整个三都澳完全变成了一块刚出炉的热腾腾的美味蛋糕，英、美、德、日、俄等多国分别派人抢吃一口……

姚朝荣不甘人后，联系到广东、江苏、福州等地相熟的金主，合资在三都澳的东南角买了一块地皮，建起了姚氏货运码头，于群狼口中夺食。许多人不得不佩服姚朝荣的手段，继而又和臻泰兴联系起来，直感叹地说，果然有其父必有其女！玉茹当然替父亲高兴，姚氏的航运事业这才算真正地迈上了一个新台阶，开了新局面。而令她更高兴的是，琬娘已经怀上了身孕。假若琬娘生下儿子，姚氏香火得继，也算弥补了父亲膝下无子的多年遗憾。

似乎一切都在朝好的方向发展。

村里的族学早已开馆，加上定邦自己勤奋刻苦，不用玉茹多费心，于是她把一门心思全都放在茶行和茶坊上。除了偶尔去茶行走走看看，几乎都待在自家茶坊里。若按制茶老规矩，制茶期间女人是不允许进坊的，女人属阴，茶坊属阳，阴阳相冲将大大破坏成茶的品质。石半山却说："尽胡扯！但凡技术不到家，就会往别处找借口，我不忌讳这些。"他对玉茹说，想来就来，多大的事。玉茹故意带着调侃问他："你就不怕，我把技术学走？"石半山当然不在意："呵，那也是你的本事。"玉茹笑了，又问："这么说，你是愿意带徒弟了？"石半山看她一眼，笑着说："你愿意学，我自然愿意教。"玉茹低头凝思，忽地抬头再问："那……能不能让定邦拜你为师？"听这话，石半山神色认真起来，但不置可否，只说："定邦那孩子……不错！"

玉茹觉得这事有戏，不过没再追问结果。

艳丽迷人的女东家时常来茶坊，尽管多时就坐在里坊的门廊，也仿若给单调的茶坊带来了一抹明媚的春色。工人们干劲十足，不用督促即把相应的工作完成得又快又好。别家茶坊至少会请三四位制茶师傅，彼此配合分工，而大房茶坊仅石半山一人全角担纲，从萎凋开始，直至成茶，几乎一手包办。一天的活干下来，石半山累到手脚疲软。玉茹建议，要不再请一位茶师傅？

石半山却说，他一个人忙得过来。

虽说也是茶行的股东之一，辛苦皆为己，不过玉茹仍从石半山的言语间听出来来，原来自信的石半山也不愿让自己的技艺轻易流传出去，大概为了臻泰兴的生意着想，才传授那些合作的小茶商如何毛茶粗制。

那么，定邦的事……

这时候，玉茹还没意识到，这位瘸了一条腿的男人早已经深深地走进她的心里，大概彼此整日见面，体会不到那种一日不见如隔三秋的撕裂感。情感这东西，刻意营造的话，结果往往适得其反，而在不经意间迸发出来的，才是最汹涌澎湃的。总之，玉茹特别乐意来茶坊，哪怕不说话，只在一旁静静坐着看着，偶尔一两个眼神交汇，对她来说都是一种享受。她非常享受这样一种安静的时光，什么都不想，甚至不去想可能因此造成某种较为严重的后果。

毕竟，一个是鳏夫，一个是寡妇。

这天早晨，送走定邦去学堂后，玉茹仔细地给自己化了个精致的淡妆，将一头长发高高地盘起，插上那把最中意的碧玉簪，还换上了吴嫂缝制的那套碧绿色的新式旗袍，从东院的侧门出发，又准备去自家茶坊了。

此刻，东方天际朝阳初上，像刚睡醒的样子，空气中弥漫着淡淡的炊烟火气，夹带着春季里特有的那股子潮湿，深深地吸上几口，沁人心脾。

清风拂过溪面，绿水波心涟漪。

天气回暖，换上春装是很明智的选择，玉茹得意地想。

街上行人不多，多是忙碌的女人，或送孩子出门，或挑水洗涮，只有玉茹迈着优雅的步伐走着。不得不佩服吴嫂的好手艺，旗袍完美地勾勒出女人的身材曲线，这一刻走在街上，像一幕移动的风景。大概风景招人妒目，只见那些女人纷纷碰头，似乎对她窃窃私语，指指点点。无所谓！玉茹才不会去在意那些无聊且无趣的家长里短。再说招人嫉妒，只能更证明她的美。这天是她生日，她愿以最美好的面目去面对石半山，没往深里想，仅此而已。

　　走进茶坊，没看见石半山的身影。问工人。工人说，师傅还没过来。于是玉茹退出茶坊，朝西头走去，推开石半山所住的院门。果然，石半山就坐在院子里喝茶。貌似心绪非常不佳的样子，一杯紧接一杯地喝闷茶。

　　玉茹进来时，石半山头也不抬，更没出声。玉茹只好不请自坐，然后轻声地问："怎么了？"过了好一会儿，石半山说："往后就别来茶坊了。"玉茹愣住，继而笑起来："总有原因吧？要知道，这可是我自家的茶坊。"石半山淡淡地看她一眼，"没听说外头传言吗？"这时候，玉茹真不清楚外头发生了什么。石半山苦笑地说："外头传说，说你和我……"玉茹就算再迟钝，这话一起头她也随即明白过来，顿时脸色难看，咬着牙不知该说什么了。

　　默默地喝过一盏茶，石半山开口说："其实，我只是建议……"

　　玉茹忽地抬头看他，认真问："你怕吗？"石半山缓缓摇头，说："身为男人，我倒不怕什么，只是……"玉茹笑了，干脆地说："不怕就好，让他们说去。反正你和我，身正不怕影子斜。"说出最后这句话时，玉茹心里突然有些莫名的发虚。此后，她还是减少了去茶坊的次数。即便去了，她发现自己和石半山之间不知不觉地横亘起一道无形的沟。

　　然后她还发现，克制原来是一件无比艰难的事，心儿好像被猫儿胡乱抓挠似的，空空落落，还有些莫名的心慌。她只好咬牙强忍下来，告诉自己，必须忙碌起来。忙碌才不会去乱想别的。于是，她准备给定邦加些课业，又见儿子一副生无可恋的样子，不忍心，只能作罢。再然后，她只好时不时地上山巡茶，或找老茶农请教，提前评估夏茶的长势，或去茶行过问有关客户茶货的交付情况……东家的异常举动，让马伯亮纳闷不已，终忍不住问她，他哪儿做得不好、不对？请东家明言。她那才意识到，原来她的心乱了。

　　心乱则不安。坐也不是，躺也不是。不觉间，她来到自家北厅。堂厅的供桌上赫然摆放着婆婆的牌位。她定定地看着灵牌，忽地笑了，近前两步，厉声地说："你应该满意了吧？你是不是在想，古氏大房长媳这个名分，定然将我姚玉茹捆绑得死死的，让她一辈子就困在这乌漆麻黑的东大院？好笑吧，我还没做什么呢，你的好侄儿便已四处宣扬，说我不惜用自己的身子笼络来了半山师傅，还让族老过来旁敲侧击。曹氏啊曹氏，你也给我记住了，别说我没做对不起你古家的事，就算我真做了，也是为了你的宝贝孙儿，为了你大房家业得以延继。呵，呵呵，别他娘的挺在棺材里不腰疼，我累了，借男人的肩膀靠一靠，难道错了吗……"玉茹说着，笑着，最后笑得泪流满面。

这是她第一次直面自己的内心，看似坚强，实则脆弱。

翠儿过来找她的时候，见状大吃一惊："小姐，您怎么了？"玉茹迅即缓回了情绪，抹干泪，说没事。翠儿确认后，才说："怀淑小姐找您。"

刘怀淑过来，主要还是关于洋行茶米交易的事。毕竟涉及到场面上的交际，身为女子的她和玉茹都不便出面，而且身份的份量也不够。

刘怀淑说："我公爹和奕轩近日都在跑这事，道台派人协调了几次，据说叫霍华德的洋人有所松口，不过最后怎么定，还没定个具体的规则下来。"玉茹思着问："最后是否以茶赛定份额？"刘怀淑说："据我公爹判断，应该会这样。"玉茹说："往年也是如此，只是往年各家做各家的生意，交易量大小全凭自己的本事，好货多卖，那才是正理。"刘怀淑说："公平竞争，输了无话可说。玉茹，这次真得谢谢你，今年我家茶山受灾非常严重，大概整个坦洋就我家的茶青品质最差，好在从你这儿调货，不然真不知如何解决。"玉茹笑了："都说了你我是好姐妹嘛，还说客套话。"刘怀淑说："对了，听说古安河通过欧长顺给霍华德递了样茶。"玉茹愣住几秒，旋即冷笑地说："他大概是准备让洋人先入为主吧。没事，让他先折腾。就算洋人不懂茶，还能不懂货比三家吗？等着瞧吧，他八成会搬起石头砸自己的脚。"

说话间，冬仔过来说，有一位洋人要见半山师傅。

洋人？玉茹问："人在哪儿？"冬仔说："就在半山师傅那里，半山师傅请您马上过去一趟。"听这话，刘怀淑起身说："你先去忙吧，我这边一有新消息，会和你及时通气。"送走刘怀淑，玉茹就跟冬仔去了茶坊。

尽管汤姆斯换上长衫马褂，依然一眼便可辨出他是个西洋人。玉茹对西洋人不陌生，大多态度傲慢，说话直截了当。果然，汤姆斯几句自我介绍后，便问石半山："愿意去英国吗？请为我工作，哦不，我们可以合作，我们可以是合伙人，除了分红，我还可以给你支付丰厚的薪资报酬。"

翻译正逐句解说。石半山见玉茹走进院子，准备起身打招呼，被玉茹眼色制止了。石半山转而朝汤姆斯请了声茶，吟吟含笑，没有作答。汤姆斯有些弄不明白，瞪了身边的翻译一眼，又问："噢，石半山先生，是不是我表达得不够清楚？当然，除了报酬，能给你的，我都可以提供。到目前为止，诺顿公司是大英帝国最大的红茶商。"玉茹实在忍不住，直接用英语打断说："诺顿先生，您刚才表达得非常清楚。"汤姆斯听声音转过头，一下站了起来，惊讶地问："这位女士，你是……"玉茹微微一笑："我就是这家茶坊的老板，我姓姚。"汤姆斯说："幸会幸会，姚女士，看上去你就像美丽的天使，而且非常不可思议，你能说一口纯正流利的伦敦腔。"玉茹说了谢谢，然后不客气地问："诺顿先生，您直接到我茶坊挖人才，好像不合适吧？首先，石半山先生到目前为止还是我茶坊的首席大师傅。其次，你们西方人不是一直崇尚契约精神吗？诺顿先生能把红茶做向欧美大陆，难道凭借的不是契约，而是粗鲁无礼的手段？"汤姆斯尴尬地笑了笑，"我……其实我对半山师傅仰慕已久。"玉茹说："不，这不是理由。"汤姆斯说："噢，也许……尊敬的姚女士，是我考虑不周，我向您道歉！"说完，恭敬地行了鞠躬礼。

到这时，一旁的翻译早惊愕得合不拢嘴。他傻傻地看着汤姆斯，这还是那位难伺候的英国商人吗？居然会自降身价，主动道歉？我的天哪！

石半山此刻也在定定地看着玉茹——

自信，优雅，强势，似乎所有能想到的好词，此刻都能完美地统合到她一个人的身上。"万没想到，你竟然通晓西语。"石半山由衷地赞叹。玉茹冷声地说："实际上英语并不难学，直接粗暴是他们的语言特点。"很显然，汤姆斯略懂汉语，听这话，立马改用汉语磕磕巴巴地说："不，尊敬的姚女士，我们英国人也崇尚绅士文化。"玉茹笑了："好吧，尊贵的绅士先生，那么您现在还准备斥重金聘请石半山先生去英国吗？当然，如果他愿意去，我尊重石半山先生的决定。"说完，玩味地看着石半山。石半山只摇头苦笑。

见此情形，汤姆斯自然不好再自讨没趣，不过再次重申，他确实仰慕石半山的制茶技艺，希望能借此机会与石半山先生和美丽的姚女士交个朋友。

交朋友，当然是欢迎的。

于是三人重新坐下，围绕茶叶，坦诚地聊起来。

汤姆斯不期然出现，不仅于交谈中打开了玉茹的营销眼界，而且不着痕迹地抹去了她与石半山之间的那道鸿沟。在与汤姆斯交谈时，由于语言不通，石半山大多沉默，偶尔插上一两句嘴，也由玉茹替他翻译。汤姆斯带来的那名翻译反倒成了无事可做的闲人。汤姆斯邀请姚玉茹和石半山有时间一定要去欧洲看看，毕竟生产出来的茶叶是给人喝的，必须了解市场。尽管不赞同汤姆斯所谓的工业茶道，不过玉茹表示，等茶行业务稳定下来后，无论如何她都会去欧洲走一趟。汤姆斯说，到时，他将在庄园亲自烤好美味的面包。

夜幕降临，汤姆斯起身向二位告辞，并拒绝了玉茹的宴请。

汤姆斯说："迎宾会馆已经安排好了……姚女士，我知道这次欧茶公会的议价制度对你们影响很大，所以产生分歧，导致交易暂停。当年我开始做美利坚市场的时候，也遇到类似的情况。"玉茹真诚地请教："那么您认为，我们应该怎么做呢？"汤姆斯说："当然还是沟通，而且我觉得，霍华德是个高傲的家伙，要使高傲的人低头，必须给个合适的理由，哦，就像你们中国人经常说的，想办法给他一个台阶下。"玉茹思几秒，点头说："嗯，过两日，我会去拜访霍华德先生，到时请您和霍华德先生吃饭。"汤姆斯开心地笑了，由衷地说："姚，上帝赞美你，你是一位了不起的女性。"

目送汤姆斯二人离开，石半山仍在思考："用机器做茶，那么火候该怎么掌握？干湿度又如何辨别？需不需要复火？我怎么感觉，他们做的不是茶，而是某种草药的饮片。"玉茹看石半山一眼，说："在欧洲人眼里，红茶就是一种饮品，他们讲究的是喝茶的仪式，跟茶叶本身关系不大。"石半山说："那他们为何不直接采购诺顿红茶，而买咱们的福宁茶呢？"玉茹笑了，骤然间发现石半山究问的样子笨拙可爱，但还是认真地回答："精，而显贵。英国皇室包括欧洲各国贵族，他们不管做什么，都得与平民区别开来，以此彰显他们卓尔不凡。喝茶同理。至于汤姆斯肯对我们知无不言，是因为他的客户群体和我们的客户完全不一样，不存在竞争关系。否则，他怎么可能教会对手打败他自己呢？而且，若没猜错的话，他还存着与我们合作的心思，你想，若是以你半山师傅的制茶手艺，再以他诺顿的价格销售，那么，全世界的茶叶市场就都是他的了。"石半山这才恍然，说："此人野心不小……不过，他刚才说话的时候，为何一直盯着你看？"玉茹自然感觉到了，可欧洲人就是这样，看对方说话是为尊重，本想解释，话到嘴边却成了："怎么，吃醋了？"

声音一落，和谐的气氛又变得尴尬起来。

古安河发现，近段时间自己可谓诸事不顺。

此前沟通得好好的，下午过去再找欧长顺，对方竟闭门不见。这下无法得知霍华德先生对样茶的意见，成与不成，根本没有说法。"干他娘的，靠别人做事，果然不靠谱，亏我还送了那么多银子。"回去路上，古安河咬牙切齿地恨起了欧长顺。康梁隐约猜出结果，轻叹地说："爷，看来咱也只能执行第二方案了。"古安河苦笑："第二方案，伤敌一千，自损八百啊！"

古安河恨欧长顺，尽管知道，欧长顺在许多事上不定拍得了板。他恨的是未战先降，并且不给商量的余地。这就是欧长顺做人不地道了，是小人，狗屁的德高望重。然而古安河却没意识到，老古记的股东们已经对他有了不少的抱怨。当然，当面责问是不敢的。大伙只在私下里合议了一番，派个代表去见古裕祥。在裕祥族老家里，这位代表说："古安河当初不经商量，骤然决定收购茶青，甚至不惜提高收购价格。他一意孤行也就罢了，根本不去了解市场行情，做事盲目激进，就拿这季春茶来说，林记、郭记、方记，都已陆续对外出货，而咱们呢，茶坊至今没见动静。问他，只回一个字，等。我们实在想不明白，究竟在等什么。您老给评评理，哪有这么做掌事的？"

言语间，似乎不立即罢免古安河，不足以平股东之愤。

可惜这位代表并不清楚，当初让古安河任古记的代理掌事，包括现今的大掌事，都是古裕祥率先提议的。这位代表说出这番话，等于狠狠地打了古裕祥的脸。古裕祥听后，脸色立马变得难看，但还是和声和气地说："好了，我都知道了，你回去好好安抚大伙，还请稍安勿躁。至于安河，年轻，做事难免欠考虑，大伙都得帮他不是？咱是一家人，一家人不说两家话。"

见代表还要说什么，古裕祥直接端茶送客。

代表一离开，古裕祥马上让人去喊古安河。这时候，古安河刚从盐田堡回到家，屁股还没坐稳，听说九叔公找，便对康梁交代说："你去茶坊，立即安排人手挑茶青。"要说古安河这人，确实具备一定的商业敏感性，对欧长顺恨归恨，但已从种种迹象中猜出事情的结果。果不其然。就在这晚，福宁茶商公会的会长由欧长顺换成了李应廉！但有一事，即使他绞尽脑汁也无法料想得到，那便是位于福宁街东头刚落成的万商宾馆的宴会厅里，一身盛装的姚氏此刻正与霍华德先生和汤姆斯·诺顿坐在一起，相谈甚欢。

古安河为人还有一个良好的品性，一旦意识到自己做错了事，立马主动承认绝不另找借口。"你说你啊，"古裕祥对委屈的古安河有些无可奈何，"人之所以成功，往往不是他本人多有本事，而是善于纳谏。当年的文正公包括当今的李中堂，即使他们大权在握，照样需要斟酌行事，且时刻听取下属的意见。咱古记做茶，算起来也有一百多年的时间了，知道茶路为何能够一直保持同达？因为古记做事，一向光明磊落，而你……"话说到这，似乎不想再说下去，只长长地叹出一口气。古安河以为古裕祥在责怪他与欧长顺联手之事，就说："这次是侄孙识人不明。"古裕祥瞪向他，大声说："我才懒得管你和那姓欧的怎样胡闹，我说的是大房姚氏。你可别说，她和半山师傅勾搭成奸的事不是你给传出去的？记住，姚氏再不堪，只要她在古氏一天，就关乎古氏的脸面，别老干这种损人损己的狗屁事了。"古裕祥情绪激动，言至此连声咳嗽起来。视情形，恨不得立马操起手棍狠狠敲打古安河的脑袋。

古安河只好赶紧保证，没有下一次，绝对不会有下一次了。心里却恨狠地在想，哼，到时我摆出真凭实据，看你还要不要古氏的脸面了！

古裕祥缓缓地喝下几口茶，才说："这一季春茶，不求盈利，但一定要做到持平不亏，至于其他方面，我会替你说话。"古安河躬身回是。从古裕祥家里出来，走到无人处，终于忍不住小声骂起来："去你的老不死，不是你让我未雨绸缪提前布局的吗？这下事没成，让我背黑锅？"走了一段路，古安河慢慢冷静下来，不由苦笑，这口黑锅他不背谁背？他敢弄倒古裕祥这棵大树？换而言之，只有当上族长，那么错的才是对的，对的还是对的。

抬头望去，夜空，凝重且深沉。

一整日东奔西跑，此刻人不累是假话，但古安河还是掐灭了回家歇息的念头，抄起长衫下摆，很快地朝自家茶坊走去。

"为因应远洋茶米交易，初定于四月初六举行茶赛……"

一般来说，远洋茶米到了实质交易的最后环节，相关茶商要到洋行所在国的银行依照订单的数额领取"茶银"。所谓"茶银"，有点像元、明及清初期实行的"茶引"。茶引具备资产性质，可向银行或票号贷款。因此，领来的茶银或是一桶桶的真银圆，每桶一千块龙洋，或是一张由相关银行开具的承兑票据。总而言之，茶米属大宗商品，遵循"先钱后货"的规矩。

往年春茶季的时间点一般从二月初二至春末。今年却因为洋行经理团的到来全都乱了套，加上年景不好，茶叶减产，众茶商人心慌慌。恢复茶赛的消息一出，不单坦洋茶人，就连政和、霞浦赤岭，以及附近的泰顺、庆元等闽浙两省七县茶农，几乎所有茶商都拍手相庆。"谁说今年改规矩了？呵呵，洋人强势不假，咱若是囤而不卖，他们喝个屁！"有人就是这样，一见阳光整个人便都灿烂起来。当然，多的人谨小慎微："可不敢瞎说，茶米放隔年，送你要不要？""怎么不要？咱做的是红茶，就像好酒，越陈越香。"

总之，说什么的都有。但有一个共识，茶叶品质必须过得去。因此若遇小年，一般都会举办茶赛。小年即年景不好的年份。茶赛从某种意义上说，是让客户信服，知茶而订茶，也为了保证福宁茶一如既往的好口碑。

今年的茶赛地点，居然放在福宁府的坦洋村。

不得不说，这是件大事，必须把它办好了，把它办公正了。那日知县大人将方宗凌唤到县衙，再三叮嘱说了这番话。方宗凌当然义不容辞。回到家，他将相应茶行的东家和大掌事都召集到会馆，开了个碰头会。各茶行当场表示，输则输，赢则赢，一切以茶叶说话，绝不弄虚作假，以维护福宁红茶的牌子。大家都知道，牌子硬，才能茶路通。

既是大事，方宗凌不好让儿子试手。假若没办好，那么责任就不在儿子和儿媳妇身上，是为保护。除此之外，方宗凌也清楚茶赛能得以举办的背后真正推手是古氏大房姚氏。这个女人不简单哪！方宗凌很是感慨。

话说玉茹那晚拜访霍德华先生，实际上没求什么软话，更没施以"联合拒卖"相要挟。就如石半山所说，勇气和谋算放到真正的实力面前，将弱小得可悲可怜。于是，她改变了策略。尽管盛装出行，依然以平常心待之。但她表现得非常真诚。态度不卑不亢，只真诚地向霍华德表演了中国的茶道，并用纯正的伦敦腔介绍了中国人怎么喝茶，欧洲人为什么喝茶……大概背后有汤姆斯相助的缘故，霍华德也表现得非常绅士。那晚喝的茶自然是石半山新制的"大房茶"。霍华德很快喝出味来，问汤姆斯："和欧先生给的茶作比较，你觉得哪款茶好？"汤姆斯说："当然是这款。"霍华德非常纳闷："欧先生说他给的茶是最好的。"汤姆斯笑了："他肯定在骗你。"

寥寥数语，郑老关研制的新茶就被霍华德丢到一旁的废桶篓里。

最后，三人便去了万商宾馆的宴会厅。期间，玉茹谈起了"火枪走火"的那件童年趣事。霍华德笑了，说："姚女士好胆量。"遂问，"你是否在伦敦待过？"玉茹摇着头，笑着说："我只在广州的教会学校读过几年书。"霍华德很是惊讶："姚女士，你真是个聪明的女人。"

不论中外，和聪明的人打交道都不费事。

玉茹趁机说，以茶赛的方式遴选好茶，才是正道。

霍华德没说行不行，但答应会认真考虑。

结果没令人失望，四月初六就要举办茶赛了。

玉茹听说消息后，心儿顿即像花儿一样绽放，果然，果然……

好消息自然要与人分享。玉茹立马去了茶坊。石半山不在。直接去了他的住处，却发现他正半死不活地躺在床上，一探额头，天哪，发烧了……

石半山病倒了，已烧得神智不清。

玉茹慌了，急得直掉泪，赶紧喊冬仔去仁心堂请郝先生。

郝先生很快赶过来，诊断说，极度劳累所致，随后开了方子。

好在一剂药下去，烧退了。玉茹趁机给茶坊的工人放了两天假，让大伙养足精神，以应对十日后的那场茶赛。工人们感激东家的体谅，近段时间大伙确实累坏了。玉茹诚挚地致歉，说今后一定注意，不会再这样了。

然后，她亲自过来照料石半山的饮食起居。

身子刚清爽，石半山就准备去茶坊上工。"咱马掌事的本事可了不得，单单广州十三行那边的订货量，不赶都不行啊。"他说。玉茹不让，又把他按回床上："我宁愿一单不出，也得先把你将养好了。"石半山故意问："白花花的银子不挣了？"玉茹嗔着说："银子当然要挣，可人更重要！"石半山戏谑地说："明白，人养好了才能多干活嘛。"玉茹拿大眼瞪他。轻重缓急玉茹拎得清，她心疼石半山，也有些后怕，若万一……后果真不敢想象。

僵持一阵，石半山只好乖乖躺下："好吧，你赢了。"

玉茹替他掖了掖被角，扑哧地笑了。

就这样，一个安静地躺着，一个安静地坐着。屋子不大，她坐得不远，彼此都能清晰地听见各自的呼吸声。午后的时光就在这样一种安静的氛围中无声地流淌。不知过了多久。忽然，"玉茹……"他一声轻唤。

声音不大，却宛若叩响心门。

她慢慢地把脸转过来。一刹那间，彼此的目光仿佛被强力的磁石吸住了一样，就这样定定地对视。谁都没说话，却好似交换了千言万语。她明显感觉到他目光中的火热，腾地燃烧她的脸。她慌地低下头，装作没事人似的捋了捋垂落腮边的碎发，却越捋越乱。不知哪来的勇气，她突然站起来。

他以为她要走了，眼神中掩饰不住地流露出一丝失望。实际上，她并没想这么离去，而是走到床边，缓缓地坐下，然后趴下身子，将头轻轻地枕在他胸前。这一刻，他心跳猛然加速，怦怦怦，强而有力。她发现自己很开心。

他把手从被窝里抽出来，轻轻地揽住她的肩。

她说，她也很累。她说，没有你肯定撑不下去。她说所以，无论如何你都不能倒。昨天你突然病了，我感觉天都塌了。她终于说出内心的害怕。

她用很低的声音说话，仿若自言自语。

他没有搭腔，只静静地听着。

午后的阳光从窗缝间钻了进来，落在她光洁的额上，温馨且明亮。闻着女人发间飘出的淡淡清香，石半山感觉醉了。半醉半醒间，他突然想起了林凤仙。奇怪，怎么这时候想起她呢？她病逝的那一刻，他的心便跟着死了，而怀里的女人又神奇地让它起死回生。它该为谁跳呢？他陷入迷茫。

泪水湿透了衣裳，胸口湿了一大片，感觉有点儿凉。

原来，她并不是像表面示人的那样坚强，她也有柔弱的时候，也是个会掉眼泪的小女人。打小开始，他就见不得女人落泪。他忽然替她不值起来，这么一位秀外慧中的可人儿竟然不受待见，古氏族人眼都瞎了吗？

他甚至开始嫉妒她那位短命的丈夫。鬼使神差地，他坐起来，双手捧起她的脸，亲吻她脸上乃至眼帘上的泪水，一下，两下，三下……

火，瞬间就燃了起来。

像得到某种鼓励，她突然变得主动，双手箍住他的脖子，将自己的嘴儿凑到他的唇边。他将她死命地往怀里搂，狠狠地吻了上去。

最后，一切就在抵死的纠缠中发生了。

进入的那瞬间，她本能地想推开，反倒热烈地迎合起来。她迷失了，迷失在那股久违的浓烈的男人气息之中……许多年以后，每每回忆起这一刻，她都会不自禁地想，如果这时候推开会怎样？可惜世上没有如果。有道是坐得正才行得端，行得端才站得直。风雨过后，她整个人都是软的，根本站不起来，像一只受伤的兔子，偎在他怀里很快就睡着了。

蓦地睁开眼，发现外头天已经黑了。

她这才回过味来，天哪，自己都干了些什么？她慌地爬起来，顾不上裸陈羞涩，赶紧寻找散落地上的衣物。这时，他也醒了，显然和她一样，完全懵着脑子。但他没说话，只静静地看着。待她穿着完毕，他认真地说："这事我会负责……玉茹，嫁给我好吗？"嫁？玉茹惨淡地笑了笑，直接就走了。

与其说走，不如说逃更合适。

她一路小跑，眼看着就要跑到坦洋街口，她才强迫自己镇定下来，强迫自己放慢了脚步。对，慌什么呢？她和石半山发生过什么，又没人发现，千万别欲盖弥彰反而坏事。最后，她保持和往常一样，慢慢地走回了家。

翠儿已经做好晚饭。小少爷饿了可以先吃，不用等她，这是玉茹事先交代过的。一进门，果然看见儿子在饭桌旁怯生生地唤她："娘——"玉茹嗯地点了下头，随口问了一句："课业都写好了？"古定邦支支吾吾："还，还差一点点，"以为娘会责怨，赶紧补充说，"吃完马上写。"玉茹没说话，也没作停留，径直回了自己房间。翠儿跟进来。玉茹说："你回吧，待会儿我自己收拾。"翠儿说好的，又说："下午，怀淑小姐到家里来。"听这话，玉茹再次心慌起来，"她有事找我？"翠儿说："没有，也就抱起鸢过来坐坐，没坐多久就回去了。"玉茹沉默一小会儿，说："我知道了。"

这晚，玉茹饭没吃，草草收拾了一通，先到儿子房间看他早点休息，然后想了想，就去了北屋的堂厅。堂厅的供桌上，白烛亮着微弱的光芒，倒是把曹氏的牌位照得清晰瘆人。玉茹慢慢地跪了下去，叹声说："是，我承认，我终于做了那件事，但……我不认为我做错了，今晚找你商量，有报应尽管冲我一个人来，别连累旁的人。"说到这凄清一笑，"那日当众盟誓，说要守到定邦成家立业，我自问做得到，也一定做得到，这点你放心……凭心而论，你曹氏嫁到古家几十年，一生都献给古家，你……真的幸福吗？"

冰冷的木头无法回答，玉茹也不用它回答，起身拍了拍裙角的尘土，冷笑着又说："你也身为女人，女人何苦为难女人呢。"

回房后，玉茹和衣躺下，辗转反侧，几近睁眼到天亮。

次日上午，玉茹直接到方记茶行找刘怀淑。一宿没睡好，尽管早晨用冷水覆面，脸色依然尽显憔悴。刘怀淑很早就来到茶行。她将玉茹迎到后院的小接待厅，盯住她问："怎么，生病了？"玉茹说："大概是累的吧。"刘怀淑关心几句，继而谈起正事："此次茶赛，将依茶品优劣排出十个名次，分别对应订单数的多寡。"玉茹问："是总订单吗？"刘怀淑说："只是先应付霍华德带领的这个商队，以英国茶商为主，至于德国，意国，早通过广州十三行走了些货，暂时不做考虑。"真实情形差不多是如此，马伯亮早把情况跟玉茹说过了。玉茹思着再问："是否可以这么理解，假设茶行于茶赛中博得好名次，而出货量达不到订单要求，茶行之间可以联合？"刘怀淑说是，"我公爹已经交代过了，方记全力配合臻泰兴。"听这话，玉茹想起方宗凌那日说的守望相助四个字，当即笑了："替我谢谢你公爹！我只是不解，你公爹对我臻泰兴这么有信心？"刘怀淑嗔她说："谁不清楚，半山师傅如今在你家啊！"

半山师傅在你家？呵，居然连怀淑都这么认为，玉茹摇头直叹。

说话间，刘怀淑递给玉茹一份明细清单。如清单所述，头等茶两千件，二等和三等茶分别为五千件和两万五千件，合计三万两千件。

玉茹扫了几眼，皱眉地说："嗯，量果然不小！单这头等精品茶，就需要两千件，果然不是某一家茶行单干得了的。"刘怀淑苦涩一笑："咱也只能尽力而为，多大的肩头挑多重的担。好在我公爹和相关茶行提前说了，当务之急是精诚团结一致对外，有矛盾，有分歧，可以关起门来商量，绝不能让洋人小瞧了。嗯，这个联合模式倒和你臻泰兴的分股制有些类似。"

并非类似，而是完全一样。只不过，臻泰兴联合的是小茶商和自产茶的小茶农，而方宗凌此举，则是把福宁能数得上名号的茶行全都囊括其中。这才是一局大棋啊，甚至能影响到朝廷征收的茶叶课税。玉茹盯着刘怀淑，人家怎么这么好命？有事公爹顶着，再不济还有丈夫。而她呢，似乎只能，也只有依靠石半山了。可是，那个男人……唉！

从方记出来，玉茹出于本能，就要拐去茶坊，走了几步才恍然，紧着转身回去。定邦上学后，只有翠儿在家。成亲后，翠儿脸上笑容不断，玉茹也替她高兴。"翠，你喊冬仔回来一趟。"玉茹交待翠儿。"小姐，你今天不去茶坊了？"翠儿有些纳闷，但还是放下手中的活，过去喊丈夫。很快，冬仔气喘吁吁地跑来。玉茹交给他那份明细清单，还有一张写着几行字的信纸，"清单交给半山师傅就行，他知道怎么做。"冬仔和翠儿一样纳闷，也准备开口问，却被翠儿拉走了。"她和半山师傅……是不是闹矛盾了？"冬仔问妻子。翠儿也不清楚："应该不会吧！大概因为外头传言。"冬仔说："奇怪，若是为了避嫌，前两天就不会照顾半山师傅呢。"翠儿捶他一拳说："喊你干活，多嘴做什么！"冬仔赔着笑："是是是，你说得对，我走了哈……"

姚玉茹没去茶坊，或者说不敢见石半山，倒不是因为她突然矫情，更不是责怨，而是尴尬。发生那件事后，真不知该怎么去面对那个男人。

昨晚想了一夜，玉茹扪心自问，这事能怪他吗？似乎不能。甚至，她还得感谢他，让她重新体验了一回做女人的快乐。更别说，她心里有他。

"玉茹，嫁给我好吗？"坐在梳妆台前，玉茹直盯着镜中的自己看，耳边数次响起了石半山说的这句话。她摸着自己的脸，幽幽地笑了。如果能嫁，何至于此啊？若是较早前能认识他就好了，她铁定不会自愿套上那样一个无形的枷锁。而今，既然选择了，就只能一条道走到黑。仔细想，曹氏数十年活生生地把自己圈在后院那间黑洞洞的屋子里，难道她就心甘情愿？

"细究过去，曹氏也是个可怜的女人哪！"

玉茹捋了把腮边的碎发，幽叹自怜地说。

此后几日，整个坦洋村陡然紧张了起来。

方宗凌几乎忙得脚不着地，以往对欧茶米交易，虽说量比今年多得多，但都是以年计算的，可分批分次进行，不像今年，扎着堆来。福宁红茶与江浙的绿茶有所不同，虽然明前茶同样质优，但红茶四季皆可。师傅手艺好的话，就算茶鬼也难分出不同批次的好赖，更别说洋人。从联络、协商、协调，到商定茶赛的相关细节，再到请戏班子，需要解决的事太多了。有些事可以让方奕轩代劳，而有些场合，则必须由方宗凌亲自出面。好在有李应廉和茶商公会的同仁一旁相助……这日傍晚，诸事安排妥当，方宗凌于会馆请酒。

方宗凌拿起酒杯，对众人说："请大家满饮此杯，预祝茶赛顺利，也预祝我坦洋乃至福宁的茶生意蒸蒸日上。"李应廉站起来，笑着说："方老弟，你说这话就见外了，咱们福宁茶商公会，本就是为福宁茶商服务的嘛！"方宗凌直言地说："早该如此啊，非是方某多嘴，一碗水端平端正，才是公会设立之初衷。来，感谢的话我就不说了，一切尽在酒中，干！"

众人共饮。

会馆宴请气氛热烈。古安河家里同样也是热闹非凡。他连夜把茶行的账房先生都请到家里来，各自算盘摆开，分别就明细清单的头等茶、二等茶和三等茶依量进行估算，总收入是一定的，那么扣除人工、师傅佣资、搬运工、航运费用包括茶青分类等成本后，评估哪等茶的利润最高。当然，郑老关那边也没闲着。他研制的红茶依旧以"关山"命名，只不过头前的那款茶叫"关山一号茶"，而刚研制出来的这款叫"关山望月红"。古安河觉得茶品不错，名字也饱含诗意。送去给族老品尝，族老纷纷点头说好。

可惜"望月茶"量少，只能定为参赛茶，最后啃下哪一块，还得看利润。总之，古安河没有退路。

相比之下，大房茶坊则从容多了。该开工的时候开工，该收工的时候按时收工，基本不加班加点，生产井然有序。不过石半山脾气变坏了。有人不小心弄混茶青，被他狠狠地臭骂一顿，还摔掉了他那把心爱的紫砂壶。

大伙表示理解，毕竟茶赛在即，就算半山师傅，也难免着急上火。

那天过后，玉茹就没再去茶坊，但也从冬仔那里听说了石半山发火且摔壶的事，不难猜出，其实他并非对工人发火，而是与她斗气，男人哪，就是长不大的孩子。把自己关在屋里，越想，玉茹越觉得忍俊不禁。

石半山自己也没闹明白，明明可以平心静气，却总忍不住发火。发脾气也就罢了，摔壶是万没想到的。那把壶是凤仙路过宜兴时买的，是她留给他的唯一念想。啪，壶碎了，一下四分五裂。同时，他感觉心里的某样东西也跟着碎成了渣渣。他盯着一地的壶片看了好久，然后俯下身子，一片，两片……尽数将碎片收拢起来，在院子的角落挖个坑，拿布将碎片包好，埋了进去。

是为埋葬，亦为缅怀。

夜，除了黑，仿佛就没有别的颜色了。

近几日石半山早早躺床上。屋里没点灯，于黑暗中他总在思考一个简单却又有点复杂的问题，自己是否还准备在大房茶坊待下去？心里交错着许多难解的情绪。林凤仙，姚玉茹，这两位与他有过关系的女人相继霸占他的脑海，就像过去和将来，看似泾渭分明，却又相互交集互相抵触。他问自己，真爱林凤仙吗？没有立马给出答案，说明他没那么爱，至少爱不深。换句话问，他爱玉茹吗？他最后吃吃地笑了，关键就在于，古氏大房长媳爱不起啊。

去他娘的神使鬼差，他恨神使鬼差。

于是，他有了自己的决定，山河破碎，仍值得去走走看看。

院门半掩，房门没锁，他不清楚自己因何这么做，是有所期待，还是最后给自己留了余地？总的来说，一连几个晚上，他都是望着漆黑的房顶发呆度过的。其实人到了他这个年纪，哪还有什么狗屁的爱情？或许，从一开始就不该相信那种心动的感觉。是的，凤仙死的时候，他的心本就跟着死了。

梦，往往是痴妄荒诞且是非颠倒的。比如这会儿，忽然一阵香风吹来，他拥住了一具温热的女人身体。他想，既然在做梦，那么干脆做得肆意一些癫狂一些。于是，他很快撕开身上的衣物，不由分说，狠狠地要进去。女人貌似发出一阵长长的嘤咛，继而没了动静。他才不管那么多，像一头从山里窜出的粗壮野猪，不顾一切地乱拱起来。过了一会儿，女人开始有了回应。听声音，有点像玉茹，又好像是林凤仙。不过，他这时候没工夫去分清，就算因此掉了脑袋，也甘愿做一名深陷一场没来由春梦里的风流鬼……跃上潮头时，他突然从喉咙深处毫无意识地蹦出一个名字："玉茹啊……"然后发现，身下的女人也呀的喊出声，双手紧紧地箍住他的腰，整个人颤栗不止……

到了这时候，即使再昏头，他也骤然地清醒过来。

为，为什么？他纳闷地问，话问出口，立马又后悔。

她都如此这般了，还需要问原因吗？

谢谢……他实在不知该说什么。

她没说话，和上次一样，只将身子紧紧地挤进他的怀里。他亲吻一下她的鬓角，亲吻她的眉间，亲吻她小巧的鼻头，继而抬起她的下巴，准备亲吻她的嘴时却尝到了一丝涩涩的咸。那是她的泪。他替她拭去，苦笑着说，其实，我不值得你这样。她依旧没说话，很快撑起上半身，用灼热的双唇封住了他的嘴。许久后，她安静地趴在他身上不动。他用手心触摸她的背，像触摸湖州上好的丝绸。黑暗中他说，刚才还以为在做梦呢。过片刻，她幽幽开口，说她何尝不是，只盼长梦不要醒。他没说话，只动情地搂紧她。

这一刻，任何想法都是多余的，什么茶赛，什么茶行发展，什么古氏大房家业能不能延续，包括当众发的誓……都被玉茹抛之脑后。此时的床上，只有男人和女人。因为玉茹发现，自己大概无法离开眼前这个男人了。她来的时候甚至都决定好了，今晚不回去了，她需要睡个安稳觉。

然而，静谧的美好被骤然的一阵脚步声破坏了。脚步声就响在床边的窗户外面。坏了，玉茹醒回神说。石半山当然也听见了。等他反应过来，脚步声已经快速远去。会是谁呢？石半山倒是较早冷静下来，肯定不会是偷听墙根的无聊之徒，再说，连他事先都没料到玉茹会来。"你说，会不会是二爷的人？"玉茹无法作出判断，只说："很快就有人来堵门。"

玉茹边说话，边摸黑下床。

等石半山点亮油灯，玉茹已穿戴完毕。一穿好衣服，整个人立马恢复了清冷的姿态。然而，这份清冷并没保持多久，她掩嘴笑了，嗔着说："你怎把衣裤都扯破了呢？"说着，从身旁的椅子上拿来一套折叠齐整的新衣裳，递给石半山，"刚好换上试试，看合不合身？"石半山穿上说："嗯，手工不错，你缝的吗？"玉茹苦笑地说："我哪有这手艺？是吴嫂做的，人家做衣裳都不用量身比样。"石半山有些纳闷："怎么突然给我做衣裳？"玉茹说："到时参加茶赛，总不能一身寒酸吧。"也是，石半山点头，坦然接受。

此刻，屋里显然不是说话的好地方，两个人移到院子里。

起火，烧水，石半山准备煮茶，见玉茹手抱胳膊，柔声问她："冷吗，要不我进屋拿件衣服？"玉茹摇摇头，说："不碍事！没猜错的话，古安河此刻人在路上。"石半山面色严肃，默默攥紧了拳头。果然，水刚烧开，只听院门嘭的被推开，古安河和康梁带着三位下人冲了进来。古安河见姚玉茹和石半山一副正襟危坐的样子，有点不敢相信地看了看康梁。康梁赔着笑说："不好意思，打扰了，今晚村里闹贼，我们追到这儿不见了。"玉茹说："我和半山师傅一直在品茶，贼人没看见，倒是村头几条疯狗一直吠个不停，康管家，顺便帮忙赶走，可好？"谁都听得出来，姚氏是在指桑骂槐，骂得康梁脸上一阵红一阵白。古安河不耐烦，直言地说："姚氏，夜深人静，你和半山师傅孤男寡女共处一室，不合适吧？"石半山刚要说话，玉茹抢着说："马上就要举行茶赛了，二爷你还有心思管人闲事，这么说，你是一切准备就绪，就等着力拔头筹了？"古安河手指玉茹，恨恨地："你……"可说什么都不在理，只好悻悻地转身离去。古安河都走了，康梁等人自然不好继续留下。

石半山跟到院外瞧了一阵，回转时发现玉茹手拍胸口大呼吓死了，与刚才的镇定自若完全两个样子，忍不住又将她拉进屋里。"别，"玉茹红着脸小声地说，"以后，咱俩可得小心了。"这话让石半山听出两层意思，一是他俩还有以后，二是必须小心行事，特别要留心古安河和康管家使坏。

玉茹最后没有留在石半山那儿过夜，尽管家里孤枕寒帐，但心中的火热足以让她美美地睡个好觉了。果然，次日一早醒来，再看她，面色红润，眉目含情，整个人都容光焕发起来。用餐时，见翠儿带着奇怪的目光看过来，玉茹难免有些不自主地心虚脸红。刚好这天族学放馆，玉茹想想，干脆带儿子去了茶坊，本意是让儿子先长长见识，茶坊终归是要交给他的。

见小少爷过来，冬仔主动带他四处逛逛。

石半山来到玉茹身边，故意问她："怎么，这就带儿子过来拜师了？"玉茹这才反应过来，"你还记得这事？"石半山深情且认真地说："当然，你的一言一行一颦一笑，我都牢牢地记在心里呢。"骤然的情话让玉茹有些手足无措，"说什么呢？"毕竟茶坊里还有其他人。可是，石半山热辣的目光依然不肯放过她，让她不由得又想起昨夜的疯狂。她只好给他一记白眼，说："不理你了。"说完躲开。石半山哈哈大笑，喊冬仔："快带小少爷过来，我准备教他相茶。"冬仔牵着古定邦跑过来，先问："我也跟着学，行不行？"

石半山瞪他："滚一边去。"

冬仔嗷的一声一脸愁容，将定邦拉到跟前。

古定邦躬身行礼，然后问：

"先生，什么叫相茶？"

"相茶，顾名思义，就是怎么看茶青。茶青好与不好，将直接关系到成茶的品质，你说，重不重要？"

"重要。"

"你跟我过来……你看，这嫩芽儿和老芽儿，有何不同？"

这时候，玉茹倚靠在里坊门口，眉眼含笑地看着这一幕。

外头春光明媚，仿佛这就叫岁月静好。

茶季到，千家闹，茶袋铺路当床倒。

　　街灯十里亮天光，戏班连台唱通宵。

　　上街过下街，新衣断线头。

　　白银用斗量，船泊清凤桥……

　　人们习惯把坦洋红茶统称为"福宁茶"。

　　福宁府所产茶叶远不止坦洋红茶这一种，还有别的茶类，但因为坦洋红茶十之八九靠远洋获利而得到了朝廷的重视，因而名气更大一些。听说坦洋马上要举行茶赛，才四月初一，整条坦洋街便已人满为患。附近的杂耍艺人，说书人，各类商贩，尽数蜂拥而至。没地方住了，这些人干脆在溪畔搭起睡寮。几台戏班子很早就开锣了，从初一唱到初六，这是事先定好了的。县府衙门派来军士，以护卫茶赛期间的安全。方宗凌也临时组建起了护村民团，团丁分成若干小队，昼夜不停轮班，以配合县府军的巡逻。

　　天下熙熙，皆为利来。天下攘攘，皆为利往。

　　对于同为茶商的人们来说，他们更希望见到谁家榜上有名。

　　榜上有名，往往意味着该茶行将"鸟铳换炮"，一飞冲天。

　　身为领队的霍华德作为贵宾，自然受到隆重的邀请。同时受邀请的还有汤姆斯和几名洋商代表。汤姆斯对姚玉茹印象深刻。见过两次面后，他满脑子都是这个女人。他向霍华德建议："这次去坦洋，无论如何让姚陪同。"霍华德不解："为什么？这是在中国，中国不允许女人抛头露面。"听这话，汤姆斯立马心情不好了："该死，这是什么狗屁规矩？"霍华德笑了："你不会对姚一见钟情吧？"汤姆斯倒没否认，"姚和我认识的女人不一样，如果她生在英国，那么，她将和维多利亚女皇一样出色。"霍华德讨厌把中国女人和伟大的女皇放一起作比较，有些不快地说："我们得听方的安排。"

很显然，霍华德拒绝了。

汤姆斯不死心，一到坦洋便带翻译去见方宗凌。汤姆斯当然可以自行找到姚玉茹，但那只是私下见面。他想为姚玉茹多做一点事，至少让她得到正视与尊重。听说来意后，方宗凌笑着说："霍华德先生所言不差，在我们大清，女人和孩童确实不宜上桌。"汤姆斯当即涨红了脸："这不公平！"方宗凌解释说："这是有史以来的规矩。"汤姆斯说："这样的规矩必须改。"方宗凌对此无能为力。汤姆斯走后，刘怀淑来到堂厅，有些纳闷："玉茹什么时候认识汤姆斯先生？难道，他就是上一次过来的洋人？"方宗凌问儿媳："汤姆斯也是红茶商？"刘怀淑点头说："他们做的茶叶叫诺顿红茶，据说在欧美两地颇受百姓欢迎，茶价低廉。"方宗凌笑了："那就不管他了，所谓道不同不相为谋嘛。"转而问，"咱方记可准备妥当？"刘怀淑说："按您吩咐，已经和玉茹协商好了。到时候，我们两家联合主攻头等茶。"方宗凌说："嗯，思路是对的，哪怕不挣钱也得挣名声，名声有了，茶叶何愁卖不出去。"

过问几句，方宗凌便又去了迎宾会馆。

石半山近几日可谓神清气爽，身上似乎总有使不完的劲，干什么都成，有如天助。他特意研制了一款新茶，添加了些许茉莉花、兰花的花瓣，入口唇齿留香，口味有点像花茶，外形看上去却完全不一样，由于火候不同，这款茶汤色深沉，且茶韵和香味更隽永。他将新茶命名为"暗香浮动"，反正千金不卖，专为玉茹一人订制。玉茹很感动，却故意说他，不务正业。石半山说他身上只有这门手艺，除此之外，没什么可送。然后认真地问她，喜欢吗？玉茹含羞地点点头，小声地说，嗯，只要是你送的，我都喜欢。

两人正在茶坊门厅你依我侬，汤姆斯突然闯进来。

"姚，"汤姆斯一进门，眼里只有玉茹，"非常抱歉，我实在没有办法帮到你。"继而，唧唧呜呜说了一大通，大抵都是替玉茹鸣不平。玉茹听后莞尔一笑："谢谢，我其实也不喜欢应酬。再说，一个人能否得到尊重，与性别无关，对吧？"汤姆斯凝思几秒，赞叹地说："你说得太对了！而且，你的心态非常棒。"玉茹说："如果事事都计较，那就什么事都做不了。"这句话被汤姆斯理解为，遇事分清主次，不浪费多余的精力，然后坚持自己所要坚持的原则。"嗯，我销售红茶多年，基本也是这么做。姚，相信不用多久，你的臻泰兴将和我们诺顿一样，成为一家伟大的公司。我的上帝，我最强劲的对手不就在眼前吗？"玉茹望一眼站长桌后面的石半山，盈盈含笑说："不，我们不会是对手，是朋友。"汤姆斯这才看到石半山，先道声你好，继而说："是的是的，我们是朋友。姚，不得不承认，你是一位让人着迷的好女人。"玉茹再次大大方方地说谢谢。

语言不通。石半山听不懂两人对话的内容，但也从汤姆斯的眼神里瞧出了几分仰慕，一丝深情，当即有些不高兴。门厅的长桌上摆着试茶的茶具，汤姆斯像是发现新大陆，惊喜地问："石先生，你是不是又在研制新茶叶？我可以尝尝吗？"石半山正要拒绝，这时汤姆斯的那位翻译气喘吁吁地跑来，看见汤姆斯就说："原来您在这儿，霍华德先生找您，布特先生到了。"汤姆斯挥了挥手："我不认识那家伙是谁，别来打扰我品茶。"玉茹思着问翻译："是约翰·布特吗？听说，他将出任福宁海关的税务司……"

既然是布特家族的人，汤姆斯就不好不去迎见了。离开时，他依然不高兴地骂了句，该死的！汤姆斯走后，玉茹想了想，兀自发笑。

石半山不明白她因何好笑。

她说，笑某人乱呷干醋。

听这话，石半山一脸尴尬。

玉茹见四下没人，很快地绕过长桌，于石半山的脸上飞快地亲一口，呢喃地说："山，我是你的，永远都是……"两人虽未说过一句我爱你，但彼此间的情感已悄然地升温到一个不分彼此的高度，就像碗里的茶汤，已无法分辨到底是茶叶拼合了花香，还是花香窨制的茶叶令人着迷，总之你中有我、我中有你地融合，且交融成了纠缠不清的一体。

彼此眼里只有对方，外头的热闹吵嚷反倒成了无声的背景。

大房茶坊所处位置位于上街的东面，与坦洋街隔溪对望。论面积，大房茶坊要比二房茶坊大，且包括防火防涝等设施也比二房茶坊来得完备齐全，修建的时间也短。这儿原是古家老爷子专为二房而建，古安河嫌其偏远，最后补贴了银子霸占了古记的老茶坊。当然，那些银子早被古安江挥霍一空。不过对现在的玉茹来说，反倒体会到了闹中取静的轻松与从容。比如这会儿，她与石半山待在一起，由于没上工，工人们或去听戏，或去逛街，茶坊俨然成了一处无人打扰的"世外桃源"。石半山煮茶，玉茹喝。当然，除了从茶汤中喝出浓浓的情意，她也喝出了些许不足："实话说，这款茶韵味有些浮躁。"石半山点头，说："那是因为新茶初制，窨存的时间不够。单靠提鲜，点缀，还无法做到完全融合。你再仔细地品一品，看能否品出茶味分两层？"玉茹慢慢地再喝几口，嫣然一笑说："嗯，确实如此。"

石半山说："所谓知茶，便是不问茶胚，不观外形，单从汤水就能喝出其火候，水土，包括窨存时间的长短，乃至制作时所花的工夫。因此，早在咸丰年间，就有人把坦洋茶称为'坦洋工夫'，从茶青采摘开始，萎凋，揉捻，发酵，烘焙复火，可谓工夫用尽，只为这茶味香醇。"玉茹很是感慨："难怪成章先生说，做茶好比做人，历经磨难，只为归一。"

时候不早了，玉茹准备回去，石半山表现出几分不舍。

玉茹叹声说："山，那日你问我，愿否嫁给你，我没答应。要知道我非是不愿，而是不能……"石半山当然明白，解嘲地笑了笑，然后说："以前有位朋友说我，此生须克制人生八苦之求不得，不幸被他说中了……其实对我来说，此生能和你彼此守望，已何其幸哉。"玉茹动容地说："那咱说好了，彼此守望，守到天荒地老！"石半山执她之手，重重地点头。

刚送她走出茶坊门口，就看见翠儿急匆匆地找来了。

翠儿说，小少爷和人打架了。玉茹闻言脸色大变，问翠儿，好端端的和谁打架，为什么打架？翠儿不清楚。她问过小少爷，定邦闭嘴不说。

很快回到家，果然看见定邦鼻青脸肿，衣领扯坏，一副狼狈的样子。玉茹既心疼又生气，但她没有责骂，先问原因。定邦支支吾吾，说他下午去戏台听戏，古定富带着一帮孩子，起哄说他母亲和半山师傅不清不楚。古定富是古安河最小的儿子，养得白白胖胖，比古定邦大三岁。"还说了什么？"玉茹皱眉问。定邦说："还说，说我很快变成野孩子，往后得跟师父姓石……"

听这话，玉茹愣怔好长一阵，喊翠取药酒，给儿子涂脸上的淤青。见母亲不说话，定邦小声确认："娘，您跟师父……到底有，有没有不清不楚？"定邦刚好才到半懂不懂的年岁，自然不明白"不清不楚"具体所指，但肯定不是什么好话。玉茹没回答，默默地给儿子涂抹完毕，问他身上还有哪里疼，定邦摇了摇头。她这才认真地问儿子："知道他们为何这么说吗？"定邦大眼瞪着不明白。玉茹说："因为，你师父做茶非常厉害，做的茶不说在坦洋，就是在福宁府都没人比得过，所以，他们嫉妒。"

听说儿子参与打架，还把定邦狠狠地揍了一顿，当即把刘怀淑吓坏了，虽说都是小孩子，毕竟起骏学过拳脚，万一打出好歹，可怎么好！

刘怀淑顾不上训责儿子，带上公参配置的药酒，立马过来找玉茹，主要想看定邦到底怎么样了。翠儿把刘怀淑迎进来，听说起骏参与其中，顿即哭笑不得，两人平时不处得挺好嘛？刘怀淑顾不上说话，直接去了偏厅。

娘给了理由，说明娘和师父之间肯定没有发生坏事。

定邦虽然一时明白不了二房为何因嫉妒说娘坏话，但不影响他对打架这件事的认知。他挺直胸膛站到母亲跟前，坦然地说："娘，我错了。"玉茹面色严肃："错在哪里？"定邦说："打架又不能堵住他们的嘴。"听这话，玉茹眼圈顿红，蹲下搂住儿子，颤声再问："以后该怎么做？"定邦说："不该再信胡话，我会跟师父好好学做茶。"玉茹唤了声乖，泪如雨下。

回头看见刘怀淑，玉茹对儿子说，自己去玩吧。然后起身，边抹泪边请怀淑到厢厅坐。刘怀淑坐下，看着定邦的身影，问玉茹："没事吧？"

"不碍事。"玉茹挤出笑容，"这会儿，你怎么有空过来？"

要知道，后天就是四月初六了，马伯亮和邹长贤等人早忙得焦头烂额，刘怀淑操持方记，定然不可能轻松。毕竟准备联合吃下订单，那么临时组合的茶行联盟如何分配比例，相应比例的利润怎么算，包括品质把控等，需要协商的事情实在太多了。刘怀淑先致歉，然后苦笑着说："我家那个熊娃儿，就是个惹祸的小祖宗，除了我公爹，许多时候连我和奕轩的话都不听。"

玉茹也有些纳闷："奇怪，他俩怎么打起来？"刘怀淑说："听说一群孩子完全扭打在一起，至于具体过程，起骏也说不清楚。"说着，她把药酒搁在桌面上，"晚上再给定邦擦擦，可别落下病根。"玉茹笑了，说："都说了不碍事。定邦只伤在脸上，让他吃点痛，也长长记性。"继而冷笑，"这件事的始作俑者，大概还在偷着乐，真不明白一个人竟下作成那样，用对付大人的法子对付孩子。"刘怀淑知道玉茹说的人是谁，思着说："古安河应该是准备吃下二等茶，听说他中午把赵记、林记、叶记还有沈记等几家茶行的掌事都请到家里商议。"玉茹思着点头："毕竟古记声名在外，啃不动头等茶，也不敢贸然放低身段与三流茶行争食，那样吃相太难看……既然他不仁，就莫怪我不义了。"刘怀淑有些吃不准："可咱没有余力。"玉茹胸有成竹地说："放心吧，我自有后手，不会影响你我两家的合作。"

刘怀淑带着尴尬点头。再坐了片刻，她就告辞了。

玉茹所指的后手，最早还是马伯亮提出的应对方案。依照茶商公会商议公布的结果看，不论头等茶、二等茶或三等茶，每项标的将分成均等的几份，比如头等茶所需的供货量为两千件，将分为均等的四份，即每份五百件。那么茶赛的排名出来后，将依名次优先认领，可认领一份，亦可全部认领，只要你能消化即可。当然，就算你获得好名次，也可以出让或放弃，总之最后的成茶品质须达到明细清单要求之标准，如若完不成，或以次充好，一旦发现则要丧失下一季乃至下一年的供货资格。奖惩分明，众茶行皆无异议。

马伯亮当初建议姚玉茹，臻泰兴毕竟是组建伊始的新茶行，选择三等茶并不会落人口舌。饭得一口一口吃，生意得一步一步做，如此对茶行乃至对半山师傅的压力也会小许多。由于后来与方记联手，才放弃了该方案。那么，现在有个问题，如何说服那些三流茶商放弃三等茶的争夺机会，而与老古记竞争二等茶呢？换句话说，给出的筹码须得比卖出三等茶更有利可图，且不能让他们手中的茶青因此耽误了出茶季——毕竟，茶人都爱茶！

好不容易，玉茹终于想到了对策。

不过，她立马又犹豫了。

她和石半山的感情大概只能偷偷摸摸，这已是天大的遗憾，实在不愿意再往里头掺杂了利益。思来想去，最后她还是决定去找石半山商量，毕竟是她的男人嘛！这么一想，玉茹的脸忽又腾红了起来。有了上次的教训，玉茹出门之前，先将自己严实地包裹起来，从背后根本认不出她是谁，这才轻手轻脚地溜出侧门。这几日村里陌生人多，她低头走路，倒没引起多大注意。

门敲了好久才打开，很显然石半山早前已经睡下。

石半山见玉茹过来，一下笑容灿烂。

"怎么穿成这样？"石半山帮她脱去外套。进入四月，天气开始热了，这才一会儿一身的厚衣服就把玉茹捂出满头热汗。"就怕有人盯着。"她无奈地叹着气。"定邦怎么样了，挨打了吗？"石半山拉她于床边坐下。从玉茹离开茶坊，他就一直担心定邦那瘦弱的小身板遭了罪。玉茹说没事，继而说了打架的来龙去脉，"吃晚饭的时候，定邦承认，倒是他先动手。"石半山听后呵呵地笑了，"好！不愧是我石半山的徒弟，有胆量，哪怕打不过，该出手时照样敢出手。"言至此敛去笑意，"原以为古安河为人贪婪，不想还龌龊，看来老虎不发威，他还以为是病猫呢。"见石半山都这么说了，玉茹趁机说出她的对策，决定将古记的二等茶计划打乱。不过，她说："这样一来，你肩上的担子可就重了。"石半山不以为然地摆了摆手，"这说什么话？就算不为你，我作为师父，难道就不能替徒弟出头？放心吧，明早我去茶行找马掌事，无非就是更改研制安排嘛。而且，扩大归拢三流茶商手上的茶青，也可适当减轻咱当前的原料压力，至于茶商余下的次品，提升品质问题不大，实在不行，我教他们毛茶初制便是，无非多些活而已。"听这话，玉茹感动不已，拉着石半山的手说："谢谢你，山！"石半山笑了："你啊，客气什么呢。"

玉茹最后没有留下过夜。拥吻片刻，便起身回去了。毕竟坦洋溪两畔住着许多外地人。夜深人静，倘若被人听出什么，可就不好了。

次日一早，玉茹也赶去茶行。到的时候，发现石半山已经在了。臻泰兴茶行位于下街的西南角，那儿原是古记的一处仓库。马伯亮并未对仓库做较大改动，仅拿出一间作为茶行的办公地点，另一间作为对外的接待室。

接待室里，马伯亮、邹长贤、石半山还有四位古氏掌柜依次落座，正对新计划进行讨论。一位掌柜说："今天都初五了，时间恐怕来不及，临时抱佛脚怕也找不到人。"这时，玉茹敲门进来。马伯亮让座。玉茹说不用，她站着听就好。于是讨论继续。马伯亮掏出怀表瞧了瞧，接着说："时间确实不够，但若抓紧的话，应该来得及。首先，我对半山师傅有信心，假设咱们的大房茶博得头名，那么吃下头等茶后，再吃二等茶，并未违反茶赛规定。第二，此举虽说会对老古记造成一定的负面影响，但在我看来，冲击面不大，至多只会让古氏族人对古安河的能力产生怀疑。"他望向四位古氏掌柜，"若论对老古记的感情，其实我和你们是一样的。再则说，面对洋人，兄弟相残只能让外人看笑话，道理我懂。关键还在于，这次参加茶赛的茶商不单只有坦洋茶商。咱向那些规模较小，今年受灾较严重的同乡伸出援手，让出利润，他们又何乐而不为呢？因此我觉得，臻泰兴能否顺利迈进一流茶商，就在此一举。"

说到这，问玉茹，是否需要补充？玉茹摇头。问石半山。石半山也摇头。马伯亮继续说："最后我重申，今天讨论的内容必须保密，毕竟关系到臻泰兴的声誉。"接下来，他开始分配任务，四位掌柜和他本人分别带一名账房分头联络。邹长贤留守茶行，最后数据汇总需由他严格把关。

小孩子之间打架，终归是一件小而又小的小事。这时候，人们分别为各自茶行的生意忙活，哪有空去关注这些？只要没打出个好歹，孩子回去也不敢主动说。说了，反倒有可能被父母狠狠地揍一顿。

古安河也不例外。只是没想到，姚氏会因此给他造出麻烦。此时让他感到麻烦的，反而是大房与方氏联手，随着茶赛临近，早不是什么秘密。

"半山师傅外加方记，今年这头把交椅咱是没机会坐了。"沈记的当家人摇头说，"不过，单是吃下头等茶，对他们来说差不多已殚财竭力，应该不会再来争这二等茶吧。"林记的当家人却说："事情没到最后，谁都说不准结果如何……二爷，老关师傅可有信心？"赵记和叶记来的是茶行掌事，坐一旁没说话。但这些人几乎都把希望放在古安河身上，毕竟人家茶坊有拿得出手的大师傅。"老关自然是信心满满的。"这一刻，古安河仿佛将心中的烦闷完全抖落干净，依照测算，三等茶才是最佳的利润选择，只是族老不允，"哥几位刚也喝过老关的望月红，觉得如何？"大家都说不错。古安河接着说："老关做的茶，不敢说一定拼得过石半山，但碾压别家师傅，还是绰绰有余的……"

听了这话，大伙心绪安定，纷纷朝古安河拱手，说拜托了。

经过一个上午的奔忙。到中午的时候，马伯亮等人已顺利地联络到五家茶行。这五家茶行起先不信好事天降。最后马伯亮将茶行的当家人及掌事人都请到臻泰兴，石半山出面作了承诺，才于合作协议上签字……

如此，万事俱备，只待茶赛敲锣的那一刻了。

好茶，多产于山明水秀、鸟语花香之地。此时正值春末夏初，方宗凌领着一众先到坦洋的贵宾，攀石阶，过松岗，通幽径，蹚曲溪，登高望远，游览周遭怡人的风景，只见山间云雾缭绕，高树浓荫，和风吹来，清香醉人……

连霍华德都不时赞叹，不可思议，太不可思议了。汤姆斯笑着说，如果不是为了诺顿的业务，他很愿意在这儿定居。路上，霍华德问起约翰·布特的事。霍华德家族与布特家族一向不合，但凡是个英国人都知道，因此，霍华德才会让汤姆斯替他出面接待，自己找借口避而不见。

"哦，布特先生一早去了三都澳，据说福海关挂牌在即。"汤姆斯边走边说，"布特到坦洋，给我带了消息，说等我回国，女皇将授我爵位。"霍华德诧异地看着汤姆斯，用力地给了个拥抱，"没有比这更令人高兴的事了，祝贺你成为贵族！"汤姆斯说谢谢，"我接受布特的友谊，同时我非常感激霍华德家族一直以来对诺顿的帮助。"霍华德说："我不反对你和布特交往，家族的事，我基本不参与。"汤姆斯说："我和您更是朋友，不是吗？"当然，霍华德点头。霍华德虽然高傲，但对于诺顿红茶来说，是个值得结交的朋友。汤姆斯觉得，来中国这一趟收获还不错！遗憾的是，姚对他敬而远之……

终于，到了四月初六这日早上，茶赛开幕。

茶赛地点设在村口的露天戏台，戏台对面搭起一座两米高的木台子。

高台上，霍华德等人分别由道台、县衙的官员以及茶商公会的李应廉等人分别陪坐。高台与戏台之间相隔十数米，中间空出一条道，参与茶赛的各茶行于道两旁就坐，左边为坦洋茶商，右边为外地茶商，民众站在外围。

坦洋这边依次坐着方记、古记、郭记、林记、王记等茶行的当家人，臻泰兴排在最末尾。仅有的一张椅子坐的几乎都是茶行的大东家，玉茹却把它让给石半山，自己站在他身后，此情景与方奕轩夫妇一样。人们瞧见这一幕，难免又是一阵窃窃私语。被人盯看，石半山有些不自在，玉茹却泰然自若。汤姆斯一眼便找到姚玉茹，只是眼神中不自禁地流露出一股淡淡的幽怨……

茶赛现场披红挂绿，花团锦簇，好不热闹。这年的茶赛与往年比有较大的不同，一在于时间安排上的不同。往年前后至多不过三日，而今年是六天。这六天的坦洋比过年时还要来得喜庆。二在于细节上的不同。方宗凌宣布茶赛开幕后，一位年轻且一身采茶女盛装打扮的女子登台演唱：

> 茶米挂在对面坝，春来爆笋叶盖盖，
> 今年茶米会值钱，紧紧教郎掘茶栽。
> 今年茶米是有价，清明未到喊摘茶，
> 一枝摘来一大把，一兜摘来一大抱。
> 清明过了谷雨来，摘茶人姐满山背，
> 摘到山头打回转，春茶又绿九重坝……

洋人们听不懂所唱的内容是什么，但轻灵纯净的歌声依然给他们带来一次有别于歌剧的视听享受。紧接着，一群年轻的小伙登台表演茶舞。从姑娘手中接过茶青担子，开始晒青，揉捻，发酵，焙干，继而进行筛分……小伙们的动作整齐划一，抖筛扬起的褐色茶米如海浪般此起彼伏。有的高过头顶，然后小伙就地打个翻滚，半跪着用网筛接住。表演过程自然是夸张的，却由此引起了阵阵的叫好声。汤姆斯大眼瞪着，连赞好功夫，忘得夫哦……

一连数场的精彩表演过后，接下来就到了茶赛的关键环节——献茶。献茶环节已非表演性质，而是实际操作，由各家茶行的茶坊大师傅和助手当场煮好参赛茶，给台上的诸位大人及洋人献茶。写着茶行名号的木盘子里，洁白瓷碗盛着茶汤，旁边放着白色瓷碟，瓷碟上放的是成茶茶米，然后依次被一众侍女端上台去，请客人品尝。先观而后品。客人们将依照外形完美与否、口味优劣于纸片上写下上、中、下的评定。洋人写的是一二三的数字。中下的评定自然落选，只有上等茶，再从中分出十个名次。为了茶赛公平，除了诸位大人和洋人外，方宗凌还请来了福宁各都十数位德高望重的老品茶人。评定以不记名的方式进行，最终汇总到茶商公会的手中，当众统计，公布结果。

众人内心自然都是紧张的。"怎样，有几成把握？"在公会同仁当场唱票的时候，玉茹俯低身子，轻声问石半山。这种情况之下，石半山难免也有些紧张，"照理问题不大，不过……"这时，他望向穆阳钱记的那位制茶大师傅雷有春，"雷老头的制茶技艺完全不下于我……"跟随石半山的目光，玉茹朝那边望过去，只见雷有春老神再在，一副志在必得的样子。事已至此，玉茹只能和声地说："没事，尽力就好，输人不输阵。"好一个输人不输阵，石半山很快就调整好了状态。不多时，李应廉开始宣布入围的茶行名单：

"坦洋古记，穆阳钱记，坦洋方记……坦洋臻泰兴。"

听说古记排在最前面，古安河正要高兴，又听李应廉补充说："以上排名不分先后！接下来，这十家茶行进入第二轮决赛。"

臻泰兴这个新茶行的名字，对坦洋人来说不陌生，外地茶商却几乎一无所知。许多人正交头接耳，互问详情。这边的十家茶行的师傅们便已纷纷地站了出来，为下一轮献茶做准备。第二轮品茶，洋人和台上官员均未参加，完全由十数位老品茶人担纲评委。品茶之前，先有三问，问完细品三道茶，分别给出分数，最后以均分数的高低排名。很快，轮到臻泰兴茶行了，一身墨绿色长衫的石半山慢慢地走到道中央，稳稳站立。品茶人发问："何为好茶？"石半山回头看了玉茹一眼，款款回答："纳天地之灵气，聚日月之精华，此茶极具甘醇芳香，饮之延年益寿。"品茶人再问："何处宜茶？"石半山答："茶喜高山之阳，而喜日阳之早。高山有雾，宜茶生长。昼夜恒温，宜茶不老。"品茶人最后问："对于这季茶青，说说你的研制思路。"

品茶人的声音刚落，便引起围观民众一片议论。谁都清楚，制茶思路好比一家茶行的经营策略，属各家茶行不传之密，如何当众说？而且，对此前几家茶行所问的问题也没这么刁钻直接，难道当中还有不可说的隐情？

玉茹也有些捉急起来，此问题照实回答，对石半山不公平。不答的话，失去一问，又如何博得头名呢？议论过后，四下很快又恢复了安静，大家都把目光放在石半山身上，都想看看他作何选择。

这时，只见石半山微微一笑，开始作答："众所周知，爱茶而制茶，制茶当知茶。知茶，如教书育人，因材施教。世上本无天生的好茶，更无天生的好茶师，真正把握火候，做到细微入里，自然不难制出好茶了。"

石半山一席话看似答非所问，却霸气地解答了制茶的根本难题。许多老茶人不由感叹，知茶的道理他们也懂，可要做到是何其的难啊！

这位老品茶人慢慢地站起来，拱手问："还没请教小哥……"石半山客套地回礼，说："鄙姓石，名半山。"石半山？半山师傅？果然……外来的茶商纷纷点头，心说难怪了。"恕老朽眼拙了！"品茶人言罢，便与几位同行一起品评臻泰兴送来的三道茶汤。果不出所料，臻泰兴赢得头名。紧随其后的是穆阳钱记，坦洋方记……林记居然都排在古记前面，古记仅获得第五名。

接下来，由得头名的臻泰兴首先认领茶米交易之标的。玉茹仪态万方地站出来，福身一礼，开口就说："臻泰兴领，头等茶和二等茶各两千件。"

话音一落，四周便哄的一下炸开了，响起各种声音：

"臻泰兴胃口不小，敢吃下这么大一块。"

"姚氏是完全不给一流茶商面子了。"

"难道，她不清楚完不成有惩罚吗？"

"也许，人家有那能耐呢？"

听完翻译的转述，汤姆斯望向姚玉茹的眼睛里陡然放光，哇呜赞叹，并对霍华德说："霍华德阁下，你兄长所需茶叶的结果出来了，将由姚的臻泰兴提供……噢，别用这种眼神看我，我对姚有信心，我对半山师傅有信心。"

霍华德没说话，只是发觉汤姆斯已经不可救药了。相比之下，他更相信方宗凌。几日接触，他觉得方是个处事公正的人。

尽管拿下头等茶是原定的计划，然而二等茶的两千件怎么回事？方宗凌望向自家儿媳。刘怀淑远远摇头，表示不清楚。于是方宗凌走下高台，来到玉茹跟前。玉茹福一礼，喊了声叔。方宗凌问："你确定？要知道，完成头等茶的两千件，已非易事。"玉茹说："我非常确定，今日当着众乡亲的面，就算再给我一百个胆子，也不敢乱开玩笑。"方宗凌认真地看她一眼，说声好，继而高声地喊："臻泰兴，领头等茶与二等茶各两千件，记。"

很快，茶商公会就将供货协议记好了。玉茹示意马伯亮取出印鉴，正准备近前签字。"慢——"听声音，像是古安河。果然是古安河。只见古安河几步走到过道中间，躬身地说："各位大人，各位经理先生，自古女子不主事。臻泰兴恰恰女人当家，如若完不成，岂不误了洋行的生意……"这时，台上的知县大人冷声打断他："臻泰兴成立之初，经由县衙备案……怎么，你是怀疑县衙的办事能力了？"知县大人倒不是替玉茹说话，他只不过盼着事情早了早一天送走身边几位爷，却不想古家出了这么个没眼力劲之人。

"小，小的不敢。"古安河赶紧致歉，然后悻悻地退一旁。

　　小插曲终归是无伤大雅的。总而言之，臻泰兴从这一刻起开始扬名，开始步入福宁一流茶商的行列。不说别的，且不论能否完成订单要求，单是那份坦然应对的胆识，都让许多人叹服。这边，马伯亮等人面露喜色。而古安河包括林记、叶记等几家茶行的当家人却丝毫高兴不起来，因为可以预见，穆阳钱记和坦洋王记必定吃掉余下的二等茶。方记放弃后，他们几家只能分食三等茶的份额了。当然，若论利润，三等茶的利润为最高，而茶行做到今日，利润多寡已不是他们几家的首要追求了，面子和口碑更重要。

　　签字，盖章。手捧协议书，玉茹热泪盈眶，心中百感交集。这时候再望向石半山，她眼里已不单只有感激了，更充满着浓出蜜汁的情意了……

此后一个月，坦洋完全投入到紧张的生产之中。

既然尘埃落定，自然再无闲话。全村共有大大小小一百多家茶行，十几座茶坊，几乎火力全开，昼夜不停，为的就是力保按时交货。这时采摘茶青当然是来不及了，过了清明，有道是"清明茶，正发芽，立夏茶，粗沙沙"，此时的茶坊多在进行精加工，也就是后来人称的"毛茶精制"。虽说茶赛竞争得厉害，可等订单到手后，茶行又会将单量分担出去。只是甲乙双方身份转变，得订单者多挣一份中间利润，可谓面子里子都有。毕竟乡里乡亲，保不齐自家也有落单的时候。至于此次远洋茶米的交易价格，最终还是做了些许让步，降为往年价格的八成……较于之前，已经是最好的结果了。

石半山可以说是整个坦洋最忙碌的一位师傅，同时要兼顾数家茶坊的生产指导。精制过程重在三道工序，挑剔、筛分与复火。最后实在没法子，只好先教会冬仔，让冬仔代他跑腿。冬仔开心极了，终于成为半山师傅的徒弟了。谁知石半山依然没答应。当然，最高兴的还是临时拼凑的几家合作茶行，东家们整日笑不拢嘴，多挣银子不说，还得到半山师傅的亲自指点，这是多么难得且不敢想象的好事。因此，几家茶行表示，不管将来茶市如何，他们决计与臻泰兴共进退。几个宗族的族长都对姚氏表达了感激之情。

相比之下，古安河对姚玉茹却是恨之入骨。

古安河心中不仅有恨，而且茫然。茶赛失利，他没法责怨郑老关。老关的制茶技艺本就不高于石半山，更料不到钱记会请来雷有春，此前不是传闻雷有春已经病故了吗？预估不足，最终造成失败局面古安河当然认。然而，"您难道不觉得，姚氏根本就没把古记放在眼里？"面对九叔公的责问，古安河不得不给自己找个台阶下。古裕祥冷冷地看着古安河，说："生意之道，如两军对垒，你会看对方面子不下手？"古裕祥对古安河的表现可以说非常失望，失利也就罢了，还当着众茶商的面问责县衙，真是脑子进水了。

古安河此刻却对九叔公怨气横生，之前不是说了，只要做到持平不亏，他老人家就将替他说话？仔细核算下来，这季春茶共获利一万两千元，怎么反倒成了他的不是？"安河啊，"古裕祥说，"你先把对姚氏的怨恨放一边，人家茶坊荣获头名，依规矩认领订单，何错之有？换句话说，假设是咱古记得了头名，她使计策抢走订单，叔公当然要站出讨要说法。然而并不是，老关师傅仅仅为你博得了第五名。好吧，就算她只认头等茶，那么二等茶的份额就一定是你的？"古安河支吾地说："可她那样做……完全坏了生意规矩。"古裕祥有些气愤："就算坏了规矩，那也是姚氏的事，与你何干？好了，至于修远、裕林、裕春那边，你也该过去服个软了，记住，态度谦虚一些……人家说你，只是对事不对人，都是为了茶行生意。"古安河这才说："听说，定衡已经参股臻泰兴……"古裕祥又生气："听说听说，哪来那么多小道消息？就算定衡真的投资参股，也属正常，难道他家因此就不是古记的一分子了？"

从古裕祥家里出来，古安河越想越气。

那日姚氏能有那么大底气，背后自然少不了方家的支持。

哼，方宗凌！由此，古安河也把方宗凌给偷偷地恨上了。不过转念想，方家那块地已被自己神不知鬼不觉地弄到手了，到时候新宗祠一盖，还能不时来运转？这么一想，古安河烦躁的心情才些微地平复回来。

　　最后一批茶米复火完毕，石半山终于撑不住了。

　　他吩咐冬仔领着工人对茶米进行混合调匀，自己决定先回去休息。从茶坊到院子，仅几步路，然而疲倦从头到脚不停地晃动着他的身子，视线变得模糊不清，熟悉的小路好似一下被拉长了，院门就在跟前，却怎也走不到。

　　好不容易推门进去，趔趄地走进屋子，他明显感觉到身体里某个东西猛得迸开，紧着一阵天旋地转，一头栽倒在床铺上……这一觉，石半山昏天暗地整整睡了两天两夜。直到这晚的三更时分，他才慢慢地醒回魂来。

　　眼睛一睁开，就瞧见熟悉的笑容，感觉真不错。

　　"什么时辰了？"他问。"反正很晚了。"玉茹给他熬了白粥。他咕咚咕咚地连喝两大碗，大呼一声爽，然后说："不用担心，我只是累。"玉茹又让他躺下："累就好好歇着。"他这才想起来，愣住问："今晚你没回去？"玉茹娇笑地说："怎么，陪你还不乐意？"他也笑。他当然巴不得呢。

　　石半山累成那样，玉茹自然又心疼不已。回想上一次，生怕石半山因此一觉醒不回来，于是顾不上被人发现的风险，决意留下伺候。在石半山沉沉昏睡的时候，她若听不到他的呼吸，还时不时地伸手探他的鼻息。困了，也只敢稍稍合眼，不敢睡死了……见石半山又恢复了生龙活虎的状态，她整个心情一下子都灿烂起来。灭灯爬到床上，安静地侧躺在他身旁，本有许多话要说，但此刻似乎任何言语都是多余的，于是沉默着。他也没说话，只伸了把手，将她轻轻地拥入怀中。两人于黑暗中，静静地聆听屋外田野里的蛙声，虫鸣声……

　　"那些外地人都走了？"不知过了多久，他突然问。

　　"嗯，茶赛一结束就都走了。"

"洋人呢？"

"汤姆斯和霍华德昨日启程回国，少部分洋人留在三都澳。"

"你没去送送？"

"送谁？"

"汤姆斯。"

"奇怪，为什么要送？"

"看得出来，他喜欢你。"

"那是他的事……"

胡聊一阵，他突然翻起身子，压到她身上，一下吻住她的嘴。

她瞬间情动，随即也热烈地回应起来。可当他把手探进她的衣襟，她却用手按住，说别，两日没洗身子了。他说又不脏，香着呢。她坚持说，下次再给你好吗？困了。听说她困，他便放开她，只搂住她说，那就睡吧。

不多久，她果然甜甜地睡着了，一觉到天亮。

"小姐昨晚又没回来……"姚玉茹留在石半山那儿过夜，最担惊受怕的人就是翠儿了。她早看出来小姐对半山师傅有感情。"小姐这辈子不容易，当初和姑爷刚成亲就怀上小少爷。之后，姑爷基本不着家。小少爷刚出生，姑爷又突然死了，孤儿寡母这几年又遭二爷苦苦相逼，唉！"当然，这些话她也只能和丈夫私下说说。半夜，她甚至让冬仔偷偷跑到茶坊附近巡视，看是否有人在暗里盯梢。冬仔体会不到那种艰辛，只安慰妻子说："小姐是个好女人，好人都有好报。"但愿吧，翠儿也只能替小姐默默地祈福。定邦昨日问她，怎么一早就没看见娘呢？翠儿只好告诉他，现在是茶坊最忙的时候……

各家茶坊确实都忙。

臻泰兴茶货备齐，其他茶行随之也陆续完成了订单量。几日后，方宗凌通知茶商公会验货。李应廉亲自带队过来，同时一起过来的还有欧茶公会代表和银行代表。验货过程自然是严格的。为了保证这一批茶货的品质，没有采用抽验的方式，而是逐一开箱检查。合格茶米经验收合格统一堆放到会馆背后的公仓里。李应廉说："今年还和往年一样，到福州汇齐后统一运送广州港，往后就不必这么麻烦，三都澳港口建成后，货轮可直接通远洋。"方宗凌对运输方式没有异议，只是女儿婚嫁在即，就说："先定五月中旬吧，到时我让奕轩走一趟。"李应廉笑着说："行啊，令公子能亲自押送最好不过了，瞧方老弟满面红光，大概好事将近吧？"方宗凌拱手说："是，都说初八日子不错，还请应廉兄届时拨冗出席。"李应廉说："行，到时我也来沾沾喜气。"

说话间，过完端午就到了五月初八。

怀淑一早便忙起来。方奕生自出国就没再回过坦洋，更不知是否在外头娶妻生子。总之，怀淑这位二嫂只能代执长嫂礼，许多事亲力亲为。通过与臻泰兴合作这件事，怀淑已在方记完全树立起威信。当然，井口再坚硬也磨不过软井绳，怀淑听从父亲建议，做任何事须以德服人、以理服人。她将方记及方记的分号都打理得有条有序，同时也把家里的事料理得松紧合心。

对此，不但公爹方宗凌满意，方氏族人一众也都认可。

所以，在如何操办方奕贞的婚事上，大伙都听怀淑的。

古氏过来迎亲的是旁系的大伯。众人起哄，要让亲家嫂给亲家伯敬献"宝塔茶"。古氏大伯面露难色，喝"宝塔茶"可完完全全是技术活。五大茶碗叠成三层，一碗做底，恰到好处地托起平排成三角形的三个碗，顶部再压上一碗然后斟满茶。喝的时候，大伯得用嘴咬住最上面的一碗茶，随手夹起中间的三碗茶连同底层的一碗茶，分给其他的迎亲人。而且，还要做到碗不斜茶不漏一气饮干，难度可想而知。当然，众人起哄并非刁难，只为了热闹。怀淑见状过去打了解围，"宝塔茶是畲家的习俗，咱方家不兴这个。"

不过，"新娘茶"倒是提前准备好了。少许茶叶、冰糖、红枣、瓜糖和花生仁合在一起，用红布袋子装好，交给方奕贞。"谢谢嫂子！"方奕贞如愿嫁给古安海，心里自然是欢喜的。姑嫂关系融洽，虽说小姑嫁得不远，怀淑心里依然不舍，但她还是笑着说："好在就几步路，来回很方便，需要帮忙的话记得喊一声。家里呢，你不用操心，有我和你二哥。"嫂子细心叮咛，让方奕贞想起自己的亲娘，这才眼圈一红，搂住嫂子开始落泪……

吉时到，新娘子娶进门。

古氏大院顿时鞭炮齐鸣，喜乐声起。

喜娘将新人扶进堂厅，不多时就将举行拜堂仪式。玉茹作为未亡人，这时候自然不允许进堂厅，只能站在院子里候着。为了迎娶方家闺女，古安河倒是狠下一番工夫，单是酒席就开了近百桌，桌椅从堂厅一直摆到院门外。一季茶叶做成，正好可以放松。除了古氏亲戚，周边有头有脸的人几乎都被古安河邀过来吃喜酒。照例，玉茹是要跟二房姨老太等女眷坐在一起的，可她宁愿在院子里待着，哪怕和下人坐一起也无所谓。经过茶赛一役，古家女人早不敢对玉茹丝毫轻视，甚至望过来的目光中还夹杂着复杂的羡慕。

大约过了半个时辰，听那喜娘高唱："新娘子敬茶啰——"

宗亲女眷闻言整装坐好。玉茹自然也找地方坐下。过片刻，只见喜娘领着手捧糖茶的方奕贞走了过来。喜娘脸上挂着笑，却带着埋怨说："哟，原来大房太太您坐这儿啊，让我们一顿好找。"玉茹也笑，说："没事，今天怎么顺怎么来，今天是大喜的日子，谁都不计较。"喜娘点头说："嗯，还是大房太太会说话，那就怎么顺怎么来，新娘子敬堂嫂。"新娘子含羞低头，近前盈盈行礼，给玉茹敬茶。玉茹端起茶碗很快放下，往盘子里放上利是。方奕贞福礼道了声谢，就被喜娘领走了。这时，身边有女人问玉茹："您怎不坐老太太房里呢？也省得新娘子跑来跑去。"玉茹说："里头闷，还是外头凉快。"简简单单一句话，被女人听出几层意思，随即讪讪地闭了嘴。

这晚的酒席玉茹没吃几口，将定邦交待给翠儿后，就先回了。

大概天气骤热的缘故，近日她有些精神萎靡，老想睡，也没什么胃口。当然，她先离席并非真要回去休息，而是准备去石半山那儿。

这几天，石半山每回见她的眼睛里，好似都冒了火。大概因为忙，又不得不忍着，看上去忍得好辛苦的样子……一想起这些，玉茹就想笑。

过了那座桥，马上就到他住的院子了。她没忘停止脚步，回头看了看，没发现异样。近前，正准备敲门。发现院门没锁。她轻手轻脚推进去，反手轻轻插上门销。石半山正在院子里冲凉，裸着上半身，水从后背流淌下来，沿着裤腿落到地面上，地面湿了一大片。她痴痴地看着，渐渐地也湿了……

新婚夜，总能给新人留下美好的回忆。

她表示遗憾，或许这辈子都不能和山一起共享那样美好的时刻。他说他都一把年纪了，世态早看透，再隆重的仪式，都比不过地久天长。她说不，问他可知道她今晚为何而来？她动情地说，奕贞嫁给安海，她想象成她和他，那么今晚就是他俩的新婚夜。她来，自然是奔着洞房而来的。尽管他不想，依然被这番话感动到了，配合地唤她贤妻。她激动地回应，让他点灯。他照办，不解为何如此。她红着脸说，她想看他如何洞房，然后记一辈子……

这晚的玉茹好奇心十足，胆子也很大，显得特别任性，大概因为头前喝了几杯米酒的缘故。其实，若从本质上讲，这才是真正的姚玉茹。此前她一直绷着装着，都是装给外人看的。这一刻，尽管屋里闷热，尽管她和他的身上都沁着黏人的细汗，但她认为气氛对了，盛夏的花儿就该肆意地绽放……

然而玉茹没料到。就在刚才，她在前面走，身后不远处一直尾随着一高一矮两个影子。她回头观望时，两个影子恰巧闪到阴暗角落躲过去。她刚走进院子，俩影子便已窜到木桥的这边。高的那位对低的那位说："我守着，你去喊管家。"低的那位才转身，就看见一个身材高大的男人拦住他的去路。他还没开口问，只听男人沉声地说："我知道你俩，你叫癞子，他叫杆子，对不对？"高的那位见势坏了，就想跑。谁知男人的动作更快，一把便揪住他的脖子。男人的手掌大且有力。很快，两个人像小鸡似的被揪到位于上街的某个住处。点亮油灯，看清男人的脸，那位叫杆子的高个子惊呼起来："您是成，成爷？"男人笑了："认识我？就更好办了，没错，我就是洪大成。"

尽管忙得脚不着地，尽管琬娘怀上身孕，姚朝荣依然时刻关注女儿的生活状态。听说女儿于茶赛上出手不凡，他甚至比自己的货运码头即将竣工还要来得高兴。至于那些乱七八糟的传言，他才不在意。他对琬娘说："偷偷摸摸怎么了？你我之前不也那样，不照样修成正果！"琬娘当然担忧。她可是深有体会的，期间不知忍受了多少白眼，扛住了多少压力。姚朝荣最后决定："好了好了，我让大成回坦洋，有他在，什么苍蝇蚊子一巴掌呼死……"

在姚氏船帮里头，洪大成就是那个"专干脏活"的人。以往若发现哪个船主不听话，只要大成出马，船主要么失踪，要么从此言听计从。随即江湖上传出"成爷"的凶名。很显然，杆子听说过洪大成，知道此人心狠手辣，当即拉癞子跪下："成爷，成爷，请饶了小的，小的没干什么坏事，您就把小的当屁放了，求您了。"洪大成冷声问："你们可知道，跟踪那人是谁吗？"癞子抢着说："知，知道……古家大房太太姚氏。"洪大成厉声地说："还知道她姓姚啊？那是我家大小姐，活腻了你们！"癞子和杆子虽说是游荡的乞丐，命也只有一条，好死不如赖活着，谁想死？洪大成再问："除了你们俩，康管家还喊了谁？"两人摇头。洪大成问："是不清楚还是没有？"癞子说没有。洪大成说："好了，爷今晚心情不错，就不跟你们计较了，回去好好想想，山上的坑早挖好了，想躺进去，可以继续。"两人连称不敢不敢。

出门后，这两个人连土地庙都顾不上回了，趁夜色直接逃得远远的。天杀的成爷可是比阎王爷还要可怕，这人根本不讲道理。

这晚，古家大喜，近半的坦洋人都喝醉了。

玉茹也醉了，醉在男人强而有力的臂弯里。

醒来后，天色已大亮，世界仿佛都随之清亮了起来。红日初升，整座院子被笼罩在柔和的晨光之中。院墙外那棵不屈的老柳树探出脑袋，好奇地看着女人在为男人准备早食。面是现成的，锅里放水煮熟即可。女人眉眼含春，忙碌的动作有些笨拙可笑。柴火从灶膛里掉出来，怕把屋子点着了，她开始手忙脚乱，不过似乎不影响她嘴角挂起迷人的笑意。烟火气飘进隔壁的睡屋，男人大概被熏醒了，披衣站门口。男人不禁摇头，说我来吧，你干不了粗活。女人倔强地瞪男人一眼，羞嗔地说，你等着吃就好了。男人舀水洗簌，然后煮茶。寻常夫妻应该就是这个样子吧，女人心里想。面熟了，盛一碗上桌，女人让男人先尝。男人尝一口，咸得要命。女人不信，也尝，果然能齁死卖盐的……

从茶坊回来，玉茹步子轻盈，看上去就像翩翩起舞的凤尾蝶。

不过遇见路人时，她只能装回淡然清冷的模样，再想笑，也只能憋着，憋得有些辛苦。直到进了东院侧门，这是在自己家里了，她嘴角才重新扬起让人心旌荡漾的微笑。小姐开心，翠儿当然替她高兴。"成哥刚走。"把小少爷送去学堂后，翠儿才回头收拾，天天如此。"哦，大概我爹那边忙完了吧。"玉茹坐下，端起翠儿给她倒的茶，没往别处想。"成哥有话捎给您。"翠儿不知怎么开口。玉茹喝下几口茶，翠儿煮的茶明显没有他煮的好喝嘛。

"什么话？"将茶碗放下，玉茹问。

"成哥说，以后去茶坊，必须多留意身后有尾巴。"

尾巴？玉茹一下就明白过来，看来古安河还是不死心，非要把她捉奸在床不可呢。想到捉奸二字，玉茹的脸当即红了。当然，她脸红非是羞涩，而是给气到了。"嗯，我知道了。"她皱眉点头。这事必须解决，被人揪住不放，总不是个事。"小姐……我想，老爷肯定知道您的事了，不过没反对。"翠儿嘻嘻笑着。玉茹有些不好意思，板起脸训说："鬼丫头，我能有什么事！"翠儿连忙说："您当然没事，半山师傅也没事，都是那些吃饱撑着闲着没事干的烂人多事。"话已说开，玉茹便不再否认，叹着说："可惜我和他，这辈子终究是没法走到明面上的了。"翠儿没想那么远，只说："又有什么关系，只要他真心待您好，就够了！"这话说得在理，玉茹听了，妩媚地笑了笑。

回房换身衣服，就听说修远族老上门来了。

古修远特地过来，主要是带来族老合议的意见。

臻泰兴不俗的表现，终于让姚氏真正走进古氏长辈们的眼里，不得不重视起来。这时候，必须向姚氏释出善意，从而给予以臻泰兴必要的发展帮助，比如渠道、消息以及资金支持等。臻泰兴于今春吃下那么大一块订单，虽说到手的利润实则不多，若控制不住成本，还可能会亏损，但不得不说，生意之道重在后续。彼此都是精明的老茶人，水深水浅一眼便可看到底。

玉茹亲自烧水煮茶，默默听古修远说完，不解地问："照您说，他们是真心准备给我雪中送炭了？"古修远笑着说："生意之道，重在广结善缘，所谓买卖不成仁义在。当然，臻泰兴是你大房的，一切以你大房为主。说实话，此前裕祥叔对你是有偏见，不过今日他说了，古氏能够发展至今，不论宗族内务或对外生意，靠的都是能者居之。换句话说，你已得到他的认可，而对二房的失智表现，他很失望。"玉茹说："早知今日，何必当初。"古修远端起茶碗喝了两口，继续说："宗族太大了，有些事也是迫不得已的，你得理解。而我敢保证，臻泰兴若得宗族支持，往后生意必将如虎添翼。"玉茹沉默，抛开个人恩怨，行商确实是这么个正理。古修远接着说："如今三都澳开埠，福海关设立，完全可以预想，往后生意竞争将愈发激烈。譬如日本茶商，刚在三都澳新开鹏兴、同兴、西辉几家茶行，他们以台湾岛为茶青基地，实力又雄厚，更别说还有外省茶商蠢蠢欲动，洋人公司虎视眈眈，若他们都与咱抢占欧茶市场的话，你觉得结果会怎样？"听到这，玉茹面色无比凝重起来。古修远笑着又说："当然，若能把咱坦洋方记、古记、林记等，包括臻泰兴，还有大大小小的茶行都联合起来，完全可以做到不惧……但，一家只能管一家之事，因此大伙让我过来，先问问你的意见。"思片刻，玉茹问："条件呢？"玉茹当然知道，天下从来没有白吃的宴席。古修远摇头失笑："可惜你姚氏生为女子，若是男人的话，不用多久天下茶市都将是你的。"恭维后，继而说，"首先，臻泰兴须对古氏重新开放认股。二嘛，半山师傅此后不单是臻泰兴的大师傅，而且也得是古记的大师傅。"玉茹冷冷一笑，"就这两个条件？"古修远愣了一下，不明白什么态度。玉茹说："开放认股，我没意见，市场要开拓，业务要发展，都离不开资金和人。可是石半山……叔，实话说吧，他对古家某些人非常失望，而严格说来，他和臻泰兴也只是合作关系。"单就合作关系？古修远自然是不信的，但他也知道古安河此前的所作所为，不由生气起来，"不管这事成或不成，代我向半山师傅致歉，安河那小子确实格局小了。"玉茹不想在石半山的事上继续纠缠，就说："这事……容我考虑。"

谈完正事，古修远继而聊起古定邦。总之言语间毫不吝啬溢美之词，什么聪慧，懂事，福缘不薄。听说已拜石半山为师，得半山衣钵是迟早的事。

玉茹当然听得出来，古修远是变着法子给她使糖衣，最后似乎只差一句话了，定邦小小年纪这般出众，是天生的古家将来的主事人，族长……

顾及儿子的将来，玉茹就不得不慎重考虑了。

两天后，又到了学堂的放馆日。

定邦写完课业，一早又将去茶坊看师父做茶。学茶的第一步，就是让你在一旁观摩，与学书法先临摹一个道理。完成远洋订单后，发往各地的茶米还得继续生产，不过都是按着计划来的，日常操作无需赶工。因此，石半山才有时间教一教定邦。定邦对茶叶确实有感觉，没几日工夫，已能从茶汤中喝出老茶与新茶的区别。

石半山曾对玉茹说过，一个人味觉灵敏与否都是天生的，这事不仅强求不来，更是教不出来的。依常理，一个味觉和嗅觉都灵敏的人研习茶道，将比寻常人要容易得多，也轻松许多，加上定邦敏而好学持疑追问，不成才都难！没什么比儿子得人认可更令人高兴的事了，虽然玉茹也清楚，这当中离不开她自身的缘故，但她内心里的欣慰是作不了假的。

吃过早饭，玉茹让翠儿送定邦去茶坊，她准备找刘怀淑商量事情。

刚走到门口，翠儿转回头，支吾着问："小姐，上午能不能让冬仔陪我出去一趟？"玉茹笑着答应："这算什么事，当然可以啊。"说完，随口问她因为什么事。翠儿红着脸，小小声地说："我，我那个已经拖了十来天，或许是有了……又不见动静，不放心，想去仁心堂找郝先生瞧瞧。"

听这话，玉茹心里随即也咯噔一下，她这个月的月事好像也没来，不会这么巧吧？回想起当初刚怀上定邦之时，似乎也是精神不佳，整日嗜睡。假设真怀上了，又该怎么好呢？紧急思考一阵，她打起精神说："有些日子没见我爹了，要不咱今天就回赛岐，琬娘的医术可不比仁心堂的大夫差。"

在去茶坊的路上，定邦问翠儿："姨，你要和我娘去见外公吗？"

"是的啊，中午饭你跟冬叔一块吃，记住，别乱跑。"翠儿叮嘱。

"可是，"定邦嘟着小嘴儿，"我也想外公了。"

"不想跟你师父学做茶了？"

"想……可是，我更想我外公。"

翠儿千哄万哄，好不容易将定邦哄到茶坊门口。终归是小孩子心性，许以好处，情绪来得快去得也快。等到了石半山跟前，定邦身上已完全不见了缠人的小性子，一下又恢复听话的乖巧模样。"真乖！"翠儿抿嘴笑了笑，旋而找冬仔交待几句，就回去了。翠儿一路上心花儿灿烂。可等在家里的玉茹却是脸色呆滞地坐着，怎么办好呢？是留下，还是不要……

古氏宗祠准备动迁且正在选地的消息，很快就传了出去。

贾道仁手捧罗盘，已经在方家的那块地上转了两三天了。

这日一早，方氏宗亲齐聚方家大厅，就这事问方宗凌意见。方奕轩被唤来煮茶。身为晚辈，原本是不好插嘴的，但他还是忍不住开了口："爹，我觉得整件事透着奇呢，奕贞刚嫁过去，早不早晚不晚，古家就要在咱家陪嫁的那块地上盖宗祠，不会是早有预谋吧？"方宗凌没说话，关键不知怎么说，胡乱猜疑只会影响两家刚结成的秦晋之好。这时一位宗亲说："族长，要不咱也请人瞧瞧，古氏宗祠盖在咱方家的祖坟前面，怎么看怎么别扭。"另一位宗亲紧跟其后："是啊，术士之言虽说不可全信，但也不可不信，请风水先生看看至少能够安人心哪。"方宗凌端起茶碗，没喝又放下："如果风水先生说，古氏宗祠盖在那儿于方家不利，咱们预备怎么办？"听这话，大家都陷入沉默。

若真于方家不利的话，貌似无解。

"那，那咱也得找古家讨说法。"方奕轩小声地嘀咕。

方宗凌听见了，气忿地问儿子："怎么讨说法？去县衙告状，还是跟人家火拼？你只需准备好送茶米去广州即可，别的，不用你操心！"然后对方氏宗亲说，"你们先回吧。我会找古裕祥问问，到底几个意思。"

按古裕祥原先的意思，地已到手，起宗祠的事反而不着急。可因为古安河早前的种种错误决策，致使古记内部人心涣散，某些旁系子弟甚至开始偷偷找人谈合作，因此，急需做一件事收拢人心。思来想去，除了说动姚氏开放臻泰兴募股，就是这事关全族的宗祠动迁了。

当然，面对方宗凌的"质询"，古裕祥只能赔笑说："是我们这些老头子欠考虑了，不过具体定哪儿，最后还没出结果。大伙七嘴八舌，一提起这事我脑袋瓜子都大，若不是老宗祠堵在路口又破又小，谁愿意乱折腾。"方宗凌忿然直言："子孙昌盛，宗祠动迁扩建当然是好事，可若是堵着我家祖坟，而且还是我方家的陪嫁之地，多少有些难看吧！"古裕祥说："是啊，昨日贾先生刚提议我就说了，风水地相，顺的不是一家之势，若给方家造成误会，多么得不偿失。"古裕祥把话说圆满了，方宗凌再有怀疑，也无言以对。

方宗凌走后，古裕祥又将古安河唤到家里，再三叮嘱说："方家应该知道些什么，看来宗祠的事急不得，须冷淡一些日子再说。"古安河问："您看什么时候合适？"古裕祥思片刻，说："中元节后再选个日子吧。"过后，古家偃旗息鼓。人们还以为，古家要盖新宗祠的事不过就是说说而已。

翠儿果然有喜了。

琬娘的诊所位于赛港入江右侧的赛岐街。怀孕以后，姚朝荣原本不让琬娘继续坐诊。可琬娘觉得，她自幼跟父亲学习中医，长大后又留洋学了西医，不敢说她一身医术多么高明，至少能给沿街的百姓还有赛江上的船民减少些许病痛。姚朝荣最后说服不了琬娘，便只好由着她了。

琬娘的诊所分左右两间医堂。西药大多昂贵，穷人买不起。后来她干脆在隔壁又开了一间中医堂，请来一位相熟的老中医帮忙坐诊。玉茹和翠儿到诊所的时候，差不多已近中午时分。趁老中医在给翠儿把脉，玉茹将琬娘请到一旁说话。玉茹不敢再有任何隐瞒，当即就把她和石半山的事说了。

琬娘给她号了脉，最后神色复杂地点头，说确是喜脉无疑。

虽说早有心理准备，仍把玉茹惊出一身冷汗，顿时手脚冰凉。琬娘拉住她的手，安慰说："诊所说话不方便，待会儿回去，再仔细商量。"

用过中午饭，玉茹说她准备在赛岐住上两天，让翠儿坐船先回去。翠儿听说自己怀上了，恨不得立马把好消息告诉冬仔，根本没去注意小姐满腹心事的样子，更没作多想，当即就喜滋滋地回了。送走翠儿，琬娘将玉茹拉到自己房间坐下，认真地问："你，真的爱他吗？"爱他吗？玉茹沉默许久，失神地摇了摇头，旋即又点头。琬娘有些哭笑不得，和声地说："不着急，慢慢想，等想清楚了再说。"玉茹此时的脑子里已乱作一团，只愣愣问："爱他怎样？不爱他又该怎样？"琬娘叹声说："如果爱他，可以考虑生下来，女人为心爱的男人生儿育女天经地义。如果不爱，那就早些做打算。"

别看琬娘是一位留过洋的新女性，骨子里还是传统的。

玉茹这才认真地去思考这个严肃的问题，回想她与石半山从认识到缱绻缠绵的点点滴滴，到底是感情多呢，还是身体的需要多？过了好半天，玉茹终于窥清自己的内心，对琬娘说："我想，我是爱他的。他对我很好，也数次求我嫁给他，可我……"听这话，琬娘暗松一口气，笑着说："既如此，我的意见是生下来，你无需担心被人发现，等显了怀，回来住上几个月，对外就说你过来照顾姨娘不就行了。"玉茹问："爹那边……"琬娘说："你爹啊，巴不得你找人改嫁！人一辈子看似很长，其实也很短，何必委屈自己呢。"玉茹想着再问："姨娘，您说……我真要嫁给他吗？"琬娘笑了："孩子总不能无名无分吧！"玉茹实在下不定决心，说："可我……姨娘，这事先别告诉我爹好吗？容我再想想，再想想……"琬娘理解玉茹的心情，点头答应。

晚上，姚朝荣回家。看上去，事业爱情双丰收的父亲红光满面，谈起姚氏货仓码头的进展情况更是意气风发。玉茹强打精神扯笑应和，免不了被父亲瞧出异样。回房后，姚朝荣问琬娘，玉茹出了什么事？琬娘说没事，女人总有几日不方便。姚朝荣没再问。次日一早，他又去了三都澳。

男人走后，琬娘正准备问玉茹考虑得怎么样了，却见洪大成急匆匆地找上门来。大成说，臻泰兴福州分号的茶米仓库昨夜起火，具体情况不明，马伯亮闻讯已提前赶去福州。如此，玉茹当即决定亲自去福州看看。

昨晚想了一夜，根本想不出一个周全的结果。玉茹望一眼等在门口的洪大成，对琬娘说："或许天意如此，走福州这一趟，让心情缓一缓，静一静，多些时间考虑，将来才会不后悔。"琬娘忧心忡忡，却表示赞同，叹说："当年我对你爹，也用了很长的时间才作下决定，后来才有勇气扛住种种压力。不过你的情况和我完全不一样，这事拖不得，处置须趁早。"玉茹当然明白，思着说："至多五日……姨娘，五日后，我再过来找您。"

当日下午，姚玉茹便与洪大成赶到了福州的上下杭。

福州为国内最早开埠的五口通商口岸之一，街市繁华，商肆林立，沿街楼店鳞次栉比。自古商贸往来繁忙之地，仓库着火事件都不是稀奇事，且多是一家起火，毗邻跟着遭殃。然而，像臻泰兴分号这样，火由里着起，火势异常凶猛却没烧出屋的，却是少之又少见，因此成了街头巷尾人们议论的焦点。人们纷纷猜测，必然有人纵火，否则不可能单烧茶货不烧屋。

臻泰兴仓库与茶行之间还有半里地的距离，加上发现得早，因而没有造成更大的人员伤亡。在茶行后院。玉茹问苏诚："报官了吗？"苏诚说："昨儿就报了，官府派人来勘验，也说是人为纵火所致。可，昨晚就小四一人在仓库当值，他被烧死了，真相也就无从查起了。"略微了解了情况，玉茹便和马伯亮等人去了仓库。此时的仓库已是门倒梁塌，屋里一片狼藉，到处都是黑乎乎的灰烬。据账房先生初步估算，损失超过五千块银圆，还不算亟待交货的赔偿款项。望着惨不忍睹的现场，玉茹许久说不出话来。这时，马伯亮近前低声地说："咱臻泰兴开张没多久，与街坊四邻和睦融洽，在这儿，根本没和谁结过仇怨。"马伯亮的言外之意玉茹听出来了，或许此次起火事件的幕后主使根本不在福州，而是在坦洋，范围或可缩小一些，就在古氏族内。

凝思片刻，玉茹摇了摇头，对马伯亮说："像这种无凭无据的话，往后不可再说了。"马伯亮愣了下，应了声是。过会儿，玉茹问众人："有谁知道小四家住哪里。"一位伙计说："他家就住白马河边上，小四是本地人，家里还有婆娘和儿子。"玉茹招呼苏诚："走，我们去他家看看。"

好不容易，玉茹、马伯亮和苏诚三人才寻到小四的家。走近一看，他家居住的哪叫屋子？里外总共就逼仄低矮的两间房。屋子高低斜着，用木板胡乱搭建而成。房梁大概断了，仅用一根粗木棍支棱起来。三人猫腰进去，只见里屋仅摆放一张木板床，家徒四壁。床上铺着稻草，稻草上躺一个人，瘦得只剩下皮包骨的样子。一位蓬头垢面的妇人坐床前，捧一碗黑乎乎的吃食艰难地喂着床上的人。听动静，妇人慌地回头，搁碗扑通地跪下，一个劲地央求说："家里没钱，真没钱，有钱了一定还……"玉茹和声地解释："我们是小四茶行的同事，不是催债之人。"妇人爬起来，警惕地看了看，然后像陡然换了一张面孔似的，冷冷地说："找小四啊，他死外头了。"玉茹看苏诚。苏诚摇头表示他也不清楚。从妇人嘴里问不出什么，玉茹等人只能先回了。

路上，玉茹问苏诚："小四在外头还有家？"苏诚说："没有，这点我可以保证，小四为人非常实在，我很早就认识他，那时我在古记，小四经常替古记打零工。咱臻泰兴急需雇人看仓库，我就想……"玉茹又问："小四儿子什么情况？"苏诚说："他儿子此前抽大烟，被小四打断一条腿，没想已病成这样。事出突然，小四烧死的消息，我还没通知他们母子。说来也可怜，早前小四家境还可以，可婆娘一再惯着儿子，弄到后来连房子都卖了。"

抽大烟？重病？还有，欠债！

玉茹隐约猜出起火的原因了，但她没有说出口。说了又如何，继续逼问那对可怜的母子？"既然行商，那么生意归生意，善心归善心，二者混为一谈是非出大事不可的。"思忖片刻，玉茹突然不想追查起火的真相了，就像当年没去追究古安江遇害的真相一样。但，话必须说在前头，"苏掌柜，这次的事就算了……不过，教训要记住，往后雇人，必须雇些底子干净的人，臻泰兴就算生意做再大，也经不起乱折腾。"说完，玉茹紧步地朝前先走了。

苏诚被东家的一番重话惊住了脚步，满心愧疚地望向马伯亮。马伯亮也在看他，叹声说："你啊，就是个烂好人……小四因茶行罹难，带上银子给他妻儿报丧吧。"说完，马伯亮也走了。苏诚小跑跟上，低声问："东家她，是不是对我很失望？"马伯亮回了苏诚一眼，"你说呢？"

玉茹确实很生气。然而，她并非为苏诚生气，更不是对小四吃里扒外的行为生气。尽管可怜之人亦有可恨之处，但她知道，既然有人刻意挖坑，光恨是躲不过去的。就算躲过去一回、两回，第三回还可能栽跟头……因此，必须想法子得以完全解决。回茶行后院，玉茹就此请教马伯亮。

马伯亮思考后说："兵家有云，进攻是最好的防守。"玉茹叹说："目前定邦年纪还小，我不想和二房继续直面冲突。虽说此次起火事件和二房脱不了干系，但空口无凭，就算请族老主持公道，也不过是浪费口舌罢了。"马伯亮说："咱臻泰兴才不屑于使用阴谋诡计，我所说的进攻，是指趁现在古记内部矛盾激化，主动拉拢整合。"玉茹思着说："内部矛盾……难怪古修远会主动找我，让臻泰兴再次开放募股。"马伯亮说："实际上咱和二爷之间，对立与竞争于茶赛之时便已开始了，二爷不收手，咱又有何惧，眼下咱的市场局面可要比他好得太多。"玉茹问："依你看，开放募股是否会埋下祸根？"马伯亮沉吟地说："具体要看族老持何立场，是为团结古记，还是替二爷站台？"玉茹说："古安河还没那么大面子！"马伯亮笑着说："如果募股真就为了团结古记，那么咱只需做到保持控股份额不变，则就没人动得了东家您的地位。当然，事关账目与股份，具体得去问长贤。"玉茹点头："好，这事就交给你和长贤去办。"马伯亮应声是，又说："接下来，其实茶行需动用资金的地方会很多，条件许可的话，我想建议东家，开辟东欧茶路。"开辟东欧茶路？玉茹问："这样做……步子会不会迈太大了？"马伯亮说："不会！欧茶公会已经成立，可以预见往后设关设卡的地方将越来越多，换句话说，西欧茶市将越来越难做。开辟东欧茶路，就当作未雨绸缪吧。当然，臻泰兴眼下也只能跟人探路，为下一步做铺垫。"玉茹皱眉沉思，未置可否。

次日一早，玉茹和马伯亮逐一拜访了相关商号的负责人，就未能及时交付茶米做出解释并致歉，承诺延期交货将按约予以赔偿。这边，苏诚派人将消息送回坦洋，让邹长贤与石半山抓紧安排将所需茶米赶制出来。

一直忙到天色擦黑，玉茹和马伯亮才事毕回茶行。

玉茹晚上入住坦洋会馆。坦洋会馆座落于闽江北岸，周遭幽静，绝对是来往客商休憩的好去处。原以为一整日奔波疲累，这下可以睡个好觉，谁知仍旧没睡好。人一躺下，眼前就又浮现出了小四婆娘和她儿子的惨状。

不知怎的，母子俩面孔忽地模糊，竟换成了她和定邦。两人被族人逼到残破屋子的一角，退无可退，相拥着瑟瑟发抖。古安河一脸得意，冲到人群最前面，声嘶力竭地喊："你这女人，不守妇道，人尽可夫，还怀上野种让古氏蒙羞，大家说，怎么办？"族人声如雷震，说滚，必须让她滚。玉茹紧紧地搂住定邦，哆嗦着嘴唇说："不，不，你们不能这样做，不能这样做……我没有人尽可夫，我爱石半山，只爱他一个男人……"族人置若罔闻，继续喊她滚。古裕祥突然出现在古安河身旁，朝定邦招手说："来，定邦，只要你和这个女人断绝母子关系，你依然是我古氏大房的小少爷。"定邦开始挣脱她的怀抱，朝古裕祥走过去。"不，定邦，回娘这儿，回到娘这儿……"定邦突然转身，冷漠地看着她，说："我古定邦没有你这样的娘！"玉茹想说不能啊，她不能失去定邦，然而脖子却像被什么掐住似的，发不出半点声音，只能眼睁睁看着定邦和一众族人渐行渐远，最后消失在一片白茫茫之中。她伸出双手，尽最大努力伸手想抓住，却什么都没有，最后她崩溃地大喊大叫……

随着啊的一声喊叫，她蓦然清醒过来，原来是一场梦。

梦醒后，玉茹发现自己泪流满面，贴身衣物尽被冷汗浸湿。她愣愣地坐起来，朝窗外望去。此刻，天色未明，周遭沉浸在影影绰绰的清暗之中。远处的山和近处的树，仿佛都被空中几颗忽明忽暗的晨星映衬得更加孤寂。

直到东方天际现出一缕柔和的橙红色，眼前景物才逐渐地清晰起来。

她就这么呆呆地坐着。福州夏季的早晨是最凉爽宜人的，她却感到冷，仿若冻彻骨髓。她呆滞地起床洗漱，换上干净衣裳。她坐在床边，伸手抚摸自己的腹部，喃喃轻语地说："对不起，娘实在不能要你，对不起了。"

珠泪涌出，伴随话音落。

坐船回赛岐后，玉茹没有回坦洋，也没去琬娘的诊所，而是住进赛岐街的一家客栈。她吩咐洪大成："你去诊所和琬娘说一声，然后先回坦洋吧，这几日赶制茶米，马掌事人不在，半山师傅和邹长贤恐怕忙不过来，你若没事就过去搭把手吧。"洪大成当然没事。他去坦洋，就只有听小姐的吩咐行事，不过临走前还是问了一句："仓库起火的事，就这么算了？"玉茹沉默片刻，冷冷地说："账记着吧，到该清算的时候，再说。"洪大成拱手离开。

玉茹让大成去坦洋，本就没指望能帮上什么忙，只是把他支走而已。

既已做下决定，她担心被谁一劝，又打消了念头。

而且，堕胎这种事，自然知道的人越少越好。不多久，琬娘就闻讯赶了过来。实际上，从玉茹暂住客栈的情形看，琬娘便已经猜到结果了。

"真想好了？"琬娘拉玉茹坐在床边，再一次确认问。

玉茹凄清一笑，说："您就别再劝我了，眼下臻泰兴才开始，定邦年幼尚不知事，古安河谋我大房家业已成了他的心魔……在这当头，假设我和石半山双宿双栖远走高飞，又将置定邦于何地？姨娘，定邦也是我的亲儿子，我总不能因爱而厚此薄彼吧，那样对他不公平。"琬娘本想问，放弃腹中胎儿难道对胎儿就公平了，但她没说，更没说女人堕胎要比自然分娩危险千百倍，甚至可能危及性命。她只认真地看着玉茹，缓缓地点头说：

"行！这事，我会仔细安排，确保顺顺利利。"起身又说，"只是你爹那边……"玉茹说："这事千万别告诉我爹，依爹的脾气，非捅破天不可。"琬娘苦笑："你这是逼姨娘当恶人哪。"玉茹起身退两步，朝琬娘深深地福了一礼，郑重地说："我娘死得早，您嫁给我爹，就是我亲娘，女儿拜托您了。"琬娘将其扶起，眼眶湿润地说："好吧，今日你舟车劳顿，先好好休息，明日一早，我再来。"

　　第二天，琬娘一早就赶过来，还带来一位妇人。那妇人姓陆，是琬娘的娘家人，人称陆嫂子。陆嫂子本身就是稳婆，琬娘请她过来照顾玉茹，可谓安排周全。琬娘将亲手熬制的一碗汤药递给玉茹时，仍旧问："可考虑清楚？现在反悔，还来得及。"玉茹苦涩一笑，没说话，直接一气喝下，然后平躺，安静地等着。这时，只见陆嫂子朝窗口跪了下去，嘴里念念叨叨，大致在祈求扶马将军或靖姑娘娘宽宥罪业……约摸过了一刻钟的工夫，玉茹开始出现腹痛。

　　一时间，冷汗眼泪全下来。折腾许久，她下体涌出一团紫红色的血污，紧着人就晕过去。等她再次醒来，脸色异常惨白，身子仿若散了架。

　　琬娘已经不在，只有陆嫂子陪在屋里。

　　玉茹挤出笑容，说了谢谢。陆嫂子长长地叹了一声，说："堕胎对女人来说比生孩子还惨重，无论如何都得把身子将养好了，不然……"玉茹问："不然怎样？"陆嫂子语气很重地说："这辈子很难再怀身子。"

　　能不能再怀孩子，玉茹倒没考虑那么远。说心里话，此前那一番折腾已完全把她折腾怕了。"那……孩子呢？"玉茹发了一阵呆，问陆嫂子。陆嫂子大咧咧地笑着说："时间不长，还没成形，只是一团血肉。"很快补充说，"倒是沈娘子说了，她会让人找地方好好安埋。"尽管只是一团血肉，也是她和石半山的骨肉，找地方安埋，算是给了一个好归宿。胡想一阵，带着对男人深深的歉疚，玉茹再次沉沉地睡了过去。

　　就这样，在赛岐街的这家客栈，玉茹总共住了五天。

　　而这五天里，坦洋已是流言沸腾，纷纷传说臻泰兴福州仓库被烧之事。

毕竟纵火之罪等同于杀人性命，事大着呢！所谓好事不出门恶事行千里，而且流言传着传着也传歪了，有人诡秘地说，此事乃古氏内部纷争所致。还有鼻子有眼地说，是二爷让冯掌柜使了银子，买通了臻泰兴守仓伙计陈小四。

古安河平生第一次尝到了被人冤枉遭人误会的滋味。

难受，憋屈……而且实话实说没人信，就差把心儿掏出给人看了。

就连一向最支持他的古裕祥都拿怀疑的目光瞪他，并责问他："可还记得古氏祖训？"古安河自然牢记祖训条文：荣辱相关，利害相及，忠义为重，财帛为轻，父母当慈，子女当孝，夫妻应互敬互谅，兄弟当相助相亲……外加戒律族规，如作奸犯科者逐出宗族，谋害兄弟者逐出宗族等。古裕祥问这些，说明他老人家确实生气了。古安河扑通跪下，连声说："叔公，我没有，那事真不是我干的。"古裕祥冷冷地看着他："不是你，又会是谁呢？"古安河哭笑不得，说："这我哪里知道啊？叔公，您若不信，我可以发誓。"古裕祥又说："哼，发誓有用的话，还要官府做什么？"话虽如此，最后古安河并未发誓，古裕祥也没将他扭送官办。毕竟，"苦主"还没回坦洋……

古安河回到家，仍旧一头雾水脑袋蒙圈，他娘的到底是怎么一回事。唤康梁过来，康梁说："爷，谣言出处实在查不出来。"古安河早料到会是这么个结果，泄气地说："干他娘的，我怎么这么倒霉！好比黄泥巴掉裤裆，不是屎也是屎了。"康梁也纳闷，小声地问："会不会真是冯掌柜找人干的？"古安河闭眼缓了片刻，等情绪平定下来，摇头说："不，冯戌没那胆子。"康梁思着又问："爷，您说，会不会是姚氏自己找人做的，然后……"古安河忽地睁开眼，紧急思几秒，大骂康梁："你是猪脑子吗？整个仓库的茶米放一把火烧个净光，连带补偿损失七千多元，你当银子是从天上掉下来的！"说完，挥手让康梁出去。康梁没走，继续说："爷，今天中午，有人看见马伯亮和咱古记的裕兴、裕来、鑫大丰、祥钰行几位东家在福宁街见面，您说……"

不用猜了，肯定就是。

不过，古安河这时候闭眼不去想了。

臻泰兴出事，玉茹虽然损失了一大笔银钱，不想却有了两大收获，一是收获了族人的同情心，二是加剧了老古记的人心思变。人心思变，首先表现在因对古安河失望而纷纷转投到臻泰兴的门下。第一批从老古记抽身出去的，如裕兴、裕来、鑫大丰和祥钰行等，这几家茶行在老古记所占股份最少，茶行东家本身虽然姓古，也算是古家子弟，但与大房二房关系甚远。

分裂，大至一个宗族，小至一家茶行，都是必须制止的局面，毕竟有悖于祖训家规。不过，面对某些族老的忧虑，古修远慢条斯理地说："大家可别忘了，臻泰兴也是古记的臻泰兴，同宗同族，肥水没流外人田。而且，早前咱也就此讨论过好几回，臻泰兴此举也算是开放募股了。要我看，让他们折腾，不论直系或旁系，这些年都过得太过安平，早忘了祖上当年肩挑茶米走广州之万千劳苦呢，长此以往，谁敢保证古记一定长盛不衰。"

古裕祥赞同古修远的说法，但他只听着，不发表意见。

有族老问："总得有个规矩吧，眼下这样折腾，别到时候不可控。"古修远看古裕祥一眼，接着说："不可控？倒还不至于！就拿这次处理起火事件的例子来说，大房姚氏八成已查出真相，却没作声张，最后选择隐忍，说明她身为女子，却和男人一样有格局，大家想想，她能由着马伯亮胡来？"这时有位族老接着话头说了句："小马此前跟着老爷子做事，论能力，确实非一般人所能及。"这位族老所说的一般人，虽未点名，但大家都听得出来是古安河。听这话，古裕祥仿佛一个姿势终于坐累了，正了身子说："今天喊大家来，主要议一议有关平息谣言的事，任由这样胡闹，总归有失脸面。"

论及族务，古修远便端碗饮茶，不再开口说什么了。因其辈分与宗族地位都不大具备畅所欲言的资格。当然，他能站出来替姚氏正言，是因为长孙定衡的一番话。那日定衡说，良禽尚知择木而栖。古安河算什么东西，做事完全听小管家指使，忽而东忽而西，古记在他手上，不被弄散才怪。

古氏族议之时，方宗凌刚好也将各家长辈请到家里来，就宗族团结及奕轩即将押送茶米去广州等事做了一番嘱咐。长辈们散去后，他问刘怀淑："如今臻泰兴什么情况？"刘怀淑叹了声说："玉茹这次可算是损失惨重！好在夏茶开始采摘，加上有了早前赶工的经验，倒是应付得过去……哦，咱家目前出货量小，我已经让温师傅过去帮忙了。"方宗凌听后，缓缓地点了点头。

方记由怀淑掌事，方宗凌自然是放心的。

然而，皎月有圆缺，诸事难两全。方宗凌眼下最忧心的，还是古氏宗祠新址那件事。那日商谈过后，族里真有人请来风水先生。风水先生仔细相看了那块陪嫁地，先是念念叨叨一番，然后说，无论如何，必须制止于此地块上修建宗祠。族人吃惊地问，假若修建起来会怎样？风水先生神秘地说，方家祖坟所处之地依山拱卫，于前开阔，右见明溪。左青龙，右白虎，左右兼得可保子孙封侯拜相，得其一，亦可保子孙大富大贵……然，一旦于祖坟前修建宗祠，如蒙住虎眼，即为风水大忌之"白虎煞"。但凡触犯虎煞者，轻者其主家多病或因病破财，重者可因此出现人伤。族人问其化解之法。风水先生摇头说，若是家中房屋，于受煞位放置麒麟镇之即可，但是山水之势，无解！

细想确实无解！一边是族人忧心忡忡欲言又止，一边是女儿新婚燕尔喜笑颜开，方宗凌只能将心事隐藏起来，故作轻松地安抚族人，游方术士多危言耸听只为钱财。方家将来怎样，靠的是各家子弟发愤图强，风水相术若能定贵贱的话，天下恐怕就没有勤俭持家这一说了……再拿古氏"内乱"

做例子，方宗凌又说，宗族不团结，内斗不休，不说被人蚕食，单是内耗，迟早也会把家业耗光的。方宗凌言辞凿凿苦口婆心，实则也是为了说服他自己。

就在方奕轩等人启程的这天下午，玉茹执意回坦洋。琬娘自然再三挽留玉茹。虽说经过五日多的静养，玉茹的气色逐渐见好，身上也恢复了气力，但琬娘知道，至少得等恶露完全干净了才能安心。然而，马伯亮通过洪大成给姚玉茹捎来口信，说裕兴、裕来几家茶行的并购事宜基本谈妥，就等着东家回去确认并做字签约。事不急，可玉茹归心似箭。琬娘忍不住说她："你啊，做大臻泰兴真就那么重要，重要到连自己的身子都不顾惜？"玉茹说："那可是女儿的最大心愿。女儿早盼着，能凭自己双手替定邦挣个好未来。姨娘，您自己不也说过，女子柔弱为母则刚吗？"琬娘不禁感慨，说："好吧，既如此，姨娘再挽留就有些不通人情了。不过记住，回去药要记得吃，切忌劳累。"玉茹拉着琬娘的手，撒娇地说："是的呢，姨娘。"

于赛江码头，目送玉茹离开。陆嫂子悄声说："沈娘子，我怎觉着你家姑娘有点傻呢。"琬娘看陆嫂子一眼，又望向远去的船儿，轻叹地说："这丫头从小性子倔，认准的事情谁也扭不回，连他爹都不行。不过，我倒很欣赏这个傻丫头，有胆识，有魄力，心儿敞亮，敢作敢当。"

仅离开坦洋数日，玉茹却感觉自己好像离开了十数年似的，眼前所见尽是生疏与格格不入。钻出船舱时，许是阳光过于亮堂，她不由一阵恍惚，趔趄地差点摔倒。得亏青儿眼疾手快，一把就扶住她。由于翠儿怀上身孕，担心无法再像之前那样照料玉茹母子的饮食起居，琬娘自作主张，让身边的青儿跟玉茹来坦洋，反正家里佣人多。再则，青儿与翠儿熟悉，接手也相对容易。

最后的并购洽谈，由于玉茹亲临拍板，交涉起来则容易多了。期间虽有争执与分歧，终归是一一地谈妥了，然后各自在契约书上签字，盖章。

办完事，裕兴的老东家朝玉茹拱了拱手，率先说："从今日起，我们听大东家号令，荣辱与共。"玉茹笑了笑，说："您老客气了！咱臻泰兴走的是新路子，不兴听谁号令，只听正确的抉择。而且，您和诸位叔伯都是经验老道的老茶人，都是我的长辈，往后我哪里若是做得不对，还请当面提醒。"几家茶行选择并入臻泰兴，都有点迫不得已的意味，然而听了这番话，几位当家人惊喜地发现，柳暗花明，或许自家茶路因此走对了呢！

依照马伯亮的建议，为确保大房对臻泰兴的控股地位不变，邹长贤对原股份进行合理放大，再从大房所持的股份中让出三成，出让给那些自愿并入臻泰兴的古氏族人持有。此举看上去与族老提议的开放募股有些类似，然则从实质意义上讲，已完全变了样。而且这波操作，新进茶行的闲散资金倒先解决了臻泰兴亟待解决的银钱短缺难题，加上彼此间茶米调剂互通，同时也解决了茶坊一时出货不及的麻烦。随之裕兴、裕来等茶行脱离老古记，持观望态度的茶行也开始坐不住了，纷纷私下联络马伯亮。面对这种情况，玉茹并没打算全盘接收，当初急咧咧嚷着要退股的人当中，就有这么些茶行的当家人。正应了那句老话，因果循环，报应不爽。有人恼怒地嘀咕，女人果然心眼小，易记仇。玉茹一笑了之，当初你们嗤之以鼻，如今让你们高攀不起。

回到家，玉茹才发现自己身上的里衣全湿透了，非是热的，而是虚。只见她额头身上直冒虚汗，脸色苍白，连站都站不稳。翠儿见状大吃一惊，忙问青儿怎么回事。青儿支支吾吾，说小姐病了。翠儿当即急红了眼，和青儿一起扶小姐进屋躺下。别看青儿与翠儿同岁，心智却比翠儿成熟多了。见小姐状况有些不对，支翠儿出去烧水，近前低声问："是不是又出红了？"玉茹乏力地点点头，挣扎着要起身，却被青儿按住。青儿关紧房门，说："我在太太的诊所帮过忙，知道怎么处置，我来帮你。"玉茹刚要说不用，她自己来。青儿已经利索地掀开被单，解开她的裤带。如此，玉茹只好由她摆布。青儿一边替她换上干净的棉垫子，一边小声地说："那男人呢？你这般遭罪，他倒好，什么都不管。"玉茹眼望床梁，茫然无语。他倒是想管，可是以何名义管呢?

这晚,玉茹又做了一个很长的梦……梦里,石半山恶狠狠地瞪她,问她为何那么狠心,竟杀死自己的孩子?她说不,眼下时机不成熟,等过几年,等定邦长大后,他带她离开坦洋,到没人认识的地方,她定满足他的心愿。他转而向她道歉,说是他不好,才让她受了这么大的痛苦。她说,是她对不住他,她爱他,无怨无悔。他说,他也是。两人刚动情地抱在一起,淌出的血突然染红了被褥,两个人就像两朵夏季的花儿,于血色中肆意地璀璨开来……

醒来后,已是次日的早晨。

听见开门声,玉茹扭头望去,只见儿子于门缝间探出小脑袋。

见母亲醒了,定邦唤了声娘。玉茹招手让儿子进来,含笑问他:"娘这几日不在家,课业可按时完成?"定邦点头说是。玉茹又问:"可有去茶坊跟师父学做茶?"说到做茶,定邦眼睛一亮,带着一丝骄傲说:"嗯,我还自己做了一袋茶,娘,您稍等,我给您煮去。"不一会儿,只见定邦双手捧着茶碗小心翼翼地回到里屋。许是茶倒得太满,茶汤溢出碗口溅到手上,但他依然坚持将茶碗端到床前。玉茹坐起来,替儿子拭去茶渍,问他:"烫吗?"定邦重重地点头。玉茹说:"娘之前教你的全忘了?"定邦思索片刻,小声回答:"从来茶倒七分满,留下三分做人情?"玉茹说:"嗯,茶七饭八酒十分,说的是礼以茶贵,人以茶显。以茶待客,七分为敬,茶满欺人,酒满敬人。"定邦反复念着,要把这几句话牢牢地记在心里。玉茹又说:"道理要学,可更要懂得活学活用。"定邦似乎明白了什么,高兴地说:"难怪师父说了,光背《茶经》是做不成茶的……可是娘,您之前为何总让我背诵《茶经》?"玉茹笑了:"《新唐书》上说,羽嗜茶,著《经》三篇,言茶之源、之法、之具尤备,天下益知茶矣……知道什么意思吗?"定邦抿嘴沉思,恍然地说:"我懂了,读《茶经》,寻前人经验,可知茶!"玉茹吃惊地问:"你师父告诉你的?"

定邦嗯地点头，看着娘喝下他亲手做的且亲手煮的茶，紧张地问："怎么样，娘？"茶汤青涩，泛苦，差点就没法入口，玉茹不好拂了儿子的兴致，笑着说："和你师父比，还有不小的差距，继续努力。"定邦撇着小嘴儿，泄气地说："可师父说了，我做的根本不叫茶，是没烧着的茶叶梗。"听这话，玉茹扑哧地笑了，心里反倒欣慰，说明师徒相处不错。

石半山对定邦的喜爱，已完全超出起先因为姚玉茹而喜爱的程度，这孩子确实招人疼，懂事不说，还聪明，凡事一点就通。而定邦面对石半山，也从原来的敬畏，拘谨，变成了如今的从容应对愉快相处。学堂放馆后，定邦不再直接回家，而是背着小书包就去茶坊。脑子里有个疑问必须问师父，若是不问清楚的话，大概晚上都会睡不着。定邦进入小院时，石半山正在吃晚饭。石半山问他："要吃的话，自己拿碗筷。"定邦摇头："待会儿回家吃，青儿姐姐做的饭，可比您做的好吃多了。"石半山看着定邦："青儿姐姐？"定邦将书包抱在怀里坐下，"外公家的姐姐，跟我娘过来的。"石半山又扒一口饭，"你娘什么时候回来？"定邦说："昨晚回来的……哦，我娘病了。"

玉茹病了？！难怪好些天都没见到人，还以为她在福州呢。顿时，饭不香了。石半山恨不得立马过去探望，可……他刚站起来，又慢慢坐下。

"看没看郎中？"石半山继续吃饭，假装随意地问。

"应该看过了吧。"定邦想了想，问："师父，您可知道茶七饭八酒十分吗？"石半山瞪他一眼："怎么，拿这么简单的问题考你师父呢？"定邦抿了下嘴唇，说："师父也有不懂和弄错的时候吧……先生说了，人非圣贤孰能无过。过，既指过错，亦为不知。"石半山乐了，说："好吧！那你说说看，师父到底不懂什么，弄错了什么？"定邦这才说："您说过，光背《茶经》，是做不成茶的。您又说了，爱茶而制茶，制茶当知茶。我娘说，《茶经》三篇，言茶之源之法之具，天下益知茶矣……您说，这些说法不是自相矛盾吗？"

眼前这位年纪不足八岁的黄毛小儿，相貌有几分其母神韵，小模样英气勃发，红润的小脸上闪着一双纯净而又略带狡黠的乌黑大眼，嘴角总带着似笑非笑的淡然神情……有这么个未来可期的好儿子，难怪玉茹甘愿套上此生不得改嫁的沉重枷锁！石半山不由感慨，心里说，定邦绝对可算是一块有待雕琢的璞玉，那么好吧，谁是陆子冈？只能是石某了。或许将来有一天，他于华夏红茶史上留名称定邦师傅的时候，问其师何人，半山师傅是也。

想至此，石半山爽朗大笑，主动承认："是，是师父错了。"

听师父这么一说，定邦反倒有些不好意思起来："也，也没啦！其实师父挺厉害的！我娘经常说，师父做的茶，不说在坦洋，整个福宁府也都没人比得过。"那是！石半山毫不谦虚地说，"所以接下来，既然学做茶，就得认认真真地学，只要师父懂的会的，都将尽数地教给你。"定邦站了起来，像模像样朝石半山行了弟子礼。石半山欣慰地笑了笑，又说："记得师父小时候，跟我师父学做茶，他让我记住两个字：守护。明白什么意思吗？"定邦发愣，哪里明白得了？石半山继续说："或许大部分茶师傅在收徒传艺之时，都会交代这俩字。可惜，他们都理解错了，何为守护？即守住本心，护其传承，而不是所谓的手艺传内不传外，真是猪脑子。"最后一席话，仿若自言自语。

定邦更是无法理解，听得一头雾水。

定邦和石半山师徒俩"论茶"论得一知半解，气氛倒也融洽。方起骏却在自家大院憋着好大的委屈。下午在街上，碰见一个卖糖人的，祖父居然只买了一支，正在起鸢嘴里美滋滋地舔着。只给起鸢吃就算了，凭什么让他站马步练功？他实在想不明白，听外人讲，男娃才是家里的顶梁柱，是心肝宝贝，长大后是要继承家业的，怎么到他这儿，全都反着来呢？更气人的是，起鸢还在祖父怀里含糊不清地嚷着，哥，练啊……祖父竟也跟着说，嗯，站好了！

公爹怎么教育孩子，怀淑从未有过一句闲话，棍棒之下子成才，再说凭起骏那性子，从小就是一匹野马，不管的话长大后非脱缰不可，当然得管，还得狠狠地管。奕轩动身去广州后，加上茶行又不忙，她每天很早就回家，和秋红一起忙一家人的饮食。一个月前，奕贞出嫁，那时家里人手不够，秋红自告奋勇回去喊她嫂子过来打下手。秋红嫂子人实在，手脚特别麻利，加上家里孩子大了，于是怀淑便让秋红嫂子作为长期雇佣留下来。从那以后，虽说家中多了一张嘴巴吃饭，但对于刘怀淑来说，倒比之前清闲了许多。

用过晚饭，三个女人一起收拾。秋红忽地想起一件事，告诉刘怀淑："玉茹小姐好像病了。"啊？刘怀淑骤然惊住，"她回坦洋了？"秋红说："傍晚我从她家门口路过，和翠聊了几句，玉茹小姐恰巧从里屋出来，看她脸色煞白煞白的，挺吓人。"刘怀淑说："不行，我得马上过去看看。"秋红说："要看也得明早去吧，现在天都这么晚了，肯定早睡下了。"

实际上，玉茹此时尚未休息，因为石半山来了东院。

有一种思念叫作一日不见如隔三秋。可惜，石半山一时想不出这么文雅的词句，只感觉不去见玉茹，心儿一直悬在半空中，怎也落不下来。下午他和定邦谈及制茶的守住本心，同时也在问他自己，他对玉茹的本心是什么？思来想去，最后以送定邦回家为借口，第一次走进玉茹的房间。

你怎么来了？这话才在玉茹的咽喉里转了一下，没出口便又咽了回去。说不想见他，肯定是假话，假话可以瞒别人，却往往骗不了自己。所以两人甫一见面，玉茹刚说了声坐，鼻子一酸，眼泪竟止不住地涌出来。石半山慌了，不知所措近前握住她的手，连声问："哪里难受，哪里难受？"见玉茹这般憔悴模样，石半山的整颗心都碎了。当初面对凤仙的病情，他只是心痛，远没到心碎的地步，许是时间拖太久了，麻木了。而玉茹好端端一个人，几日不见竟成这般情景，难道……他非常害怕，实在不敢继续往下想。

玉茹直摇头，因为心中的难受实在没法说出口，难道能像梦里那样，说她几日前刚亲手杀死他的孩子？她愧疚，更多的是委屈。过了好一会儿，泪终于止住了，她才说："没事，现在好多了。"眼泪能够止住，是看见他慌得不成样子，说明他对自己是在意的。得到所爱男人的在意，女人经受再多的委屈往往都会无怨无悔，她心里突然这么想。"没事就好，没事就好……"他仍陷在浓浓的后怕之中，手握得紧紧的，生怕一松开，就将失去似的。

另一屋，翠儿跟青儿说起小姐与石半山的相识始末。青儿说："听你这么说，倒是我错怪那个男人了！"翠儿说："什么这个男人那个男人，要称他半山师傅！"青儿捂嘴低呼："天哪，他就是半山师傅？"翠儿恼了："别这么大惊小怪好不好？而且，半山师傅还是咱家小少爷的茶道师父，所以，往后要对人家尊敬一些，特别还要留意二爷那边的人，他们可时刻盯着小姐，万一被他们发现什么，对小姐包括小少爷来说，都将大祸临头。"这时，青儿正色起来，正常也说话了："这点你放心，其实我来之前太太就再三叮嘱过，就怕小姐与那石半山一时情浓，控制不住着了火，总得有人灭火不是……嘿嘿，而你妹妹我，就是那个灭火之人。"你？翠儿给了青儿一记白眼。青儿急了："怎么，你不信？"说着，抓起桌面的一根筷子，手一挥，只听嗖的一声，那筷子便直直地钉在对面的木墙上。翠儿惊得嘴巴张大，许久才合拢："天呐，你我姐妹认识好些年了，怎就没发现你有这般大本事！"青儿撇了撇嘴："一般般啦，本事肯定没你大！老爷让你过来伺候小姐，你倒好，反倒让人给伺候出大肚子来了。"翠儿满脸羞红，当即姐妹俩嬉闹成一团。

实话说，这时候古安河根本无心关注姚氏的私事，尽管谣言平息，可自己掌管的古记旗下茶行纷纷倒戈已成事实，就连那些没被臻泰兴接收的茶行貌似也开始指挥不动了。比如这季夏茶的茶青尚未收购，刚提出商议，就有人开始反对，说春茶收购已让古记退回三流茶行，再退，不知将退到哪里去？

面对这样一种局面，古安河自是有些慌神，凭他一己之力似乎已经无力回天了，这才不得不硬着头皮，又跑来求助九叔公。

很显然，古裕祥也没料到会是这样一个状况，他当然不会承认自己看走了眼，先问古安河："知道你和姚氏差在哪里吗？"有求于人，古安河的态度自然是无比谦卑且诚恳的，就差下跪磕头了："您老请讲！"古裕祥说："就差在专注。论能力，手段，经验，你样样不输人家。可她在尽力经营，你却把心思放在别处，狮子搏兔尚须全力，何况她身后还有马伯亮、邹长贤、名震福宁的半山师傅，两相比较，你又如何能赢呢？"

不得不说，古裕祥垂暮老矣老眼昏花，看人看事还是精准深刻的。

古安河低头沉默。他不是草包，平心静气的话，自然能分析出屡次失败的原因所在。可他的心偏偏静不下来，究其根本，大概是从老爷子着力培养古安江那时候开始吧。老爷子为了培养古安江，刻意营造出优胜劣汰能者上的竞争局面。事实上，古氏内部谁都清楚，古安江就是扶不上墙的烂泥。即便如此古安河依然入不了老爷子的眼，他又如何心甘呢！难道，就因为古安江乃古氏大房嫡孙？冰冻三日非一日之寒。渐渐地，古安河魔症了。

"好好想想吧！"古裕祥说，"幸好你与姚氏之争，只争在自家内部，若与外人争，则古氏危矣！"过许久，古安河抬头问："叔公，依您之见，我该怎么做？"古裕祥神色凝重地说："暂时放下成见，好好经营古记，且须拿出真本事，让那些怀有二心的人闭嘴。"古安河点头，又犯了犹豫："可是，他们已经不听号令，我又如何统筹大局？"古裕祥思着说："看来，只能再卖一次叔公这张老脸了。不过，安河啊，有道是事不过三，出面为你说话的事做多了，往后就不灵了，而且……"古安河赔着笑，说："叔公，我知道，往后叔公家里的事，就是我安河的事，定光、定明虽无心茶行生意，我愿意拿出我个人的部分股份给他们，眼下时局不稳，多些钱粮在身，总有备无患的。"古裕祥笑了，却说："收起嬉皮笑脸，我跟你谈正事呢。

眼下这局面光叔公说话不顶事，你须先促成新宗祠落成。"古安河正颜恭听。古裕祥继续说："这事做成之后，可以重塑你于宗族的威望。但事后，你须一心经营，莫在姚氏身上再费精力了。"古安河问："您的意思是，近期择日动工？"古裕祥说："让贾先生择个日子，宜早不宜迟，越拖下去，对你越不利。"

几经商议后，古氏新宗祠最终定在六月十六日辰时动工。

奕贞应该是怀孕了。

时日尚短，郝先生也没法给出准数，只说或许。不过安海自己清楚，他和奕贞成婚后，几乎夜夜勤耕不辍，因此一听说妻子月事拖了数日，便提前作出判断，妻子必然是有了……初为人父的兴奋，让他恨不得立马将好消息告诉相熟的所有人。方奕贞羞得不行，当即制止丈夫："别！你胡乱嚷嚷，让我往后怎么出去见人？"安海不解："奇怪，怎就不好见人了？你是我古安海明媒正娶的妻子，夫妻之道生儿育女，如何不能说了？"方奕贞嗔着说："都说了是夫妻之道，就是夫妻间私密之事，怎好与外人乱说的呀。"

好吧，古安海最后答应，这事只告诉大哥和岳父等人。

听说弟媳"入门喜"，古安河自然替安海高兴，且让他更高兴的还有一件事，那就是族老一致同意，让他全权操办古氏宗祠的动迁事宜。于是从黄道吉日遴选，到旧宗祠最后一次祭祖，再到新宗祠修建所需材料采买等，古安河无不亲力亲为，无不尽心安排督办。大概见古安河一心扑在族务上，古记众人渐渐没了别的声音，开始分头行事，该订购茶青的订购茶青，该安排出货的安排出货，甚至开始有人主动请示古安河，事情是否应该那样办……

至于郑老关，倒是古记茶坊最心得意满的一个人。茶赛失利，不仅没被东家责罚扣去佣资，还终于让可人的小宛暖了被窝。不过，茶行里的纷争他毫无兴趣参与，只专心做好自己的分内之事，就像熟门熟路的老黄牛，一门心思研制他的"关山红"系列。这天傍晚，古安河特地放下手中的活，请郑老关吃了一顿酒。古安河擎起酒盅，真诚地说："前些日子怠慢了，往后茶坊就拜托老哥您了。"郑老关依然一副我行我素的样子，但也答应说："老关我做事童叟无欺，你给钱，我做茶，至于别的，不来烦我就行。"

这是必须的！古安河当即表态。既然准备重拾茶行生意，方方面面都得提前安排好，这是古安河的决心与态度。回去后，康梁问他："爷，姚氏那边咱真不管了？"古安河吁叹一声，说："先不管啦！再管下去，古记的牌子都该丢了！我若能得马伯亮，邹长贤，哪怕二人得其一，也有多余的精力啊。"这话让康梁有些尴尬。他除了使些小聪明小计策，确实于生意方面使不上劲。康梁充其量只是个有点脑子的管家而已。喝了一阵茶，古安河忽地问他："我让你放消息出去，方家怎么反应？"康梁说："一切如旧，没听说方宗凌召集族人商议。爷，会不会是咱想多了，方家本就不把这事当正事。"古安河微笑地说："如此甚好，可咱做事，必须做好两手准备。"

所谓两手准备，一防闹事，二防告官。康梁懂呢。

古氏将在方家祖坟前修建新宗祠，方家怎可能不把它当回事！

若没有方宗凌制止，一些方家后生恐怕早就冲到古家讨要说法了。

这日早晨，刘怀淑送起骏上学后，又准备去茶行，被公爹喊住。

方宗凌问她，古氏新宗祠的事怎么看。

刘怀淑想了想，平静地说："奕贞嫁进古家，就已经是古家的人了，而且刚怀孕，两家若在这时候闹起来，只会让她难做人……爹，倒不是儿媳胆小怕事，谁都清楚运势断言不可尽信，没必要弄到两家生死对头。"

方宗凌慢慢地喝着茶，沉默片刻又问："假设不考虑奕贞呢？"怀淑说：

"老话说子孙不贤积金无益，就算不考虑奕贞，我的意见依然是以和为贵。您看如今古家，隐有分裂成三的趋势，玉茹的大房，古安河为首的二房，还有那些常年在外发展的古氏旁系……依儿媳推测，大概为了挽救颓势，他们才不得不想出宗祠动迁的法子，毕竟事关全族，可拢人心。可人一旦有了异心，好比鸡蛋破壳，非是一两件事所能改变，除非站出一位手腕且能力都特别强的人。"

听了儿媳这番话，方宗凌顿觉心情舒畅了许多，郁结心头的烦懑仿佛一扫而空，摇头叹说："此前，真不该答应古家的这门亲啊！"怀淑笑了："奕贞和安海两情相悦，爹您刀子嘴豆腐心，又疼奕贞，怎可能不答应呢。"自从代夫接管茶行，刘怀淑说话想事情，基本都能站在宗族大局考虑。她除了尊重与孝敬公爹外，也敢于依理阐明自己的观点。这让方宗凌更下定决心，此后必将更严苛要求起骏，绝不能像奕轩小时候，因心软就把奕轩养成了"文不成武不就"的"不成才"模样了。怀淑刚走到院门口，想想又回头："爹，儿媳刚才所说的，只是儿媳个人的看法，不代表所有方家人都会这么想。所以，还请爹找各家长辈谈谈，最好能打消他们心中的疑虑。"方宗凌问："你是说，立即召集族议？"怀淑却说："不，族议众说纷纭，反倒不好统一意见。"方宗凌仔细一想，呵呵地笑了："好，爹懂了，一会儿就去。"

玉茹终于明白琬娘因何让青儿跟她来坦洋，毕竟大成身为男人，如果形影不离一直跟着她，终归是有些不方便的。而论个人身手，青儿并不比洪大成差多少。"你来了，姨娘的人身安全怎么办？"对于那位替代母亲的女人，玉茹始终心存感激，她为父亲能有这么位好女人相伴感到欣慰。青儿笑了："我的大小姐呀，您就别操闲心了。您是不知道，太太在赛岐街，论名望丝毫不比老爷弱，她又不喜欢四处闲逛，只要不出赛岐，谁敢招惹她？而且我相信，我来坦洋后，老爷必然安排其他人跟着，您就放心吧。"几日相处，发现青儿性格大大咧咧粗中有细，说话直接且大胆。她说："倒是您……据我观察，石半山那人不错，对小少爷也好，既然爱他，还管什么，嫁给他得了。"

听这话，玉茹的脸一下便红了。

经过一段时间静养，加上青儿总变着法子好吃好喝伺候着，又是鱼汤又是鸡汤，把她养得面色红润，连体态都变得丰腴起来。每每洗浴，玉茹都忍不住于镜前审视自己的腰身，大概又长胖了吧？是不是变难看了？同时她也忍不住地胡思乱想起来，会不会有一天，他会因为她年老色衰而嫌弃呢？

女人的心，总是复杂且矛盾的。

想到接下来与石半山相处，玉茹既害怕又渴望。害怕是因为痛。那日喝下汤药后，那一种无以名状的悲怆、纠结、未知乃至绝望的疼痛感，至今都不敢轻易回忆，更不想再来一回。渴望是因为那种被人疼爱的滋味是世上最美妙的滋味。身子刚恢复，身体里就有东西像潮水一样止不住地涌出来。特别在夜深人静的时候，她总忍不住地想，想他睡了吗，是不是也在想她……

下午，她终忍不住去茶坊见他。见面的那一刻，她便从他的眼眸里清晰地看见自己的影子，含羞带嗔，欲言又止。因为青儿人在门外，她实在不好待太久，他也仅仅抱了她一下，两个人就分开了。不过熟悉的男人气息一直浓烈地腾绕在她的鼻间心头……因此被青儿骤然一提，她难免心动了。

两情既相悦，何不长厮守。

若不是古修远突然找上门，玉茹大概还会继续沉浸在某种美好的憧憬之中出不来。看上去，古修远心情似乎不大好。对于修远族老，玉茹一向持敬重态度。相较于其他长辈，古修远处事要公平公正得多。茶没喝几口，古修远便直接问玉茹："至于定邦……是否准备争一争？"这话没头没脑，一下就把玉茹问住了。不过，她很快就明白过来，笑着说："老太太都说了，该是大房的就只能是大房的，争与不争，事情尚在。"对于宗族主事人的人选问题，古修远显然没有玉茹淡定与自信。毕竟，古裕祥的态度摆在那儿，就拿这次祭祖的第一执香人来说，古裕祥轻描淡写就指定给了古安河的长子古定贵，理由竟然是定贵已近成年，行事较为稳妥，完全不顾兄弟顺序……换而言之，往后宗族事务是否都将由二房来操持？那么，又将置大房于何地？

玉茹近日待在家，大门不出二门不迈，并不清楚族里都在忙什么，这才知道宗祠的事已经排上日程。心里虽有气，但她依然平静地问："依您看，定邦是该争呢，还是不争？论年纪，他确实未满八岁。"古修远叹声说："年幼不是借口，再小，嫡孙的位置也摆在那儿，只是……"玉茹笑了，说："我大概明白了，还请您再与诸位长辈说说，实在说不通，也没关系，总之人在做天在看，我们都认。"古修远点头，说："该说的话，叔会说。不过，我认为你最好也去裕林、裕春家走动走动，毕竟，人多力量大嘛！"

玉茹明白古修远此来的真正目的，首先是示好，其次是留有余地。毕竟臻泰兴做起来了，大房的位置相对稳了。古修远虽说挟带私心，总的来说还是好意多些。玉茹坦然接受。不过，她没听从古修远的建议到裕林、裕春族老家里游说。借势可以，但不能用求的方式，凡事求不来，只能靠自己。

古修远离开后，玉茹随即也出门，去方记找刘怀淑。新宗祠将盖在奕贞的那块陪嫁地上，早听闻方家不允，别因此闹出不可收拾的矛盾来。

进门的时候，方家一群后生正围着刘怀淑说这事。

刘怀淑说："大家先别急，急不是解决办法。再说，我一个妇道人家也作不了主，这事得听我爹拿主意。"有后生说："族长至今不发话，嫂子，我们只听您的。"刘怀淑不由苦笑，说："我能让古家不盖宗祠，还是会把那块地还回来？"有后生说："不管怎样，不能让古家这么恶心人。"

正说着，发现姚玉茹走进来，众人纷纷住嘴，但望向她的目光里明显带着忿恨与不满。刘怀淑只能好言劝走众后生，然后将玉茹迎进茶行的后院，苦笑着说："你也看见了，这些后生仔……"玉茹说："可以理解，最可恨的是那些风水神棍，什么好势劣势，被他们胡乱一搅合，好事也会变坏事。"刘怀淑手扶额头："是啊！眼下夏茶伊始，茶米都忙不及，哪有空理这些。"说着兀自发笑，"玉茹，你说该不该怪你，短时间就把臻泰兴的生意做起来，你家二爷慌了，才会骤然前不前后不后地搞这些？"玉茹却没笑，冷冷地说："正事做不来，旁门左道倒是一出接一出，八成还是为了谋族长之位。"刘怀淑叹了声说："族长有什么好当的！族务理好了是应当，理不好，却招人怨。"玉茹久久地看着刘怀淑没说话，古家与方家怎可能是一样的呢。

终于到了六月十八这一天。

一大清早，古修远就亲自过来接定邦。

在由谁执香的问题上，古修远生平第一次当众说了狠话，"人在做祖宗在看"，反正他不赞同原提议。最后族老包括古裕祥终于让步，不再坚持二房长子定贵，按老规矩，仍由嫡长孙定邦跪头礼参加老宗祠的祭祖大典。

有了早先的经验，玉茹倒不担心定邦于奠基仪式上举止可能出错，只隐隐担心方家人会到现场闹事。最后青儿自告奋勇说，由她陪着小少爷。

有青儿陪伴，自能护定邦周全。然而到了地方才知道，女人只能站远处观礼或随香，不好近身随行。玉茹让青儿照办。卯时末，方家只有方宗凌一人双手背后立于不远处，未见方家其他人出现。古家人见状暗松一口气，各自心里都说，事成了！紧着吉时到，准备祭后土，落五籽茶米，立碑……

只见定邦双手执香，于供桌前稳稳地下跪祭拜。目睹这一幕，玉茹的眼圈顿红，热泪差点就下来。但她含笑忍了回去……礼成，爆竹齐鸣。

谁知在这时，一匹运送木料的马儿陡然受惊，挣脱未栓紧的缰绳，朝定邦直直地冲过去。"躲开，定邦——"玉茹见状大惊失色，嘶哑大喊。

然而，参与拜祭的人们纷纷躲开了，留下定邦呆怔在那儿。

青儿三步化作两步疯跑过去，可惜距离太远，眼看还是慢了一步。风驰电掣之间，只见一道人影飞快地扑过来，一把揪住缰绳。惊马顿即被勒住，可马儿嘶鸣声起，一甩头就把那人给甩了出去，刚好落在一堆石料的上面。

砰的一声响，人当即晕了过去——

是方宗凌，是方族长救下小定邦？！

人们都呆住了，愣住了。

青儿一抱起定邦，就往玉茹这边跑。玉茹快步迎上去，一把搂住儿子，浑身止不住地颤抖。儿子若有个好歹，她该怎么活啊！母子相拥之时，安海夫妇抢先过去查看方宗凌的伤势。人很快清醒回来，却动弹不得，视情形大概撞伤脊梁骨。玉茹也牵定邦走过去，含泪千恩万谢。方宗凌面色苍白，扯出一丝微笑说："孩子没事就好……"话未说完，人又晕了过去。

方宗凌如此仗义，人群中有人小声嘀咕："我看，宗祠还是别盖了。"古安河闻声寻人，冷然喝斥："乱说胡话！"古裕祥手拄拐杖站一旁，闭眼沉思片刻，也对古安河说："嗯，先停停吧，眼下救人要紧。"

古安河只好命人与安海夫妇一道，将方宗凌抬去方家。

方宗凌意外受伤，伤得很严重，好在性命无忧。当日中午，玉茹特地过去探望。安海夫妇也留在方家守候。刘怀淑抹着泪说："都说是意外了，这是谁也无法预料的事，好在我公爹吉人天相，幸而没出大事！"玉茹问："要不我让人去赛岐，请我姨娘过来瞧瞧？"刘怀淑摇头说："不用了，已经请郝先生看过了，大骨无碍，只巧不巧撞到旧伤，接下来只得慢慢去调养了。年轻人伤筋动骨尚需一百天，何况我公爹年纪大了。"玉茹再次谢恩。

方宗凌受伤事出突然，本就是一件意外之事。然而在方家人眼里，却如平静的湖面丢进一块巨石，顿即腾起滔天巨浪。就连那些被方宗凌说服的长辈们都纷纷缄默不语了，不敢再坚持。谁敢再说风水术士胡言乱语？这不，古家宗祠还没盖起来，方家已经出现人伤了。真不敢想象如果盖好，方家又将如何倒霉呢？"我大概明白了，族长选择息事宁人，就因为奕贞。"有人终于为方宗凌的态度找到原因，"奕贞嫁入古家，就是古家的人了，族长哪有不顾及女儿的道理？何况，他那么疼奕贞！"最后，一众族人推举方宗厚去见方宗凌，商议下一步如何制止。方宗厚是方宗凌的族堂弟，性格耿直，当即就去了。

方宗凌知道自己这时候说什么都无济于事，只叮嘱方宗厚："和古家要好言相商，比如让风水先生调整位置朝向，无论如何，咱可不能不顾同乡之谊邻里之情。"方宗厚却不干，恨恨地说："哥啊，您是顾及同乡之情了，那古家人呢？听人说，姓贾的得了古二爷一笔好处，选那处盖宗祠，目的就为了拦阻咱家风水，换古家昌盛呢。"方宗凌笑了："胡说八道！宗族昌不昌盛，就凭这些？照你这么说，咱家也选一处风水宝地，然后大伙什么都不干，就等着天上掉金元宝？"方宗厚无话可说，但他仍决定找古家人说理。

理自然是说不通的。

一旦退让，古安河只能再次沦为族人的笑柄。

于是方宗厚等人只好将古家告上了县衙。茶赛过后，福宁知县调换了新老爷。新知县刚上任，一时弄不清状况，但也知道坦洋方家与古家，这两家如若闹起来，影响课税，他的官帽子或将不保。问县丞。县丞倒是给出建议，说另请风水师，设法妥善解决。总之一句话，两大宗族都伤不起。风水大师从外地请来，如此可避免徇私舞弊有失公允。方古两家皆无意见。

这日，知县大人亲临坦洋，以便当场作出决断。风水大师一番捣鼓后，赞同此前的运势之说，为了兼顾双方，建议古家不能按宗祠的规制建，需降低高度，如此不偏不倚各自无伤。于是，在知县大人的见证下，当场命人将宗祠的所有梁柱都锯短三尺。至此，两家宗祠之争最终得到了解决。

然而，方奕贞却高兴不起来，一是父亲重伤未愈，二因为娘家族人看她的眼神里似乎开始带有某种成见。眼神和目光自然都是无言的，却如同利针一般深深地刺痛着她单纯的心。曾几何时，她在路上遇见谁，到谁家，族人对她无不热情且疼爱有加……隔阂？是的，她认为这种冷淡的隔阂就是她自己带过来的，于是她开始陷入苦闷抑郁，几近窒息，差点无法正常呼吸。

妻子情绪出现异样，古安海很快便察觉出来。

他劝了，却无法令妻子宽心。

仅用了个半月工夫，古氏新宗祠就建好了。

落成大典那日，古安海受兄长委托过来请岳父前去观礼。方宗凌此时虽说已能慢步行走，但还是谢绝了女婿的好意，微笑地说："这事纷扰数月，原以为无解，最终却得两全法，岳父非常欣慰。岳父别无他求，只希望你和奕贞往后好好过日子。"安海说："其实我也没弄明白，大哥为何硬要操弄那事，害得岳父受伤。"方宗凌说："我受伤与你大哥无关，与任何人都无关，不说那孩子是你侄子，就算是陌生人家的孩子，该出手时我也不会犹豫。"

听这话，安海更被岳父的高义深深折服，坐片刻就告辞而去。

原本，安海还想和岳父说说妻子的近况，不过话到嘴边又咽回去，既然岳父把奕贞交到他手上，只能由他让奕贞幸福了。

夏季茶米与春茶相比，大概没了那么多折腾，从采茶、制茶，再到按单出货，一切如往年一样井然有序。茶季基本一季连一季，开春至白露，期间几乎不带停。忙里偷闲，人们谈论最多的依然是谁家又在哪儿设立了新分号，或在京津等洋人聚居之地开始设立"茶栈"。茶栈按现在的话说，就好比一家公司设在外地的办事处。人们似乎忘了此前臻泰兴的燃火事件，忘了方古两家的宗祠之争，更忘了古氏大房姚氏与半山师傅传说的风流韵事。

茶余饭后，坦洋街是男人们休闲的好去处。

"坦洋三座桥，不是赌就是嫖。"外地茶商喜欢来坦洋，溪对岸也很快地发展起来。街上随处可见杂货铺、洋货铺，布店、饭馆、旅店、戏园子、赌档等一应尽有，甚至对面街新开了一家大烟馆，据说烟馆老板还是土匪岩毛猴的小舅子。岩毛猴凶名在外，因何一直不敢到坦洋放肆？有人说，岩毛猴此前数次挑战方宗凌，无不以失败告终。要说坦洋最热闹之地，依然是明里暗里的各色花楼。一到晚上，花楼门前灯火辉煌，姑娘们花枝招展，热情接待那些堂而皇之登门入室的，以及那些瞒着婆娘前去偷腥的男人们。

到了七月末八月初，刘怀淑收到广州的来信，奕轩说他已经处理好茶米的交接事务，不日将坐船回福宁。按日子估算，他来得及回家过中秋。两人成亲数年，从未分别这么久。怀淑当然想念丈夫，不知他旅途劳顿，人有没有清瘦下来？不过没有关系，只求妈祖娘娘保佑奕轩平安归来。

这趟广州走得较为顺利，没见风灾的影子。海面若遭遇风灾，差不多是九死一生的惨事祸事。奕轩等人所乘的船乃赛岐的姚家船，这船经常往返于赛岐与广州港之间，航路熟悉，经验老道，根本无需担心气候与海象问题。不过船把头说了，只有进入福建海面，才能真正地安下心来，毕竟福建海面的海匪海霸多少得给姚老大几分面子。眼看就要进入漳州海域了，这晚深夜，原本闹腾的海面像玩累了的孩子，骤然安静下来。除了忙碌的船工，大部分人枕着浪花儿悠荡的声息进入了梦乡。许是近乡情怯，奕轩毫无睡意，他想妻子和两个孩子想得心烦意躁，最后干脆不睡了，披衣登上船头的甲板。

抬眼望去，极目繁星，夜空深邃。

姚家船与别家货船略有不同，船头设有观察哨。观察哨其实是一座细细高高的木屋子，约有一个人高，三尺四方。不细看，还以为是货物的木箱子。据船把头介绍，打过交道的海匪海霸根本不会看挂旗。挂旗有可能作假，观察哨假不了，这是姚家船特有的标志。三个哨孔，可观察前方与左右。这晚轮值的伙计叫三儿。方奕轩认识三儿。近前敲了敲门，发现三儿居然坐着睡着了。继续敲。三儿这才醒过来，冲奕轩咧嘴一笑："哟，方二爷，这么晚了，您还没去睡？"奕轩打趣说："你把双眼闭上，拿什么观察？"三儿说："进入福建就是咱的地盘了，没什么要紧的。"往前瞅了瞅，打了个哈欠，"马上就到漳州地界了，睡去吧，后天一早，准能回家。"说完，转头睡去。

方奕轩又站了片刻，别看夏季，海面特别凉。不知是星辉映照着海水，还是海水兜着星辉，总之视线并不黑，一片朦胧清暗。浪潮儿荡起细浪，扯着若隐若现的长长白线一层层地远去。就在他准备回舱之时，突然瞧见右手边的海面腾起一线白，且白线越来越近。他站着想想，又去敲三儿的门。三儿大概没睡熟，朝他苦笑着问："爷，您又怎么啦？"奕轩指着远处海面说：

"快看看那是什么？"听这话，三儿腾地站起，朝奕轩手指方向望了过去。

干他老母，是倭贼的船！

倭贼是海面上最不讲道义的贼，有些年头没出现了。视情形，八成是从台岛那边过来的。"哐哐哐……"三儿火速敲响了警示锣。不一会儿，船上的人都被喊醒了。船把头沉着下令，来者不善，上火器。姚家伙计训练有素，各自的枪管里很快就填满了火药。见奕轩还在甲板上，船把头喊："二爷快下去，上面危险。"奕轩见自己也帮不上忙，正要进船舱。这时，只听轰的一记闷响，船把头大惊失色："他娘的有炮。"说时迟那时快，倭贼船上射出的炮弹正巧落在奕轩身后，随着轰的一声巨响，奕轩直接被炸了出去。

奕轩醒来时，发现自己躺在床上，周遭尽是空落落的白，白色床单，白色窗布帘子，白色的石灰墙……他懵着脑袋，挣扎地坐起来，陡然发现异样，猛地掀开被单，天哪！自己的一双腿没了。他很快记起发生的经过，是的，船被炸了。然后，他死了吗？没死！可是身体残缺，生不如死啊！

奕轩在闽海关的洋人医院总共住了十天。伤情稳定后，才被姚朝荣派人接回去。短短十天，于刘怀淑而言，却像度过漫长的一辈子。她先一步得知丈夫的情况，但没敢告诉公爹，没敢告诉其他人，甚至要求姚氏来人说，消息先替她隐瞒起来，一切等奕轩回来再说。最后，连她自己都不清楚是怎样熬过漫长且悲怆的数日。白天，她强颜欢笑。夜里，才敢口捂被子无声地恸哭。

她是这么想的，干脆一次哭个够，奕轩回家后，她得对他笑。

方奕轩回坦洋的这天下午，天色阴沉，貌似又要下雨。

方奕轩躺在担架床上，由姚朝荣亲自带人护送回来。人们闻讯围在清风桥头，有的站在街两旁围观。人们关心方奕轩的情况，刘怀淑含笑点头："受了点伤，不过不碍事，谢谢！"直至进了方家大院，刘怀淑这才眼圈一红，紧紧地搂住丈夫，肩头不住地颤抖。但她没有落泪，等情绪稳定后对丈夫说：

"别难过，没有过不去的坎。"方奕轩定定地看着妻子，没说话。怀淑转而吩咐秋红和跟来的几位方家后生，一起将二爷抬进里屋去。这天下午直至第二天的早上，刘怀淑一直待在屋里，连饭都端进去吃，没再出来。

姚朝荣跟来坦洋，亲自向方宗凌致歉。方宗凌内心悲痛莫名，却也只能面对现实，重重地叹了声说："天灾人祸，怨不得谁，奕轩能够活着回来，已是万幸。"话说如此，他直觉得胸口憋得慌，气无所出。姚朝荣说："潮汕海面一向太平，没想会遭遇倭贼。"方宗凌说："如今日本人盘踞台岛，倭贼是否为真贼，谁又说得清呢。"姚朝荣恨恨地说："姚某与倭贼势不两立，往后倘若遇上，定叫他们有来无回。宗凌兄，您大概不清楚，二爷坐的那艘船上总共三十八个人，包括二爷在内，仅仅活下来四个人。四个人哪，余下三十四条人命，全都折在海里啊！"说着，他红了眼圈。

说到底，方宗凌还真怪不得姚朝荣。姚氏船毁人亡，且毁的船是船帮里头最好最贵的一艘船。当然，船再贵，都可以花钱买来，而人命一旦失去，花再多钱也无济于事。送走姚朝荣，方宗凌一个人又静静地坐了许久，奕轩的情况虽然糟糕透顶，但与失去的人命比起来，还真不算什么。

晚饭后，方宗厚闻讯赶过来，问起奕轩。方宗凌说人在屋里。方宗厚就要进去探望，被方宗凌制止了："别去打扰他们。这时候，任何关心对他都是一种负担。"说着，眼里浮起一丝泪光，"此前二十多年，奕轩一直活得很自在，过得很舒坦，这是他遭遇的第一次挫折，只能让他自己跨过去，走得出来是一条龙，走不出来……是他的命。"方宗厚没想那么深，也没想那么远，急咧咧说："好好的一个人，怎去了一趟广州就变成这个样子，不行，我得找老姚问个清楚。"方宗凌叹着说："问清楚又怎样，奕轩的腿就能变回来？老姚也不容易，他顾不上喝水，就赶回去抚恤死难家属。"抚恤死难家属？方宗厚愣着问："死了很多人？"方宗凌停顿片刻，叹着说："三十四条人命，大部分尸骨无存……其中几人命不该绝，却为了救奕轩丧生海底。"

听这话，方宗厚不再言语。原本他想说，他娘的肯定是古家建了新宗祠才造成这个恶果……然而再想，那些罹难者又何其无辜！

次日清晨，方宗凌被骤然的惊喊声给惊醒了。不用猜，必定是奕轩做了惊人的噩梦。方宗凌缓了缓神，才发现自己居然在堂厅坐着眯了一宿。然而他没去洗簌，直接从家里出来。他拄着拐杖，走得很慢。腰伤未愈，郝先生叮嘱不可大动作。不知怎的，他居然走到了古氏那座新落成的宗祠门前。

他站着看，越看越感觉有些不对劲。

哪里不对劲呢？似乎宗祠的高度不对。

就在这时，宗祠边门从里面打开，出来一位古氏下人。这位下人瞧见方宗凌，立马近前行礼打了招呼。方宗凌点了点头，转身就要回去，再往宗祠里头瞧一眼，牌坊赫然建在高台上……高台？他一下就明白过来，顿觉胸口那股闷气像被点着了一样，猛地爆炸开来。"干，干他娘的……"下人不明白方族长因何突然爆粗口，但眼看着他口喷鲜血，直挺挺地向后倒去。

方宗凌突然不行了。

此前他能站能走，凭的全是心头挺着的那口气。坦洋人谁不清楚，方宗凌为人坦荡一身正气？然而，他却真切地被古安河、古裕祥等人气到了。乡里乡亲，同气连枝啊！被方家人抬回去时，方宗凌嘴里一直念叨着这几个字。

方氏宗亲很快齐聚方家大院。

刘怀淑也把奕轩从屋里背出来。大家见奕轩膝盖以下空空如也，不由得面面相觑。见父亲这般模样，方奕轩似乎一下清醒过来，不顾腿伤未愈，几步爬到父亲床前哭喊着："爹，爹……"刘怀淑也跟着跪过去。

起骏两兄妹围在祖父床头，哇的就哭了。方宗凌看了看儿子，看了看儿媳妇，又抬眼看看孙儿和孙女儿，许是想笑一下，只是嘴角略微地动了动，用微弱的声音说："别哭，方家人……从来流血不流泪。"可眼泪哪能说止住就止住。刘怀淑含泪说："爹，您有话只管吩咐。"方宗凌望向儿媳妇："你做得很好，你们都做得很好，爹很欣慰……奕，奕贞呢？"去喊奕贞的秋红嫂子尚未回转。方宗凌又把目光对准奕轩："此次古家的事，爹失算了，但……别去怪他们，乡里乡亲，同气连枝……不过要记住，往后方家，不论直系旁系，切不可再与古氏联姻了。儿女情长了，英雄气就短哪！"

断断续续说完这番话，来不及等女儿过来见上最后一面，也没交待其他后事，只见方宗凌长长地吐出一口气，然后慢慢地合上了双眼。

方宗凌过世了。

方家大院响起一片哭声的时候，古安海夫妇才刚赶到大院门口。方奕贞听声音呆怔地顿住了脚步，身子忽地一歪，直接栽倒在丈夫怀里……差不多这个时候，广州乡下的一处民房里，一位青年男子嘴里咬着布巾，慢慢地褪下身上的长衫。他被官兵围堵了一晚上，肩膀受了枪伤。脱衣时扯到伤口，血再次溢了出来，几近湿了整条胳膊。他拿起桌面的白酒，正要往伤口上倒，心口突然传来一阵剧痛，不由呲出一口凉气，布巾从嘴里掉了下来。假设方奕轩兄妹也在这儿的话，他俩大概会异口同声地认出这个人："大哥……"

方宗凌临终前始终没提大儿子，是因为他不久前收到一封来信，儿子奕生在信里是这样说的："爹，儿子已经找到自己的路，且准备一生为此路奋斗直至成功……假若，儿子不幸死在外头，爹就当作没生过我这个儿子……叩谢爹的养育之恩，自古忠孝难两全，请恕儿子不孝……"

方宗凌骤然辞世，使整个方家都笼罩在一片巨大的悲痛之中。

雨，差不多就是在那个时候开始下的，一直下到当日的中午。

整整下了一个上午的雨并不大，却下得很密集，伴随着仿佛要把天空撕裂的白色闪电，雷声隆隆。密雨很快下黑了天地，地面溅起的水花儿就像被鞭子抽打后留下的道道血痕。密匝的雨幕阻挡了人们的脚步，却阻挡不住方家的噩耗传出。他……怎么就死了呢？古裕祥听说消息后，呆坐半天没说话。古修远却长长地叹出一口气："英雄落幕，不外乎如此啊！"许多人为方宗凌的离世感到痛惜，却不敢轻易地将方族长的死以及方二爷失去双腿的事与古氏新宗祠联系起来，因为那样做的话，无异于是对方宗凌的侮辱。

古安河却不这么认为。在他看来，方宗凌一死，方记等于失去主心骨，往后方记哪还是古记的对手！"幼稚——"古裕祥恨铁不成钢地瞪着这位原本还以为是宗族中最出色的旁系子弟，"且不说坦洋茶行众多，方记只不过是其中之一，单论方家数代人积攒的名望，岂会因为方宗凌去世而消逝？可知道他因何受人敬重？有人曾评价说，方宗凌胸怀大义，行事只凭本心。但凡利于乡民之事，他一不争，二不抢，遇事有商有量。"叹了一声，古裕祥继续说，"殊不知，正因为他的真性情，坦洋人才打从心眼里服他，敬他！"古安河嗫嚅地说："我又没说他人不可敬，只就事论事而已。"古裕祥蹙了一阵眉，说："我隐隐有些担心，坦洋安平繁华的局面，会因为方宗凌的离世而改变。"

古安河没搭话，心里却不以为然。

石半山倒是和古裕祥持相同看法，也有类似的担忧。

"何以见得？"玉茹看身边的青儿一眼，认真问。

这日一早，玉茹到茶坊查验茶米的出货情况，不由自主地拐到隔壁小院见石半山。原打算见上一面就回去，不料雨天强留人，只好将门外的青儿也喊进来，三个人边煮茶，边等着雨歇。茶桌放在离床铺的不远处，尽管床上被褥收拾得整齐有序，但还是触景生了情，回想起那晚所谓的"新婚夜"，实在羞于再见那一场疯狂的境地，两人竟然连同被子一起滚落到地上去……

玉茹含羞不语，石半山先也是默住不开口。

青儿坐在茶桌那一头，好奇地左瞅瞅右看看，丝毫不显尴尬，最后实在忍不住了，大咧咧说："好吧，你俩爱说什么说什么，就当我不存在。"

没承想，这话反倒打破了沉默。有外人在，两人即使满目含情也不好当面情话绵绵，旋即谈起正事。玉茹这时还不知道方宗凌去世的消息。石半山更不可能未卜先知，只是对方宗凌此前受伤之事做了一番推测。

"坦洋地势两边高，中间低，呈长条状摆开，四周又有高山环绕，出入除了水路，陆路只有一条，换句话说，这是一处异常偏僻之地。常言道偏僻之乡多穷壤，然而这里因为茶却要比其他地方富足许多。照理，白云山的土匪应该喜欢光顾才对，因何近些年他们只在清溪上游社口一带闹一闹，而不敢轻易涉足坦洋呢？不得不说，首先是因为这里有方宗凌的守护。"说到这，石半山兀自笑笑，"原以为，方宗凌的武功出神入化，然而从他救定邦身受重伤的情形看，他也是人，不是神。只要是人，就有倒下的那一天。玉茹，你不妨设想一下，假设方宗凌倒了，那么坦洋还会像之前那样安宁吗？"

玉茹仔细琢磨着石半山的这番话，虽说有杞人忧天之嫌，毕竟若按习武年限算，五十多岁的方宗凌正值壮年，至少近期是不会倒的。但玉茹知道石半山想事情从不会无的放矢，就说："你直接说吧，要我怎么做？"

石半山喝上几口茶，认真地说："你应该尽快找方宗凌商议，合力加强坦洋的日常防卫。如今村里的团丁时有时无巡逻，根本起不到作用。就拿岩毛猴来举例，此人一身功夫，下手狠辣，尤其行事以神出鬼没著称。那些团丁在人家面前，大概没打照面就被放倒了，谈何保护？"玉茹思着问："具体应该怎么做呢？"石半山忍不住笑了："若说具体防卫，我也是门外汉，或者可以学关外，建炮楼。"建炮楼？玉茹意想不到，可行吗？官府允吗？

玉茹再问："防卫乃全村大事，涉及诸多方面，我去提议……行吗？"

石半山点头，一字一句地说："立足坦洋，学方家。"

这时，青儿扑闪着大眼睛，由衷赞叹说："天哪！半山师傅，您根本不是茶师傅，我怎么觉得您是绍兴人，绍兴师爷很有名呢！"听这话，石半山摇头失笑。换作以前,他才不会费心思去想这些,若不是为了玉茹……

心有灵犀。玉茹含笑地望着石半山,一双秀目都快滴出水来。

在她眼里,石半山可不仅仅是一位出色的制茶大师傅,他的见识与谋略绝非几大宗族受过教育的所谓的优秀子弟所能比。假设可以的话,她宁愿站在石半山身后,做回那个娇弱的小女人……可惜不行啊,她只能迎难而上。她知道自己一旦退让,眼前所拥有的一切大抵都会时刻地化为乌有。所以,她所爱所敬的这个男人只能遗憾地藏身暗里,最好没人发现他的存在……

总而言之,是她愧欠石半山。

抬眼看见眼前这对男女含情地对望,青儿不自禁地打了一个小冷颤,尽管司空见惯,但还是有点受不了!中午回到家,惊闻噩耗。玉茹瞪大眼与青儿面面相觑,不幸被石半山言中了,方宗凌这么快就倒了?

失去方宗凌,对坦洋来说影响不可谓不巨大。

首先表现在茶税上。

福海关刚设立,课税厘金另加一成。多缴纳的一成税金对那些小茶商小茶农而言影响不大,但对于出货量较大的茶行来说,则是凭添了一成负担。

此之前,朝廷特别设立在坦洋的茶税局也曾为了支付给英、法等国的战争赔款而数次增加课税额。那时候,方宗凌带头进行有理有据的抗争,虽说之后茶税照缴,但在总额上还是减免了不少。现如今"群龙无首",各家茶行数次商议,始终推举不出一位真正的领头人。这当中,经营年份最长且茶行分号最多的老古记"账面亏损"自然最严重。古裕祥当然得出面,他不辞舟车劳顿亲赴县衙拜访县太爷,却回回吃了闭门羹。许多人见状也死了心,连裕祥族老出面分量尚且不够,他们又算哪根葱?至于臻泰兴的态度,马伯亮曾问过姚玉茹意见。玉茹认为,就算抗争也得等明年,仓促应对绝无成事的道理!

第二个影响表现在坦洋的治安上。白日明抢的情况倒和以往一样,依旧不常见，夜里却频频出没盗贼。有一晚，康管家被人喊去隔壁村喝酒，当晚他家就闹了贼。女人的嫁妆及家中金银尽数被盗，丢钱丢物姑且算小事，关键他还丢了人。别看康梁长相猥琐，女人却是一等一的俊俏，虽说已三十多岁，因为会打扮会保养，依然养成一副白嫩嫩的可人模样。康梁平常视她如宝贝。可他回到家，发现宝贝丰软的胸上竟有几处明显的抓痕。康梁气到快吐血，没问丢了多少东西，只问女人是否遭贼睡了。女人坚持说没有。康梁不信，却又没法证明什么，个中酸楚只能自己吞了。第二天，气愤不过的康梁站在中街的戏台上足足骂了一个早上，恨不得把贼祖宗都翻出来鞭尸。由于闹贼，玉茹率先提议的"护村联防"才被各大宗族重视起来，并提上了议事日程。

"这女人……到底想干什么？"古安河当然反对。至于因何反对，他自己也说不清楚，反正就是不能让姚氏得逞。康梁这次反倒站在姚氏那一边，他犹豫地说："爷，就事论理，加强联防，对大家来说都有好处。假设您继续不配合，还不知乡民会怎么说您呢。"古安河冷笑："再给他们十个胆！"停顿一下又说，"主要是气不过啊！这女人心气不是一般大，一旦得手，必然还有下一次。"康梁思着说："要不，咱把这事挑起来？您来担任民团长，如此既防贼又不得罪乡民，还能让姚氏算盘子落空。"古安河几经思虑，觉得康梁的建议很好，一举两得。谁承想，古裕祥坚决不同意。古裕祥的想法是，古氏绝不充当出头鸟，古氏从来都是以茶立家以茶发展，贸然站出来与盗贼土匪直面冲突实为不智。当然，出钱出物那是责无旁贷的。

各家自有各家的打算，人人都有私心。不过，人们对古氏大房姚氏的前瞻见识无不暗生佩服。"这个民团长，可不仅仅是个头衔，肩上的责任比巡检司还要来得重要。"这日，玉茹和青儿去茶坊见石半山。她说："当然，防卫是一项苦差事，讨不讨好另论，辛苦是必然的。"石半山笑了，说："所以一直没人站出来，大家心里都有一杆秤……而且，这人必须具备一定名望，否则难以服众。"坦洋村的防卫需要考虑，玉茹更担心石半山和茶坊的安全，毕竟此处位于村子的最北面，再过去除了茶山，就是茫茫的山林了。

假设土匪穿过山林夤夜来袭，自家茶坊首当其冲。

石半山反倒不以为意，笑着说：“我一个男人怕什么，要钱给钱就是，仓库确实需要加强人手。”这时青儿插了句嘴：“小姐，要不跟老爷说说，让大成哥帮咱训练一支护卫队？”护卫队？玉茹听后略有心动，但想到父亲从一开始就帮了自己许多，思着摇摇头。石半山沉默片刻，也说：“要我看，不用浪费钱财，只要村里安全了，处处都安全。”

所谓安全，基本可分为两方面看，一是明面上的，二是暗地里的。明面上比如那家大烟馆，行事日渐放肆起来。上街陈氏家的一位旁系子弟因欠下大额烟钱，大概还不起，被一众劲装黑衣人当街殴打出血。若是方宗凌在世，这种情况绝不允许在坦洋出现，尽管欠债还钱天经地义，但打人不行，何况还把人打得只剩半条命。至于暗地里的，则不用多说，当然是防贼防匪。

商议至年底，坦洋村的防卫事务终于由方宗厚负责起来。

细想过去，方宗厚的确是最合适的人选，虽说威望不及堂兄方宗凌，但也算是数一数二的拳术高手，关键还在于，他是方家人。到了这时，人们才真正意识到方家于坦洋的分量。各茶行随即按茶米出货量多寡交纳防务费，其中不乏有热心茶商多捐多献，总之气氛之浓烈令知县大人都不禁感慨，答应说县衙予以全力支持！之后，便是护村炮楼的修建了——几处炮楼建在哪儿，建成怎样的规格，人员如何训练……自然很快就达成了具体的实施细则。

这日傍晚，方宗厚风尘仆仆地从外面回来，直接去了方家大院。

临近年末，茶行里亟待处理的事务多且繁杂。

由于举丧守孝，方宗厚只能暂代方奕轩夫妇接管方记茶行，如今却因为村防的事，实在无法顾两头，只好又将茶行丢还给刘怀淑。短短数月时间，眼看着原本风姿秀逸的侄媳妇竟憔悴成了形容消瘦的中年妇人模样，方宗厚心里很不是滋味，细想方氏宗族里头，独挡一面的后生居然找不出一个……真是可悲可叹又可笑！这晚他特地过来，主要还是想劝劝堂侄方奕轩，也是时候振作起来了，人生自古谁无死，难道他爹死了，全家人就不活了？

方奕轩依旧不说话，腿上的创口早就好了，也坐上了刘成章找人打造的木轮椅子。刘怀淑为了丈夫出入方便，还把家里各屋的门槛都找人锯了。可惜奕轩愣是不出门。父亲落葬后，他几乎都待在屋里发呆。秋红想推他到院子里晒太阳，他摇头表示拒绝。祖父突然去世，起骏和起鸢两兄妹倒是一下变得懂事了许多。方宗厚进门的时候，起骏正一个人在院子里练拳，还朝他像模像样地行礼打了招呼："叔公好！"方宗厚连声应着，内心欣慰。

"我一个人忙得过来！"才说几句话，刘怀淑便清楚方宗厚的来意，"家里突遭变故，谁心里一时都接受不了。"方宗厚当然听得出来刘怀淑在替丈夫找借口，轻叹地说："接受不了也得努力去接受，眼看马上就到一年一度的茶行年会了，今年情况有些不同，广州除外，别家已逐步收缩南线布局，说往后远洋茶米将从赛岐走，是否为真尚不清楚，不过我想，咱方记茶行在经营策略上也该做些调整了。"刘怀淑微微一笑，说："传言终归是传言，这些年福宁茶只把目光放在远洋贸易上，殊不知如此风险倍增，收缩布局不定就是正确的选择。我找玉茹谈过数次，决定反其道而行之。"方宗厚问："为何？"刘怀淑继而解释说："欧茶公会因何成立？不难想象，国际间贸易已呈激烈竞争态势，供货商之间的竞争，最后将体现在交易的价格上，今年春茶的议价风波便是具体表现之一。据可靠消息，印度、锡兰包括日本等国已开始大面积移种茶株，估计不出数年，他们就将拥有排挤华茶的实力，而欧茶公会只会在一旁推波助澜乐享其成。"方宗厚说："印度和锡兰所做的茶，绝无法与咱坦洋红茶相提并论。"刘怀淑说："欧茶公会旗下会员多是茶叶贸易公司，他们之间存在相互竞争关系，为何要抱成一团呢？不难猜测，目的就是为了打造一个完全的买方市场。"完全的买方市场？略一想，方宗厚惊出一身冷汗，若真如此的话，那么往后坦洋红茶乃至华茶都将被死死地卡了脖子……默片刻，方宗厚再问："你刚才说，反而要加大各地布局，意义何在？要知道，北方还有京城那边又开始闹义和拳，时局乱得很。"刘怀淑说："具体实施，自然要问各地掌柜意见，年会时再集思广益。"方宗厚大笑说好，然后深深地感叹："看来是我多虑了，我哥临终前说你做得好，确实不负他所望啊！"

听这话，刘怀淑眼圈红了。她也是被逼着坚强的，被逼着静下心去考虑更多的事情，如果奕轩可以在一旁帮衬，如果公爹还在世的话，她只需负责执行即可，执行不劳心，心累歇不得啊！"外销与内销并举，我认为可行！"方奕轩突然在里屋接上话，一阵咯吱咯吱木轮子的滚动声响过后，他赫然出现在里屋门口，"茶行是方家的，但凡涉及大决策，不必问掌柜意见。如果意见出现分歧怎么办？你是听还是不听？年会前召开族议，方氏各地负责人及茶行股东召集起来议一议，我认为问题不大。"方宗厚腾地站起来，笑骂说："你这个兔崽子，听你开口说话，比找岩毛猴决战还要难啊！"刘怀淑愣住了，手捂嘴巴激动不已，但瞪大的双眼里很快蒙上了一层晶莹的泪花。到了这时，刘怀淑认为丈夫才算真正地大难不死，才算真正地活了回来。

然而，大家似乎都忘了方奕贞。

方奕贞一直认为自己是最该死的。

如果她没有爱上古安海，大抵就不会守之闺阁一直等着嫁给他。如果没有嫁进古家，就不会陪嫁祖坟前的那块地，没有陪嫁那块地，古家的新宗祠肯定就盖不起来。就算地被古家买去，父亲必然也会出面制止。如果古家新宗祠没盖起来，那么就不会因此破坏方家风水，最后致使二哥残废父亲殒命……

天哪！所有这一切，竟都是她的任性造成的！

开始的时候，方奕贞整日以泪洗面，不言不语。

安海好言相劝，她就发火，让他滚出去不想见到他。

安海躲出去了，她又怏怏厌厌得不吃不喝。

安海最后只得哄她，多少吃一点，然后好好休息，就算不为自己，也得为肚子里的孩子着想。说到孩子，方奕贞这才如梦方醒地胡吃海喝……

过后又是如此。

古安海都快被折腾疯了。然而静下心又想，既然爱奕贞，不就得急她所急痛她所痛吗？这么一想，安海也开始自我怀疑起来，难道方家的悲凉现状真是自家新宗祠造成的？总之，一个玄而又玄的宗祠风水问题，搅得一对新婚夫妇整日不得安宁，直至方奕贞产下一女后，未出月子郁郁而终。

然后，古安海真疯了……

光绪三十四年，即公元 1908 年。

过完元宵节，坦洋又迈入了新的一年忙碌的春季。

雨过天晴，阳光明媚，开窗即可闻春之盎然气息。院子里的花开了，红的粉的白的花儿竞相妖娆，挺拔的湘妃竹苍翠欲滴，柳树枝条也不甘落后地焕发出了新芽……不知什么时候，燕子在檐下筑了巢，唧唧叫着飞进飞出。孩子们一早就在院子里嬉闹起来，目之所及尽是隽妙无穷的春之图画！

这些孩子分别是安海家的闺女珠儿，翠儿家的石头、凤丫和喜儿，以及洪大成和青儿所生的儿子木春。定邦年后去了福州。定邦在家的话，几个孩子必定不敢闹腾。一个眼神飘过去，孩子们顿即会乖巧得噤若寒蝉。

五个孩子玩疯了，翠儿屡次喝斥都止不住。坐檐下煮茶的玉茹说算了，数日阴雨也把孩子们憋坏了，由他们去。孩子们追赶着那条懒洋洋的老黄狗一个劲地跑。老黄狗不想动都不行，趴下不动，他们便直接拿脚踢。九岁的石头作为几个孩子的"带头大哥"，自然要懂事许多，小声制止小伙伴，别再踢自闲了，再踢大姨会不高兴！孩子们这才稍作消停，转而玩别的去了。

自闲是老黄狗的名字，狗是石半山在山上捡的，名字是他取的。

问取名缘由，石半山没说，只念了一首陆游的诗：东家云出岫，西家笼半山。西家泉落涧，东家鸣佩环。相对篱数掩，各有茆三间。芹羹与麦饭，日不废往还，儿女若一家，鸡犬意自闲。我亦思卜邻，余地君勿悭。

石半山虽然没说别的，玉茹也从诗中听出了他的心意。

玉茹歉疚得不行。原以为，只要把臻泰兴做强做实，自己身为大东家，身价地位将达到一定的高度，从而行事自由，最终活成自己想活成的样子。然而事与愿违，身价越高，于古家的地位越稳，她感觉所受的束缚反而越大。

那日石半山还劝她："这就叫能力与责任并举！"

除了扶持定邦，玉茹才不管什么大责任。她多年的心愿只有一个，就是能和石半山堂堂正正地过在一起，为他生儿育女。石半山却问她："如今你我这样不好吗？"石半山的意思玉茹懂。虽说彼此不是夫妻，尽管多年过去，两人的感情丝毫不见寡淡反倒比一般夫妻来得更浓烈更如胶似漆。但对于玉茹来说却远远不够。她始终没跟石半山提起曾经堕掉的孩子，只是看见石头，免不了回忆起往事。假若当时生下那孩子，他将和石头一般大，毕竟她和翠儿是同时间怀上的……这是最大的遗憾！尽管年纪大了，玉茹仍决定尽力弥补。

从去冬开始，玉茹便开始仔细地估算日子。

到了三月，定邦就满十八周岁了。而定邦一旦行了成年冠礼，则就可堂而皇之地主事古氏族务。名正言顺，根本无需担心古氏有人反对，毕竟现在的她已非昔日可比。到那时，她再把臻泰兴的担子卸下，然后一身轻松地和石半山走出坦洋去看看，最好能去欧洲走一圈。期间倘若有了身子，到时就可以毫无顾忌地生下来。当然，去欧洲一直是她和石半山的心愿。除了当面向汤姆斯致谢外，师夷长技以制夷，这是她从《海国图志》一书中读到的。

十年来，村里老人陆续过世，同时许多年轻后辈也陆续地成长起来，尽管一代旧人换新人，人们对姚氏的经营及处事能力依然持普遍认同态度，甚至许多时候忘了她是妇道人家，遇事不决竟会主动上门请教于她。

古安河却一直不服气。古裕祥不得不发了狠话，说他做事能有姚氏一半魄力，遇事能有姚氏一半果决，就算无理由将她赶出古家，他也不会有意见。有目共睹的是，老古记在古安河的掌管下已日渐衰败，除了部分茶行自愿挂靠于臻泰兴名下外，臻昌行自身业已剩下不足十家分号，余下的不是被人收购，便是无限期闭门歇业。"当年安海媳妇病死，安海沉沦烟馆，想想你身为兄长是怎么做的？"古裕祥此时已过八十高龄，身子骨大不如前，久坐不住且气喘吁吁，好似一气喘不过来就挺不过去似的，不过眼神还和以前一样犀利，看问题一针见血，"你倒好，趁机将他名下茶行尽数吃进，说是为了安海好，不至于家产遭变卖……可你知道吗？正是此举寒了族人的心，亲兄弟尚且如此，何况宗亲呢？"古安河没有搭话，只低头听着。说到这，古裕祥咳几声，然后继续说："姚氏所为刚好和你相反，她先是带人砸了烟馆，并将安海家的闺女抱回家抚养。后来，安海戒掉大烟，她还劝说安海到广州茶行做事。真是不比不知道，可知族人背后是怎么评价你的？"安海的事当时闹得沸沸扬扬，包括村里人怎么说，古安河自然都是清楚的，可……他忍不住辩解一句："也正因为姚氏砸了大烟馆，岩毛猴才带人大举进犯，溪东岸连片火烧殆尽，村里死了很多人。"古裕祥失望地看着古安河，长叹地说："你只看到这些，说明你的眼界和格局真不如一个妇人啊！也罢……至于定邦是否有能力担起宗族担子，我说了不算，就听大伙的吧。"说完，示意丫鬟扶他进屋歇去。

从古裕祥家里出来，古安河站路口抬头望向茶山，茶山上空万里无云，茶田郁郁葱葱，预示着今春又是一个丰收季。还记得当年，匪患过后，古裕祥特地找他谈话。古裕祥说："联军入侵，皇族外逃，如今又和德、英、美等十一国签了动乱赔偿协定……可知问题所在？说明朝廷和洋人都靠不住，课税之重已经让茶商们苦不堪言，可以预想，协定的赔款又将分摊到咱们头上。因此当务之急，必须停止内斗，一致对外，祖训所言之荣辱相关、利害相及、忠义为重、财帛为轻，所指即为大义。"大义当前，古安河还是拎得清轻重的，但他没有表态，表态等同不打自招，有些事可做不可说。

然而，古裕祥毫不客气地指出来："总之往后，不要再把目光盯在大房那点家业上，大房与安海的情况完全不同，就算姚氏想变现，宗族长辈也是不会允的。再看姚氏，从请半山师傅组建臻泰兴，到建议村防，组织抗税，再到砸烟馆救安海……所行之事桩桩件件皆可圈可点，说明姚氏做事不仅仅有手段，有魄力，且已经得到许多人的拥护和帮助。你针对她，与她斗狠，实话说，无异于以卵击石，更别说人家父亲还只在一旁观望，尚未出过一次手呢！"

此后，古安河果然没再刻意地针对大房姚氏。当然，也因为自家茶行经营不善自顾不暇。其中还有一个重要的原因，郑老关许是睡腻了青涩的小宛，转而偷偷睡了康梁的媳妇。东窗事发后，康梁手拿菜刀疯狂追砍郑老关，从茶坊一直追到邻村溪坪。从那以后，郑老关直接消失不见踪影，康梁也像斗败了的公鸡一样，灰溜溜地带着婆娘和孩子回了自己的松溪老家。没了郑老关的古记老茶坊，自然再无法与石半山强力坐镇的大房茶坊相对抗！

过去十年间的一幕幕犹若发生在昨天。古安河边回想，边暗自叹息，再看定邦那小子，不仅尽得石半山衣钵，且言行有分寸，做事有条理，反观自家几个小子不是花天酒地，便是惹是生非，自己都不忍直视。这么一想，古安河不免有些疲乏泄气——春茶长势好，貌似最大得益者依然非姚氏莫属，之前怎就没想到提前布局内销市场，怎就没想到开辟东欧茶路呢？

悔之晚矣，悔之晚矣啊！

不过，定邦此刻的心思根本不在茶行和宗族的事务上，这一趟福州之行让他兴奋不已，终于成功地拜访到了慕名已久的程吕底亚女士。程吕底亚女士来自美国，原是一位基督教传教士，热心教育事业。她到中国后，先后在福清创办了龙田妇女学校和平潭小学堂，目前正在筹备华南女子文理学院预科班。听说出产红茶的坦洋村民自发预留茶厘，筹办了一所开化小学堂，程吕底亚女士非常高兴，热情接待了定邦等人。对于定邦有关办学方面的疑问，程吕底亚女士根据时下现状一一作了解答，并说："中国女人地位低，其中大部分原因在于女人所受教育非常有限，你们既然创办新式学堂，应该男女同仁。"定邦连连称是，接着介绍了自己的母亲，"她曾在广州教会学校读过几年书。"程吕底亚女士笑着说："我听过你母亲，她是一位了不起的女性。当然，你的外公更了不起，没有重男轻女。"此次见面，程吕底亚女士支持坦洋开化新学堂两位年轻的女老师，并再三叮嘱，必须动员村里的女生入学。

身为泉州新式中学堂第二批结业的学生，定邦深知教育于一个人前途命运的意义。好比制茶，尽管茶经及茶叶相关知识貌似无直接用处，然则知其然者方能举一反三，按师父的话说，制出的茶因此有了灵魂。临别时，他向程吕底亚女士赠送了他自制的红茶，随后便带上两位女老师回程了。

此行定邦还意外地收获了一个承诺。原本他只想询问进华南女校就读需具备哪些条件。程吕底亚女士没细问，便爽快地答应留给定邦一个名额。

离开坦洋十来天，虽说之前定邦也曾为求学辞家远行过，但由于想给某人一个惊喜，心情顿即变得急切起来。

"古少爷，你……成家了吗？"有人问。

人坐船上。船在走，心儿也在走，且早一步飞回了坦洋。听见问话，定邦这才定魂回神，尴尬地笑了笑："你说什么？"问话的姑娘叫徽娅，显然名字是自己取的，听上去非常洋气。徽娅笑着说："先申明，是碧卿让我问的，请问古少爷，你成家了没有？"定邦回头看一眼叫碧卿的女老师，对方早羞得低头红脸。定邦笑着说："还没呢，我今年才十八，离成家还早呢！哦，你们往后喊我名字即可，别叫我少爷，细较起来，我也算苦出身。"

苦出身？逗人玩呢！徽娅才不信。她当然听说过臻泰兴茶行，单是一季的出茶量就高达数千件，这种家里的孩子若苦，天下就全是穷人了。于是定邦认真地介绍了自己的成长经历。年轻人之间沟通，中间少了弯弯绕绕，定邦也很快地了解到两位老师的家世。碧卿家在福州，做丝绸生意。徽娅来自泉州，家里世代经营陶瓷……等到坦洋的时候，彼此已相熟成了朋友关系，徽娅打趣定邦说："我一直以为，大家族的少爷早早都娶了大媳妇呢！"听这话，定邦脸红了。他心中确实有个人，得偿所愿的话，却是个调皮的小媳妇呢！

说到方起鸢，人人都说她调皮，因为大家都认为她还小。

虚岁十五的小姑娘，年龄确实小，像一粒青涩未熟的果子。

然而起鸢却觉得自己已经长大了，虽然纤细且不很柔和的身材还没有完全长成形，身上似乎还混杂着童年的稚气，但该长的地方已经开始长了，近些日子发现里衣明显地绷紧，还有她的臀瓣儿，明显比之前大了一圈。于镜子前转了转，镜中的她体态轻盈，曲线凸显，分明已有几分女人样嘛！

起鸢在枕头底下藏着两样东西，一件是定邦做的茶香包，还有一件是定邦路过福州时买的牛角梳。茶包里的茶香味儿早就淡了，但她每晚依然会轻轻地闻着它，和它说话，说着女儿家不可与外人说的小心事。那把精致的牛角梳摸起来滑滑的，用它梳头，感觉像很久以前定邦摸她脑袋的手掌一样。家里没人的时候，她会偷偷地关紧房门，然后用这把牛角梳做头发。她很不喜欢娘扎的麻辫子，看上去非常老土，她非常喜欢茹姨的发式，长发自脑后往头顶盘旋着挽起来，于发髻间再别上一把碧玉簪子，看上去多显干练且优雅别致。她依样学样，可惜头发不听摆布，很快又散落下来，只好任由它垂在双肩。

她目不转睛盯着镜子看，镜字里有个姑娘，脸色红酣酣的。

刘怀淑和姚玉茹都没想到，定邦和起鸢居然会偷偷地相爱。虽然在孩子们小的时候曾开过结亲的玩笑，但玩笑只是玩笑罢了，特别在方宗凌去世方奕贞病故后，方古两家除了茶米生意上略有合作外，几乎没有过多的往来。即使怀淑和玉茹彼此仍是好姐妹，也仅此而已，但凡涉及宗族事务，基本不谈，仿佛那就是一个禁忌。当然，也怪怀淑平常只把心思放在茶行的生意上，奕轩忙于协调方氏族内事务，夫妇俩都没去注意自家女儿开始偷偷地照镜子，开始注重自身的打扮，更没发觉，女儿心里已经有人了！

情愫往往都是在悄然之中萌芽的。

弄不清到底从什么时候开始，问定邦，他大概也说不清楚。在他最初的印象里，起鸢就是那个一见面就嚷着定邦哥哥抱的小丫头。就是这么个可人缠人的小丫头，不管他去广州、上海，还是几年前去泉州求学期间，总在他心头时不时地念着、牵挂着。后来有一天，他突然发现自己不好再抱小丫头了，因为丫头已长成一个大姑娘。异样大概就是那个时候产生的吧。若问起鸢，她更说不清楚了，反正她就喜欢和定邦哥在一起，然后偷偷地看他那张线条分明的侧脸，看他挺立的鼻尖，看他做茶时专注的神情……到了夜晚，梦里的他每每都宠溺地喊她，嘿，丫头……初开的情窦不会想太多，也不会想太远。她有时会拿定邦和哥哥起骏作比较，起骏就是一块冷冰冰的大木头，而定邦哥是她夜里抱在怀中香甜入睡的棉花长枕，柔软，温暖，疼人……

好不容易盼着定邦哥从泉州回来了，谁想又为开化学堂的事去福州。起鸢开始掰着手指头数，一天，两天，三天……都十五天了，怎还不见回转？别是路上出现意外吧？近些日子时常听人讲，官府四处抓捕革命党。不知道革命党都是些什么人呢，是土匪吗？定邦哥倘若遇到革命党怎么好？呸呸！妈祖娘娘保佑，万千神佛保佑，保佑定邦哥平平安安顺顺利利的……

定邦没有消息，起鸢整日坐立不安，但不敢贸然登门去问茹姨。一早她在东院的墙角徘徊，正巧遇到出门的珠儿。那才得知，定邦哥去之前说过，今天中午回坦洋。于是，她直接跑清风桥头等去，可街上人来人往，她只得又缩回身子，往身后的小山坡跑去，对着清风桥的山坡上有块大石头，她便坐在石头上痴痴地等着。有人路过，好奇地问她，你在这儿做什么？她说，天不错，晒太阳。天是不错，起鸢的心情更不错。虽然等得有些焦灼，但不影响她心花儿怒放。不过还没到中午时分，她红扑扑的小脸蛋便忽地晴转阴下来。

定邦哥果真坐船回来了。起鸢兴奋地站起来，却又见船舱里钻出两位模样和身材都很好看的小姐姐，怎么回事？起鸢愣住了，这时定邦竟伸手去扶其中的一位小姐姐……起鸢一下就不高兴了，怎么可以这样？怎么可以这样！

起鸢没迎上去，反而转身往家跑。她安静地躺在床上，越想越委屈，最后鼻子一发酸，泪珠儿不要钱似的疯涌出来，止都止不住。

定邦这时候并不清楚自己只是无意间搭了把手，竟把小丫头委屈成那个样子。新式小学堂由古氏和方氏两家族学拆墙合并而成，并参照莆田兴郡中学堂的办学样式，划分出了讲堂、课斋、膳厅、操场还有教职工宿舍，其规模当然比不上兴郡中学，但也一应尽有，是过去族学所不能比的。在落实新式小学堂这件事上，不论方家、古家还是陈家、林家、吴家等各宗族都举手赞成，倒无一人反对，厘金按各茶行出货茶米量抽取。臻泰兴出货量最大，依之前的分家协议所定，臻泰兴归属于古记，如此古家出资最多，于是定邦自然而然成了学堂里最年轻的"校董"。为了改变原先仅以经史古文的教学内容，定邦建议设立新学科，如英语、算学、博物等。在坦洋人眼里，十年寒窗只为科举是一件愚蠢且遥远的事，更何况这时候人们的科举观念已非常淡薄，于是定邦的建议很快被大伙采纳，才有了这次的福州之行。其次，为改变多数坦洋人"官话不通"仅以福安话交流的现状，定邦决定再学泉州的宗棠学堂，以"官话"即国语教学。程吕底亚女士让碧卿和徽娅两位老师来坦洋，正是为了培训原有的先生和老师。尽管碧卿和徽娅是从省城来的，尽管她俩都曾出洋留学算是见多识广，但坦洋宜人的环境，干净整洁的校舍仍让二人眼前一亮。

徽娅说："嗯，我决定在这儿多留一些日子，三个月哪够，至少也得半年或者一年。"碧卿不解："可……程吕底亚女士还有安排。"徽娅探头见定邦已经走远，低声地说："傻妹妹，我是给你创造机会……放心吧，到时我会跟程吕底亚女士申请。"听这话，碧卿的脸又腾地红起来。碧卿家里世代做丝绸生意，身上充满了江南女子的婉约气息，当然没有徽娅"彪悍"。又听徽娅说："古定邦和咱之前所见的少爷完全不一样，若不是你先看中，姐姐我早就下手了。"碧卿娇嗔："你还说？"徽娅闭嘴，继而咯咯地笑起来。

从校舍出来，定邦直接去了方家大院。他迫不及待想见起鸢。许是茶青开始采摘，街巷里明显少了闲人。又或许步子迈得太快，一小会儿他便奔到了起鸢起居的阁楼底下。定邦压低声音喊："丫头，鸢丫头……"没见回应，又喊了两声，悻悻地就要往回走。这才听起鸢应了："家里没人……"

家里没人，院门敞开……不用想，只有起鸢在家。

定邦苦笑着拍了拍自己的脑袋，暗骂自己笨死了，然后轻车熟路进门并快步地朝边廊走去。天井左手边的廊道里有上阁楼的木梯子。定邦倒不是第一次进起鸢的闺房。小时候他还带起鸢从阁楼后窗爬出去，最后坐在屋脊的梁上教起鸢唱茶歌，才教几句，就把彼此的娘都吓坏了。第二天，刘怀淑喊人用木条子将后窗钉死了。再后来，起鸢觉着木条子碍眼难看，便自己动手使其恢复了原样。从小到大，得父母疼，定邦爱，外加有亲哥哥护着，起鸢一直都有任性调皮的本钱，所以定邦无法想象，谁能招惹起鸢伤心落泪呢？

一进门，就见起鸢一个人安静地坐在窗户旁，双眼明显红肿着。

"这是怎么了？"定邦将从福州买来的一扎新书随手放在桌面上，近前关心地问。起鸢慢慢地扭回头，瞪着定邦不说话。定邦于是调侃："怎么，我脸上开花了？"若在平常，听这话起鸢必定嘻嘻地笑了。但这天起鸢没笑，竟冷冰冰地说："哼，你是开花了，你这个花心大萝卜，坏死了！"丫头话里含恨带嗔，定邦倒不恼，再问："到底怎么了？"起鸢依旧不理他。她当然不会轻易说出自己落泪的原因，可是不说，心里又堵得慌，怎么办呢？正想着，这时只见定邦指着桌面说："喏，看我给你买来了什么。"小姑娘的情绪来得快去得也快，顺着定邦手指方向，她呀地惊呼起来："《西厢记》？"

能拥有一套由著名的凤池书院精版编撰并印刷的故事话本《西厢别记》一直是起鸢的心愿。闻着淡淡的墨香气息，起鸢笑了。笑起来的起鸢那一对眯弯的秀目里重新焕发出了动人心魄的神采，仿佛是秋空中那一抹深邃的蓝，清澄得不见半丝杂质。定邦用宠溺的目光看着起鸢，轻声问："喜欢吗？"起鸢嗯嗯地点头。许是两人站得近，她忽地大胆转身，扑进他的怀里。定邦非常自然地拥住她，打趣说："真是个小丫头，一套书竟让你开心成这样！"起鸢却倔强地嘟嘴："我才不小呢。"确实不小，他已经感觉到她的丰软，相伴而来的还有少女专有的馨香，顿时呼吸变得急促起来。起鸢感受到他的悸动，心跳随之也怦怦地加速。就这么安静片刻，她小小声地问："定邦哥，你会一直对我好吗？"定邦说："那当然，我可是你的定邦哥啊。"起鸢不甚满意，支吾地再问："可……今天一起来的小姐姐是……"定邦刚听到这就笑了，原来丫头是因为这个抹眼泪的呀。起鸢恼了，说别笑！定邦说："好好，不笑……两位女老师来咱坦洋，是帮咱先生培训官话的，为期三个月。"起鸢不信："待三个月就走？"定邦点头："她们过来，只是工作。"如此，起鸢顿觉心儿安定下来，转而羞得不敢抬头。定邦想起还有事要办，就说："好了好了，往后可别胡思乱想，我得走了，等有空了再来陪你。"听说定邦要走，起鸢立马紧张起来，抬头巴巴地望着这个业已长成大人模样的男子汉，颤声说："哥，亲亲我！"说完闭眼，惶恐地等待。没等多久，便感觉两瓣炽热发烫的嘴唇轻轻地落到她的唇上。呼吸交缠。她生涩茫然地微张嘴儿，任他施为。

一吻定终身，今生非你不嫁！

迷乱之中，起鸢仍不忘于内心立誓。

庄子云，夫鹓雏，发于南海而飞于北海，非梧桐不止……

丫头，你就是我的梧桐……

定邦此刻的心里也坚定地想着。

　　刘怀淑当然无法想象，起鸢才多大，竟敢在自家的阁楼上与玉茹家的小子激情拥吻。此时她正和玉茹，还有臻泰兴的马伯亮、邹长贤等人，以及方记茶行一众管事坐一起商议，如何承接来自俄国安德烈家族的一个订单。

　　据回馈的消息称，这是一笔超级大订单，不得不慎重对待！

古裕祥此前没病没灾。然而这日早上，突然爬不起来，他便知自己已时日无多了，于是赶紧命家人通知外地的子孙回来。古裕祥此举并非怕死，一个人活到他这个岁数，早把生死看开来了，甚至自诩"耄耋得以寿终，恩泽广及草木昆虫……"喊子孙回来，是为交待后事，这是身为长辈的责任。

在古裕祥看来，自己一生可比直系的那位老爷子活得明白多了，至少在子女的教育上并无留下遗憾，后代子孙成才与否与所获得的财富无关，钱财真算不了什么，兄弟和睦子孙孝贤才是家祚延续的重中之重。当然，古裕祥丝毫没有嘲讽或幸灾乐祸的意思，他知道安江因何丧命，追溯过去却都是老爷子自作的孽，实则怨不得安河。他也曾出手扶持过安河，可惜终归是一坨烂泥，最后只能无奈放弃。唯一不能放弃的，便是古记那块老茶牌了。旁人以为古记是安河掌管的那几家茶行？不不，因何冠以一个"老"字，那只是新老交替的一个区别而已。以老见新嘛，臻泰兴换而言之就是"新古记"。古家不灭，古记不能倒，老爷子当年的遗愿他代之做到了，所以古裕祥时常引以自傲。在古氏缺族长的十多年中，他并非族长，却更像族长。直系分家之时，他主张更改分家规则，也算是为老古记谋得了一条后路，果然花开两枝……

人一旦躺床上等死，则会不自主地去回想许多往事，且是以旁观者的角度去看那些事的，将看得更为清楚，更公平。不得不承认，大房姚氏对古氏是有贡献的，甚至可以说功不可没，她替古氏抚养了一位很好的接班人……想到古定邦，古裕祥的目光骤然变得柔和且慈祥起来，这孩子是真不错啊！于是当日下午，他让家人请古修远等七位族老过府一叙，尽快谈定族长人选。

人生一世，草木一秋。

近些年古氏故去许多老人，假设古裕祥再身故，宗族里头就只剩古修远为最年长的长者了。按古氏血缘论，古修远一家属旁系之旁系，然而却因为他家最早且最坚定入股臻泰兴，其发展势头早盖过了宗族里的其他人家。

因此，古裕祥准备先听听古修远的意见，是为尊重。

"我没意见！"古修远微笑地说，"定邦本身具备的能力有目共睹，再则他又是臻泰兴的少东家，品性纯良，可以说德才兼备。特别是这次独自处理开化小学相关事务，处理得相当完美。他年纪不大，却已在全村得到了一致的认可和不俗的名望。"为了方便谈话，家人将被褥垫在古裕祥身后，让他可以坐起来。只是一坐起来，古裕祥便急喘不停。他强打精神说："嗯……如果都没意见，那么，这事宜早不宜迟。"几位族老听懂话里的意思，族长之事如果再拖下去，古裕祥大概等不了。古修远代为询问："修全，谈谈你的看法吧，既是商议，可畅所欲言，不管什么意见，出了这屋就当没说。"

古裕祥脸上浮出一丝笑，他很满意古修远的处事态度，宗族议事本就不是一言堂，如此方显公平。听这话，古修全先看一眼修良和修德两兄弟，然后呵呵笑着说："若说看法嘛，我和你一样，也没什么意见。只是……没记错的话定邦未满十八岁，尚未娶妻。我觉得，贸然将一位未成年子弟推上族长之位，就怕宗族里头说闲话。"古修远皱眉点头："嗯……不过事急从权，定邦是三月份生辰，过了生辰，虚岁周岁便没那么重要了。当然，首先要给定邦举行成年礼。至于娶亲嘛，这事你我说了不算，人家有亲娘，自古婚娶媒妁之言父母之命，这得问姚氏怎么安排了。"话说到这，见古修德跃跃欲试似乎有话要说的样子。古修远不禁调侃："修德啊，你也是当曾祖的人了，有话这么难出口？"古修德咧嘴笑了笑，才说："其实也没什么大事，就是大房姚氏和那石半山……当然，实际关系如何无人知晓，又没被人捉奸在床，大伙听进耳朵的，差不多都是些流言蜚语……然而，人言可畏！当然，选定邦为宗族族长我两兄弟都赞成，只是这主母贤德与否，不得不慎重考虑。"

此话一出，屋里顿即安静下来，没人开口说话。

过许久，古修远只好请教古裕祥："您觉得，这事怎么处理好？"古裕祥叹声说："半山师傅来坦洋也有十年了，臻泰兴的发展还有定邦成才，都离不开他的一番心血，不论功劳也有苦劳，可……"停顿好一会儿，才把后面的话说出来，"宗族主母品行有亏，确实也有点不像话。我看给他一笔钱，请他离开坦洋，就说……是咱古家对不住他！"旋即，就给古修远下了任务，这事让他办去，首先要说服姚氏，姚氏自身清白，自然会答应。

古修远有些憋屈，此刻望向古修德的目光如果换成锋利的刀子，古修德身上大概早就千刀万孔了。这个死老鬼，要么不开口，一开口便是大难题。关键这样的难题确实只能由他出面解决。唉！整个古家谁不清楚只有他家和姚氏走得近——最后，古修远只能答应下来："眼下俄国茶商来坦洋下定，等这事过后再说吧。"离开时，古修远背着双手走在众人前面，以示不满。

古裕祥召集族老到他家商议族长人选之事，玉茹母子只是听说，却没过多去关注。此前尽管古安海和一众茶商在欧洲成立了华茶公会，以及时应对欧茶公会。然而，彼此间的贸易摩擦依然不断，虽说交易额略有上升，但不得不考虑会有意外情况发生。因此，俄国即东欧茶路则变得尤为重要。

"咱可不能总把鸡蛋放在一个篮子里！"玉茹在和众人商议时率先说了这番话，"尽管俄国茶商压价压得特别厉害，不过生意嘛，总得有商有量，相信能谈出一个合适的价格来的。当然，既然合作，也得给人家留出一定的利润空间，不然人家因何亲临坦洋？要知道，他们可以选择湘红或滇红。"

刘怀淑对此表示赞同，沉思几秒后问："那么这一单，是你我两家联合吃下，还是与各茶商一起竞争？"到了这时，两位女东家在利益的考量上已没了早先的争取之心，考虑更多的，是得失的取舍与平衡。"嗯……若依我个人看法，还是一起竞争吧。"玉茹微微一笑，胸有成竹地说，"事关茶叶大局，非是一家两家之事，竞争的话，或许会损失一些利益，可咱先摆出态度，他们如若再争不过，就怨不得咱们了。"事情谈定，怀淑和玉茹二人留下，继续商议如何安排相应茶商参与等事宜，马伯亮等人先散去。

马伯亮离开方记茶行，想想就直接去了茶坊找石半山。俄国民众的口味与西欧人有所不同，口味偏重，安德烈一行人不日就将莅临坦洋，马伯亮准备过去看看样茶准备得怎么样了。对于此次订单，东家可以胸怀大格局，身为茶行掌事的他只须考虑生意，苦心经营多年，怎可轻易拱手让人呢。

在茶坊西头的小院中，定邦此刻正在煮新茶，冬仔和石半山坐一旁。看上去冬仔面色有些凝重。定邦笑了："冬叔，试我做的新茶，您紧张什么？"冬仔讪讪一笑："哪里瞧出我紧张了？我只是有些小担心，重火焙制的茶，还能喝吗？"石半山老神再在地说："坦洋茶青娇嫩，重火也好，轻火也罢，完全在于把好一个度。你冬仔做茶倒是中规中矩小心翼翼，可你知道吗，这样做茶是不可能出彩的。"冬仔笑着说："您哪，一直不肯收我为徒，我只在一旁观摩学样，能做到这份上也算不错了吧。"石半山含笑点头："确实不错！不过若想再进一步的话，就得大胆创新。"为因应安德烈等一行俄国客人，定邦听从马伯亮的建议，决定尝试重火茶。然而，这类茶石半山自己也没做过，只能由定邦尝试。至于成茶品质如何，石半山心里也没底。他和冬仔一样，确实有些担心，但他并非担心重火茶的汤水涩苦，品质低劣，反而怕定邦因此失去信心。信心于一位年轻人而言，尤其重要。

回想当年，十五岁的石半山以一手制茶技艺打遍武夷内山无敌手，倒不是他的天赋有多妖孽，而完全就凭借着心中的那股子无畏。

很快茶好，分三碗倒出。

定邦自己没动，让师父和冬叔先来："你们尝尝，喝完再谈看法！"冬仔不大相信地端碗抿一口，似乎不确定是好是坏，转头看着石半山。石半山连喝数口，点头说："试两遍就有这汤水，已经算不错了，不过……"不过后面的话自然是要指出不足，定邦双目炯炯地望着师父。石半山放下茶碗，思着对定邦说："所谓重火，实则重在茶叶的发酵过程，并非因火而火。要知道，坦洋茶与武夷茶不同，不能为达成目的，而忘了茶青本身。"定邦恍然大悟，尴尬地挠了挠头，说："是我着急了，没考虑周全。"

就在这时，马伯亮恰巧推门而进，呵呵笑着接话问："你们几位在这考虑什么呢？"听说茶已成，自倒一碗喝起来。喝下一碗茶，马伯亮不言不语愣怔了许久。定邦怯怯地问："伯亮叔，这款新茶……很难喝吗？"马伯亮迅即寻回了神，摇头叹说："不……这茶汤，让我突然想起一段往事。那是我年轻时第一次到俄国，在一位朋友家做客。那晚我们喝的是云南的大叶茶，我的朋友约瑟夫拿大铁壶煮茶，论茶汤，并没有你这款茶好入口，可那是一个特别寒冷的冬夜，守着火炉子吃烤肉，浓茶便显出它独特的风味来了。"

听这话，石半山若有所思。定邦问："这款茶可需改进？"马伯亮看了石半山一眼，笑着说："身边就有两位大师傅，还需问我？不过，我那朋友并非贵族，虽说口味差不多，贵族喝的茶大概要精细一些。"定邦明白了，望向自己的师父。石半山说："就按我刚才说的，延长发酵过程，增加复火次数，茶叶娇嫩，不可急于求成。"定邦思着点了点头。

定邦一回坦洋便忙起来。他不仅要完成茶行的茶米研制，还得负责开化小学堂的协调事务。定邦满十四岁时，石半山就让他独自做茶。开始的时候他还会一旁盯看，后来基本都不管不问了。只是天有不测风云。有一年冬春两季阴雨不断，福宁街甚至还淹了大洪水，他才和定邦一起完成了那一季春茶的研制任务。而且，他没再制止冬仔在一旁观摩学习。冬仔做事特别能吃苦，为人踏实，如今也成了茶坊的制茶师傅。有冬仔帮忙，石半山就更清闲起来。

两年前的一次巡山途中，石半山捡到一条流浪的老黄狗，取名自闲。

人狗相伴的日子确实过得怡然闲得，逍遥自在。

一晃十年过去。细算，人生又有几个十年呢。就这样吧，一辈子很快！石半山时常对自己这样说。至于玉茹，他不是没有和她更进一步的想法。几年前玉茹自己都说，等定邦成年继承家业后，她答应嫁给他……然而，什么是娶什么是嫁，人过四十而不惑，日子一天天过去，他身上似乎早没了当初的那种激情。倒不是他不爱玉茹了，除了举办一场宣示关系的喜宴，他和玉茹之间还缺什么呢？若说无后，身为男人多少有些介怀。玉茹多时不许他在最后关头撒在她的身体里，但也数次情难自禁地播过种，却总不见发芽。当然，现实也不允许乱发芽。回想起他也曾在凤仙的身上播过种……由此，石半山不禁怀疑是不是自己身体出了问题。想到播种，石半山突然眯上眼笑了。

自闲是一条年岁不小的老母狗。前些日子，居然老树开花，和大成家的那条小公狗配了种。许是怀上狗崽子了，如今老黄狗不管跟他到哪儿，不管地上有多脏，只要停下就直接趴那儿，懒洋洋得瞧着就气人。不过气归气，石半山仍时不时地给它洗澡，帮它精心梳理那一身土黄色的皮毛。对狗尚且如此，何况对人。久而久之，石半山早把定邦当亲儿子看待。粗俗地讲，都把人家的娘翻来覆去地睡了，对人家好也是理所应当的。因此，能教给定邦的，石半山几乎没有保留，甚至还把自己多年的制茶心得交给他。至于定邦最后能站多高走多远，就看他自己的了，自古师父领进门，修行靠自身。

又是一个忙碌的月圆之夜，各家茶坊都在加紧赶工。唯有大房茶坊从来不赶，多大的劲挑多重的担，在马伯亮和石半山的配合下，几年下来基本做到淡季略忙旺季稍闲，生产过程不急不慢，就像精确地踏准每个节奏似的。这才使得玉茹有了与孩子们亲近的闲工夫。玉茹疼孩子几乎没有底线，除了对定邦要求严苛外，她对石头、珠儿包括四岁的木春宠得都有点不像话。有一回石头带头和孩子们在堂厅耍竿子，将供桌上的祖宗牌位扫落一地，翠儿吓坏了，玉茹却淡然地笑着说，不就是几片木头板子嘛？擦干净摆上去就好了。

吃过晚饭，玉茹又牵着木春的小手送他回家。木春长得厚皮壮实，愣头愣脑像个小虎娃，性格随青儿大大咧咧，不过小嘴儿甜腻得很，学话的第一句不是爹和娘，而是大姨。再大一些，他总跟在玉茹身后大姨大姨地喊着，加上东大院有个利害的石头哥哥，他几乎每日都在东院吃两餐。如今的玉茹自然不缺一个孩子的吃食。她喜欢孩子们闹腾，觉得那样才使整座空寂的东大院有了些许生气。大概谁都没能料想，少言寡语的洪大成最后会与说话不把门的青儿走在一起。直到青儿告诉玉茹，说她有了，大家才恍然原来青儿跟来坦洋是有目的的，是揣着小心思的。大家以为青儿有了孩子会跟大成回赛岐，不想青儿却坚决留下来，说小姐在哪儿她就在哪儿。于是，玉茹把茶坊东边一块自家的茶田腾出来，让大成两口子在坦洋安了家。那以后，包括翠儿在内，三个女人就像亲姐妹一样相处，在外人面前稍显规矩，私下里几乎无话不说，彼此间丝毫不见主仆间的那种生疏与隔阂。有时玉茹留在石半山那儿过夜，青儿总会细心地替她打掩护。在玉茹和石半山的事上，青儿出奇地守口如瓶。

送木春到家后，玉茹转身就去了石半山那儿。从青儿家门口到石半山的小院距离总数不超过三百步，但玉茹走得很慢。到了这时，她不再像之前那样刻意地掩饰什么。男女之事靠掩饰是掩饰不住的，毕竟嘴长在别人身上。只要不踩出那一步，就算古裕祥生龙活虎站在她面前，也拿她没办法。

整个古家，数来数去玉茹仅对古裕祥这位长辈有所忌惮。

她这晚过来，除了见石半山，也想过来看看定邦是否来这儿，吃过晚饭便不见了人影，也没说做什么事去。"定邦已经大了，不能再像小时候那样时刻盯着。"石半山对定邦总怀着宽容之心，"更别说，从小到大他哪次给你无端惹事了？"听这话，玉茹嫣然一笑："定邦做事我当然放心，就怕有人给他挖坑下套呢。"石半山没笑，正色地说："论心智，所有古家子弟排成排，能拼得过定邦？若非如此，又怎么可能成为我的徒弟……"石半山对定邦的疼爱与呵护，玉茹始终看在眼里，也念在心里。大概基于此，玉茹准备为石半山怀个孩子的心情愈发地急切起来，就怕自己年龄大了，想怀都怀不上。

冬去春来，万物复苏。

女人心底深处最原始的那一股春思也随之苏醒了。

许是月色撩人，两人聊了半天话，喝下三盏茶。见玉茹起身，石半山愣怔地问："这就回去了？"玉茹舒服地伸个懒腰，妩媚地说："我累了，想进去躺会儿。"没有比这更清晰的暗示信号了，彼此相识十年，共情十年，几近到了相濡以沫的地步。石半山迅即闭紧院门，跟她进屋。她站在床边，俯身整理床上的被褥。春夜萧寒，被褥是冷的，心却是热的。

"这些年……你后悔过吗？"玉茹听动静没转身，只柔声地问。石半山慢慢地走过去，搂住她不再纤细的腰肢，动情地说："坦洋最出色的女人此刻就在我怀中，有什么可后悔的？"玉茹沉默几秒，却说："我后悔了！"听这话石半山身子一僵："是吗？"说着，就要松手，却被玉茹抓住。玉茹回头搂住石半山，似撒娇又似承诺地说："我后悔没能给你生下一儿半女，山，我想是时候了。"自相识开始，玉茹差不多都把握着感情上的主动。石半山见识过她的大胆，她的热情，她的任性……林林总总的情话说过不少，但从未如今晚这般深深地打动着他那颗原本已波澜不惊的心。顿即，一股即将熄灭的野火飞快地窜了出来。他俯首吻了过去。她伸手环住了他的脖子，几乎拼尽全力地回应他。他轻轻地咬住她的耳珠，"你真这样想？"她带着颤栗的声音说："我想很久了……山，对不起！"他感动不已："别说这话！不管你我在一起的日子还剩多少，记住，你才是我最重要的人，至于孩子，顺其自然吧……"

话说顺其自然，石半山这晚仍接连要了两次，直至两个人筋疲力尽丝毫不想动弹。石半山自嘲苦笑："唉，不服老都不行，老腰禁不起折腾了！"玉茹含羞捶他："那你还……不过两次应该能怀上。"石半山这才担心："若真怀上怎么好，生下来？"玉茹点头："嗯，到时候带我离开这儿……"

貌似已经做好了最周全的安排。

然而，计划愣是赶不上变化。

第二天中午，古修远几经考虑后，也只能过来见玉茹。他当然不好一见面就说，动员半山师傅离开坦洋吧，这么做都是为了你们母子好……古修远先转述了族老对定邦的评判意见。族老对定邦的能力一致认可，玉茹并不意外，反而面露自豪地说："此次俄国茶商来坦洋，我让定邦一力筹备，他将全权负责生意洽谈。"古修远高兴地说："如此甚好！一旦谈成大生意，那么宗族里更没人说二话了。"玉茹冷然地说："总之，诚如当年分家时所谈的，臻泰兴不离古记，那么将茶行交回定邦手上，也算兑现了当年的承诺吧？这下，各位族老终于可以安心了。"听这话，古修远一脸尴尬。

继而，谈起定邦的婚姻大事。

对于儿子的终身大事，玉茹先提一个条件："别拿定邦去联姻。"古修远点头说："这是自然的。定邦未满十八，成亲的话，确实为时尚早。"玉茹说："那您的意思是？"古修远说："成亲怕是来不及了，可以先定亲。你看这样好不好，我们帮忙选人家……当然，这门亲事由你作主，最后得看定邦点头才行！"玉茹问："成亲来不及？裕祥族老不好了？"古修远叹着说："是啊，大概也就一两个月的事了。"玉茹思片刻，说："行吧！至于继任族长需要哪些仪程，我毫无经验，就听你们长辈安排吧。"古修远笑着说："所谓成人不自在，自在不成人。替定邦选一门好亲事，尽管不是联姻，也不能忽视妻族外亲的能量。"道理玉茹懂，但也知道，古裕祥包括古修远都只是站在宗族昌荣的角度去考量得失。既然定邦的亲事最后由她作主，那就先看看族老到底选出了哪几户人家。古修远给出三家备选，分别是穆阳钱家、社口万家和坦洋林家，三家待字闺中的姑娘样貌学识兼备。古修远逐一介绍完，笑着说："若问我意见，我觉得穆阳钱家和坦洋林家可放在首选之列，社口万家做的是钱庄生意，洋钿行情无常，银拆利润是高，但风险也不可控，别到时没得帮衬反受其累。当然，若觉得这三家还都不合适，我们可以再找，凭古家的名声，不怕找不到好的。"玉茹默默听完，忽地笑了。一是因为这事单纯好笑，什么叫三十年媳妇熬成婆？她现今也才三十来岁，便开始选儿媳妇了。二是心中愤然与冷笑，口口声声说不联姻，却只考虑妻族力量，丝毫不考虑定邦的感受。

许是出于故意添堵，玉茹不假思索就说："我倒觉得万家不错，人家做的是银钱生意，和咱茶米生意没有任何冲突，同行从来是冤家，假设定邦娶了钱家或林家的姑娘，往后若遇生意竞争，到底是争呢还是不争？"

古修远无言以对，他确实没有考虑那么远。既然玉茹有了主意，他也只能应和说："行，一切以你为主。"说完，他起身告辞。至于劝石半山离开坦洋之事，他始终没开口。一是没有机会说，二也因为姚氏身上隐约有了上位者的威严。古修远面对道台或县衙的高官大员尚能应对自如，反而在面对姚氏时不自主地有些畏首畏足，来时想得好好的，临了总被牵着鼻子走。

出了东大院，古修远犹豫了好久，最终决定先找石半山。

古修远在去茶坊的时候，定邦正被起鸢堵在小学堂门口。

见起鸢一副气鼓鼓的俏模样，定邦忍俊不禁，调笑问："又怎么啦？"起鸢没说话，拿大眼恶狠狠地瞪他，转身就走。定邦只好伸手拉住问："好端端的又生什么气？"起鸢气呼呼地说："哼，都怪你！"定邦说："好吧，算我有错，也得先告诉我是什么事吧，不知者无罪是不是？"起鸢咬着嘴唇，左右看了看，低声说："跟我走。"定邦本想说他还有事要办，见起鸢已经快步走远了，只能跟着走了……在学堂门口拉拉扯扯，终归不好看。

　　两个人一前一后大约走了两刻钟，终于来到后山的小竹林。两位晚辈并不清楚这片偏僻的小竹林就是安海叔和奕贞婶子当年的"定情之地"。由于小路崎岖，起鸢不小心扭伤了左脚，眼泪汪汪直呼痛。定邦只好抱她起来。起鸢起先挣扎不肯，不过很快就不动了。两人找到一处干燥的地方坐下说话。起鸢仍旧在生气，定邦只好认错道歉。不管什么原因，男人先道歉总没错。

　　起鸢慢慢不气了，这才嘟嘴低声地说："都好几天了，你只知道围着两位姐姐转，也不管我……"其实刚才在来的路上，定邦就已猜出原因，那日之后他没再见起鸢，丫头心里肯定是不高兴了。"那天我都说了，两位姐姐是过来工作的。她们是省城来的客人，在坦洋认识谁呢？只认识你定邦哥。再说，开化学堂是我在负责，她们有事不找我，还能找谁呢？"定邦耐心地解释。起鸢听后脸上稍显一丝笑容，但又很快地隐去，嘴上不饶人地说："兴许你正巴不得人家没事找事呢，谁让两位姐姐长得那么好看！"言语间，醋味十足。听这话定邦有些哭笑不得。不过话也说对了一半，两位女老师时不时找他，确实有点没事找事的意思。比如先生学员发音准不准都喊他过去旁听。他又能听出什么呢，他自己的"官话"都还半生不熟呢。当然，有些事可不敢以实告实，否则不定醋坛子会翻成怎样……安慰一阵，终于将起鸢的心情安慰好了，定邦笑着说："在我眼里，我家丫头长得最好看了。"一句"我家丫头"让起鸢的心里灌满了蜜。"真的吗？"她甜滋滋地问。定邦嗯嗯地点头。

　　这倒是真话，是事实。

　　起鸢的容貌集合了刘怀淑与方奕轩夫妇二人的优点。许是年龄未够，未能将蕴藏于内的美尽致地表现出来。拿花儿作比喻，起鸢这叫含苞待放。不过自带的那种可爱的姿态与韵味，已经能让定邦神往不已了。总之起鸢的美可用匀称二字来归纳，不论是她苗条娟秀的身材，还是五官精致的面容，拼合在一起浑然天成，怎么看怎么舒服。还有她那双明净的大眼睛在浓而细长的睫毛下活泼地转溜。每每对视，定邦都不忍心说出什么重话或狠话，生怕一不小心言语伤害，会让她多彩的目光中凭空多出了一股幽怨。

解开心结，起鸢立马又恢复了开心快乐的小模样，依偎在定邦哥怀里，仿佛天下再无难事似的，但要定邦答应："以后，不许再惹我生气了！"定邦说他保证。起鸢又说："而且只能对我一个人好。"定邦还保证。

紧着起鸢看着定邦说，可以亲她了。

定邦双手捧起她的脸，非常认真地亲了。

这一次，起鸢没再闭眼，用灼灼的目光望住定邦，眼神中不见慌乱，只有浓到出水的柔情蜜意。午后的阳光穿过竹林的叶间缝隙，斑斑点点撒落在两个人的鼻头眉间，映出了静谧的旖旎氛围……许久，两人才分开。

起鸢红着脸，呢喃地说："定邦哥，你娶我吧！"定邦不知如何回答，慌着说："咱俩……还早吧。"起鸢说："不早了，钱绣绣十四岁都能嫁到林家当媳妇，我……都十五了呢！"定邦说："要不，我让娘先去你家提亲？"起鸢高兴地点头："嗯嗯，咱俩先定亲，过几年娶我也不晚……"

这时，定邦骤然想起一事，逗起鸢的鼻尖问她，想不想去省城上学？

起鸢当然想啊。可是，去省城上学则意味着要和定邦哥分开两地，她又舍不得。定邦说，成为像两位姐姐那样的老师，往后就可以帮他了。

听说能帮到定邦哥，起鸢重重地点头，笑靥如花。

这天刚好有空，玉茹决定找定邦谈谈他的个人大事了。

虽说最后需要尊重儿子的意愿，玉茹依然非常认真仔细地给儿子摆明了几户人家的家世与相关利弊。末了，她说："除了万家三姑娘，余下几家姑娘的相貌只算中等偏上。"定邦根本没把这事放心上，随口问："万家三姑娘长得不好看？"玉茹笑了："人家可是社口一枝花！若听娘安排，娘倒是比较满意那姑娘。去年娘拜会她父亲时见过一面，为人文静，举止有礼。"定邦有些哭笑不得，说："娘，反正我不想这么早成亲，如果不成亲不能当族长，我宁愿主动放弃。"玉茹说："糊涂！你可是长房嫡孙，能说放弃就放弃？而且族老没说要你现在成亲，定亲也是可以的。"定亲？定邦蓦然想起两日前和起鸢的约定，忽地支支吾吾，不知该怎么开口。玉茹笑着问："怎么，你自己心里有人了？"玉茹还以为儿子喜欢省城来的两位女老师中的一位，心想，看上去年纪比定邦大一些，不过只要两情相悦，女大男反而更知冷知热能疼人。

这么一阵想，玉茹脸上的笑容变得灿烂起来。

犹豫半天，定邦只好鼓足勇气说："我喜欢鸢丫头……"

"谁？"玉茹没听清楚。"方起鸢，我，我俩都好两年多了。"定邦小声地补充。"怀淑家的疯丫头啊……"很快，玉茹脸上的笑容消失了。

　　单论喜欢，玉茹也很喜欢那位性格爽朗风风火火的疯丫头，可若论良配佳偶，方起鸢还真不是定邦的最佳良配。更别说，两家的恩怨摆在那儿。一时间玉茹感觉头疼不已。这时的她无法想象两个孩子的感情究竟有多深，或许只因为两小无猜的缘故，也许过些年彼此就淡了呢……思片刻，玉茹只能先给儿子交了底数："娘可以去方家提亲，可若是他家不允呢？"定邦愣了下："为何不允，认为我配不上丫头？"玉茹笑了："傻孩子，喜欢一个人和两家结亲完全两码事。你喜欢起鸢，不用顾忌别的，单纯喜欢即可，可你一旦和起鸢谈婚论嫁，那么这时就得两家人坐下来商议，毕竟姻亲牵连了许多方面。"定邦愣愣地说："这么麻烦？"玉茹严肃地说："从无到有缔结姻亲关系，本就不是一件容易的事，何况还有老话说，男当娶贤妻，女须嫁对人，当中需要考虑的事实在太多了……你还没回答娘的话，假设方家不允呢？"

　　定邦心想，不允，他还能怎么办，总不能把丫头绑回家吧。他不知该如何回答，只愣愣地看着母亲。玉茹反而笑了："好啦，事情先做再说。"

　　当晚，玉茹就去方家见了刘怀淑。玉茹见怀淑当然不是提亲，提亲有许多仪程要走，她只是过去先探口风。果然不出所料，怀淑婉言地说："鸢儿将将满十五，年纪还小，且性子未定，整天风风火火，不是惹事就是招非，至少得过五六年再论婚嫁。"大概不好驳了玉茹的面子，怀淑没把话说绝。不过玉茹已听出拒绝的意思，想替儿子再争取一下，笑着说："鸢儿打小活泼，那也是真性情，而且我一直拿她当亲闺女看待，既然两个孩子情投意合，可以先择日子定亲，至于婚娶嘛，过五六年确实也不迟……"

　　待在阁楼闺房的方起鸢早就看见茹姨上门，猜到茹姨上门八成是为了兑现她与定邦哥谈好的约定，小心脏怦怦地都快跃出胸膛，脸颊烫得可怕。但她不忘屏心静气地拿耳朵仔细去听楼下堂厅的动静。当她听到娘拒绝，小声地嘟囔说："哼，这个坏娘！"又听茹姨说了那番争取的话，美美地点头。就在她继续探听时，听到的却不是娘的声音，而是爹的喝斥："哼，你们古家就别痴心妄想了，怎么，方家折了个奕贞还不够，还要我家起鸢？"安静片刻，又听玉茹解释说："古家是古家，定邦是定邦，本就不是一回事。起码，定邦对起鸢是绝对真心的。"奕轩冷声反问："当年安海也是这么说，结果呢？总之，这事绝无可能。"话不投机半句多。奕轩说完，又滚着木轮椅回了里屋。

玉茹只好起身告辞。怀淑送她出门，并说："当年那件事后，奕轩性情大变，他说话难听，你别跟他一般见识。而且我公爹临终前留遗训，让方古两家从此不联姻，因此我们……"玉茹表示理解，叹着说："明白，家家都有本难念的经嘛。"怀淑苦笑："若我能做主，倒想成全两个孩子。"

对于这样的结果，玉茹倒没多少失望，本就没抱什么希望。

回家后，玉茹对儿子以实告实。见儿子听后一副失魂落魄的样子，她又有些不忍心，说："所谓好事多磨，这对你和丫头的感情也算一次考验，好比咱家茶行的生意，寒冬过尽，才见春暖花开。"一番耐心劝慰后，定邦脸上终于重现出笑容："娘，我明白了。"玉茹笑着说："明白就好，男儿在世，儿女情长至多只算其中之一，还有许多正事等你去办呢。"

原本这晚玉茹和石半山约好了，还将去他那儿过夜。但这时，她突然没了任何情致，继续和儿子闲聊了几句，便回房安歇了。

大约过了三更时分，定邦正躺床上辗转反侧无法入眠，突然听见窗外有人喊他的名字。他坐起来仔细地听一阵，低声问："谁？"窗外一阵窸窸窣窣后才有人应声："是我，定邦哥。"天哪，居然是丫头。定邦只好披衣下床，蹑手蹑脚地开门出去。只见起鸢哆嗦着身子，躲在月光照不到的角落里。此刻村里异常安静，仅偶尔听见一两阵狗吠声。定邦将丫头引到自己的房里，轻轻地掩上房门，小声地问她："这么晚了，怎好出门？"起鸢扑进他怀里，哽咽地说："我想你了。"定邦拥住她说："傻丫头，才两天没见呢。"起鸢抬头看着他："听说你家族老给你相亲了？"定邦如实点头："不过我没答应。"听这话起鸢呼吸急促起来："哥，咱跑吧。"

定邦没听明白。起鸢说："我爹不许我嫁到古家，你家族老又给你相亲，咱……只能跑。"私奔？定邦这才意识到跑的含义，笑着说："你是话本看多了吧，跑不能解决问题。"起鸢赌气地背过身子："哼，果然是哄我玩的，还说一直对我好。"定邦解释不清，有些哭笑不得，忽地有个主意："这样，你秋后乖乖去省城读书，我呢，先把族老选的人家都推了，咱俩的事缓几年，等你结业再说。"听这话，起鸢的心情忽又好了起来，"那你得保证，不能看上别家姑娘。"定邦说："那是当然，我发誓。"起鸢不让他发誓，最后却说："要是……要是你敢娶别家姑娘，我就死给你看！"丫头敢作敢为，这话让定邦生生地惊出了一后背冷汗。

黄粱一梦终有醒，无根无极本归尘。

这天夜里，石半山的脑子里一再地腾绕着这两句诗。有点莫名奇妙。继而回忆起当年于武夷内山偶遇一位游方僧人的情景……犹记得那位僧人最后笑容可掬地念了一声佛号，留下一句箴言："求不得？放下，可解……"

放下？放下，放下……

次日一大早，石半山便悄然地离开了坦洋，正如他当年悄然地来。

过了中午，冬仔过来告诉玉茹。玉茹开始还不相信。石半山平常也曾一早出门，一人一狗慢悠悠巡遍整座茶山，一般午饭前会回转。看茶株，预判一季茶叶长势，是所有茶师傅日常所做之事。石半山更是风雨无阻。然而，当她见到石半山留在枕头上的一封信后，那才意识到，他是真的离开了。

石半山在信里是这样说的："玉茹，我走了，对不起！我这一生先遇凤仙，后遇你，可谓上天待我不薄！凤仙是武夷内山的仙女儿，你又是坦洋最美的好女人，前后拥有你们俩，哪怕就此死去，此生亦无憾矣！原以为，人生如茶，先苦后甘。不承想，终究逃不过宿命二字。记得我说过，不管你我在一起的日子还剩多少，你都是我心中最重要的那个人。有人说，世上有一种情叫相互成全。玉茹，你我相爱，无以回报你的真情，唯有离开，是为成全。也许有些无奈，但不必怨谁，更不用担心我，好好保重……"

字里行间情真意切，看得玉茹泪流满面。

此时，大成夫妇还有翠儿、马伯亮等人也都闻讯赶到西头小院。

放下信件，又发现信封里还装着两张由三都澳交通银行开具给古记的面额五千元的承兑本票。摸着本票，玉茹很快明白过来。虽不清楚族老私下找石半山说过什么话，做过什么承诺，显然是被族老"使好心"逼走的……

略想片刻，玉茹抹干眼泪，收拾好杂乱的心情。诚如信中所说，这时候任何责怨都无济于事，须尽快将石半山拦回来。她吩咐青儿、翠儿和冬仔等人往出入坦洋的各条道寻找，她和大成去林氏祖屋还有凤仙的坟前看看。如果没有猜错，就算石半山准备去往别处，也必将到凤仙的坟前告别。

人坐马车里，心始终悬着。

玉茹不自禁地抚摸自己的腹部。不出意外的话，这次八成会怀上。她不免开始埋怨，真是个没有担当的男人！孩子长大后，若问他爹在哪儿，她又该如何作答呢？她可不想继续独自面对了。她都决定好了，此后就算再大的困难摆在面前也要共同去解决。旋而，想到信里提及的"宿命"二字，玉茹的心又骤然揪起来，不，千万别……只要他平安，她甘愿接受任何责罚。

胡思乱想一路，终于到了林氏祖屋。种种迹象表明，石半山来过。房前屋后刚收拾一新，房门还换了新锁。很显然，他准备在这儿住下来。

那就好，那就好，玉茹稍稍安了心，于是安心地等在马车里。大约等了一个多时辰，仍不见石半山回来。想他会不会去给凤仙上坟，于是和大成一路问道找过去，直到了凤仙坟前，仍没看见石半山的身影。坟前赫然摆着瓜果茶水香烛等祭品，说明他来过。他还能去哪儿呢？就在这时，她发现前方路口不远处落着一只随风摆动的竹篮子。顿时，她的心儿怦怦地狂跳起来。她强压心神走过去，还确认地问大成："昨晚有下过雨？"大成说："嗯，后半夜下过一阵，挺大的。"完了，她哆嗦着嘴唇，再也问不出别的话。

那是一处弯道山路，路旁是林家山唯一一处的断坡崖。断崖有点深，约有七八丈的样子。崖口横长着一棵歪头松柏，松枝上飘着两丝墨绿色的布条。那布条分明是她当年找吴嫂做的第一件长衫的颜色，洗得有些发白。

到了这时，玉茹整个人都禁不住地颤抖起来。大成发现异样跟过来，沉声地说："小姐，我下去看看。"玉茹愣愣地点头。直接下去当然做不到。大成绕了个非常大的弯，终于下到了崖底。没听见动静，玉茹大声喊大成："怎么样呢？"过了好久，才听大成在崖底回了一句："找到了！"

找到了？找到了！

这是一句玉茹怎也不想听到的回话啊。

她双眼一闭，直接瘫倒在地。

等她睁开眼，发现自己躺在马车里。"人呢，他人呢？"她疯一般地质问大成。大成说，他已经找人下去收敛了。她再问，摔成怎么样？玉茹自己也闹不清为何这么问。大成却很仔细地回话："还好！去得很安详，脸上丝毫不见痛苦，而且……身体也好好的，只是后脑勺磕到了石头。"

石头？石头可是翠大儿子的名字！玉茹的脑子已经乱作一团，又骤然地感觉到一阵揪心的痛，比当年喝下那碗褐色的汤药还要痛百倍、千倍，简直痛不欲生。就这么呆然地坐着，她很急促地做着深呼吸，仿佛不这么做就将一气闭过去似的。终于，终于看见四个人抬着一具褐色的木板棺走过来……

玉茹呆怔地看着，看着四个人将那具单薄的棺椁塞进马车里，整个车厢一下变得拥挤起来，把她挤到车厢一角。又看着大成递给四个人银元，四个人有说有笑地离开。直到大成过来问她："小姐，咱是把他送去林氏祖屋，还是拉回坦洋？"她这才清醒过来："当然拉回坦洋，先把盖子打开。"大成犹豫一会儿，照办。她又看见他了。大成果然没有骗她，从他脸上的神情看，真像睡着了一样。可惜脸上粘着泥。她对大成说："水……"大成递来水壶。她跪着掏出手绢，蘸水替他擦拭。她的动作无比轻柔，生怕擦痛他似的。整个过程玉茹始终没掉一滴眼泪。直到检查没有遗漏，她跪立起身，俯下亲吻一下他的额头，紧着又将红唇紧紧地落在他的唇上，最后对大成说："走，回家。"大成红了眼圈，劝她："小姐，节哀顺变！"玉茹说："回家！"

古修远怎也无法预料，石半山会突然身亡。

这对一生行事不偏不倚且时刻以仁心仁怀要求自己的他来说，可谓是个不小的打击。石半山被拉回坦洋后的两个晚上，古修远几乎都没合过眼，一闭眼眼前便浮现出他努力"说服"石半山的情景——整个过程他采取的是"以情动人、以理服人"的策略，丝毫没有强逼的意思。当然，情是玉茹对儿子的殷切寄望之情，亦是石半山对爱徒的拳拳呵护之情。他认为，只有这样，才能真正地说动石半山……果然，石半山听后低头沉默，说明他听进去了。

继而古修远开始说理。只在说理的时候，他不免撒了谎。他说："其实族人早清楚你和姚氏十年间发生过的所有事，姚氏数次在你这儿留宿，安河找人准备捉奸，都被我和几位族老制止住，可知原因何在？"石半山抬头看他，没作辩解。说明他和姚氏之间确有其事。古修远又说："姚氏年轻守寡，你又真心爱她，情到深处两难自禁，凡人皆可理解，于情亦可恕，只要你们没闹得太难看，我们可以做到视若不见，不过……"他故作停顿，才接下去，"如今定邦已成年，不日就将成为我古氏的继任族长……要知道，安河对族长之位一直不死心。那么，你与姚氏的事会不会被旧事重提呢？假若安河重翻旧账，定邦又将如何自处呢？"古修远说话的语调平缓，语气平静，如此反而字字诛心。石半山发出一阵长叹，含笑地问一句："那么依您的意思，我该如何选择呢？"古修远说："定邦能有今日，完全是您的功劳！所以，是古家对不住您了。"见古修远都用上敬语，石半山自然什么都明白了，笑着说："再给我两天时间，如何？"听这话，古修远站起身，于桌上放下两张银行本票，拱手行礼说："您于我古氏有大恩！"

说完告辞。石半山坐着不动。

古修远仔仔细细回忆了好几遍整个谈话过程，一无冲突，二无不快，所谈内容既合情，又合理……那他因何突然就死了呢？为爱殉情吗？不，视情形不该如此啊。那么，大抵只剩下一种情况，意外……肯定是的，谁又知道意外和明天哪个先来？古修远抬头看天，直感叹世事无常，世事无常啊！

谁也没法猜到，石半山于落崖之时内心里也在感叹世事无常。

两日前，石半山离开坦洋，本想拜祭凤仙之后，就准备先回一趟温州老家看看，人活到一定年岁，内心里总难免萌生出落叶归根的情怀。当然，回温州常住是不可能的，毕竟亲人都不在了，至少福宁还有凤仙，还有玉茹，还有他时常引以为傲的好徒弟，还有许多认识多年相知多年的老朋友……

若问本心，石半山还真不想走了。他早厌倦那种朝不保夕漂泊的日子，就算与玉茹之间断了彼此的情缘，他仍想于某处住下来，最后就此终老。可万没想到的是，他从凤仙的坟前下山时，竟遇到林家那位疯傻多年一直游荡无踪的弟弟林凤贵。他一下动了恻隐之心，近前拦住凤贵。凤贵问他，你谁啊？石半山说，我是你姐夫啊。凤贵说，你骗人，我姐早死了，我家人都死了，哪来的姐夫……凤贵衣衫褴褛，衣不蔽体。石半山拉住他说，走，跟姐夫回去。凤贵当然不回，胳膊用力一抖，石半山瘸腿没法站稳，一下便往路边滚去。雨过路滑，眼看就要滚落断坡崖，本能地抓住松柏的松枝。他只能求凤贵，帮他一把。凤贵却说，我不认识你，干吗帮你？说完，直接走了。

石半山孤零零地挂在松枝上。那一瞬间，他突然笑了，终于明白那位游方僧人留下的那句箴言的意思，哈哈哈，放下，放下可解求不得……于是，他坦然地松开手，早晚结局都一样，又何必苦苦强求呢！而那时候，苦等在林氏祖屋前马车里的玉茹才恍然地想起来，石半山会不会去给凤仙上坟。两人就这么完美地错过，就这么刚好地不凑巧，世事就是这么的无常……

盛放石半山的棺椁于大房茶坊的正厅停灵三天。

村民不理解，不过没人敢说三道四，毕竟那是姚氏的茶坊，就算人家放一把火烧没了，又与外人何干？当然，还是有人跑去问古修远："族老，这么做不合适吧？"听这话古修远有些生气，恨声说："有什么不合适？若没有半山师傅，又哪来的大房茶坊呢？"第二天，又有人来问古修远："姚氏连日衣不解带跪着守灵，这事如果传出去，多难看！"古修远思片刻，叹声说："大师傅不幸殒命，等同于茶坊断了半条生路，她守灵以示尊重，没有不妥。"第三天中午，有人过来喊古修远去古裕祥家，说有要事相商。说来也奇怪，石半山死后，古裕祥的精神一下好了许多。古修远刚进门，他就说："你去大房茶坊看看，听说姚氏准备让定邦执孝子礼。"古修远思着说："论理，定邦身为半山师傅的弟子，出殡执孝子礼并无不妥。"古裕祥喝了句："糊涂！放眼整个坦洋，哪有这规矩？"既如此，古修远也只好去了。

迈进茶坊，石半山的棺椁赫然摆在厅当中，棺前三炷清香袅袅燃着。茶坊的工人包括茶行的管事等人正准备为石半山送行。只见大伙眼圈带红，没听见哭声，茶坊也没布置成灵堂的模样。安静，却透着一股压抑的肃穆。

古修远望向姚玉茹。

此时玉茹安安静静地坐一旁，没有披麻戴孝，更不见那种丧夫未亡妻的披头散发的装扮，反到是一身齐整整的装束，发式依然是平常的发式，黑色的开襟外套，里衣为白素。古修远见此略微地安下了心，姚氏知礼，则省去了不少事，若她借由闹起来，真不知如何收拾残局。见修远族老突然过来，几位替定邦换孝服的人停下手中动作。定邦转头，面无表情地看着古修远。

"你来了。"玉茹望向古修远，冷冷一笑："刚才有人来制止，说古氏子弟不能替外姓人披麻戴孝，我没听。所以，换你来了？"古修远再看一眼石半山的棺椁，叹声说："让定邦……确实有些不妥啊！"不妥？玉茹站起来，抬头问儿子："定邦，你来说吧。"定邦走到古修远面前，平静地行了个礼，然后说："今日我师父出殡，身为弟子，执子礼何错之有？所谓一日为师，终身为父，我错在哪里？此前，族学先生所教的第一课，便是咱古氏子弟一生须知恩感恩报恩，难道您不觉得我师父于我古记茶行有大恩？"听到"一日为师终身为父"几个字，玉茹眼圈又红了，怔怔地看着石半山的牌位没说话。面对定邦的铮铮数问，古修远无法作答。茶坊安静，气氛僵在那儿。

这时玉茹走过来，从袖口中取出两张银行本票，丢给古修远，并说："知恩感恩报恩，我看就是笑话！修远族老，你可知，拿区区的一万银元补偿石半山，意味着什么吗？是对他的羞辱。你又可知，他于臻泰兴茶行数次投入的所有股份折成现银，值多少钱呢？"玉茹最后这一问，几近歇斯底里。

古修远愣怔了许久，闭眼长叹一口气，转身离开。

最后，石半山葬在茶坊后面的一块茶田里。

一生做茶，终眠于茶。坟墓只是寻常的墓式。送葬的人们离去后，玉茹呆呆地站了许久。那条叫自闲的老黄狗低声呜咽，一个劲地围着坟头打转，怎也不肯离去。天色瞬间暗了下来，玉茹抬头看了看，但愿近日不要下雨……

西头小院此后就被玉茹锁了起来。屋里的摆设保持原样。此后很多年，除了玉茹自己偶尔过来坐坐，进屋躺躺，或独自一个人在院子里的那张石桌上煮茶外，基本没让别的人进院子，包括儿子定邦，翠儿和青儿她们。

很不幸。雨，还是在半夜突然下起来。

噼噼啪啪，下得非常大。

玉茹被骤然的雨声惊醒了。

啊的一声，她双手抓住自己的头发大声地喊。

然后，玉茹发烧了，病倒了。

臻泰兴签下一份超级大订单。

这份由俄国茶商所下的单笔订单简直开创了坦洋红茶销往东欧的先河，或说开了个好局。五十吨，换算过去是一千石。当然，一千多件茶米的交易量占全年的或者放在西欧茶米出口的比重中并不大，但因为客户是俄国商人，意义非同寻常。更非同寻常之处还在于，样茶由定邦一手研制。几经试验成功的重火茶竟博得了一众俄商的认可。由此，其他茶行只有羡慕的份。然而更没想到的是，定邦竟将订单分发出去，并传授重火茶的研制方法。于是与臻泰兴合作的那些茶行东家不由感慨，果然师承一脉，做法与格局如出一辙。

人们只记住石半山乃定邦的授业师父，这就够了！

由于裕祥族老的精神包括身体状况逐渐转好，那么替定邦选亲定亲的事就变得不那么着急了，定邦由此暗松一口气。

起鸢却高兴不起来，屡次半夜偷溜出门和她的定邦哥见面，终于被她爹发现了。奕轩写信告诉在福州茶行做事的儿子，让他赶紧带妹妹走。兄妹俩动身的那日早上，定邦赶去桥头相送。他把写给程吕底亚女士的信交给起骏，嘱咐说："等到九月份的时候，你陪丫头过去……如果程吕底亚女士不在，可以找碧卿老师或徽娅老师，她俩知道怎么办理入学手续。"

起骏本想说定邦，不用假惺惺了，但见妹妹一副泪汪汪的可怜模样，只恨恨地瞪了定邦一眼，先一步钻入船舱，让二人道别。起鸢拉着定邦的手，说："记得常来信。"

"嗯。"

"有时间就来福州看我。"

"好。"

"不能背着我和别家姑娘定亲。"

"肯定不会。"

"记得想我。"

"我会的。"

"那你……亲我一下。"起鸢梨花带雨地指着自己的嘴巴。

"啊？"怎么敢？街上人来人往，不知多少双眼睛盯着看呢。

最后，定邦只能捧起起鸢的一只手，于手背飞快地亲一口。

起鸢还想说什么，听见起骏喊她，只得抹泪告别。

两个人都没想到，这一别，竟阴差阳错分别了近二十年。目送船儿渐渐离岸而去，定邦非常清晰地感觉到，心里仿佛丢了某样东西似的，空落落火辣辣地难受。而这样一种难受吐不出来，也咽不下去，生生地卡在胸膛当中。他终于明白，娘因何会得那样一场大病……所谓生离死别。生离尚且痛苦难当，何况死别呢？他早知道娘爱师父，师父也深爱着娘。然而这份爱却因为家规族约变成了一个禁忌。不可逾越的禁忌终酿成了无以挽回的悲剧。定邦突然下定了决心，他若成为族长，定改变那些没有人性的狗屁规矩。

差不多两个月后，玉茹才从里屋出来，再次出现在众人面前。许是常久未见阳光的缘故，她脸色凄白，一身素服，步子迈得很小，也很慢，不如此前那样矫健有力。当她慢慢走进茶行本部时，马伯亮与邹长贤等人正在商议茶米的出货事宜。由于出货量大，不得不分次分批进行，还因为海路陆路并行，各个环节皆须预先考虑周全，有备无患。马伯亮将玉茹引进接待小厅，问她可有指示。"没什么，你们和定邦配合得很好，我只是闲了，过来看看。"玉茹自己落座，"你去忙你的吧，不用管我。"马伯亮应了声是，说："其实该安排的早都安排好了，俄国茶路相对不太平，才不得不仔细慎重。"

玉茹点头。喝过一盏茶，玉茹问："臻昌行近来可有动静？"听这话，马伯亮愣了好久，实在想不明白东家这话什么意思。玉茹继续说："如果没有动静，那就制造一些动静，然后全面收购。"

全面收购？马伯亮抬头看东家，只见她面色平静，但眼神已是那种无比凌冽清冷的眼神，仿佛要吃人。马伯亮不由暗叹，按说古氏内部的事他不该多嘴，却也知道，石半山意外身亡乃是古氏族老相逼所致。他替石半山不值，更替东家不值，手握臻泰兴，何至于看他人眼色行事？

很显然，东家已经准备对老古记全面下手了。这么多年过去，他当然不会再像之前那样为老古记说话，毕竟古安河手里的老古记早已变质。"我只要求一点，往后坦洋没有老古记，只有臻泰兴，臻泰兴将是古氏的新品牌，且将是唯一的一块牌子。老的都将死去，新的才会成长，这是万物不变之规律，茶叶生意亦是如此。"说完，玉茹目不转睛地盯着马伯亮。马伯亮被东家的话完全惊住，这哪是收购，分明是颠覆啊！但他没有犹豫，很快俯首说是。

玉茹很冷静。

冷静的姚氏看上去有些可怕，这是古氏大部分人的共同感觉。

不论什么时候，谁手里握着巨额财富都将把握最终的话语权。此次所谓的收购不再像十年前那样以持股的方式并入臻泰兴，而是直接买断。"难道不卖她还敢强买？"古裕祥不相信，问古修远："安河可有应对之法？"古修远轻叹地说："安河现今手里的茶行，只剩赛岐和福州两家分号了。"古裕祥瞪大双眼问："其他的都卖了？"古修远缓缓点头："定富在省城打伤人，伤者乃总督衙门的一位衙内，安河为此赔了不少钱。"古裕祥呼吸急促起来："看来安河一脉真烂了，真是扶不起的阿斗啊！"谁说不是！古修远也叹。

古裕祥转而再想，臻泰兴壮大，不等于古记壮大吗？很快，他的呼吸又顺畅了许多，"也罢，让小辈折腾吧，无非左手转右手，没让别人拿去。"古修远却不敢瞎乐观，据定衡回馈的消息看，臻泰兴生意是做大了，相应的资金缺口也不小。听说前些日子，定邦为此数次拜访社口的万家钱庄。他有一种不祥的预感，姚氏会不会让万家入主臻泰兴呢？要知道，万家手里的银钱多，假设万家参与进来，那么臻泰兴还能算是古氏的家族茶行吗？

世上本无事，庸人自扰之。

玉茹如今几乎没再管茶行乃至茶坊里的具体事务了。自石半山落葬，她也没再去自家茶坊。落葬那晚大雨，石半山的坟头被雨水冲垮，次日一早定邦找人修葺，她也仅过问了一句，见儿子点头，便没多问什么。病好后，她将石半山的牌位从茶坊里请出来，请到自家的里屋后，基本很少出门。有时她会一个人坐檐下发呆，才三十多岁，却被她活成了七老八十的样子。

院子里的花草仿佛尽失颜色，快快地没了什么生气，初夏的阳光开始变得毒辣热烈，不过照在身上丝毫感觉不到热，反倒觉着清冷。孩子们越来越少跟在眉眼间不见笑意且浑身透着清冷气息的大姨身后转。石头还好，至少平日会跟她说上几句话。玉茹看见石头时，眼里也会难得地露出一丝柔意。

这日下午，孩子们都去上学了，只有石头一个人还在院子里打转。

玉茹站在檐下问，为什么没去上学？石头喊声大姨，赔笑说："我，我可不是读书的料，一拿起课本头就大，所以……"听这话，玉茹想笑，却没笑出来，只瞪了石头一眼说："你这孩子，小小年纪不读书，还能做什么？"石头嗫嚅地说："成叔准备教我功夫。"玉茹思着点头，练武也不错，多少算件正事，想着又问："你可想好，长大后做什么？"石头挠了挠头，说："我娘已经说了，以后跟少爷打下手。"玉茹说："仅仅打下手不见多出息，你还得学会做茶。"石头嗯嗯地点头。玉茹又说："往后别喊定邦少爷了，还和以前一样，喊他哥。"石头有些纳闷："为什么呀？我爹说了，得有规矩。"

规矩？听到规矩二字，玉茹的嘴角不自主地扯起一丝冷笑。

接下来，玉茹准备打破一切规矩。打破规矩的第一步，是把婆婆及祖宗的牌位从供桌上收起来，杂乱地丢进一个箱子里，并将木箱子搬到婆婆原先住的那间屋子，再用铜锁把房门锁紧。如此，眼不见心不烦。

苦等了个把月，月事如期而至，说明她并未替石半山怀上孩子，仅有的希望也随之幻灭了。自闲倒是生下一窝毛绒绒的狗崽子，在自闲的身上嬉戏玩闹。她看着石半山的牌位，微笑地说："做人难，有时想想，真不如做畜生呢……"面色凄然的玉茹笑起来，双眼就像两汪秋水，闪动着妩媚动人的光彩，既饱含妇人独有的风情，又夹杂少女的那种清韵。而且她的风情和清韵恰到好处，绝不给人一种风骚的感觉。不过这样一种娇媚柔情的笑只给了石半山一个人，即便他是一块木头牌。而在外人面前，她冷成一座冰。

第一次踏上福州这片土地，方起鸢便被这座卧躺在闽江两岸的美丽小城深深地吸引住。江风滋润，江水荡漾。源自武夷建宁的浩瀚闽江可要比坦洋溪和清溪宽许多，站在台江码头，放眼远眺，心儿也随之宽阔起来。连接码头的各条街道车来人往，随处可见衣着华丽的西洋女人。定邦说了，各国早在闽江南岸设立领事馆，因而看见洋人无需大惊小怪。于闽江这边望过去，果然能看见砖木结构的两层楼房，错落矗立，白色的外墙，高大的门窗，一副欧式的建筑式样。起鸢寻着定邦的介绍，逐一走过人流如潮的老街，登于山，逛乌塔，最后还去了西北边的西湖。站住湖畔长堤上，水上船儿悠悠，船上坐着有说有笑的青年男女，起鸢默默地落了泪。她想定邦哥了……

在茶行等了四个月，华南女院第一期预科班终于开学了。起鸢没让哥哥起骏陪同，自己拿着信就过去找程吕底亚女士。学院初建，程吕底亚女士当然在学校。学院虽小，校舍还是租的，却都是她一力促成的。程吕底亚女士非常欢迎起鸢入学。谈起定邦，她还打趣说："你哥哥是一位模样英俊，而且能力出众的好小伙，我们学校的徽娅和碧卿两位老师，对他可是念念不忘。"这话让起鸢听起来又喜又气。喜的是校长对定邦哥的肯定，气的是那两位姐姐回了福州还不死心。学生们大多回家住去。也有远道来的，那些同学在校长的统一协调和安排下就近合租。外头租房不安全，起骏便从茶行里腾出一辆马车，专门来回接送。尽管女校里莺莺燕燕都是年轻的姑娘，起鸢依然如出水芙蓉般脱颖而出。如此起骏更不放心了，嘱咐伙计只能两点连一线，绝不允许妹妹在校外逗留。对此起鸢倒没意见，没有定邦哥陪着，去哪里都索然无趣。

白嘉成第一次见到方起鸢，就被她清丽的俏模样迷得不能自拔，不自禁地停住脚步，投去了一阵长久的注视。起鸢以为对方认识她，也回头看他。

目光交汇之后，白嘉成便知道，自己已经陷进去。于是想想，就主动过去搭讪："你好，我叫白嘉成，还没请教？"起鸢苦思冥想，自己好像从未听说过这个人，警惕地摇摇头。白嘉成紧着自我介绍，说："我来自福宁县赛岐的白家，我在家排行老二。"起鸢欠身微微一礼，说："原来您来自做洋油生意的赛岐白家？"白嘉成说："是。没猜错的话，你应该是坦洋方记方家的大小姐？"白嘉成当然做不到能卜会算。华南女院每至放学，门口总会停着许多辆接人的马车。见起鸢径直走向那辆停在最旁边的车厢上赫然印着"方记"字样的马车时，他才有此一猜。起鸢说："嗯，我叫方起鸢。"说完，非常自然地眯弯起双眼，礼貌地一笑。如此，更是把白嘉成的魂儿勾没了。他近前一步伸出右手，大概立马觉得握手礼不妥，转而拱手地说："幸会幸会！"这时身旁的随从低声地说了句："爷，咱和林少约见的时间快到了。"白嘉成只好对起鸢说抱歉："过两日，我将过去拜会起骏。"起鸢问："您认识我哥？"白嘉成呵呵笑说："认识，都是福宁同乡嘛，在外总得互帮互助。"实际上，白家二少爷只跟起骏见过数面，谈不上深交。白嘉成留洋归来，原本瞧不起举止粗鲁学识不高的方起骏，不过他突然决定，为了人家这么位仙女般的好妹妹，怎么也得找机会亲近亲近了。目送方记马车离开后，随从问："二爷，您看上这位方家姑娘了？"白嘉成叹声说："是啊，真没想到，方家居然出了这么位好女子，模样俊俏不说，整个人清清爽爽，姿容不加修饰，岂是那些庸脂俗粉所能比的。"随从笑着问："那……万家小姐？"白嘉成冷笑说："万家小姐确实长相艳丽，可她仅仅拥有艳丽的外表而已，德国有位作家说过，女人仅拥有美丽的外表是不够的，若无有趣的灵魂，只能像瑰丽娇嫩的花朵，花期一过很快就凋零枯萎……方起鸢不一样，呆呆萌萌，看着就很有趣，再给她两三年的时间，到时她的容貌、气质将完全盖过那位万家三小姐。"随从说："可老太太已经说了，准备择日去万家提亲。"白嘉成思着说："这样，明天你就回赛岐去，告诉老太太，我的婚事，我自己做主。"

回到茶行后院的方起鸢，此刻完全想象不出来，路上巧遇竟会被赛岐白家的二少爷一眼看中，且此后因为这位二少爷，还有万家三小姐，硬生生地把她和她的定邦哥分离开来……来到福州几个月，平常除了去学校上课，起鸢基本都待在房间里，要么完成老师要求的课业，要么就是给定邦哥写信。

在信里，她出奇大胆地向定邦哥描述了自己身体的成长状况，说某个地方又长大不少，鼓囊囊的，可羞人了，还说到时候让他摸摸看……总之尽情诉说她对定邦哥的那种无比浓烈的思念之情。一边写信，还一边仔细回味定邦哥给她的那几次屈指可数的令人着迷的亲吻滋味。定邦自然很快就回信了，他也说自己想丫头了。不过，定邦说更多的却是茶行的生意，如今母亲已把生意完全交到他手上。他只能跟着伯亮叔和长贤叔边学习边试手，总的来说，臻泰兴茶行已经进入一个快速的发展期，一切都朝着新的目标逐步迈进。

起鸢问他为何不来福州看她。

他只能说抱歉，实在太忙了。

她说生意再忙，也要注意身体，可不敢累坏了。

他说会的。每回在信里，他都不忘叮嘱丫头，在外求学不比家里，遇事不可任性，一定要听哥哥起骏的话，保重自己。

读过的信件摞起来已是厚厚的一叠，起鸢便把它们用丝带仔细地捆好，放在枕头旁边，夜晚闻着信的味道，就像定邦哥躺在身边一样。起鸢自己都意识不到，两地分离竟让她痴狂得毫无羞涩可言，甚至在某些个梦里竟与定邦哥赤条条地拥滚在一起……梦，终归是梦。梦醒回到现实，她只能掰着手指头仔细地数，很快就要过年了。过年回家，就可以见到她的定邦哥了。

刘怀淑特地来了趟福州。家里给起骏定了一门亲，准备年前办酒。对于亲事起骏没有意见，一切听爹娘作主，但他还是有些疑问："年前办酒？为什么这么急？"怀淑叹声说："如今，你爹的身体越来越差了，而且钱家姑娘大你三岁，过完年都二十二了，钱家有些着急，找咱家商量，我们估摸着反正早办晚办都得办，后来宗厚叔找人算了算，说腊月二十二是个好日子，到时刚好办年会，就放一起热闹热闹。"起骏默默地点头。这时一旁的起鸢问："钱家哪位姑娘？是钱绣绣的姐姐，还是妹妹？"怀淑笑着说："钱绣绣的堂姐，模样周正俊俏，关键性格好，说话柔声细语，哪像你，疯疯癫癫一个疯丫头。"起鸢听这话就不高兴了，嘟起小嘴，腻到娘的怀里。怀淑哭笑不得，宠溺地拍着女儿的后背说："你呀，都长成大姑娘了还这样，娘可抱不动你了。"起鸢冷哼地说："那你还跟茹姨说，我还小，得过五六年再那什么什么。"

这话让怀淑脸色顿变。

其实怀淑这趟过来，还想问儿子一件事。赛岐白家让人上门问亲，奕轩有些意动，毕竟白家家大业大，近些年随着三都澳开埠福海关设立，生意甚至都做到内陆几个省。虽说提亲的是白家的老二。不过据说，白家两兄弟年龄相差甚远，而且白家老大待自己弟弟比对自己的儿子还要好，根本不存在兄弟因财产相争的情况。关键媒人还说，白家二爷仪表堂堂，待人彬彬有礼，绝对配得上方家小姐。所谓丈人看男方家世，丈母娘看女婿人品。尽管不想让女儿这么早出嫁，丈夫既然有意，怀淑听说儿子认识白嘉成，只能私下找儿子打探白家二爷的为人了。起鸾回房后，母子俩便就这事议起来。

"其实我对嘉成了解不多。"起骏思着说，"但从几次见面看，他为人特别豪爽，出手非常阔绰，反正身边朋友不少。"怀淑问："他在福州具体做什么？"起骏说："除了照顾自家生意，几乎都和林家几位少爷玩在一起，若说林家几位少爷，人品倒是靠得住，家教严格，长辈多在京里当官。至于其他方面，我就不清楚了，平常跟他们聚得少。"怀淑说："了解一个人，好比海里捞根针，真是难哪！"起骏说："娘，何必这么着急。鸾儿过完年才十六，而且嘉成还大我两岁。"怀淑长叹着说："原先我回复媒人，说哥哥尚未成亲绝无先嫁妹妹的道理，你的婚酒一办，你爹恐怕就会答应下来。"

这晚刘怀淑心事重重，起鸾却没心没肺很早就睡了。睡梦里，她梦见自己凤冠霞帔一身红装，正袅袅娉娉地和定邦哥拜堂成亲……送入洞房，红盖头掀开，对方却是那位数次来茶行闲坐的白嘉成。一下被惊醒，起鸾直拍胸口，许久才让心情平复下来，安慰自己说："幸好是梦，梦都是相反的……"

由于婚期在即，起鸾学校一放假，兄妹俩便收拾行李回了坦洋。在家没坐多久，起鸾便偷偷地溜出门去。这次她没去茶行和茶坊，而是直接去了定邦哥的东院。此时天已黑，整座东院黑漆漆的，只有东厢厅亮着两盏灯。玉茹正一个人坐着吃晚饭。"茹姨——"起鸾探头，俏生生地打声招呼。

"鸾丫头？"玉茹转头看见起鸾，有些诧异，"你回来了。"起鸾不请自坐：

"嗯，傍晚和我哥一起回来，定邦哥呢？"玉茹没有马上回答，只静静地看着起鸢，大半年没见，丫头竟像换了个人似的，身材愈发高挑，虽然身上穿的是翠竹蓝的布衫，但由于合身的剪裁，将她极具朝气的少女曲线勾勒得凹凸毕现。被茹姨一阵盯看，起鸢莫名地有些紧张，含羞地垂低头。

"哦，定邦有事去欧洲，大概明年秋季才回来。"玉茹说。

啊？起鸢乍听消息一下呆怔在那儿。许久，她忍不住落了泪，却含笑地嘟囔说："定邦哥去欧洲，怎也不告诉我一声？"玉茹说："事出紧急！华茶公会的人不知什么原因被英国人扣住了，言明要咱福宁茶商公会过去解决，所以定邦和公会的几位前辈一接到消息就赶过去。"既如此，起鸢根本没有心思再陪茹姨坐着说说家常话，很快就悻悻地回了家。

实际上，定邦临行前有给起鸢写过一封信。只是临近年关，邮路耽搁，所以起鸢没能及时地收到。没见到定邦哥的这个年，注定是过不好的。因为没什么好心情，包括在哥哥的婚宴上，起鸢也仅草草地吃了几口，便起身回了自己的阁楼。此后在等开学的日子里，起鸢一连给定邦写了许多封信，洋洋洒洒合起来有数万字之巨，写完兀自一笑，自诩地说："嗯，我大概都可以写《西厢别记》了。"张生和莺莺的感情几经波折，克服种种阻挠，最后终成眷属，不就是她和定邦哥的故事吗？希望结局也一样。动身回福州的前一天傍晚，她来到妈祖庙，跪拜妈祖娘娘保佑定邦哥此行顺顺利利，平平安安。

没有好心情的起鸢看上去像跟人有仇似的，整天脸上没见笑容。

钱氏刚过门，以为自己哪里做得不好招惹到小姑。起骏没好气地说："就算你真去招惹，她也没心情和你顶着来。"钱氏不解，问他为什么。起骏这才说了妹妹和定邦的事。钱氏初来乍到，体会不到别的，倒替小姑生生地心疼起来。真心的关怀是假不了的，等开往福州的船儿启航后，姑嫂二人已完全成了闺中密友，起鸢甚至冲哥哥挥起小拳头："哥，往后若敢对嫂子不好，我会揍得你生活不能自理！"起骏只能赔笑讨饶。不过，起骏的心里正在纠结，父亲临行有交待，必须断绝起鸢和古家小子的任何往来，包括书信。很显然，父亲是准备答应白家的提亲了。一边是父亲的嘱托及方古两家的恩怨，一边又是自己疼爱的妹妹，方起骏真不知自己作何选择了呢。

这一趟欧洲之行，对定邦来说可谓收获颇丰。

华茶与欧茶之间的争端直至发生肢体冲突，仍属利益之争，倒是无关国与国的立场问题，这就比原先料想的要好解决多了。俄国茶路打通，各茶行不得不尊重臻泰兴的意见。既然臻泰兴的东家亲临英国，只能以他为主，与欧茶公会的相关负责人再作一轮商业谈判了。毕竟已有退路，谈判的筹码无形增加许多，腰杆子也变得硬实起来，经过两个多月的艰难磋商，最终达成了和解的协议。而对于欧茶负责人所说的"华茶以次充好"的情况，定邦没有承认也不否认，但承诺接下来的交易，将按新的协议标准走。

众人回到宾馆后，紧急召开了一次内部会议。会议决定回国后立即成立茶业研究会。该研究会具体负责什么内容呢？即与茶商公会有所区别，茶商公会负责对内协调，研究会主要制定并监督对外贸易的茶业标准，两个组织各司其职，相辅相成……听完定邦的提议，在座的众人都陷入了沉默。

真实情况确是如此。由于茶叶贸易带来了无比丰厚的利润，一些茶人贪欲膨胀，只谋产量，不顾品质。已经发现有部分茶商现卖湿茶，甚至以片末掺和成茶的现象，致使出品恶劣，导致坦洋茶的信誉受到了严重的影响。

"在座诸位都是定邦的前辈，晚辈就事论事，言语若有出入，还请多多包涵……定邦觉得，这种现象若不制止，无异于自掘坟墓，眼下华茶在欧洲市场已经举步维艰，若再任由这种现象泛滥下去，不出数年，咱在英、意、德等国设立的茶庄茶行，都将卷铺盖走人。欧茶那些人可不是人傻钱多的善主，他们正巴不得揪住咱们的短处，狠狠地敲打，甚至想一棍子打死。老话说攘外必先安内。咱自家关起门来，有事好解决，与外人可就不是那回事了。"

被一位稚气未脱的年轻后生指责说道，许多人脸上都挂不住，然而对方又说得在理，简直无言以对。一阵交头接耳低声议论后，茶业研究会的事就这么定下来。至于会长的人选，定邦笑着说："各位前辈就别看我了，经营茶行晚辈乃末学后进，会长一言九鼎，必须让德高望重的前辈来担任。"最后经过数次磋商，福宁茶业研究会的会长推荐由吴记的吴步洲担任，至于各地分会的成立等事宜，等回国后，再由会长亲自斟酌定夺。

随后，定邦又在英国逗留了三个月。就算事了即回，也已过了春茶季，所以不着急。当然来之前，茶坊的生产制作一应安排妥当，现由冬叔担纲大房茶坊的大师傅，又请了四位师傅打下手，再急的订单亦能吃得下。此前玉茹有想跟过来，不过被定邦以人生地疏为由给劝住了。到了才知道，异国风情确实值得走走看看。定邦突然有些后悔，怎就没让母亲过来散散心呢。

定邦等人到英国的时候，古安海腿上的伤势已然痊愈。

回想起此前的肢体冲突，安海苦笑着说："哪里都有无赖，国内秀才遇到兵也是有理说不清，何况这儿华人地位低下，出了事，只能自认倒霉。"定邦问他："您就没想过回国看看？"安海长叹地说："回去如何，不回去又如何呢，坦洋对我来说，就是个伤心之地……"继而两人谈及珠儿，安海眼眶泛出泪说："苦了那孩子，从小没了娘，我这个当爹的，又不成器……"定邦思着说："过完年珠儿就满十岁了，婶娘去世也有十年了，您还年轻，难道就这么孤苦零丁过完一辈子？还有，对面那女人一看就是个贤惠人，再说，人家都盼了您六年了，人一生又有几个六年？既然和您一样，身处异国他乡，何不干脆收她入房，彼此也好互相照应。"听这话，安海笑了："你小子，小时候没见你这么能说会道，几年没见，劝起人来倒是一套一套的。"

定邦来了后，通过一位茶行的伙计了解到，安海叔到英国后遇到一位年轻的寡妇。这位寡妇也是中国人，丈夫出海被海盗杀死后，留下一个男孩跟她在茶行的斜对面开了一间中餐馆。那女人曾向安海表明过自己的心意，可安海一直陷在对妻子的自责中出不来，这事就这么一直拖着。定邦觉得，自己来一趟英国不容易，能促成的无论如何都得想法子去促成，自从师父死后，娘伤心欲绝，他似乎再也见不得相爱之人爱不得的情形了。

"先不说叔了……你对自己的终身大事怎么考虑？"安海神色郑重地看着定邦，"你和鸢丫头的事，其实该怨叔，若不是叔当年……"定邦却说："您总是这种心态可不成，我和丫头的事，我是一点不悲观，就像我娘说的，或许对我和丫头是一场考验，就等您和我的新婶娘回国喝喜酒吧。"听这话，安海哈哈大笑，说："好，不愧是我古氏将来的族长，叔被你这一顿说道，骤然间想通了……过两天，叔跟翠兰说，一起感谢你这位大媒人！"

过了两日，那位叫翠兰的女人果然和安海一起请定邦吃了一顿酒。

席间，安海告诉定邦："国内恐怕很快会变天，回国后，记得做好各种应对准备。"定邦此前也有耳闻，说："革命党人四处秘密募款，也曾托人找过我。"安海问："你给了吗？"定邦笑了笑，说："您是知道的，茶行开门做生意，神神鬼鬼都得拜。"安海点头："对的。"继而皱起眉头，"就怕从此陷入乱世，乱世可不利于生意之道啊！"定邦闻言点头，神色肃然。冰冻三尺非一日之寒。叔侄俩似乎都已看到，大清的气数很快就将尽了。

就在定邦即将登船回国的前一天上午，听说有位洋人主动约见他。那位洋人叫汤姆斯·诺顿，可是大名鼎鼎的诺顿红茶的掌门人哪。安海实在想不通为什么，就陪着定邦过去见那位诺顿先生。诺顿先生在他的庄园热情接待了定邦叔侄俩。汤姆斯见定邦，当然不是为了红茶采购的事，闲聊几句，便问起玉茹的近况。定邦有些不明白，但依然认真细致地作了回答。

"我母亲她现在不管事。"定邦最后说。

汤姆斯微微一笑，点头说："姚终于把茶行交给你了……记得我第一次看见你，你才比这个高出那么一点点。"说着，他比画一下桌子的高度，"时间过得真快，一眨眼十几年过去，你都代表华茶来欧洲谈判了。"定邦隐约地回忆起来，记得师父曾对他埋怨过，说白脸的西洋人简直是痴心妄想，也敢喜欢你娘？过后又对定邦说，说明你娘是个好女人，不然的话，眼睛长在头顶的西洋人又怎么可能看中你娘呢？那时，定邦根本听不懂师父的话，更不明白师父的心思，等他真正明白过来时，师父已逝，娘孤独哀伤……

辞别出庄园，安海才记起来，汤姆斯曾和霍华德先生一起到过坦洋。定邦笑着说："往后若有事，可以拜托诺顿先生帮忙。"安海却摇头："凡事还得靠自己，这洋人哪，靠不住。"定邦思着点头，表示赞同。

叔侄俩前脚刚走，那位叫威尔逊的朋友就来了诺顿庄园。过去十多年，曾经的小伙子都变成一脸沧桑的中年人。威尔逊打趣汤姆斯说："中国之行准备得怎么样？这次过去，真准备向那女人求婚？"汤姆斯显然没有好心情，悻悻地说："算了，中国有句老话，叫时过境迁。彼此十多年没见，心境、心态早和以前不同了。"威尔逊说："那你的意思，是放弃了？"汤姆斯说："我刚和姚的儿子见面，知道他是谁吗？就是和你们谈判的那个年轻人。"听这话威尔逊沉默许久，笑着说："汤姆斯，我现在不得不信，你经常提的姚女士是一位出色的女性，我见识到她儿子在谈判桌上的能力，不过，"他目光灼灼地看着汤姆斯，"你更应该去中国一趟，如果成功抱得美人归，她儿子今后必然就会站在欧茶这一边。"汤姆斯笑着摇头，说："威尔逊，你能说这话，说明你一点也不了解中国人，他们国家穷，但也有固守的商业底线。"

朋友见面，喝茶是必须的环节。

拿起茶杯后，威尔逊发现桌面上有一张近期前往中国的船票。

"船票都买好了，为什么突然决定不去？"威尔逊再问。汤姆斯慢慢地摇着头，没说话。威尔逊实在想不通汤姆斯因为什么突然改变主意。直到许多年后，在一生未娶的汤姆斯·诺顿病危之时，威尔逊才问起这个原因。汤姆斯模棱两可地说："诺顿红茶廉价，挣的钱哪够养得起女人呢？"

　　家里突然来信说，你爹病重，就怕……可把起骏生生地惊出一身冷汗。妻子刚怀孕，还没把好消息告诉爹娘，爹怎就突然病重了呢。

　　到这时，顾不上想别的，夫妻俩喊上起鸢，立即启程回坦洋。

　　不承想，到家才发现，父亲生病是不假，似乎还没到那种"病重不起"的地步……怎么回事？"明天，白家将来人……"怀淑只好先和儿子起骏私下交了底。起骏问："爹答应了？"怀淑点头。起骏沉默片刻，再问："娘，这么仓促决定，合适吗？"怀淑叹声说："你爹的脾气你又不是不知道，我还能怎么办？"起骏再思一阵，说："不行，鸢儿肯定不答应。也真是，也不和我先商量，我不反对这门亲事，可……"说着，就要往外走。怀淑说："你爹大概是想，趁定邦没回来就把这事定了。"起骏恨声说："鸢儿也有脾气，别到时把事闹大。"说完，起骏就去找起鸢了。儿子虽然冲自己发了脾气，怀淑反而感到欣慰，儿子成家后，考虑事情不再像之前那样冲动直接，这是好事。转而再想到女儿，她又感觉整个脑袋都在涨疼。

　　起鸢当然不会老实地待在阁楼的闺房里。一路上紧张牵念，到家见爹能喝能睡，许是天气炎热的缘故，加上常年坐卧，偶尔生病也是很正常的。只暗暗埋怨娘太大惊小怪了，并未往深里去想。出门后直奔东大院，说是准备去看望茹姨，实则是打听定邦哥的消息。不料玉茹没在家。听翠儿说，茹姨两日前回赛岐娘家了。起鸢问："定邦哥什么时候回来？"翠儿笑了笑，说："马掌事昨天收到欧洲来信，说他们启程回国了。"来信？起鸢这才意识到，已经好久没收到定邦哥的信了，既然能写给马掌事，为何就不写给她呢？

起鸢一下就生气了，转身回去，怒冲冲地准备上楼。钱氏来找，说爹喊她过去谈事情。起鸢跟嫂子去了厢厅。爹和娘并排坐着，哥哥起骏坐下头，一家人郑重其事的样子。起鸢愣着问："到底什么事？"

奕轩和平常一样，脸若冰霜，不怒而威。怀淑倒是微笑地喊女儿坐，然后就说了白家提亲的事，"明日一早，白家就来咱家定亲……"从怀淑开始说一直到结束，起鸢没打断也没插话。等娘说完，她平静地问："就这样？"怀淑快快地睄了丈夫一眼，愣愣地点头。起鸢冷笑说："既然都决定了，还问我做什么！"说着，起身就要走。这时奕轩开了口："站住！"起鸢站住，转身冷冷地看着父亲。奕轩说："放眼整个福宁，白家都算数一数二的大家族。而且嘉成留过洋，论学识，论品貌，都无可挑剔……爹替你允下这门亲，也是为了你好。"起鸢说："为我好？好啊，那女儿多谢爹了。"说完，躬身一礼转身离开。起鸢态度反常，留下几个人面面相觑。钱氏问："爹，要不……我再去劝劝鸢妹妹？"奕轩泄气地摆摆手，说："算了，让她冷静冷静……"

起鸢冷静不了。不过她没闹，只闭紧房门一直待在自己屋里，也没见下楼吃饭。直到次日早晨，怀淑上楼喊人，才发现女儿不见了。

方起鸢逃婚的消息，一下就在坦洋传开了。奇的是，白家居然不生气！来的还是白家大爷，和声和气地说，亲事可以先定，至于迎娶过门，过个三年两年也不打紧。又说，他弟弟对起鸢一片痴心，自然不忍心就此中断起鸢在福州的学业……总之，理正的一方反而好言相劝理亏的一方，把方奕轩说得满脸羞红，只能一个劲地赔不是。白家明事理啊！这让奕轩更觉得，自己的决定是正确无差的。定亲酒吃完，合八字，接聘礼，双方议了陪嫁细节，虽说最后并未择定婚期，但起鸢已是白嘉成未过门的媳妇的身份已不容置疑了。怀淑开始有些担忧，不过转念再想，兴许过个两三年，女儿就回心转意了。

听说消息后，玉茹和翠儿说："鸢丫头性子冲动，任性莽撞，不过这股倔劲倒是很对我的脾气。"翠儿问："那她和少爷……"玉茹摇头说："就看他俩怎么去面对了，我的态度始终是不好支持也不反对。"后来，玉茹回想起这段晚事，假设自己坚定地支持，两个孩子恐怕就不会那样折腾了。

起鸢先一步回福州，对随后赶来的哥哥说了气话："反正我不嫁，要嫁爹自己嫁去。"起骏开始有些火大，但也只能和钱氏一起耐心地劝妹妹。来之前娘特别交待了，无论如何要把妹妹安抚住。起鸢很想搬出茶行住去，可除了哥嫂，她在福州举目无亲，只有耐心等待定邦哥回国再作打算了。

定亲后，白嘉成作为方家的姑爷，更有理由出入方记茶行。在白嘉成的牵线下，方记茶行生意大好，半年走的茶米量竟超过以往的一整年。方家上下都说，和白家的这门亲事简直是天作之合。

与之对应的，尚在归国途中的定邦被人忘了。

白嘉成待人客气，对起鸢更是克己复礼。可起鸢愣是不喜欢人家，甚至时常朝他冷言讥语。白嘉成开始不恼不怒，久而久之，心里也对那位早有耳闻的古氏大房少爷生出了怨气，想着若得机会，定让那小子一次好看。

起鸢每天坚持给定邦写信，有些信寄出去，有些信写好了收起来。寄出的信里多是抱怨，收起来的反倒都是挚热浓烈的思念之语。

日子一天天过去，终于听一位村里人说，赴欧洲的茶人回国了。

茶业研究会甫一成立，就定下十五条会则，多是纠正时弊的内容。这位村里人来福州，便是给在福州的各家茶行配发研究会的会约件的。起鸢听后开心得不得了，一连给定邦写了几封信，说她都快坚持不住了，让他赶紧来福州带她走……可惜，寄出的信每一封都如泥牛沉入大海，不见回信不说，更没看见定邦来人。这日，趁女校放学生出外见习，起鸢向老师告了假，独自一人偷偷地回了坦洋。她不敢回家，更不敢随意出现在村里人的面前。

好在是冬天，她把自己裹得严严实实，暂住在街上的客栈中。等到太阳终于落西，她估摸着定邦哥已经回家，便出门准备去东院。刚走到弄道拐角，遇见珠儿，停下问珠儿："你哥回了吗？"珠儿点点头，恍然地说："你是起鸢表姐？"起鸢笑了笑，伸手摸一下珠儿的脑袋，就要进去。这时古安河刚好路过，看她："方起鸢？"起鸢对这位此前一直针对定邦哥一家的二房大爷并无任何好感，不过对方好歹是长辈，便欠身一礼说是。古安河瞪了珠儿一眼，把珠儿瞪回内院，然后沉声地说："以后别来找定邦了，你是白家的人，而定邦将和万家定亲，这么胡闹下去，不好看！"说完，走了。

起鸢一下愣在那儿，不是羞的，而是失望，定邦哥果然要和万家那位相貌出众远近闻名的三小姐定亲了。早些时候就听人说过，古氏族老一连推荐好几户人家，茹姨最中意的也是这个万家——完了，完了！混蛋的坏哥哥，混蛋的花心大萝卜……起鸢顿觉一阵天旋地转，委屈得不行，一边抹泪，一边转身飞快地往客栈跑。然而没想到，她的定邦哥这晚刚好去福州找她。

定邦原本一回国就想去福州见起鸢。

然而离开大半年，茶行包括茶业研究会的事林林总总都有待处理，甚至把诺顿先生让他转述给母亲的话都忘了。等他处理完手上的事，才听娘说，鸢丫头在父母的安排下已和白家定下亲事，不过鸢丫头没答应，定亲当日离家逃回福州。定邦当即急得不行，他深知丫头的心意，也了解丫头的为人，可是心乱之下无法作出正确判断，只想着要去当面问丫头，究竟作何考虑，如果她真想嫁给那位白嘉成，那他唯有衷心地祝福了。

定邦走后，翠儿不解，问玉茹："小姐，为何要告诉少爷鸢丫头反对？方白两家都吃过定亲酒了，不可能再反悔，这不是给少爷添乱吗？"玉茹平静地说："不……方白两家定亲是事实，鸢丫头反对亲事也是事实，我只将事实摆给邦儿，至于他怎么想怎么做，这一关只能让他自己去面对去取舍。男人不经历情之一关，何以真正成为男人呢？”翠儿听后无话，她似乎越来越看不懂小姐了，对少爷的感情竟也能如此冷静，几近冷漠无情。

定邦一到福州，就直奔方记茶行。钱氏因怀孕早早地回房歇了。起骏正和白嘉成坐在茶行里煮茶。对于妹妹的态度，起骏也是无可奈何。白嘉成反倒没把它当回事。他劝未来的内兄说：“我相信，精诚所至金石为开。”起骏只讪讪地赔着笑。说话间，突然见定邦气喘吁吁地进门来。起骏给了白嘉成一个眼色，大致的意思是，诺，这事就由你自己去解决了，我真是无能为力。白嘉成迎了上去，问找谁。定邦说：“找起鸢。”白嘉成微笑着再问：“不知兄台找内子何事？”内子？定邦迟疑地望向方起骏，不是说刚定亲吗？充其量只算白家未过门的媳妇，何来内子之称？起骏不敢抬头看定邦。定邦转而将目光对准白嘉成，平定心绪说：“我找起鸢……就说两句话。”白嘉成说可以，请稍候，转身就进了后院，不多久又出来，说：“抱歉，内子已经歇下，她说不想见你了，望以后各自珍重。”定邦不信：“她真这样说？”白嘉成说是的，旋而拱手说：“你应该是定邦兄吧，感谢此前对内子的照顾！”

伸手不打笑脸人，定邦心里百味杂陈，无言以对。

失魂落魄的定邦就近住进茶行附近的一家客栈，一整夜没合眼，连夜写了一封长信。他把准备对起鸢当面说的话都写下来，准备明天一早，亲手交到丫头手上，然后就回坦洋。娘说得没错，男儿在世，儿女情长只算其中之一，既然丫头已觅得好归宿，他有什么可怨恨的？唯有深深地祝福。次日一早，定邦早早地守在方记茶行门口，左等右等，一直没见丫头出来，以为丫头真不想见他了，就把信交给茶行的伙计，拜托伙计转交给起鸢小姐。

中午的时候，白嘉成又过来。听说古定邦给起鸢留下一封信，见信件未封死，就将信拆取出来看了。起骏问信里说了些什么，白嘉成摇头笑说：“没想到古家这位少爷文采斐然，还写了一手好字，难怪鸢儿对他念念不忘。”

这话让起骏很是难堪，其实他要问的是这封信能不能给起鸢看。要知道，他已私自拦截了妹妹和定邦的许多来信，越是这么做，他越觉着堵心，甚至都想告诉白嘉成，往后这类事他自己做去。"我看可以！"白嘉成思着说，"除了某些地方你侬我侬情话绵绵外，基本可算是一封绝交信。不过，"白嘉成敛声盯住起骏，"往后不可再让他们通信了，至此为止，完美解决。"

定邦一回坦洋，为了忘掉丫头，就将大事小情都揽于一身。

只有忙了，累了，才没闲工夫去想别的……

话说古安河因何要对方起鸢撒谎说，定邦将和万家定亲。当然还是出于他的私心。而且，他确实也在背地里极力促成这桩婚事。随着赛岐茶行被臻泰兴吞并后，他手上仅剩福州一处茶庄了，论规模和实力甚至都不如寻常的坦洋茶户，他又怎能甘心呢。而万家钱庄最不缺的就是银钱了，古家若真能和万家成功联姻的话，他再从中谋划谋划，从万家钱庄贷出钱来，东山再起岂不指日可待？古安河一辈子没什么大本事，但论小计谋倒是使得炉火纯青，不论是石半山和姚氏，或是定邦和方起鸢，都被他不着痕迹地扎了刺。这种刺看似细小且不经意，一旦发炎脓肿起来，也将痛得人欲生欲死。不过，当年臻泰兴福州仓库起火的事还真不是他找人干的。那件事若去细究起来，是要怨苏诚的。为了节省成本，没打听清楚就把一家洋布行的仓库转租过来。洋布行的掌柜曾与人结下很深的仇怨，对方也没打听清楚，让人溜进仓库放了一把火，最后不仅茶米尽毁，还烧死了伙计陈小四。那件事姚氏过后没追究，纵火之人自然是不会主动站出来承认，于是便成了一件无头公案。不过，影响却不小，比如玉茹堕掉孩子，老古记从此人心涣散，古安河于古氏内部乃至古记茶行的名望也一落千丈，众人嘴上没说，暗里似乎都把作恶的矛头指向他。

族老又提定邦的婚事，却被玉茹婉言拒绝了，说暂时不考虑。

玉茹拒绝的理由是，广东自惠州兵祸后，一直乱象不断。臻泰兴十三行的茶货被劫，伙计和掌柜受伤。据说是乱党所为，不知真假，定邦都必须亲自过去处理。玉茹清楚儿子曾给所谓的革命党捐过钱，若真是那帮人干的，定邦出面定能妥善解决。定邦此行带上洪大成，还有外公从姚氏航运公司抽出的几位功夫好手一起陪同南下。玉茹告诉族老，一切得等定邦回来再议。

只是不想，定邦这次在广州前后待了四个月。劫走茶货的乃是当地的一伙土匪。几经交涉后，给了一笔钱，最后才将茶米赎回来。后来定邦和大成几人仔细考察了周边的营商环境，加上吴九良年纪也大了，决定暂收那一处茶行的生意，改为茶栈，仅为联络之用。定邦写信询问母亲。玉茹回信说可以。于是定邦就地处理茶米。等处理好了，已是第二年的二月份了。

过年的时候，起鸢自然有回坦洋，依然没见到她讨厌的定邦哥。实际上她一见到那封"绝交信"，就曾偷偷地跑回来一次。数次都没见上面，起鸢既生气又无奈。只好去问钱绣绣。钱绣绣告诉她，听古家人说，大房确实有意和万家联姻，至于定没定亲，她就不清楚了。加上过年期间白嘉成跟来坦洋，起鸢没得机会去东院见茹姨。最后，失望透顶的方起鸢只能悻悻地又回福州继续她那仅剩最后半年的学业了。然而，就在她参加结业典礼的那天中午，嫂子钱氏告诉她一个晴天霹雳的坏消息：定邦将和万三小姐完婚了。

春江水暖鸭先知，更何况是那些时常在江面海面跑船的人。

各地茶米生意没受什么影响，但米价陡然上涨，这可不是什么好消息，据姚朝荣估计，恐怕很快又要打仗了，且这次的战火不烧则已，烧的话恐怕规模不会小。毕竟对于行军打仗来说，自古大军未动，粮草先行。大军屯粮，必然影响粮价。姚朝荣指着福宁街方向对定邦说："就在那个羊角滩刑场，昨天中午又砍了十几颗脑袋。要知道，那些人不全是穷凶极恶之徒，无非嚷几句共和民权。若真实现什么共和民权，对百姓来说不是坏事，官老爷的帽子可就保不住了，甚至脑袋也保不住，因此双方必然进行你死我活的斗争。"

从广州回来后，定邦在外公家住了几天，主要想就当下局势与外公交换一下意见。他还特地从十三行那儿买来了许多新式的西洋玩具，送给那位一见面就喊他"定邦哥哥"的小舅舅。只是听到"定邦哥哥"几个字，定邦不禁又想起丫头。对于外孙的婚事，姚朝荣语重心长地说："男人可不敢被情情爱爱捆住手脚，如今局势变化莫测，应该多把心思放在生意上，一着不慎，真有可能满盘皆输。"旋而说起白家，姚朝荣说："白家大爷和我一直有合作，为人忠厚实在，至于他家二爷，我就不认识了……总之，方家既与白家定了亲，多想无益，于事无补。"听了这番话，定邦无比艰难地点头。

一回到坦洋，定邦便对母亲说："可以和万家谈定亲的事了。"玉茹有些诧异："你都想好了？"定邦说："嗯，这一趟南方之行，见到一些人也遇到一些事，去年广州新军又闹一场兵灾，虽说最后被官府镇压下去，不过据儿子估计，这种兵事只是开头，并非结束。广州那边已有不少洋人举家回国，那么咱坦洋的茶米是否还和原来一样出口海外，都将是未知数。"玉茹说："这和万家有何关系？"定邦定定地望着母亲，许久才说："万家有钱！"

儿子的终身大事最终还是回到家族的联姻上。对此，玉茹开始有点无法接受，但由于儿子主动开口，她也只能命人照办。没承想万老爷说，不用多出定亲的环节，既然古家少爷有意，干脆直接完婚得了。回来问定邦。定邦沉默许久，对母亲说："一切听娘做主。"说完，转身就去了茶坊。

最后，婚期定在这年的八月初八。在双方交换好彼此的生辰八字的那天晚上，玉茹一直没法安稳入睡，心儿总莫名地怦怦乱跳。半夜爬起来，她一边擦拭着石半山的牌位，一边诉说着内心里的彷徨："山，你说邦儿，会不会还在跟鸢丫头赌气？"又说，"山，邦儿越冷静考虑事情，为何我这心里反倒越觉着不是滋味？"最后，玉茹将牌位抱在怀里，才算睡了个囫囵觉。次日一早发现，定邦的双眼也隐约地显出了黑眼圈。很显然，他也没睡好。

婚礼如期举行。

古家对子弟的婚事从来都是大操大办，加上定邦又是臻泰兴的少东家，除去方家，几乎把整个坦洋的人都请来吃喜酒。然而，身为新郎官的古定邦反倒成了唯一置身热闹之外的人，从拜堂，敬酒，直至送入洞房，全程表情木然呆滞，任由大爷一会儿东一会儿西地摆布。酒席末了，众人嚷着闹洞房。被翠儿伸手拦住了。翠儿半嗔半笑地说，春宵一刻值千金，别去打扰新人。翠儿虽说是姚氏的陪嫁丫鬟，但多年与姚氏同吃同住，她的话完全可看作就是姚氏发了话，如今丈夫又成茶坊的大师傅，加上定邦喊她姨，翠儿的话谁敢不听？

众人散去，定邦替万三小姐揭去红盖头。

红烛摇曳，对影成双。

在烛火的照耀下，新娘子原本艳丽的面容加上凤冠霞帔，粉面桃腮，目含春薇，简直娇艳动人得不可方物。尽管定邦满心都是丫头幽怨的眼神，见此新娘子也不由得一阵目光呆滞。不过很快，他的双目又恢复了清明。

万三小姐这会儿也才看清丈夫的容貌，国字形的脸庞，脸上线条宛如刀削般地棱角分明，浓眉，星眸，鹰鼻，薄唇，好一副俊俏郎君模样。她心里暗暗欣喜，不免偷偷拿定邦和白家二少爷白嘉成做了一番比较，定邦看上去更具男子汉气息。白嘉成长相也算俊俏，只是眉眼间总透出一股阴柔，相较之下还是定邦看得顺眼一些。旋而，万三小姐既紧张又懊悔起来，那次真不该被白嘉成哄去福州，喝醉了酒，半醉半醒之间就把身子交出去……这下怎么好呢？成婚之后难免要同房，若被他发现她已不是姑娘身怎么办？尽管内心纠结，她依然仔细地摊开被褥，于婚床中间铺上一块以示贞节的白绫。做好准备，她鼓足勇气，颤着声对静坐一旁的男人说："天不早了，早点歇吧！"

许久，才听男人回了句："你先睡吧！"说完，是开门和关门的声音。

定邦出去了。万三小姐抬头，长长地松了一口气，旋即又气恼起来。

这算怎么回事嘛？新婚初夜，新郎官跑了。

　　成亲五六天，丈夫一直没跟自己同房。即使自己主动靠上去，他依然一副克己复礼的模样，根本没想动她的意思。是她长得难看身材不够好提不起他的兴趣，还是他身上有病动不了女人？万氏胡思乱想，心有怨气，却又不敢说出口。又过几天，定邦干脆搬茶坊住去，让她独守空房。万氏更怒了，自家男人几个意思？娶她回家，只是娶给别人看的吗？

　　实际上，定邦并没有觉得妻子不好。只是一闭眼，眼前便现出了丫头梨花带雨地对他说："你敢娶别家姑娘，我就死给你看……"似幻似真，吓得他心惊肉跳，梦里也会被惊醒过来。再想到丫头已是白家的媳妇了，她对别人笑靥如花，她对别人嗔怪黏乎，她冲别人喊亲亲抱抱，定邦却又心慌意乱，根本无法静下心来，这才决定暂住茶坊避一避，自己的确需要一段时间去适应新的身份了。他是万家的女婿，万氏的丈夫，不再是丫头的定邦哥了！

　　成了亲的大房长孙，已完全具备成为古氏族长的资格。于是，在古修远等族老的提议下，各支长辈齐至宗祠，于这日吉时祭祖继任。祭祖的仪程一应由族老们操办，玉茹母子包括新婚媳妇，只需盛装出席即可。玉茹好像长胖了一些，身材依然保持略显丰腴的苗条，面容更加轮廓分明，只是脸上似乎没了先前那种燃烧着的构成它独特魅力的生气与坚韧，多了一份宁静的、柔和的、从容的神情。纵是如此，由于浑身上下清晰地透出一股雍容华贵的威严，族里许多女人仍不敢与她直接对视。不过，也有人在一旁交头接耳，说姚氏连儿子都娶媳妇了，还能保持初嫁时的美貌，真是不可思议！

新娘子万氏则就没有婆婆那样淡定，许是第一次于白天露面，多少显得有些局促。又因为她身为新妇，局促不安又可看作勾人遐思的娇羞，加上身旁的丈夫一袭天蓝色长衫，英姿勃发，俊秀英武。族里的年轻人都对她纷纷投来了羡慕的目光。稍稍抬头环视一圈，万氏不免于内心腾起一丝得意。紧着，她看到二房大爷。二房的这位大爷她相对熟悉，此前经常登门拜访她父亲，且亲事也是人家促成的，于是万氏朝古安河微微地颔首，算是行礼问候。

与玉茹母子相比，古安河看上去则显得萎靡落魄多了。

不知是否故意而为，他站在人群的最中间，身上衣物的颜色亦是极普通的土灰色，不仔细看的话根本发现不了他的身影。不过，就在古修远代古裕祥宣读古氏祖训以及古氏族约的时候，玉茹仍一眼就找到他，并用目光死死地锁住他。继而，是一阵长久的盯视，好似一场毫不掩饰的、无声的较量——

不知盯视了多久，古安河先是不解，紧着呆怔，再就是慌乱，最后他闭上了双眼。到这时他知道，自己已经输了，输得彻底，放过臻昌行福州茶行不是姚氏吃不下，而是她出于某种善心，或可直接说只是不屑的施舍。

望着修葺一新高大的古氏宗祠，古安河惨然地笑了笑，自己苦心算计了一辈子，仅仅只算好了开头，却万万没能算到结局啊！

继任仪式结束，玉茹接受族里一些女眷的道贺后，就先回了。

此前日盼夜盼，真到得手的这一刻，心里却没多少开心的感觉，反而只有腾空心扉的深深失落。真应了他之前说过的一句话："失败者必然有失败者的悲哀，而成功者往往没有成功者的喜悦。"她此时的心境便是如此。

其实在定邦成亲那几天，起鸢是有回坦洋的。原本她不想回，白嘉成硬是把她带回来。她明白白嘉成的意思，让她死心呗。她更知道，她回来也是不可能去参加定邦哥的婚礼的。那晚，她从阁楼的窗户爬出去，一个人坐在屋脊的横梁上，愣愣地望向古家大院——多热闹啊，人头攒动，灯火通明……

她看着新娘子的花轿抬进坦洋，抬进东院。此前她还有所等待，等待定邦哥突然出现在自己面前，说一切都是假的，他最想娶的人是她，她在等待中用莫名的希望自己欺骗自己。听到爆竹声响，喜乐奏起，她才意识到，原来一切都是真的。她忍不住站起来，风有点大，差点站不住。她更收不住内心瞬间疯狂起来的想法，她想从屋脊上重重地摔下去，最后躺在定邦哥的怀里。因为太痛苦了，从未有过的痛苦紧紧地绞缢她，仿佛把她生生地绞碎……

相比古家的热闹，屋脊上的起鸢是孤独的。

但她知道，这种孤独是人为的，怨不得定邦哥！

大院里的客人终于散了，灯火渐渐熄了。

他大概入洞房了吧？起鸢心里想着。这时候，一股难以抵挡的冷突然沁入她的骨髓，明明这时正值炎热的秋季，她依然冷得牙齿咯咯作响，手脚不住地颤抖。她感觉胸口压得难受，心怦怦直跳，却跳得很慢，越来越慢，仿佛马上要停止似的。她张大嘴巴进行呼吸，却还是喘不过气来……

她喃喃地说："定邦哥，我活不下去……我要死了……"

夜，总会过去。

夜退天明。

在起鸢看来，这是她一生中过得最悠长最难熬的一个夜晚了。直到晨露从薄雾中铺天盖地地降下来，湿了她的额头，落在她的肩头，迷蒙了她的双眼的时候，她才从屋脊上慢慢地走下来，如死一般地躺回床上。

然后，起鸢走了。

起鸢回福州后，带上几件换洗衣物和那一大摞信件，消失了。

白嘉成几乎翻遍整座福州城，也没有起鸢的消息，说明她离开福州了，那她孤身一人又会去哪里呢？白嘉成亲自带人蹲守古家东院，蹲守臻泰兴的大房茶坊，古定邦还在坦洋，还在做茶，还吃着新婚妻子给他送的饭。看见万三小姐，白嘉成不由怒了，如果找不到起鸢，这算不算竹篮打水一场空呢？

万氏没有瞧见白嘉成。因而她依然可以保持大家闺秀的优雅姿态，从东院亲自给在茶坊忙碌的丈夫送饭，顺带接受族人同辈和后辈的敬意。当然，她也想过去看看丈夫平常都忙些什么。定邦继任族长后，她便是古家年轻的族长太太了。尽管心里有些委屈，尽管个性张扬，都得小心地收起来，忍下去。所以早晨起来，该请安请安，该敬茶敬茶。婆婆倒是不错，和煦地对她说："咱家没那么多规矩……往后，只需照顾好定邦就行。"婆婆一日三餐确实不需要她照顾。万氏也不懂得照顾人。出嫁前，在家里外都有三个丫鬟伺候。原本父亲让她带陪嫁丫鬟过来，她还说不用，不想古氏大房居然只有一位下人。而且那位使唤的丫鬟根本没有丫鬟的样子，年纪大了不说，还敢对着婆婆大声放肆地说笑。这在万家是绝对不允许的，是非被娘抽鞭子不可的！

就这样，安静祥和地过完了一个月。定邦依然没和万氏同房。不过他回家吃饭或和她说话时，倒表现得像一位合格丈夫的样子，有时也在家里住。只是同睡一张床，彼此像隔着一条江似的泾渭分明。终于盼到回娘家的日子了，丈夫自然要陪她回社口。她去了娘的房间，定邦陪她父亲说话。

万老爷对定邦这位女婿是相当满意的。

年纪轻轻，就已是一大家族的主事人了。

能当上族长可不仅仅是拥有卓越能力的体现，更可看出其秉性和人品已得到族人的普遍认可。万老爷每次去了福宁街，亲朋好友一提起他这位女婿都赞不绝口，甚至有人羡慕地说，老万精明，捷足先登！言下之意，假设他当时稍微犹豫，那人就将把自家女儿塞给定邦似的。

"眼下时局好似一片风声鹤唳，越往南，紧张的氛围越浓烈，你家茶行接下去将会怎么安排？"万老爷喝着定邦送来且亲手煮的茶，关心地问。定邦笑着说："暂时不做别的考虑，静观其变。"万老爷思着点头："对的，万氏钱庄目前也在收缩银根，局势不明，贸然行事肯定不妥。"说了一阵话，万老爷倒先给定邦一个建议，假设仗没打起来，可以考虑在上海、青岛等地经营茶米仓库，他可以提供银钱支持，"我以前跑过码头，有道是固定的仓库，流水的货物，别看抽水佣利微薄，积少成多绝不容小视。"除了做茶，定邦对别的生意并不在行，只是笑笑，不置可否。再说，诺大的三都澳也仅有一座茶米堆仓而已，还想在外省发展，难度可想而知。不承想，定邦不置可否的态度更让万老爷暗自点头，财富于前不动神色，做事稳，好啊，好！

男人谈男人的。女人在房里自然谈的都是女人家的事。

万母问女儿："怎么样？"万三小姐不明白母亲所指。万母笑着问："新婚燕尔，他待你如何？"万三小姐自然不好说丈夫不睡自己，不过脸上也显出幽怨的神情。万母紧张问："他身体不行，还是？女儿啊，这可关系你一辈子的幸福，可不敢瞒着娘啊。"万三小姐羞着说："也没啦！就是，就是时间很短。"实际上她说的是白嘉成。她当然不清楚多长多短合适，只因为那晚白嘉成才进去就泄了。万母皱紧了眉头："不成啊，这事可大可小，回去跟婆婆商量，最好找大夫瞧瞧，吃药调理调理。"万三小姐低头答应。

夫妻俩只在社口小住一晚上，第二天就回坦洋。

定邦回来后，又把精力都放在茶行的生意上。直到十天后的这日早上，万氏跟婆婆敬茶后，站一旁小心地问："娘，儿媳可有做得不对的地方？"玉茹认真地看着万氏，自认为没给万氏脸色看，于是淡淡地说："你做得很好，怎么了？"万氏支吾地说："那为何……定邦一直不入房？"

不入房？不会吧，定邦明明也有住在家里，怎么就？玉茹沉默片刻，笑着说："好，娘知道了，放心吧，我会找定邦谈谈。"

母亲要和他谈夫妻之道？定邦脸红了，嗫嚅着说："我不是忙嘛。"玉茹冷喝地说："还在找借口？娘知道，你心里还念着鸢丫头。可咱既然把人家娶进门，就得为此负责，婚姻不容儿戏，明白吗？"定邦只能点头。不过他因此也对万氏更生了怨气，夫妻间的事怎能找母亲告状呢。当晚，玉茹吃过晚饭直接坐檐下守着，定邦见茶坊去不得了，只有低头进了新房。

这晚，万氏终于得偿所愿。

谁知房事一毕，定邦直接披衣下床，出门又去茶坊。

万氏不恼，还暗暗地有些高兴，这倒给了她一个遮掩的好机会。她拿布针往指头一扎，在白绫上滴下几滴血。次日一早，她脸色通红地示给婆婆看。玉茹没看，只说往后好好过日子吧。说完，起身回了房。

一个惊人的大消息很快传到了坦洋。

位于长江边上的武汉三镇突然爆发兵变，湖北军政府成立，黎元洪被推举为大都督，改国号为"中华民国"。刘成章一到坦洋，就指着《申报》上的消息对女婿说："这算是开了个好头，相信很快，全国都得共和……"方奕轩才不管什么共和不共和，起鸢突然失踪，眼下四处又将兵荒马乱，他哪有闲心谈别的。怀淑这才跟父亲说了起鸢出走的事。刘成章听了后，不见多紧张，笑着对女婿说："你呀，真是榆木脑袋，解铃还须系铃人哪！"

不言而喻，系铃之人便是定邦了。

怀淑只好找玉茹。玉茹听说消息后，顿即大惊失色："这丫头，好端端的跑去哪儿呢？"有句话她不敢说，别因为见定邦成亲想不开啊！当即让翠儿喊定邦回来。定邦一听，整个人也一下呆傻了，耳畔仿佛又响起鸢丫头那晚说的话："要是你敢娶别家姑娘，我就死给你看……"很快定回神，问淑姨，"她走多久了？"怀淑抹着泪说："已经一个多月了。"

这么说，起鸢是在他成亲之后离家出走的。顾不上多想，定邦只好安慰淑姨说："我现在就去她学校看看，顺便问她同窗和老师，她应该就住在某位同窗家里。"怀淑点头，果然还是定邦镇定！殊不知起骏两口子在福州像无头苍蝇一样转了半座城，始终一无所获。草草收拾行礼，定邦便出发了。

这时候万氏还不清楚丈夫为何事去福州。

一连几个晚上，丈夫都被婆婆"逼"进新房里。虽说是用逼的，不过他还是每每地睡了她。原来被男人睡的感觉那么奇妙，简直飞上天。沉浸在甜蜜滋味中的万三小姐面带桃花，痴痴笑着陪珠儿在外院玩石子。这天，古安河正准备举家搬往福州。将行李装上马车后，他想了想，就朝万氏走过来。万氏抬头看见二房大爷，盈盈福身一礼。古安河低声说："起鸢失踪了。"万氏不认识起鸢，问是哪位。古安河说："哦，定邦原先的相好，方家姑娘。"

定邦的老相好？万氏明白了，难怪丈夫此前一直不肯入房，还以为他身体有病。这几次睡她，明明壮得像头牛。女人的嫉妒心一旦被勾出来，无疑像在干草堆里点上一把火。见万氏脸色乍变，古安河转身就走。坐上马车他还乐呵呵地想着，没有骗人，以实告实，是为阳谋。当然，他不指望这个所谓的阳谋能发挥多大作用，只是对姚氏那日的态度一个小小的反击而已。

定邦赶到福州后，没和起骏碰头，直接去了华南女院。

程吕底亚女士听说起鸢的事后，倒是给予了很大的支持，不仅给定邦提供了这一期结业学员的名单和住址，还发动学校老师帮忙寻找。定邦依照名单逐家拜访，家住福州的同窗几乎都不清楚起鸢的行踪。最后碧卿老师说了句，要不去杭州看看？有两位学员祖籍杭州……如此，定邦只能先回坦洋。他得回去把今年最后一季的茶米安排好了，再去杭州找找看看。

接连奔波十数天，定邦累得面容憔悴。吃过晚饭，和母亲说几句话，回房衣服没脱就直接沉沉睡去。食髓知味的万氏当然不会放过这个好机会。

她帮丈夫脱光衣服，翻身骑了上去。把定邦弄醒了。他说自己累了。她说不。他说你一个妇道人如此作为知不知羞？她立马生气了，说你有力气去找别家姑娘，怎就没力气睡自家婆娘？妇道人家怎么了，也是你古家八抬大轿娶来的。万氏憋在心里十几日的委屈和猜疑在这一刻全面地爆发出来。他把她从自己身上用力地甩下去。两个新婚不久的夫妇终于在这晚发生了第一次争吵。吵架的声音传到西厢房玉茹的耳朵里。不过玉茹只轻声一叹，没起来劝解。

第二天一早，玉茹才说万氏："定邦和鸢丫头是兄妹关系，并非外头传的那种关系，你得相信和理解自己的丈夫。"玉茹业已猜到，必定有人给万氏嚼舌根，致使她妒火四起。万氏心里有气，但对婆婆只能俯首称是。

一处理好茶行里的事务，定邦就准备上杭州了。

临行前，他特地去一趟方家大院见奕轩叔。他说："叔，您放心，无论如何我都会把丫头劝回来。"到了这时，方奕轩不好再冲定邦使脸色，只叹着点点头："嗯，路上注意安全。"有了奕轩叔这句话，定邦更是心力十足。他也确实只想找回鸢丫头，一个姑娘家孤身一人流落在外，多耽搁一天则意味着多一天不可预测的风险。谁知回到家，被万氏堵在房间里。夫妻二人正在互相拉扯，这时玉茹出现了，冷冷地喝了句："拉拉扯扯，成何体统！"

定邦这次去杭州走得更久，回来的时候已近过年，却依然没有起鸢的任何消息，致使整个方家和古家东院的过年气氛都变得愁云惨淡。万氏早就赌气跑回了娘家。玉茹让儿子上门认错，于情于理定邦都是有亏的。

丈夫低头服软，万氏自然喜滋滋地跟回来。然而因为如此，让万氏觉得自己此后在家中必须强硬起来，否则必受欺负。此之后，她对婆婆说，翠儿一家一直住在东院不像话，应该让她们搬出去。玉茹细思也有理。毕竟冬仔已是大师傅了，确实可以独门立户。于是玉茹又拿出一块茶田，让冬仔自盖房屋，跟青儿做邻居。但在盖屋的资金上，玉茹说，就和青儿一样，也由家里出。万氏不让。婆媳间终于闹出些许不愉快。最后翠儿说，这些年冬仔攒下不少钱，他们自己够。尽管在钱的事上得以解决，不过玉茹觉得，万氏不大气！

这晚，她又抱着石半山的牌位说话，说出了心里话："山，你说如果换成鸢丫头，会不会这么做呢？我觉得，她肯定不会，别看丫头疯疯癫癫，大气得很呢。"说完兀自笑了，"现在说什么都没用，丫头至今不知所踪。"

起鸢依然不知所踪，许是日夜牵念女儿，方奕轩病倒了。

这次是真病，居然一病不起。定邦过去探望，起骏夫妇也带着他们几个月大的儿子赶回家。却没见白嘉成跟来。当然，定邦不会主动问原因。怀淑将定邦拉到一旁说话，忧心忡忡地问："现在怎么办好呢？鸢儿还是没消息，他爹这个状况，就怕……"定邦只能安慰刘怀淑，谎称说："听我外公航运公司的船员说，起鸢似乎去了上海。"上海？这时的刘怀淑根本无心辨真假，姚氏公司的人不可能认识鸢丫头，只一边抹泪一边恨恨地说："真是个气死人的疯丫头，她去上海，又不认识谁，去那儿做什么！"定邦说："所以春茶过后，我准备过去一趟，放心吧，现在没有消息就是最好的消息。"听这话，怀淑拉住定邦的手，像拉住最后一根救命稻草，连声说："好好好，定邦啊，你一定把丫头找回来，一定……"送定邦出门，怀淑才醒回神来，自己一家总是麻烦定邦找鸢儿，凭什么呢？回屋后，从未发脾气的她冲丈夫嘟囔一句："当初若是允下和定邦的亲事，也不至于这么折腾！"奕轩听后，没说话，只长长地叹出一口气。出了里屋回到厢厅，怀淑低声问儿子："嘉成都在忙什么，是不是也在找鸢儿？"起骏说："找了几天，之后就没看见人。"怀淑说："看来这门亲事一开始就错了……找个时间，咱去白家解除婚约。"

不论到哪里，于茫茫人海中寻找一个人都不容易。不过，随口一句善意的谎言也给定邦提供了一个新思路，便是发动姚氏船务公司的人帮忙寻找。没几日，果真有消息传来，说有人在上海的吴淞口见过方家小姐，毕竟那里也有坦洋茶商在经营茶生意。方家名声在外，看来消息的可信度很高。

武昌起事成功后，湖北、湖南包括福建、广东等十三省相继宣布独立。

福建刚刚"改弦更张"的劝业道一行官员来到坦洋，同时带来伦敦华茶公会的千言函件，召集相应茶行分析华茶在伦敦市场与外茶竞争的情势，提出对华茶的若干改进意见，内容包含如何注重制造，如何改善宣传，规范营销机制及请免茶税等。定邦作为茶业研究会的理事，自然不好抽身离开，等把考察的劝业道官员送走，再将相应的事务理顺，已是这年的六月末了。

冬叔一家的新屋终于落成。当晚定邦喝了个酩酊大醉。

醉酒后的定邦把万氏搂在怀里，一个劲地喊丫头，鸢丫头……万氏一听丈夫还在记挂老相好，当即气得不行，直接推开丈夫，将他推倒在地。这时婆媳两人扶着定邦刚走过坦洋街，正准备拐进东院的弄道。热天的夜里，街上到处都是喝茶乘凉的人。玉茹只好近前把儿子扶起来，冷声说："丫头和定邦的感情，没你想的那么不堪。"万氏冷哼地说："我看不止吧，你当然处处维护自己儿子。"玉茹低声说："这是在外面。"万氏说："外面怎么了，又不是我做了见不得人的事。"万氏声音不小，当即引人驻足关注。玉茹缄口，独自搀起儿子往前走。万氏以为婆婆理亏，继续说："总之他和丫头的事，必须给我一个交待。"玉茹重新站住，看着儿媳："你要什么交待？记住，你身为古氏长房长媳，就该有大妇的样子。"玉茹所说的"大妇"，本意是指作为长子之妻应有容人之量，假设还有弟弟妹妹，所谓"长嫂如母"。生了气的万氏却把这话听岔了，立马不甘示弱说："大妇？怎么，还想给你儿子娶二房？"玉茹沉声说："在外面，女人无论如何得给男人留脸面。"气不过，又说，"若说再娶一房，依古家的家世，又有何不可！"万氏一下炸了。她不走了，举手指着婆婆说："我就知道，我就知道上梁不正下梁歪，娘有相好，儿子当然有样学样。"由于观望的人越来越多，玉茹忍了，瞪儿媳一眼没再说话。万氏这时也意识到自己失言，悻悻地跟在身后。刚进院子，脚没站稳，定邦好似突然酒醒一样，啪一声，挥手就给了万氏一巴掌，嘴里含混地骂："说我可以，说我娘不行，说我师父……更不行……"一巴掌扇得万氏倒退好几步，最后仰面而倒，脑袋磕在院门的门墩上，不见出血，人当场晕了过去。

母子二人将万氏扶进房间，把她放到床上。玉茹见状慌着问儿子："你还能走道不？得马上请大夫。"定邦刚才只是提着一口气，听这话迷迷糊糊地看了母亲一眼，躺旁边直接睡着了。玉茹伸手，正准备探儿媳的鼻息，却见万氏自己醒了回来。玉茹暗松了一口气，见醒后的万氏眼睛发愣，以为儿媳在为被打之事怄气，于是想了想，和声地说："定邦打人不对，娘给你赔不是！等明日酒醒，娘一定狠狠地削他……天不早了，早点歇吧。"

没承想，万氏竟然疯症了。

第二天醒来，定邦率先发现妻子的异样。妻子眼神呆滞，仿若眼眸无法聚光的样子，看向他的时候，目光里显着空泛，陌生……定邦惊住了。

紧着玉茹过来，连唤几声儿媳妇，均未见回应。母子俩面面相觑。定邦将妻子的脑袋仔细地检查了一遍，发现后脑勺部位显着一处暗紫色的淤青，大概是那里磕伤了。这下只能去请大夫了。郝先生很快赶过来，诊断说可能是内部淤积血气所致。郝先生开了几副药，但说，药物只能辅助，能否康复就看万氏自己的造化了。郝先生问定邦因何如此！定邦正要回话。玉茹抢着说，是万氏自己不小心滑倒的。郝先生摇着头叹说，真是可惜了。

为了照顾妻子，定邦又耽搁了一个多月。

然而一个月过去，万氏的状况依然不见好转。翠儿问玉茹："要不要通知万家人过来？"玉茹思着摇了摇头："怕娘家人一来，她就清醒过来，一旦万氏清醒，定邦打人的事可就……本来很小的一件事，没想闹成这样。"说完连声叹息，也只能让翠儿过来帮忙照顾万氏了。

妻子发生意外，定邦确实始料未及，然而自责无济于事。大夫请了，汤药也喝了，该照顾的也照顾了，多的无能为力。确如郝先生所说，能否康复就看万氏自己的造化了。安排好夏茶出货事宜，他就登船直奔上海。

他必须赶过去。

奕轩叔突然病重，视情形很可能熬不过这年的冬天了。

进入八月，天开始变高了，云开始变淡了，虽说此时的坦洋仍处于燠热的秋烘季节，太阳依然毒辣辣地炙烤着大地，不过吹过来的风儿，已比此前凉爽了许多。玉茹让翠儿安排人给儿媳娘家送去秋节礼。"小姐，万家若是问起少奶奶……我该怎么回？"翠儿问。玉茹说："就说，她和定邦去上海。"翠儿点头，叹说："这么瞒着，也不是办法啊！"玉茹也叹："先这样吧，能瞒一天算一天。"一想起儿媳的事，玉茹心里就堵得慌。

怀淑此时亦是忧容满面。

丈夫的身体每况愈下，里屋传出每一阵咳嗽声，仿佛都重重地砸在她的心头上。茶行事务只好又去烦请宗厚叔打理，她实在提不起精神。"娘，您多少吃点吧，两日没见你吃东西，这么下去，爹好起来，您自己又垮了。"儿媳钱氏倒是无比精心地侍奉着公婆。为了提前打点年茶的生意，起骏一个人回了福州，把妻儿留在家里。虽然有个活泼可爱的小孙儿时常绕膝逗乐，可怀淑一边担忧着丈夫的身子，一边又牵念着女儿的消息，哪有什么胃口。

"先放着，娘饿了自然会吃。"怀淑乏味地挥了挥手。

钱氏只能照办。

就在那个骤然降温的深秋的傍晚，一位离家多年的游子终于想起来要回坦洋了。当然，此前他不是不想，而是不能……许是近乡情怯，他下船后在村口站了很久，眼前的一切是那样的熟悉，却又是那样的不同。

大概半个小时后，他才鼓起勇气，拎着行李箱慢慢地走过坦洋街，慢慢地走近方家大院门前。门前的那棵桂花树还在，一阵北风吹来，散发出淡淡的桂花清香。他闭上眼，深深地吸上几口，果然还是小时候的味道。不过当他敲开院门的时候，举起的右手仍禁不住地颤抖了几下。秋红过去开门，问找谁。他眼圈突然红了，呵呵地笑着说："哦，我叫方奕生……"

方奕生回来了。

方氏族人几乎都忘了这位大少爷究竟离家多久，有人说至少十五年，有人说差不多有二十年了。方奕生自己也没去细算。只记得他抓一把自家茶田里的土，一小撮灶膛里的灰，加上一袋自己做的茶东渡日本留学时，大伙的脑后还都拖着一条长长的辫子，如今辫子没了，看上去精神爽朗多了。他当然已经获悉父亲去世的消息。是侄女儿方起鸢告诉他的。他离开家的时候，起骏也才刚出生。方奕生尚不清楚长大后的起骏长成怎样，更不可能认识长大后的鸢丫头。然而，事情就是这么凑巧，一年前他在朋友的茶行里遇见前来找工作的鸢丫头。话一出口，便知是老乡。再问，居然是自家亲侄女。"鸢儿现在上海做什么？"怀淑着急地问。方奕生笑着说："放心吧，我把她安排在一位好朋友的公司里做外联。"外联具体做什么，怀淑丝毫不关心，听说女儿终于有了着落，便热泪盈眶地一个劲说，谢天谢地，谢天谢地……

继而，族人簇拥着方奕生去了方氏的宗祠。

游子归来，必须到宗祠执香告祖。于告祖的念词中，众人隐约听到方奕生离家这些年都做了些什么。他归国后参加了革命，且在他们的不懈努力和不惜牺牲之下，终于了结了满清王朝近三百年的统治，革了皇帝的命，自古忠孝难两全，他请列祖列宗宽宥……最后，方奕生敬香，转身跪在宗祠正中，庄重地磕下三个头，礼毕。这时候众人再看他，目光里已是满满的敬意了。

再次回到家，大伙聊了几句便各自散去。方奕生这才去了堂厅，一见供桌上父亲的牌位，扑通就跪下，跪着挪上前，整个身子趴在地上，悲泪滂沱地哭喊起来："爹啊，不孝儿，奕生回来了——"方奕生这顿哭，既哭出对父亲的愧欠，子欲养而亲不待，也在哭自己多年在外几经生死的艰辛，以及缅怀那些前仆后继不惜牺牲的革命同仁。总之哭了很久，哭声停歇后，他没起来，直接坐在地上，仿若他小时候做错了事，被父亲责罚背族规的样子。

晚饭后，兄弟二人于里屋说话。

方奕生问弟弟："要不去省城，或者去上海？你的病一直这么拖着，可不成啊！"方奕轩摆了摆手，说："自从失去双腿，我基本算苟活于世，早无所谓了。"又说："现今你回来，我总算放心了，以后方家交给你，怀淑她一个妇道人家，许多场合毕竟不方便。"方奕生心里对刘怀淑这位贤惠能干的弟妹充满了敬意，方家包括方记能有今天，离不开她的操劳，于是呵呵笑说："你不会瞧不起女人吧，我们队伍中也有女同志，她们都是巾帼英雄。"遂又严肃起来，"眼下民国初立，临时政府正准备搬到北京，恐怕我……在家待不了多久了。"方奕轩愣着问："什么时候走？"方奕生想了想，说："至少也会在家待上个把月吧，这么多年东奔西跑，实际上，也累了！"

话音落，兄弟俩相视一笑。

继而谈起鸢儿逃婚的事，方奕生冷下脸："咱方家子女婚配，岂能看男方的家世，哪怕对方是个穷小子，只要鸢儿真心喜欢，嫁他又有何不可！"这话把方奕轩说得脸色羞红。这时怀淑从外屋端茶进来，替丈夫解围说："对于鸢儿的婚事，一是爹临终前有交待，二也因为古家定邦已经成亲了。"方奕生皱眉思了片刻，说："算了，小辈的事让他们自己处理去，做父母的越掺和，事情往往越糟糕。"怀淑看丈夫一眼，笑着说："至于白家的亲事，我和起骏已经过去退了婚约。"方奕生说好啊，又对夫妇俩说："往后鸢儿喜欢谁，你们干脆撒手不用管，我看丫头性格随弟妹，做事有主见，她看中的后生，不会差到哪里去。"许是因为兄长回来，这晚方奕轩的精神出奇地好。

第二天，方奕生还是让人去三都澳给起鸢发了封电报。据他估计，奕轩的情况有些不妙。方奕生原本还想趁机会见见古家那位大房少爷，却听说他动身去上海找起鸢了，仔细一想，笑了："这小子，有点意思！"

这几天，玉茹根本没有心思去管别的，更不知道方家大少爷已回坦洋并带来了丫头的消息。儿媳此前一直安安静静，平日都在房间里睡得好好的，这天半夜突然爬起来，一个人在院子里转圈地走起来。玉茹听见动静，推门出来一看，登时惊一大跳。幸好翠儿也住东院。翠儿战兢兢地问玉茹："小姐，您说少奶奶会不会是中邪了？"这话任谁听起来，都将毛骨悚然。不过玉茹很快地冷静下来，心里说，就算中邪又如何，若招道士做法事，不等于对外宣告万氏疯症的事实吗。于是说："不会。"又说，"如今这种状况，咱也只能把她关起来。"关起来？翠儿顿时愣住了，东院就这么几个房间，怎么关呢？关键不能离院门太近。玉茹一阵紧急思考，说："就关到老太太的屋里。"

此话一出，翠儿更觉得后背一凉，生生地打了几个冷战。

次日一早，玉茹和翠儿将老太太的屋子草草地收拾了一番。好在床铺是现成的，桌椅也是现成的，佛龛和香烛拉一条布幔遮了起来，再把杂物收拾到空箱子里，又将箱子摞一旁，再把地板擦拭一遍，换上干净的被褥，马马虎虎算是可以住人了……万氏似乎非常怕玉茹。玉茹近前一步，她后退一步。

翠儿壮胆小声地唤了声少奶奶，和声地说："你都走了一夜了，累了吧，翠姨带你睡去。"万氏定定地看着翠儿，不退了。翠儿灵机一动，说："待会儿你男人就要回家了，你不去睡的话，他肯定会生气。"说完自己先走，万氏迈着小步开始跟她走。就这样，一步一步地跟进后院老太太的屋里。

翠儿指着床铺说："诺，你先睡。"万氏很听话，慢慢地躺到床上去，翠儿替她盖好被子。接着，翠儿又出去拿来水壶和尿桶等用品，最后锁上房门。

回到偏厅，翠儿拍着胸脯说："少奶奶到底是真疯，还是假疯呢？"

玉茹苦涩一笑："谁又知道呢。"

这晚，玉茹又和石半山的牌位说话。"山，你说这叫什么事？我都怀疑我在邦儿的婚事上犯了大错误，万氏现今疯傻，接下去怎么好呢？"

石半山已成木头，自然无法回话，所有一切只能玉茹自己去面对。

不过，起鸢回坦洋了，终于回家了。

奕轩的生命终于在他兄长回来的十天后走到了尽头，刚好这天早上女儿从上海赶回来。弥留之际，他拉着女儿的手说："爹对不住你啊，丫头。"一句对不起让起鸢泣不成声，趴在父亲胸前足足哭了十几分钟，仿佛要把一年多来的委屈都哭出来，都哭干净。然而，她的定邦哥已经成亲，已经是别的女人的丈夫了。奕轩又说："往后你嫁谁，爹在九泉之下都会为你祝福。"然后在这日下午，他却带着对女儿的愧疚和对妻子的感激缓缓地闭上了双眼。

在奕轩的葬礼上，玉茹再次见到了鸢丫头。

丫头换上一身洁白的布裙，身上披挂着麻孝带，风儿吹动裙角，看上去就像一尊圣洁的且难以撼动的塑像。此后很多年，玉茹若是想起丫头，眼前总会现出这一幕。起鸢在她父亲的葬礼上没有掉眼泪，然而没有落泪的她比哭声惨烈的钱氏更让人觉得哀怜。后来，定邦和丫头说起这段往事。起鸢说，和她父亲去世的哀伤比起来，定邦成亲那晚她所经历的痛苦更惨烈，那时候她真想死了算了。回福州站在闽江边上，她徘徊了很久。后来她想，为何要死呢？哪怕一辈子不嫁人，也要看着定邦哥儿女成群，幸福到老……

起鸢总共只在家里停留了十天。

父亲头七一过，她又要动身回上海了。

走的那天早晨，她特地去东院见了茹姨。

玉茹说："定邦去上海找你。"起鸢说："我知道，请您告诉他，往后不必找我了，和她好好过日子。"不知怎的，玉茹听这话心头猛地揪疼，缓了许久，才说："好的，我会转告定邦。"起鸢问："她呢？"玉茹深深地呼吸几口气，只说："她回娘家了。"起鸢点了点头。原本还想见见万三小姐，既然人不在，那就算了。于是起身告辞。走之前，起鸢近前紧紧抱住玉茹。虽然很快就松手，不过玉茹清晰地感觉到，丫头的身子在发抖……

半个月后，定邦从上海回来。儿子净手洗脸，玉茹正要说起鸢的事，定邦自己先说了："丫头在上海过得不错，目前在一家日本公司做事，老板是她伯父的同窗好友。"玉茹问："你见到她了？"定邦摇了摇头，眼里透出一股不是他这个年纪该有的落寞，然后说："有着落总归是好的，对吧？"

那之后，定邦更是全身心地投入到茶叶的研制上。

对于妻子的病状，定邦只对母亲说："听天由命吧！"

话虽如此，却没有撒手不管。他数次委托上海、福州的朋友买来了治脑伤的西洋药。可惜，没见药到病除，看上去反而越来越严重了。

春节期间，万家来人请小姐和姑爷回娘家吃元宵酒。

玉茹只好托辞说，真不巧，小两口年前去广州……

又是一年春季。

为了庆祝巴拿马运河建成通航，美国国会通过决议，决定于后年即一九一五年在旧金山举办"巴拿马太平洋万国博览会"。北京政府应美国总统之邀决定参加赛会。福建省实业厅把茶叶的任务下给了福安县（原福宁府）。

县政府将茶商公会和茶业研究会的一众茶人请过去开会。

会议最终决定，由茶商公会牵头，让坦洋红茶作为福宁茶代表参加旧金山的展览会。由于期间或将与印度、锡兰等国的制茶大师傅进行现场角逐，因此派哪些人组成代表团，则变得尤为重要。毕竟，这不是一次轻松惬意的出国游玩，假设茶赛落败，失的可不单是福宁茶的脸面，更关乎国家脸面。

这日傍晚，定邦忙完一季茶青的审看工作，刚和冬叔等几位师傅商定了这季茶米的研制计划。相对而言，天气好则茶青好，制成优质的成茶出口，至少能让在欧的华茶公会减轻不少竞争压力。忙完茶坊里的活，定邦一般都会回家吃饭。万氏出事后，家里就剩母亲。翠姨虽说也住回了东大院，但她还得忙着照顾冬叔和自家几个孩子。他若不在家，整座东大院则冷冷清清。他有想过请几位佣人。母亲却说，多一双眼睛多一张嘴，不妥！

正准备回去，茶叶研究会的吴会长突然找到茶坊来。

定邦将吴会长请到试茶厅落座。吴会长一坐下便说："不喝茶了，就说几句话。"定邦说："有事尽管吩咐。"吴会长笑着说："态度不错嘛！"继而严肃起来，"有关参加旧金山博览会的事，听说了吧？"定邦点着头："刚刚听说，貌似只是一场商品展列的博览会，不过里头暗藏的争夺不言而喻，谁独占鳌头，谁就将赢得贸易的主导权，这算是一种新型的国际竞争。"吴会长点头说："说得不错，正是如此。因此，我们几位碰了几次头，决定让你带队参加。"定邦闻言惊住了："我带队？不不不……我又何德何能？"吴会长呵呵笑了："你小子，在欧洲，都敢把我拱上研究会会长之位，听说那几个老头子还被你说得脸面尽失，怎么，到了这会儿谦虚了？"定邦讪讪地说："那次在英国，我只是就事论事。"吴会长说："我刚才说的，也是就事论事！放眼整个福宁，哦不，现在叫福安了，制茶大师傅是不少，可有谁比你年轻？年轻人当中，又找不出制茶的好手。就算派出资格老的大师傅，一是舟车劳顿承受不住，二也因为语言不通。美国人说的也是英国话，英国话对你来说丝毫不存在压力……你说，我们不找你，还能找谁呢！"

听完这话，定邦沉默了。

吴会长接着说："当然，有困难只管提，我们会向县里，甚至会向省里要资源，总之一句话，全力以赴应对此次赛会。"定邦思后说："困难嘛，暂时没有……不知以什么名义参会？"吴会长不答反问："依你看，以什么名义参会合适？"定邦笑着说："大总统都就职了，当然以国家的名义……哦不，那样太泛了，就以福宁茶商会的名义吧，这样一来，咱们这些茶行的日子也会好过一些。"吴会长哈哈大笑，起身拍着定邦的肩膀说："你很不错！"

对于儿子的决定，玉茹自然是无条件支持的。

坦洋红茶一旦在巴拿马博览会上获奖，且不论国家脸面，单就坦洋红茶本身，也将足足地往上提高一个大层次，此后茶米生意必然更顺风顺水。

不过，如此一来，则没有多余心力料理自家茶行包括茶坊的事了。

玉茹笑着安慰儿子说："娘还没老到走不动道吧，再说，茶行有伯亮、长贤，茶坊有冬仔坐镇，不用太担心。"听了母亲这番话，定邦就安心地住进位于福宁街的一家新建宾馆，和茶业研究会召集的大师傅一道，对各国茶叶的品质逐一地进行优劣性分析，并预想相关的应对方案。

春暖花开，万物复苏。

动物们也纷纷地骚动起来……

万氏突然发觉，自己完全陷在一个花的海洋里。蓓蕾初放的桃花，娇艳欲滴的月季，火烧一般的杜鹃花，雍容华贵的牡丹花，如绣似锦的海棠花，还有风姿绚丽的芍药……不同花期的花儿竞相怒放，丛丛簇簇，漫山遍野，一眼望不到边。她漫步在花海中，闻着花香，看着身旁蜜蜂儿伴飞。她清晰地看到蜜蜂儿扑扇着透明的翅膀，轻轻地落在花蕾上，将它尖尖的嘴儿扎进娇艳的花芯中采蜜。骤然间，她发觉自己浑身燥热。那股燥热从身体里窜出来，像一把熊熊的大火，很快就要把她焚烧殆尽……她只能跑，不跑没命。

啊——她一边跑，一边大喊大叫，顾不上脚下的花儿，脚下的花儿早被她踩得稀巴烂。然而一回头，发现身后的花海竟都枯萎了，花儿不见了，花瓣散落一地，刚才还湿着蜜汁的娇嫩花蕾也难看地歪在枝头一旁。

这晚翠儿不在，家里的喜儿病了，整座东院只有玉茹和万氏。

听见后院动静，玉茹只好披衣起床，执灯过去看看。

透过房门缝隙，只见万氏正一个劲地在床上边嘶吼边翻滚——

又见她突然跳到地上，三两下脱掉身上的上衣，并把上衣狠狠地踩在脚下，又扯开胸前的肚兜，赤起了上半身，坚挺的双乳在屋里的灯火下泛着白皙的光芒，大概抓得狠了，乳上显出一道道血痕。然后又在屋里乱转。又突然停止脚步，开始扯掉布幔，将屋里的神龛、香烛尽数扫落地上，紧着抓起桌面的一只茶碗，下死劲地往地上摔，啪的一声，白瓷的茶碗碎成了许多瓣，她抢进一步，用脚踩，用脚跺，死命地研磨。她没有穿鞋，瓷片扎进她的脚底，血很快地流出来，染红了地面。最后把裤子也脱掉了，赤条条地站着喊："快放我出去，快放我出去……把男人还给我，把男人还给我……"

屋里，万氏一个劲地在疯狂喊叫。

屋外，玉茹双眼紧闭，灯已掉落在地上，身子不住地在发抖……

过了很久很久，玉茹终于慢慢地缓回了神，当即做下一个大胆的决定。重新点好灯火，随手带上定邦那件放在椅子上的长衫，慢慢走到房门前，又犹豫片刻，才说："我放你出去，你得安安静静，知道吗？""把男人还给我？""你男人在外面等你。""快放我出去。""好，别喊，安静。"

说着，玉茹摸出钥匙，打开房门。

很显然，万氏依然本能地怕婆婆，往后退一步，愣愣地站着。玉茹盯着她问："你男人叫什么名字？"万氏看着玉茹，没说话。玉茹说："你不说，我不放你走。"万氏抱头想了起来，最后痛苦地摇着头。玉茹将手里的长衫披在万氏身上，说："穿好衣服，你才可以走，不穿，你男人会生气。"万氏乖巧地套上长衫。玉茹帮她系上衣扣，帮她穿好鞋子，起身时说："唉，这都是你的命，怨不得别人。"说完，让开一个身位。万氏一下夺门而出。玉茹将灯搁在桌面上，紧跟出去。万氏沿着敞开的各道门，很快到了东侧的小道。

玉茹紧跟其后，目送着万氏疯狂地朝白云山方向奔去。

黑色的夜，很快吞没了这个实际上也很可怜的年轻女子。

玉茹转身，慢慢地退回去，慢慢地关好侧门，慢慢地掩紧房门，站在石半山的牌位前，幽长地叹出一口气，泪流满面，后背尽是细密的冷汗。

万氏失踪了！

第二天一早，玉茹让大成去福宁街告诉定邦。

定邦听后，沉默了许久，说他知道了。

第三天上午，定邦亲自去了一趟万家。问万老爷，他妻子有没回来？万老爷一下傻眼了，情况这么严重？万家人很快聚到古家东院，发现新房里的细软及陪嫁的金银首饰都不见了。一家人急得团团转。万老爷知道定邦将带队参加万国博览会的事，为此他还在朋友面前大吹特吹，怎么就……

这时，万家一个丫鬟脱嘴低语，小姐不会是跟白家二少爷跑了吧？

万老爷质问那丫鬟，小姐什么时候认识白嘉成？

丫鬟起先还支支吾吾地不敢说，被万老爷扇了一个嘴巴子，才说，其实小姐很早就认识白家二少爷，两个人还偷偷在省城私会过。

丢人哪！万老爷当即向定邦保证，定会给女婿一个交待！

定邦淡淡地说，他不需要交待，只要妻子平安回来……

如此，万家人怎好再追究，只差愧难当地悻悻而归了。

万家人离开后，定邦定定地望向自己的母亲，慢慢地走到玉茹跟前，扑通一声狠狠地跪下，双眼含泪地说："娘，儿子对不住您……"

玉茹没说话，泪如雨下。

直到很多年以后，每每回想起那晚放走儿媳的事，玉茹都会不自禁地手脚冰凉，手心出汗——那晚过后，再没人看见万家三小姐，想过去那么个娇滴滴的可人儿，或被人捡回去，或被人卖到花楼，或遭了野兽祸害，或失足跌落山崖而死……总之，玉茹都是终结儿媳万氏花一般生命的刽子手！

"儿媳失踪事件"完美解决后，玉茹一直觉得自己"罪孽深重"。当晚她披头散发地跪在石半山牌位前，哭诉说："山，我是个恶毒的女人，我再也不配去爱你了……原本我还想，带你去欧洲走一圈，圆了你想去却一直没去成的愿望，可现在我没脸了，山，你能原谅我吗？记得你说过，阳谋行商，不遗后患，做人也一样，心底无私，堂堂正正……可是山，邦儿遇到困难了，当娘的就算下到十八层地狱，也得帮他去解决，不解决的话，那是毁了邦儿啊……你知道万氏进山的时候，我心里在想什么吗？欧洲人说，邪恶的人会拿自己的灵魂和魔鬼作交易，我就是魔鬼，我的魂儿也跟万氏进山里了……山，我非常后悔。万氏任性刁蛮，可罪不至死，我却硬生生把她往死里逼啊……"

万氏到底死没死，始终没人知道……第二天一早，翠儿一进门就发现玉茹满脸泪痕身着单衣地躺在地上。手摸额头，烫得吓人。

玉茹病倒了。

翠儿想把定邦喊回来，玉茹一个劲地摇头说不要。翠儿最后让冬仔去仁心堂请来郝先生。郝先生把了一会儿脉，笑着对玉茹说："受了点风寒，吃两三服药，病就会好，不过……心病只能自己医了！"

郝先生离去后，玉茹脑子里一直想着"心病自医"四个字。

不多久，她的病好了。她拿一块红布将石半山的牌位严实地遮起来，紧着去老太太那屋将佛龛和香烛搬到自己房里来，早晚焚香礼拜。从《大方广佛华严经》开始念，到《地藏菩萨本愿经》，不求甚解，只为心安！两个月后的某天晚上，她突然抬头笑了："曹氏啊曹氏，我总算明白你了……"

赴美国之前，定邦给丫头写了一封信。

地址还是淑姨偷偷给他的。丫头没有回信。最后定邦想想，还是动身去了一趟上海，他很想和她见一面。听淑姨说，大伯给丫头介绍许多青年才俊，她愣是一个没看上，至今孤身一人。很显然，她心里还念着定邦哥。怀淑大概有心撮合俩孩子。不过，定邦此刻的心里倒没那么大执念。他惟愿丫头好，丫头好他就一切安好。毕竟，他是成亲一回的人了，是他对不住丫头。

客轮停靠码头的时候，上海正在下雨。

雨下得不大，不是那种倾盆下来的让人迫不及待地想要跑到某个屋檐下躲藏的雨，而是那种使人无从分辨雨滴的极细的雨，仿佛不是从天上落下来，而是从对面吹过来一样。定邦没撑伞。实际上他也没带伞，更没带行李，就一身单衣地过来了。不多久，只见他的肩头，他的眉间，他的衣服上都盖上了一层冰凉且有些渗透力的薄雾。很像那日在清风桥头，丫头与他分别时双眼里闪出的泪花儿一样，迷蒙，不清……定邦只在码头附近转了转，并没往丫头就职公司的天津路走去。毕竟丫头没说他能不能来。但他还是贸然地来了，只为了能和丫头的距离近一些，再近一些，如同呼吸一片天空下的空气。

定邦在淋雨。其实丫头也在码头附近淋雨。她就站在码头右手边那个绿色邮筒后面的树底下。烟雨飘飘，树荫遮不住雨，她的眼眶还是湿了……

她当然收到了定邦哥的来信，只是没想好见面。至于为何没想好，她自己也不清楚。总之，她知道定邦哥会来，也知道那位万三小姐失踪了，据说是跟白嘉成跑了。但她认为不可能。至于白嘉成作何解释，则没人去关心。她时刻关注着定邦哥的动态，通过家里那位行事周正的闺蜜嫂子钱氏，彼此几乎保持着每个月两封信的节奏。她更知道，定邦哥马上要去美国了，此去大概要一年多甚至两年后才回来。所以，她特地向公司请了一天假，等在码头。

不过，她只敢偷偷地躲起来看他。

汽笛声响了，定邦就要回去了。

丫头蹲下身子，呜呜地哭了……

后来细想起来，感觉有点好笑——

丫头通过嫂子始终关注着定邦哥，而定邦只能通过淑姨了解丫头，关心着丫头。淑姨偷偷地跟他说："丫头知道你从美国得奖归来，开心得不得了，就从上海给我买了一件大衣。"淑姨把大衣拿出来给定邦看，"你说这花色，哪是我这种年纪妇人能穿得出去的。"定邦笑着说："可以的，您还年轻。"淑姨旋而问定邦："你对自己怎么考虑？就这么单着，没想再找一个？"定邦摇摇头。淑姨笑着说："你的婚事没着落，你娘大概是最着急的人啰！"

实际上，玉茹一点不着急。

古裕祥和古修远身故后，古修德成了古氏最年长的长辈。那天，他拄着拐杖颤悠悠地来到东大院，屁股一落座就说："万氏失踪后，定邦年近而立未再娶，不孝有三，无后为大，不妥啊，不妥！"古修德端着架子，玉茹只微微躬礼一言不发，任由他自言自语一通，然后无趣离开。定邦刚好回到家，看着古修德的背影问："叔公过来做什么？"玉茹说："他来念了一段经。"

念经？定邦很是纳闷。

信基督教的叔公什么时候喜欢上佛经了？

此后三年间欧洲燃起了大战事，外销茶市疲滞。英国政府先禁中国茶入口，紧着又是俄国的彼得格勒发生了为争取民主共和的战争，东欧茶路几近断绝。祸不单行的是，国内盗贼横行水陆梗阻。直到茶商万顺春、关锡福所运茶米被抢后，巡按使终于署令三都海军陆战队第五旅派兵驻福安护茶……在此情况下，许多茶行纷纷倒闭关门，臻泰兴名下也收了好几处规模较大的茶行分号。

为了应对林林总总的突发事件，加上这年春季天气差，忙碌一天的定邦回到家，累得几乎说不出话，但见珠儿站在门外，已经往里探了数次头，还是笑笑说："珠儿，有话进来说吧。"珠儿这才扭扭捏捏地迈进门来。

玉茹噗呲笑了："珠儿，你的事，自己跟哥说吧。"定邦看向珠儿，她已长成了大姑娘，没注意到底是十七还是十八了，又见她脸色通红，羞于开口的样子，于是先开口问："说吧，喜欢上哪个小伙子？"珠儿很惊讶："你怎么知道？"定邦笑着说："别管我怎么知道，只要对方人实在，真心待你，就算小伙计，哥也会答应你俩的婚事。"还真是如此！珠儿和茶坊里的一个工人偷偷好上了。那工人打小父母双亡，流浪到坦洋，被石半山收留，一直在茶坊里做事。只是茶坊里工人比较多，定邦平时没注意而已。见珠儿欣喜不禁的痴女子模样，定邦遂又严肃起来："前提是他人品要好，真心待你。"珠儿连声地说："我对他有信心。"定邦笑了，说这事得先问问冬仔叔。

望着珠儿雀跃出门的身影，玉茹感叹地说："那时刚抱她回来，也才五个月大一点，饿得哇哇直哭。那时她爹陷在烟馆对她根本不管，不知不觉，都长大要嫁人了！"定邦说："珠儿出嫁，怕得问问安海叔的意见，毕竟人家是亲生父亲。"玉茹笑了："这事我早跟安海通过信了，他说凭我做主，于是我就想，干脆让大壮入赘过来，珠儿不用外嫁，往后也好照顾。"

招那位叫大壮的青年小伙为上门女婿？

如此甚好，定邦没有意见。

　　说到通信。玉茹想起来，家里刚收到一封寄自北京的来信。玉茹进屋取来递给儿子。信封署名古定邦亲启。拆开一看，居然是丫头写来的。

　　真是个疯丫头！竟然跑北京去了。说实话，定邦也曾想去曾经的紫禁城走走看看，可惜一直抽不出时间。天津卫他倒是去过一回，曾和日本茶商谈过一回生意，终因价格谈不拢铩羽而归。丫头说，她在北京认识了一大群年轻朝气的新朋友，也学到了许多原来在华南女院学不到的新知识。总之字里行间无不透着一股子兴奋劲。丫头开心，定邦随之心情也舒畅起来。

　　后来，定邦按信封地址给丫头写了一封信，丫头没回。

　　再后来，北京发生一场以青年学生为主，许多市民及工商人士共同参与的大型运动，游行、请愿、罢工，最后发生暴力冲突。听说消息后，定邦替丫头担心得不行，给丫头接连写了好几封信，都不见回音，便去找淑姨。怀淑告诉他，丫头早已平安地回到上海……定邦这才睡了几天安稳觉。几天后，他接到丫头写自上海的来信。看上去，丫头的心情似乎很不好，文字中尽透出深深的迷茫与纠结。丫头心情不好，定邦整个人也立马不好起来，不过他还是认真地回了一封长信，奉劝丫头，静待寒冬过尽，才见春暖花开……

　　此后几年，两个人又恢复了鸿雁传书的交流方式。

　　只不过，多是丫头写给定邦的。她一会儿人在北京，一会儿人在上海，一会儿又去了广州……像一只春季里高飞空中的小纸鸢，信件只是一根微不足道的线而已。虽说线的这头一直拽着定邦的手里，可惜说断就断。

　　即便如此，定邦依然在心里对自己说：

　　你选择高飞，我就在坦洋等你，直到等你归来。

　　许是"心怀歉疚"，岳父万老爷数次找定邦，动员他进军上海。

　　万老爷给定邦介绍一位上海本地的青年才俊。那人姓唐，名季珊，年轻时留过洋，是一位海归。回国后，唐季珊在父亲的支持下成立了一家专门经营茶叶的公司。只是当时洋行势力大，那家公司没几年就倒闭了。后来，唐季珊果断重组公司，精简公司结构，节省了开支，加上俄国茶路开始恢复，如今唐氏华茶公司的生意越做越大，隐隐有称霸上海滩的势头……

面对万氏父亲万老爷的好心，定邦起先一再婉言谢绝，倒不是他对此不感兴趣，而是论及万氏失踪那件事，自己才是始作俑者，才是罪魁祸首，怎敢坦然接受对方的"补偿"呢？又由于这时候整个坦洋的茶生意陷入低谷，那么若能与唐氏公司谈成合作，或可以做到柳暗花明另闯出一条路。经过大半年的深思熟虑，定邦终于决定下来，奔赴上海的唐公馆，拜见唐季珊。

唐季珊祖籍广州香山，父亲唐翘卿也是一名茶商。唐季珊先后在平水、福州、屯溪、杭州等茶叶产地开设茶号，收购毛茶。后来，又在上海开设茶厂进行茶叶加工，自产自销，终以质高价低的优势打开了茶叶外销局面。他当然认识这位曾代表国家从美国旧金山捧回巴拿马金奖的坦洋古家大少爷。两个人相见恨晚，相谈甚欢，很快就谈成了合作的相关事宜。事毕，唐季珊握住定邦的手说："定邦兄，这段时间上海时局非常混乱，我看你还是住在我家里较为稳妥。"面对唐季珊的盛情挽留，定邦最后还是谢绝了。一是他在大上海饭店已经定好房间，再则二人初次见面就留宿对方家里，还真不合适。

唐季珊让司机开车送定邦回饭店。

街上果然很乱，警笛疯鸣，好像到处都在抓人。

这时候刚过下午四点，四月份的下午四点左右太阳才刚偏西，天色还亮得很。不过，车子开出唐家公馆之时，太阳已被逐渐堆积的灰色云片埋葬了，光线不停地淡下去，不多久整个天地都暗下来。定邦从车窗朝外望去，天空貌似被谁用墨汁涂抹过一般，黑漆漆的，浓得可怕，像马上要滴下墨汁来。

司机一边开车，一边用浓重的上海口音说："这阵雨下得话肯定大得不得了，各道口非都淹水不可……"这时，只见一众持枪黑衣人从车旁跑过去，司机又说："放心吧，青红帮多少要给唐公馆几分面子，晓得吧，前面再过三个路口，一拐弯就到天津路了，大上海饭店就在天津路这一头……"司机有些话痨，不过定邦此刻没有心情搭话。两个月前，他收到丫头的来信。丫头说她又回了上海，不知是否还在上海？时局动荡，千万别出什么事。

不知是因为日夜思念，还是眼前出现幻觉，车子刚拐进一个小路口，定邦就看到一个身影，虽然较之前成熟了，高挑了，但从小跑的姿势看，定是丫头无疑。他失声地喊丫头……车门关着，外面听不见。他喊司机快停车。司机很利索地将车子停到那个女人的前头。定邦抢先打开车门，果然是丫头，顾不上问别的，只喊她："快，快上车，马上下雨了。"丫头看见定邦，一下愣住了脚步，但只犹豫一秒，就钻进车里。定邦抑住兴奋对司机解释："哦这是我妻子。"司机说："太太好！"说完，车子开动。才往前走两步，就被一众黑衣人逼停了。司机打开车窗，有些气愤："不晓得是唐公馆的车吗！"这时一位黑衣人把头探进车里，笑着说："原来是老刘，他们谁呀？"司机说："这两位是唐先生的客人，坦洋古家大少爷和他太太。"这时，定邦已将丫头的脑袋埋进自己的胸前，镇定地说："我太太身体有些不舒服，烦请让开，我们正赶着看医生呢。"话音刚落，咔嚓一道闪电，天空像被刀子割开一道口子，雨瞬间就倾盆下来。黑衣人让开。车子走远。定邦呼出一口气，对司机说谢谢。司机笑着说："不用客气！雨天路滑，这几天最好别乱跑。"

等进了房间，两个人才分开站立。到了这时，定邦已隐约地猜出丫头的身份，也猜出她这些年的忙碌所为什么，心顿即揪紧起来，柔声地说："要不回坦洋吧，外头不太平，我也不放心。"起鸢看着定邦，微微一笑，捋了把被蹭乱的头发，说："正因为不太平，才不好回去呢。"见定邦又要开口，她抬手掩住他的嘴，"什么也别问，行吗？"定邦只能纠结地点头。

许多年未见，丫头确实长高了。只见她穿一身淡绿色的夹衫旗袍裙，白色夹衫左右分开，突显出上半身的丰柔部分。剪一头半长短发，箍一条鹅黄色的软缎发带。夹衫长及纤细的腰际，裙摆垂至膝弯下两寸的光景，脚上踩一双平底的黄皮鞋，干练之中带着些许妩媚。许是刚才跑得急，到了这会儿，她依然止不住喘息，只见高耸的胸脯随着呼吸一起一伏地生动着。

被定邦哥火辣辣地盯看，她羞了，胸脯更剧烈地起伏起来。

屋里特别安静。街上再次零星地响起几阵清冽的枪声，紧着又听警车呼啸而过。丫头走到窗户旁边，掀开窗帘一角，朝外看的眼睛里透出一股浓浓的忧色。定邦轻步走上去，从后面轻轻地拥住她，安慰她说："别担心，自古嚣张的皆不成气候。"丫头转身，目光晶亮地问："你真这么认为？"定邦笑着点头："还记得我在信里跟你说过的话吗？"丫头嘟着嘴说："说那么多话，我哪都记得住！"嘟起小嘴的丫头还是原来的那个丫头。定邦转而搂她入怀，动容地说："静待寒冬过尽，才见春暖花开。丫头，不管你做什么，定邦哥都将全力支持，不过……"丫头探头问："什么？"定邦说："你得先保证自己的安全。"丫头一下抱紧了他，边点头，泪水边哗哗地涌出来。

外头，雨越下越大，哗啦啦地下着。

不过，吵杂的雨声已经打扰不到屋里的两个人了。

房门紧闭，似乎把所有的纷扰都挡在了外头。

定邦将起鸢放倒在饭店的床上，俯身吻住了她灼热的红唇。尽管从前也曾吻过她，但没有一次像此刻这样令他激动，令他几近忘我。

失而复得，是的！

仿若那颗多年漂荡的心终于找到了安落之处，心安即归乡。他喘息地结束深吻后，丫头出乎意料地再次凑上来，他完全地迷失了。他很快脱去了她那件白色的夹衫，再逐一地解开她那件旗袍裙侧的挽扣，等他最后把手放在她那件贴身的丝绵内衣上面时，他终于恢复了神智："丫头，我……"

"不用说了，什么话都不用说了。"起鸢的脸上早是绯红一片。可她咬了咬牙，倔强地抬起头："定邦哥，爱我……我不想留下遗憾，哪怕下一刻就死去……"简简单单几句话，终于让定邦放弃了固守的克制。当那具完美得几乎没有丝毫瑕疵的胴体呈现在眼前时，他在她的耳边轻声却郑重地承诺："等你回坦洋，我娶你！"她重重地点头。虽不清楚自己将在什么时候回去，但她相信定邦哥的承诺。"我爱你，丫头……"他还是第一次说爱她。

"我也爱你，哥……"

一句动情的回应后，她朝他完全开放了自己。他不敢粗鲁，小心翼翼地用她所能承受的程度深入，不时用爱抚和亲吻缓解第一次的生涩与痛楚。当两个人的身体再无缝隙地紧紧地黏合在一起的时候，动作突然暂停。凝望彼此，眼神中只有欣悦，不掺杂别的——水到渠成，水乳交融……

第一阵激情消退下去不久，忍不住又来了第二次，第三次……

直到他发现她的下唇被自己的牙齿咬出白痕，才懊悔地问："是不是弄疼你了？"她嗔他一眼，说："还好意思问？"他笑了，拥她入怀，仿若拥住了整个世界，然后像小时候那样轻轻拍着她的背，说："睡吧，丫头！"

就这样，两个人在大上海饭店睡了三天三夜。

这三天里，外面的世界翻开了天——

大面积地屠杀……

血腥味儿充斥着码头，仓库，街道，甚至苦了茶的滋味……

不过，短短三天的温存却让定邦足足地回味了许多年。此后每每坚持不下时，他总会想起丫头那晶亮的目光，还有她那句"我也爱你，哥……"

直到日寇的飞机轰鸣在三都澳的上空时，他听说丫头又去上海，很显然又是一次无比危险的出行，心里才慌起来。不行，必须把她带回来。就算被日机炸死，他也想和丫头死在一块……这时，儿子已年过不惑。儿子的任何决定玉茹依然无条件支持，包括儿子十几年如一日等着丫头，坚决不再娶。

儿子动身的那天早上，玉茹只叮嘱四个字："注意安全！"国难当头，没什么比平安更重要了。随后，她日夜祷告，为儿子和丫头祈福。

多年来，礼佛念经已然成了玉茹保持不变的习惯。许是佛礼多了，经念多了，她整个人看上去平静，淡然，发生天大的事都能做到波澜不惊。

不过这天傍晚，她敲木鱼的手明显地抖起来。

她感觉非常不好，似乎马上就有什么不好的事情要发生。

次日一早，安在东厢厅桌上的电话机响了，是弟弟顺达打来的。顺达在电话那头哭着声说："姐，我娘被日本的飞机炸死了……"最后，玉茹都不知自己怎么挂断电话。她只能赶回赛岐，许多人劝她，危险，最好不去。玉茹说怎么可能不去呢，琬娘虽说只大她几岁，但也是她的娘，娘死了岂有不去送最后一程的道理？当然，冷静后的玉茹也想，得劝弟弟一家来坦洋避避，留得青山在，不愁没柴烧，人在比什么都强……对于玉茹的坚持，大壮倒是赞成的，他对珠儿说："放心吧，我会照顾好咱娘的。"珠儿成亲后，拜玉茹为母。

应时就急，琬娘草草落葬。

不过琬娘没和姚朝荣同葬一穴。

玉茹亲生母亲的墓室居右，琬娘居其右。

葬礼毕，动员弟弟先带妻儿去坦洋，玉茹和大壮去了福宁街。

定邦人在上海。眼下日机掠来狂轰滥炸，臻泰兴设在福宁街的茶行明显是开不下去了，只能暂时收了生意。甚至什么都不用管，逃命要紧。玉茹紧急遣散了一众茶行伙计，锁好仓门，就准备回去。曾经繁华热闹的福宁街，如今随处可见残砖碎瓦，满目疮痍……入目尽是轰炸后的惨状，玉茹百感交集。

玉茹准备登上马车。这时，十几位学生模样的年轻人喊着口号，排着队走上街头。这些年轻人沿街朝路人分发传单，白色的传单上赫然印着募捐以资抗日的字样。玉茹也接到一张，正在细看纸上的内容，耳边突然响起一个稚嫩的声音："太太，有钱出钱，有物出物，多少是力量……"

听声音低头，玉茹发现身边站着一个十岁左右的小男孩。

只见男孩手里捧着一叠传单，很显然是跟那帮学生过来的。再瞧，玉茹目光就挪不开了，男孩竟然和定邦小时候长得一模一样，几乎是从同一个模子刻出来的。玉茹蹲低身子，颤着声问他："你是谁家孩子啊？"

"我……"男孩退后一步，警惕地盯着满头白发的玉茹。

"那你能不能告诉我，你叫什么名字？"玉茹柔声地再问。

"我叫古……古振宇。"男孩怯生生地说，说完转身就跑了。

"娘，"这时，大壮从马车上跳下来，见状问："那孩子谁啊？"

"快，大壮，快去拦住那孩子……"玉茹仿佛想到什么，连说话声音也都变了样儿。她也想往前追去，可双腿却像被钉在地上一样，动不了。

很快，大壮和一位身材魁梧的中年男人一起走回来。小男孩紧紧地依偎在中年男人身边。男孩当然害怕。妈妈刚带他来福安。此前母子二人一直住在杭州城，除了身边这位牛叔叔，他在这儿并没认识什么人，这位白头发的老奶奶到底想要做什么？男孩不确定。不过，玉茹基本已经确认，男孩露怯的眼神完全和当年老太太临终前定邦依偎在她身边时是一样的眼神，警惕、纠结中又夹带着某种义无反顾。玉茹不禁暗骂起定邦来，都和丫头有孩子了，竟然没有告诉她！几人走到跟前，玉茹又蹲了下去，问男孩："你娘，哦，你妈妈叫什么名字？"男孩没回答。牛叔先问玉茹："您是哪位？"玉茹说："我是坦洋古氏大房姚玉茹。"牛叔嘿嘿地笑了，摸着男孩的头说："那我就不用多跑一趟坦洋了，振宇的妈妈叫施风筝，您儿子叫古定邦吧？"

玉茹喜不自禁地点着头。

施字，方人也。风筝，鸢也，不是丫头又是谁呢？

没想到来了一趟福宁街，居然能捡到亲孙子！当然，不用捡振宇也注定是她的好孙儿。玉茹乐得像个孩子，搂着振宇亲个不停。许是不熟悉，振宇仍旧没喊玉茹奶奶。不过玉茹并不介意，心说慢慢来嘛……

几个人很快去了振宇的住处。那是一处简陋的民房，屋子很小，单层里外两间，但收拾得干净整洁。看着屋里的摆设，显然日子过得非常清苦。

玉茹不由埋怨起来："这丫头，在福安也不回家住去。"牛叔不解："您认风筝这个儿媳妇？"玉茹说："认，当然认，怎么不认？她小时候，我还把她当亲闺女疼呢。"听这话，牛叔尴尬地笑了，刚才他还以为古氏家大业大门楼高，嫌弃风筝那个穷丫头，以至于让这对可怜的母子流落在外，这类事发在大户人家身上一点儿不稀奇，没想却是……"奶奶，妈妈留给您一封信。"这时振宇扯着玉茹的衣襟说。骤然一声奶奶，都喊到玉茹的心儿尖尖上去。

这封信就放在枕头底下，信封署名茹姨亲启。

起鸢在信里是这样写的：

"娘，原谅鸢儿不经您的许可，就这样喊您。或许也是鸢儿仅此一次这样喊您了……振宇是鸢儿和定邦哥的孩子……这辈子能和定邦哥相爱，鸢儿早情满意足，纵是慨然赴死，也没什么遗憾了……"

信笺简短，玉茹很快通览一遍，但看得她的脸色无比凝重。从牛叔刚才的问话不难看出，他并不清楚丫头的真实身份，自己也不便多问。丫头起先没带振宇回坦洋，甚至对定邦隐瞒了孩子的身世，显然丫头有自己的顾虑。不过这些都不再重要了……玉茹替振宇收拾好行礼，就带着回坦洋了。

一回到家，玉茹就让珠儿去请怀淑。不多久，怀淑过来。她看见振宇亦是满脸惊讶，问玉茹："这分明是定邦的孩子嘛，孩子他娘是谁？"玉茹请怀淑喝茶，故意说："你猜。"怀淑摇头说："我可猜不出来。"说完，又盯着振宇看，并招手说："来，过来让奶奶瞧瞧。"玉茹大笑地说："你可不是振宇的奶奶哟，别让孩子喊岔了，振宇，还不快过去见外婆。"

外婆？怀淑这才反应过来："鸢儿的孩子？"未等回答，泪水已经溢满了眼眶，抢过去搂住振宇，"鸢丫头啊，已经几年没跟家里联系了。"玉茹眼里也溢出了泪，说："我这么想，等定邦把丫头接回来，至于仪式什么的，一样不可缺，你说呢？"怀淑这时只有点头的份，说："当然当然，管它什么方古两家不联姻，咱老姐妹可不敢再委屈了两个孩子了……"

见怀淑又哭又笑，玉茹实在不好再提起鸢的事了。

安顿振宇睡下后，玉茹回自己屋，将石半山牌位上的红布掀开，然后微笑地对他说："山，定邦有儿子了，十一岁，叫古振宇，是他和丫头的孩子，等忙完这一阵，我带他给你上坟去……记得你那时说，鸢丫头透着灵性，她现在可了不得，做大事呢，丫头做事的劲头，你说，像不像我呢？"说到这，她自傲地笑了笑，"山，你在天有灵，就保佑两个孩子平安顺意吧。"

这晚，玉茹出奇地没有焚香念经，而是一个人安静地坐了大半夜。玉茹当然也猜出鸢丫头特殊的身份，说不忧心是假话。第二天醒来，玉茹很早就去方家找刘怀淑。两位上了年纪的女人坐在檐下煮茶，说着私密话。

谈起眼下日寇入侵，怀淑说："国家贫弱，日寇才敢猖狂放肆。"玉茹端起茶碗，对怀淑说："我遇见振宇的时候啊，他正和一群青年学生沿街分发募捐传单。"想起振宇稚嫩的话术，玉茹笑了："知道他对我是怎么说的吗？太太，有钱出钱，有物出物，多少是力量……因此，我昨晚想了一夜，准备捐钱抗日。"怀淑说："是要捐。准备捐多少？"玉茹说："全捐了。"怀淑诧异地看她："你是说，把臻泰兴折卖全捐出去？"玉茹说："臻泰兴不是我一个人的臻泰兴，对于我和石半山的那部分，我可以作主。"怀淑喝完茶，重重地放下茶碗，说："好，我也捐！新仇旧账必须一起算……"她抬眼望向已经放亮的东方天际，仿佛看见丈夫方奕轩艰难地滚动木轮椅子的样子……

多余的话不必说，活到这把年纪，许多事差不多都看开了。

几日后，省政府派来专员，接收方家刘氏和古家姚氏对抗日部队的捐献款共计二十五万元整。姚氏船运公司同时捐出两艘货轮……在姚氏和刘氏的带动之下，相应茶行也力所能及地纷纷捐钱捐物，共计十三万余元。

这天下午，玉茹终于得空带振宇去给石半山上坟了。

摆好香烛茶酒，玉茹朝振宇招手说："来，过来给你半山爷爷磕头。"振宇听话地跪下，庄重地磕了三个头。玉茹眼含热泪地叹了声："山，如果你还活着，你说咱一家多齐活啊。"玉茹站在坟前想着往事，振宇却被爷爷坟前的一个小坟堆吸引住了目光，问奶奶："这是谁的墓……自闲之墓。"

"奶奶，自闲是谁啊？"振宇问。

"自闲是一条狗。"

"狗？"

"它是你半山爷爷生前最好的朋友。"

祖孙俩手牵着手，从山上走下来，刚走到茶坊前的那座木桥，便看见桥的那头站着一男一女，两个人一副风尘仆仆的样子。振宇眼尖，抢先认出人。

"妈妈——"振宇边喊，边往桥的那头跑，一下扑进起鸢的怀里。

"回来了？"玉茹走到鸢丫头跟前，很自然地问。

"嗯，茹姨。"起鸢说。

"还喊茹姨？"玉茹笑着瞪了丫头一眼。

"娘。"起鸢只好改口，不过说完，脸就红了。

"累了吧？"玉茹问。

"有点。"

"那就不要走了。"

"暂时不走了。"

"好，回家。"

"回家……"起鸢和定邦相视一笑。

振宇在前面雀跃地走着，玉茹在后面安稳地跟着。

玉茹身后，定邦和起鸢的手已紧紧地握在一起，一家人走过坦洋街，在村民驻足观望的目光中，慢慢走过弄道，走进了古家东大院……